M. E. BRADDON

LE TESTAMENT

JOHN MARCHMONT

PARIS

LIBRAIRIE DE L. HACHETTE ET C°

BOULEVARD SAINT-GERMAIN, N° 77

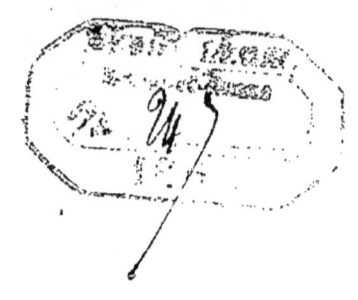

LE TESTAMENT

DE

JOHN MARCHMONT

ROMANS DE M. E. BRADDON

TRADUITS PAR

CHARLES BERNARD DEROSNE

ET EN VENTE CHEZ LES MÊMES ÉDITEURS

(à 1 franc le volume)

———

Le Capitaine du Vautour. — 1 volume.
L'intendant Ralph. — 1 volume.
Lady Lisle. — 1 volume.
La Trace du Serpent. — 2 volumes.
Le Secret de lady Audley. — 2 volumes.
Aurora Floyd. — 2 volumes.
Le Triomphe d'Éléanor. — 2 volumes.
Le Testament de John Marchmont. — 2 volumes.
Rupert Godwin. — 2 volumes.
Henry Dunbar. — 2 volumes.
La Femme du Docteur. — 2 volumes.
Le Brosseur du Lieutenant. — 2 volumes.
Le Locataire de sir Gaspard. — 2 volumes.
L'allée des Dames. — 2 volumes.

———

COULOMMIERS. — Typog. A. MOUSSIN

M. E. BRADDON

LE TESTAMENT

DE

JOHN MARCHMONT

ROMAN ANGLAIS

TRADUIT AVEC L'AUTORISATION DE L'AUTEUR

PAR

CHARLES BERNARD DEROSNE

NOUVELLE ÉDITION REVUE ET CORRIGÉE

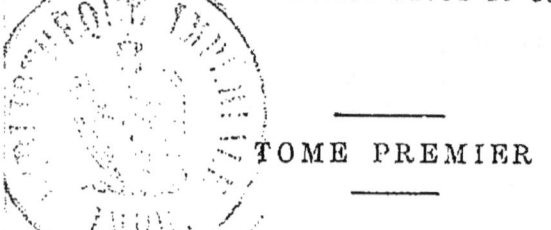

TOME PREMIER

PARIS

LIBRAIRIE DE L. HACHETTE ET Cie

BOULEVARD SAINT-GERMAIN, Nº 77

1869

A

MONSIEUR LE CAPITAINE COLLIN

AIDE DE CAMP DE M. LE GÉNÉRAL SOUMAIN

SOUVENIR AFFECTUEUX

CH. BERNARD DEROSNE.

Juillet 1869.

LE TESTAMENT

DE

JOHN MARCHMONT

CHAPITRE I

L'homme à la bannière.

L'histoire d'Edward Arundel, second fils de Christophe Arundel Dangerfield Arundel, de Dangerfield Park, comté de Devon, commença par une certaine soirée d'hiver où le jeune homme, encore écolier, alla avec son cousin, Martin Mostyn, assister à une représentation d'une tragédie en vers blancs, à l'un des théâtres de Londres.

Il y a peu d'hommes qui, en jetant un regard en arrière sur la longue histoire de leur vie, ne puissent retrouver dans les souvenirs du passé une page où a commencé l'histoire de leur vie actuelle. La page peut se rencontrer au milieu du livre peut-être; ou peut-être encore presque à la fin. Mais quel que soit l'endroit où elle se trouve, elle n'en est pas moins, en somme, le commencement réel. A une heure déterminée dans l'existence de l'homme, l'ouverture qui se jouait depuis qu'il était au monde finit tout à coup au bruit perçant de la sonnette du souffleur, la toile se lève, et le drame de la vie commence. Les premières scènes de la pièce sont quelquefois insignifiantes, communes, banales, ennuyeuses; mais suivez-les attentivement, et dans

chaque mot, dans chaque action, vous reconnaîtrez la
main toute-puissante de la Destinée. L'histoire a commencé ; nous pouvons déjà, nous, spectateurs, deviner
vaguement l'intrigue et prévoir le dénouement ; il n'y a
que les acteurs qui ne comprennent rien à l'ensemble
de leurs différents rôles, et ne se préoccupent pas du
tout de la scène finale déjà pressentie.

L'histoire de la vie du jeune Arundel commença à
l'époque où il était un tout jeune homme de dix-sept
ans, au cœur gai et insouciant, tout frais échappé, pour
quelques jours seulement, de la férule de ses maîtres
et de ses protecteurs naturels.

Le jeune homme était venu à Londres passer les
fêtes de Noël chez la sœur de son père, veuve douée
d'une bonne nature, mère d'un grand nombre de garçons et de filles, et tout juste assez riche pour se donner les apparences de fortune exigées par l'orgueil de
famille des Arundel de Dangerfield.

Laura Arundel avait épousé un colonel Mostyn, au
service de la Compagnie des Indes orientales, et était
revenue de l'Inde après quelques années d'une vie er-
rante, laissant derrière elle son mari mort et ramenant
cinq filles et trois fils, nés, pour la plupart, sous la
tente.

Mᵐᵉ Mostyn endura ses peines bravement, et parvint
à tirer de sa pension et d'un petit revenu à elle de
trois cents livres par an plus de profit que n'en cût
peut-être retiré la plus habile des ménagères. Sa maison dans Montague Square était élégamment meublée ;
ses filles étaient mises au dernier goût ; ses fils très-
bien élevés, et ses dîners parfaitement ordonnés. Elle
n'était pas une femme agréable ; elle était peut-être
même un peu trop sensée, tellement sensée qu'elle
ne pouvait supporter chez les autres tout ce qui ressemblait à de la folie. Elle était bonne mère, mais pas
du tout indulgente. Elle comptait que ses fils feraient
leur chemin et que ses filles se marieraient richement,
et tout désappointement au sujet de ces espérances raisonnables l'eût trouvée fort peu patiente. Elle était attachée à son frère Christophe Arundel et elle allait
volontiers passer la saison d'automne à Dangerfield, où

les déjeuners de chasse fournissaient à ses filles une excellente occasion d'exhiber leurs charmants négligés et leurs grâces sociales et domestiques, peut-être plus dangereuses pour les cœurs inflammables des riches jeunes squires que les fascinations d'une valse à deux temps ou d'une scène italienne.

Mais cette même Mme Mostyn, qui n'oubliait jamais d'entretenir sa correspondance avec le maître de Dangerfield, ignorait complétement l'existence d'un autre frère, un certain Hubert Arundel, qui avait peut-être plus grand besoin de son amitié de sœur que le riche gentilhomme du comté de Devon. Dieu sait combien le monde paraissait désert à ce jeune frère, qui avait été élevé pour entrer dans les ordres et avait dû se contenter d'une misérable cure dans l'une des plus tristes et des plus humides villes du marécageux comté de Lincoln. Sa sœur aurait pu très-facilement rendre la vie plus agréable au recteur de Swampington et à sa fille unique. mais Hubert était trop fier pour lui suggérer cette idée. S'il plaisait à Mme Mostyn de l'oublier (le frère et la sœur avaient été jadis grands amis et bons compagnons sous les hêtres de Dangerfield), elle en avait bien le droit. Elle était plus riche que lui, et il faut remarquer que si les revenus de A sont de trois cents livres par an et ceux de B de mille, il y a sept chances contre trois pour que B oublie l'intimité qui a pu exister autrefois entre A et lui. Hubert avait été un étudiant étourdi et avait apposé sa signature au bas d'un si grand nombre de billets par lesquels il reconnaissait avoir reçu en entier ce qu'il n'avait effectivement reçu qu'à moitié, que lorsqu'il eut contenté tous les détenteurs de ces horribles morceaux de papier timbré, son argent était épuisé et il ne lui resta plus, de toute la fortune qu'il avait possédée un moment, que quelques fusils achetés chez les armuriers en renom, bon nombre de fleurets, de cannes, de gants à boxer, de masques en fil de fer, de casques en forme de panier à salade, de guêtres en cuir, et autres biens paraphernaux, tels que la collection complète du *Sporting Magazine*, depuis 1792 jusqu'à l'époque actuelle, reliée en maroquin rouge; quelques boîtes de mauvais cigares, un ter-

rier d'Écosse, et un tonneau de porto impossible à
boire.

De tous ces objets, le tonneau de porto était le seul
maintenant qui pût prouver qu'Hubert avait eu jadis
la modeste fortune d'un fils cadet et qu'il avait réussi à
merveille à l'éparpiller un peu partout. Les pauvres de
Swampington avalaient avec confiance le vin rouge dou-
ceâtre qui avait été fabriqué pour l'usage spécial des
Israélites trafiquant en bijoux, cigares, tableaux, vins
et espèces sonnantes. Ils faisaient claquer leur langue
en dégustant le liquide mystérieux et affirmaient sans
hésiter que cela leur faisait plus de bien que toutes les
drogues que pouvait leur envoyer le docteur-apothi-
caire de la paroisse. Le pauvre Hubert était très-content
de voir qu'il avait du moins récolté quelque chose de
sa semaille de pièces de cent sous à Cambridge. Le vin
plaisait aux pauvres diables qui le buvaient et ne pouvait pas leur faire grand mal. Il y avait donc tout lieu
de croire que la dernière bouteille ne tarderait guère à
sortir des caves de la cure, emportant avec elle le dernier souvenir d'un passé amèrement regretté.

Je ne doute pas qu'Hubert ne fût vivement piqué de
la négligence de son unique sœur et qu'il ne ressentît
l'insulte comme seul peut la ressentir un homme pauvre
et fier ; mais jamais il ne laissa percer ce qu'il éprouvait, et, quand Mme Mostyn, un jour où il lui prit la
fantaisie de rendre service à ce frère oublié, lui écrivit
une lettre de conseils insolents qui se terminait par
l'offre de trouver à sa fille une place de gouvernante de
nursery, le recteur de Swampington se contenta de
froisser la missive dans sa main nerveuse et de la jeter
au feu avec une exclamation de colère qui ressemblait
terriblement à un juron.

— Une gouvernante de *nursery !* — répéta-t-il avec
fureur, — oui, une misérable servante mal payée, qui
enseigne l'A B C aux enfants, raccommode leurs ja-
quettes, et fait leurs tabliers. Je voudrais bien que
Mme Mostyn causât une demi-heure avec ma petite
Livy. Au bout de ce temps, elle serait, je crois, si bien
battue sur tous les points que nous n'entendrions plus
parler de gouvernantes de *nursery.*

Il sourit amèrement en répétant cette phrase odieuse, mais son sourire se changea en un soupir.

Était-ce étrange que le père soupirât en se souvenant qu'il avait vu la Mort frapper tout à coup des hommes plus jeunes et plus forts que lui? S'il venait à mourir en laissant sa fille unique non mariée? Que deviendrait-elle avec les charmes dangereux qu'elle possédait, avec son fatal douaire de beauté, d'intelligence et d'orgueil?

— Mais elle ne ferait jamais le mal, — pensa le père. — Ses principes religieux seraient assez forts pour la maintenir dans la bonne voie en dépit de toutes les tentations. Le sentiment du devoir était chez elle bien plus puissant que tous les autres. Elle ne s'écarterait jamais du devoir, non, jamais.

En retour de l'hospitalité de Dangerfield, Mme Mostyn avait l'habitude de recevoir chez elle Christophe Arundel ou ses deux fils, quand il plaisait à l'un des trois de venir à Londres. Il va sans dire qu'elle aimait infiniment mieux voir Arthur le fils aîné et l'héritier, assis à sa table parfaitement dressée et faisant la cour à l'une de ses jolies cousines, que d'être ennuyée par son frère cadet, garçon de dix-sept ans, très-bruyant et tapageur, qui n'avait d'autre avenir devant lui qu'un brevet d'officier au service de Sa Majesté et cent cinquante livres par an de supplément à sa solde; mais elle n'en mit pas moins beaucoup de bonne grâce à inviter Edward à venir passer les fêtes de Noël dans sa confortable maison, et ce fut ainsi qu'il arriva que le 29 décembre 1838, l'histoire de la vie d'Edward Arundel commença dans une loge du théâtre de Drury Lane.

La loge avait été envoyée à Mme Mostyn par l'élégant éditeur d'un journal élégant; mais cette dame et ses filles étant déjà engagées pour la soirée, il fut permis aux deux jeunes gens de bénéficier du privilège de l'éditeur.

La tragédie était l'œuvre endormante d'un amateur littéraire distingué, et le grand acteur lui-même qui jouait le principal rôle ne pouvait donner de charme à la pièce. Il ne réussit pas à faire beaucoup d'impression sur Edward, qui se renversa sur sa chaise et bâilla

à se décrocher la mâchoire pendant les premières
scènes.

— Ce n'est pas extraordinairement gai, Martin, —
dit-il naïvement. — Si nous allions manger quelques
huîtres en attendant que la pantomime commence.

— Maman m'a fait promettre que nous ne sortirions
d'ici que pour rentrer, Ned, — répondit son cousin, —
et nous, nous devons revenir tout droit à la maison en
voiture ?

Edward soupira.

— Je voudrais bien n'être venu qu'au moment où
l'on ne paye plus que moitié place, — dit-il avec ennui. — Si j'avais su que c'était une tragédie, je ne me
serais pas tant pressé de quitter le Square. Je me demande pourquoi on écrit des tragédies, puisque personne ne les aime.

Il tourna à demi le dos à la scène et croisa les
bras sur le coussin en velours de la loge pour se disposer à passer en revue tout l'auditoire. Peut-être aucune figure plus brillante que celle du jeune homme de
la loge ne fut-elle tournée ce soir-là vers le grand lustre qui étincelait. Ses yeux bleus candides avaient
plus d'éclat que pas une des mille lumières qui brillaient dans le théâtre ; son front blanc et large resplendissait sous le nombre de ses beaux cheveux dorés.
La santé, le bonheur, la franchise, l'honnêteté, la vivacité, et le courage d'un jeune lion étaient exprimés
dans son sourire sans contrainte et dans son regard
franc, quoique à demi provocateur. Ce jeune homme
de dix-sept ans avait avant tout l'air de ce qu'il était
réellement : un vrai gentleman. Martin Mostyn était
affecté, efféminé, précocement ennuyé de la vie et précocement indifférent à tout, excepté à ses intérêts :
mais la causerie de l'enfant du Devon gardait encore le
frais parfum de la jeunesse et de l'innocence, et la
gaieté insouciante de la première jeunesse. Il attendait l'ouverture bruyante de la pantomime et les lé-
gions brillantes de fées en jupons pailletés avec autant
d'impatience que le plus invétéré des cockneys qui frot-
tent pour le rafraîchir leur nez camus contre la rampe
en fer de la galerie. Il était tout aussi disposé à tomber

amoureux de la beauté au blanc de céruse des jeunes filles du ballet mal payées que le plus naïf des enfants de la foule immense qui était autour de lui. Dans toute sa fraîcheur, sans souillure, sans soupçon, il contemplait l'avenir avec le désir de se fier à tout le monde et de croire en toute chose.

— Comme vous êtes remuant, Edward, — murmura Martin d'un ton de mauvaise humeur. — Pourquoi ne regardez-vous pas la scène ? c'est très-amusant.

— Amusant !

— Oui, ce n'est pas la tragédie dont je veux parler, mais des comparses. Avez-vous jamais vu de votre vie une pareille agglomération d'individus ? Il y a là un homme à jambes tremblantes qui porte une lourde bannière et que je regarde depuis le commencement. A lui seul il est plus comique que tout le reste ensemble.

Mostyn, étant évidemment beaucoup trop poli pour désigner du doigt l'homme en question, le montra par un léger froncement de sourcils, et Edward, suivant cette indication, distingua le porteur de bannière au milieu d'un groupe de soldats en costumes du moyen âge qui se tenaient sur un côté du théâtre pendant un long dialogue confidentiel entre le héros princier de la tragédie et l'un de ses satellites. Le eune homme poussa un cri de surprise en apercevant le porteur de bannière aux jambes tremblantes.

Mostyn se tourna vers son cousin d'un air de contrariété.

— Ah! ma foi, cela m'a échappé, Martin, — s'écria le jeune Arundel. — Je ne crois pas me tromper... oui.... pauvre diable ! dire qu'il en est arrivé là ! Vous ne l'avez certainement pas oublié, Martin ?

— Oublié qui ?... oublié quoi? Mon cher Edward, que voulez-vous dire ?

— John Marchmont, le pauvre diable qui nous enseignait les mathématiques chez Vernon ; ce professeur que le maître de pension renvoya parce que....

— Eh bien! qu'y a-t-il à propos de lui?

— Mais c'est lui qui porte la bannière, — s'écria le jeune homme, se penchant vers son interlocuteur. —

Ne le voyez-vous pas, Martin ?... ne l'avez-vous pas reconnu ?... C'est Marchmont, le pauvre vieux Marchmont, que nous faisions endiabler, et que le maître de
pension renvoya parce qu'il avait une toux chronique
et n'était pas assez fort pour le travail qu'il avait à
faire.

— Oh ! oui, je me le rappelle fort bien, — répondit
Mostyn avec indifférence. — Personne ne pouvait supporter sa toux, vous savez, et, par-dessus le marché,
c'était un personnage fort commun.

— Il n'était pas commun du tout, — dit Edward avec
indignation. — Bon ! voilà la toile qui tombe encore.....
Il appartenait à l'une des meilleures familles du Lincoln, et il était l'héritier présomptif d'une immense
fortune ; je le lui ai entendu dire plus de vingt fois.
Mostyn n'essaya pas de réprimer le sourire de dédain
involontaire qui plissa ses lèvres pendant que son cousin parlait.

— Oh ! je ne doute pas le moins du monde que vous
ne le *lui* ayez entendu dire, mon cher cousin, — fit-il
d'un ton moqueur.

— Ah ! et c'était vrai, — s'écria Edward : — il n'était
pas homme à mentir, et peut-être aurait-il plu davantage à Vernon s'il avait eu ce travers. Il avait une mauvaise santé, il était faible, et que sais-je encore ? mais
il n'était pas vantard. Il m'a montré un jour un cachet
armorié qu'il portait d'habitude à sa chaîne de montre.

— Une chaîne en *argent*, — dit Mostyn avec dédain,
— absolument comme celle d'un charpentier.

— Ne soyez pas si arrogant, Martin. Il était très-bon
pour moi, le pauvre Marchmont ; je sais que je l'en-
nuyais terriblement, le pauvre diable, car je ne pouvais pas mordre à Euclide. Je suis fâché de le voir ici.
Quelle occupation pour lui, Martin ! Je parie qu'il ne
doit pas gagner à ce métier plus de neuf ou dix shillings par semaine.

— Un shilling par soirée, c'est, je crois, le salaire
ordinaire d'un soldat de théâtre. Les faux soldats sont,
comme vous voyez, payés tout autant que les véritables ; les défenseurs de notre pays risquent leur vie à
peu près pour la même somme. Où allez-vous, Ned ?

Edward avait quitté sa place et essayait d'ouvrir la porte de la loge.

— Voir si je puis parler au pauvre diable.

— Vous persistez donc à soutenir que l'homme aux jambes tremblantes est notre ancien professeur de mathématiques. Après tout, cela ne m'étonnerait pas ; le gaillard a toussé pendant les cinq actes, et c'est bien là le genre de Marchmont. Vous n'allez pas sans doute renouer connaissance avec lui ?

Mais le jeune Arundel venait de réussir à ouvrir la porte, et il sortit de la loge sans répondre à la question de son cousin. Il se fraya rapidement passage vers la sortie du théâtre et joua des coudes adroitement parmi la foule qui encombrait les portes du parterre et des galeries, jusqu'à ce qu'il fût arrivé à l'entrée des coulisses. Il avait souvent regardé cette porte sombre avec une curiosité respectueuse, mais il n'avait jamais essayé d'en franchir le seuil. Le gardien de ce paradis théâtral, habité par des fées à une guinée par semaine et des vassaux de baron à un shilling par soirée, est d'ordinaire un individu inflexible qui sait résister à toute persuasion morale et qui se laisse à peine corrompre par l'influence toute-puissante de l'or ou de l'argent. La demi-couronne du pauvre Edward ne fit aucun effet sur le rigide portier, qui le remercia de son cadeau en lui déclarant que c'était tout à fait contraire à ses ordres de laisser monter quelqu'un.

— Mais j'ai besoin de voir quelqu'un en particulier, — dit le jeune homme à la hâte. — Ne pourriez-vous me venir en aide pour cela? C'est un de mes vieux amis, un des comparses ; il portait une bannière dans la tragédie et il a une toux affreuse, le pauvre diable.

— L'homme qui portait la bannière dans la tragédie et qui a une vilaine toux, — dit le portier réfléchissant, — mais ce doit être, je pense, Barking Jeremiah.

— Barking Jeremiah !

— Oui, monsieur. On l'appelle Barking parce qu'il tousse constamment, et Jeremiah parce qu'il gémit sans cesse. Ah ! je n'ai jamais vu de ma vie un particulier comme celui-là pour se plaindre.

— Oh ! faites-le-moi voir, — s'écria Edward. — Je

sais que cela ne dépend que de vous ; rendez-moi donc
ce service, je vous en prie. C'est un de mes amis et un
vrai gentleman, je vous assure. Il n'y a pas de problème mathématique qu'il ne puisse résoudre et il
héritera d'une grande fortune un de ces jours.

— Oui, — interrompit le portier d'un ton moqueur,
— je sais cela ; on le plaisante à ce sujet dans les coulisses. Il dit sans cesse qu'il est gentleman, qu'il a le
droit de fréquenter les gentlemen, etc., etc. ; mais vous
êtes bien le premier qui soit venu demander après lui !

— Et je puis le voir, n'est-ce pas ?

— Je vais faire de mon mieux, monsieur. Ici, Jim, —
dit le portier s'adressant à un enfant malpropre qui
venait de clouer l'affiche annonçant la répétition du
lendemain sur une porte battante qui pinçait les doigts
des visiteurs non initiés. — Comment se nomme le comparse qui tousse si drôlement, celui qu'on a surnommé
Barking ?

— Oh ! c'est Mortimore que vous voulez dire.

— Sais-tu s'il figure dans le premier tableau ?

— Oui ; il remplit un rôle de démon. Mais le tableau
est terminé. Avez-vous besoin de lui ?

— Tu peux lui porter la carte de ce gentleman et lui
dire de descendre s'il a un moment de répit, — ajouta
le portier.

Arundel tendit sa carte à l'enfant malpropre.

— Oh ! il va s'empresser de venir vers moi, le pauvre
diable, — se dit-il ; — je ne le tourmentais pas tant
que les autres et je n'en suis pas fâché maintenant.

Edward ne pouvait oublier facilement ce que lui
avait révélé le rapide regard par lequel il avait reconnu la figure usée du professeur qui lui enseignait
les mathématiques deux ans auparavant. Y avait-il
rien de plus triste à voir que ce dégradant spectacle ?
Le corps affaibli pouvait à peine supporter cette misérable bannière en calicot et en clinquant d'un côté
seulement ; les joues creuses étaient grossièrement
barbouillées de vermillon ; les sourcils étaient rempla-
cés par du noir de fumée ; une touffe de poils de cheval
collée sur le menton tenait lieu de barbe, et les grands
yeux bleus sympathiques, auxquels la maladie donnait

un éclat surnaturel, semblaient dire perpétuellement
bien mieux que des paroles : « Ne me regardez pas,
ne me méprisez pas, n'ayez pas même pitié de moi;
cela ne durera pas longtemps. »

L'écolier au cœur compatissant songeait encore à
tout cela quand une main amaigrie s'appuya légèrement et en tremblant sur son bras, et en levant les
yeux il vit à côté de lui un homme recouvert d'un
masque hideux et d'un costume collant en toile écar-
late et or.

— Je vais ôter mon masque tout à l'heure, Arundel,
— dit une voix faible sortant d'une caverne de carton
et d'osier; — c'est très-bien à vous d'être venu me
voir, vous êtes bon.... très-bon.

— J'ai été fâché de vous trouver ici, Marchmont; je
vous ai reconnu tout de suite malgré votre déguisement.

Le comparse était parvenu pendant ce temps à se
débarrasser de son énorme coiffure et il déposa l'appa-
reil en papier mâché et en brocatelle sur une étagère.
Il s'était lavé la figure avant de mettre son masque, car
il n'avait plus à reparaître devant le public sous son
costume guerrier. Sa figure pâle et amaigrie était intéressante et fine; elle n'avait rien de beau, mais elle
était presque féminine par sa douceur d'expression.

— C'est la physionomie d'un homme qui n'a pas encore trente ans et qui n'y arrivera peut-être jamais, —
se dit tristement Edward. Pourquoi faites-vous ce métier, Marchmont? — demanda brusquement le jeune
homme.

— Parce que je ne puis en faire d'autre, — répondit
le démon avec un triste sourire. — Je ne puis entrer
comme professeur dans une institution parce que ma
santé ne me le permet pas ou plutôt parce qu'elle ne
permet pas à un maître de pension de m'occuper, de
peur que je ne lui reste à charge en tombant malade;
je me tire donc d'affaire aussi bien qu'il m'est possible en faisant des écritures et venant chaque soir à
ce théâtre. Cela ne m'inquiéterait guère si ce n'était à
cause de....

Il s'arrêta tout à coup. Un accès de toux lui coupa
la parole.

— Si ce n'était à cause de qui; cher ami?

— De ma pauvre petite fille, ma petite Mary, qui n'a plus de mère.

Edward devint sérieux et peut-être un peu honteux de lui-même. Il ne se souvint qu'en ce moment que son ancien professeur était resté veuf à vingt-quatre ans avec une petite fille à nourrir sur son maigre salaire.

— Ne vous découragez donc pas, Marchmont, — dit le jeune homme avec tendresse; — je pourrai peut-être vous venir en aide. La petite fille viendra à Dangerfield. Je sais que ma mère ne refusera pas d'avoir soin d'elle jusqu'à ce que vous soyez redevenu fort et bien portant. Et alors vous monterez une salle d'armes, un tir au pistolet, ou quelque chose de ce genre au West End. J'irai chez vous, j'y amènerai une foule de jeunes gens, et vous réussirez à merveille, soyez-en sûr.

Le pauvre John Marchmont, le comparse asthmatique, était peut-être la dernière personne au monde qu'il fût possible de s'imaginer tenant en main une paire de fleurets ou un pistolet, mais il sourit faiblement à l'enthousiasme de son ancien élève.

— Vous avez toujours été un brave garçon, Arundel, — dit-il gravement. — Je ne suppose pas que je vous demanderai jamais de me rendre service, mais si plus tard cette toux m'emporte et que ma petite Polly reste seule, je.... je pense que vous décideriez votre mère à être bonne pour elle, n'est-ce pas que vous feriez de votre mieux pour cela, Arundel?

Un tableau se déroula devant les yeux fatigués du comparse pendant qu'il parlait ainsi, et ce tableau représentait une dame d'un aspect agréable dont le portrait lui avait été fait bien souvent par un fils aimant, une vieille demeure irrégulière, de vastes pelouses et de longues avenues de chênes et de hêtres au bout desquelles se montrait le ciel bleu. Si cette Mme Arundel qui était si tendre, si compatissante et si douce pour toutes les jeunes paysannes aux joues rosées qu'elle rencontrait sur son chemin, Edward le lui avait dit souvent, allait prendre aussi en pitié sa pauvre petite fille! si elle allait condescendre à voir l'enfant, la pauvre fleur pâle et négligée, le lis frêle, la plante exotique délicate qui était si déplacée sur les tristes sentiers de la vie!

— S'il n'y a que cela qui vous inquiète, — s'écria le jeune Arundel précipitamment, — vous pouvez vous tranquilliser et venir avec moi manger quelques huîtres. Nous aurons soin de l'enfant. Je l'adopterai, ma mère en aura soin, elle l'élèvera, et elle lui fera épouser un duc. Retournez donc changer d'habits et venez manger des huîtres et boire un verre de bière.

Marchmont secoua la tête.

— Je n'ai pas le temps, — dit-il. — Je figure dans le tableau suivant. C'est très-bien à vous d'être venu, Arundel, mais ce n'est pas précisément votre place. Retournez vers vos amis, mon cher enfant, et ne songez plus à moi. Je vous écrirai quelque jour au sujet de Mary.

— Pas du tout! — s'écria le jeune homme, — vous allez me donner votre adresse immédiatement et j'irai vous voir demain matin. Vous me présenterez à la petite Mary et si nous ne devenons pas les meilleurs amis du monde, je ne me flatterai plus d'avoir du succès auprès du beau sexe. Quel est le numéro de votre maison, mon cher Marchmont?

Arundel avait tiré de sa poche un petit portefeuille en maroquin et un petit porte-crayon en or.

— N° 27, Oakley Street, Lambeth. Mais j'aimerais mieux que vous ne vinssiez pas, Arundel, vos amis ne trouveront pas cette visite de leur goût.

— Que mes amis aillent se pendre s'ils veulent. Moi, je fais ce qui me plaît, et demain je déjeunerai avec vous à dix heures précises.

Le comparse n'eut pas le temps de faire de nouvelles observations. La musique qui s'entendait faiblement du couloir où avait lieu la conversation lui annonçait que le tableau tirait à sa fin.

— Je ne puis rester plus longtemps avec vous. Retournez vers vos amis, Arundel. Bonsoir. Que Dieu vous bénisse!

— Attendez, encore un mot. L'héritage du comté de Lincoln....

— Ne sera jamais pour moi, mon cher ami, — répondit tristement le démon à travers son masque qu'il avait repris. — J'ai essayé de vendre mon droit de réversion, mais les juifs m'ont presque ri au nez en m'entendant tousser. Bonne nuit.

Il disparut et la porte battante se referma sur Edward. Le jeune homme revint auprès de son cousin qui était mécontent de son absence. Mostyn avait découvert que les danseuses du corps de ballet étaient vieilles ou laides, que la musique était mal choisie, la pantomime stupide et les décors pitoyables. Il adressa quelques questions dédaigneuses au sujet de son ancien professeur, mais il écouta à peine les réponses d'Edward et fut tout à fait vexé de l'entêtement de son compagnon à assister à la scène comique tout entière, où le pauvre Marchmont paraissait et disparaissait, tantôt comme un passant bien mis portant un paquet qu'il sacrifiait résolûment aux penchants rapaces du clown, tantôt comme un policeman, un barbier, un chimiste, un fantôme, mais toujours soufffleté, cajolé, décoiffé et trompé, toujours piteux, misérable et souffrant, car ses bras lui faisaient mal après avoir porté une bannière pendant les cinq actes ennuyeux de la tragédie en vers blancs, sa tête était comprimée sous le poids de son lourd édifice en carton et en brocatelle, ses yeux étaient fatigués par la fumée de la poudre et les feux du Bengale, sa gorge était desséchée par les vapeurs sulfureuses, et ses os étaient meurtris par les bourrades que lui administraient pour rire le clown et le paillasse. Et tous ces supplices lui étaient payés un shilling par soirée!

CHAPITRE II

La petite Mary.

Le pauvre Marchmont n'avait donné qu'à contre-cœur son adresse à son ancien élève. Son logement dans Oakley Street se composait d'une misérable chambre sur le derrière, au second étage d'une maison dont le rez-de-chaussée était occupé par une marchande à la toilette. Le gentleman sans fortune, le professeur de mathématiques, l'expéditionnaire, le comparse du théâtre de Drury Lane avait reculé devant la nécessité de montrer sa pauvreté, mais la bonne et impérieuse nature de son élève avait détruit une à une toutes ses objections, et en s'éveillant le lendemain de la rencontre à Drury Lane, Marchmont se souvint avec un certain embarras qu'il allait avoir quelqu'un à déjeuner chez lui.

Comment traiterait-il ce jeune écolier élégant et sans gêne, qui ne connaissait de la vie que le côté riant et qui avait sans doute l'habitude de déjeuner avec des friandises que Marchmont n'avait jamais entrevues que dans les superbes étalages de comestibles, que pouvaient contempler tous les passants affamés derrière les vitrines des magasins italiens?

— On lui sert probablement du jambon cuit à l'étuvée dans du madère et des pâtés du Périgord chez sa tante Mostyn, — se dit John avec désespoir. — Que puis-je lui donner, moi?

Mais Marchmont comme tous les pauvres était tout disposé à s'exagérer l'extravagance des riches. S'il avait assisté à la préparation du déjeuner de la famille Mostyn dans la cuisine de Montague Square, il aurait été considérablement soulagé, car il n'aurait vu que des infusions

2

de thé et de café dans des cafetières en argent, il est
vrai, quatre petits pains chauds à la française cachés
sous une serviette damassée, des fragments triangu-
laires de pain rôti coupés à un pavé de la veille, quatre œufs frais et environ une demi-livre de jambon
extraite d'un morceau de choix. Les veuves qui ont
des filles à marier n'abusent pas du crédit chez Fort-
num et Mason.

— Il aimait les petits pains chauds quand j'étais
chez Vernon, — se dit John avec quelque espoir; —
qui sait s'il les aime toujours?

En réfléchissant de la sorte, Marchmont s'habilla
très-proprement et avec beaucoup de soin, car il était du
nombre de ces hommes auxquels la pauvreté n'enlève
pas leur plus noble attribut, l'individualité. Il ne faisait
pas de protestations bruyantes contre les humiliations
qu'il était forcé d'endurer, il ne vantait pas son mérite;
il ne criait pas sur les toits qu'il voulait être traité en
gentleman, quoique malheureux, mais par ses manières
douces, peu démonstratives, il se posait en homme
comme il faut bien plus efficacement que s'il eût
maugréé toute la journée contre la dureté de son sort
et eût cherché à se consoler par l'ivresse du tourment
que lui infligeait la misère. Il n'abandonna jamais les
habitudes qu'il avait eues depuis son enfance. Il était
aussi propre et aussi rangé dans son appartement du
deuxième étage qu'il l'avait été huit ans auparavant à
Cambridge. Il ne voulut pas reconnaître cette intimité
qui existe aux yeux de la plupart des hommes entre
la pauvreté et les poignets de chemise crasseux, ou
encore entre la pauvreté et la bière. Il ne souffrait nullement de porter des vêtements râpés, mais il s'entê-
tait à avoir un faible pour le linge propre. Il n'adopta
jamais ces habitudes de paresse et de vagabondage
qui sont particulières à quelques hommes dans l'adversité. Même parmi les comparses de Drury Lane il conserva le respect de lui-même; on lui donnait bien le
sobriquet de Barking Jérémiah, mais on avait soin de
ne le prononcer que lorsqu'il ne pouvait l'entendre. Il
était si poli malgré ses manières réservées que la personne qui l'eût offensé volontairement eût fait preuve

de plus de méchanceté que n'en possèdent génerale-
ment les sujets de Sa Majesté. Il est vrai qu'en plus
d'une occasion le grand tragédien apostropha le porteur de bannière aux jambes tremblantes et lui appli-
qua l'épithète de : « bête brute, » parce qu'en toussant
il avait troublé ce personnage, mais le même grand
homme donna au pauvre John Marchmont une lettre
de recommandation pour un médecin distingué dans
laquelle il lui demandait de le guérir de son affection
pulmonaire. Quand bien même John Marchmont n'eût
pas été poussé par ses instincts à lutter contre l'influence malsaine de la pauvreté, il eût vaillamment
combattu pour quelqu'un qu'il aimait dix fois plus que
lui-même.

S'il eût pu devenir escroc ou scélérat, ce qui pour
lui était à peu près aussi facile que de se changer en
un clin d'œil et sans exercices pulmonaires en un Léo-
tard ou un Olmar, l'influence de sa fille l'en aurait em-
pêché tout aussi sûrement que si les faibles bras qui
l'enlaçaient tendrement eussent été des chaînes de diamant forgées par quelque enchanteur.

Comment aurait-il pu ne pas écouter cette chère petite
enfant qui lui avait été confiée dans le moment le plus
triste de sa vie, dans le moment où sa femme poitrinaire avait succombé à la maladie et l'avait laissé
seul au monde pour défendre sa fille?

— Si je venais à mourir, je crois que la mère d'Arundel serait bonne pour elle, — pensait Marchmont, en
finissant sa toilette; — Dieu sait que je n'ai pas le
droit de demander ou d'espérer rien de pareil, mais
elle sera peut-être riche par la suite et pourra leur
rendre ce qu'ils feraient pour elle.

Une petite main frappa légèrement à la porte de sa
chambre tandis qu'il songeait ainsi, et une voix d'enfant
se fit entendre.

— Puis-je entrer, papa?

La petite fille couchait avec plusieurs enfants de la
propriétaire dans une chambre au-dessus de celle de
son père. John ouvrit la porte et la fit entrer. Le pâle
soleil d'hiver qui pénétrait par la fenêtre sans rideaux
près de laquelle était assis Marchmont éclaira en plein

la figure de l'enfant pendant qu'elle s'avançait vers lui.
C'était une figure petite, pâle, avec des traits délicats,
un nez droit, une bouche pensive et de grands yeux
bruns songeurs. Les cheveux de l'enfant retombaient
librement sur ses épaules, non pas en boucles à tire-
bouchons qu'aiment tant les femmes du peuple, ni en
ondulations crêpées, à la mode depuis peu dans les
nurseries de Belgrave Square, mais en tresses douces
et soyeuses qui ne frisaient qu'à l'extrémité. Mlle Marchmont (on l'appelait toujours Mlle Marchmont dans cette
maison de Oakley Street) avait une robe en étoffe
brune et un tablier de couleur, aussi propres que
l'habit usé et le linge rapiécé de son père. Elle était
très-jolie, très-élégante, très-intéressante, mais il était
impossible de la regarder sans éprouver une émotion
pénible, difficile à comprendre. On sut plus tard pourquoi cette petite fille vous avait ému. Elle n'avait
jamais été enfant. Cette divine période d'innocence
parfaite, où la douleur, le bien et le mal n'existent
pas, cette brillante saison où l'âme s'épanouit en toute
liberté n'avait jamais existé pour elle. La main impi-
toyable de la pauvreté lui avait enlevé le don précieux
déposé par Dieu dans son berceau, et à huit ans elle
était femme et douée des plus nobles attributs que
possèdent les femmes, l'amour, la tendresse, la compassion, le dévouement, l'abnégation complète, la
patience et la résignation sublime. Elle était femme
par toutes ces vertus, mais elle n'était plus enfant. A
trois ans elle avait dit adieu à l'égoïsme qui s'ignore,
aux satisfactions animales de l'enfance, et elle avait
appris ce que c'était que de souffrir à cause de son
père et de sa mère. Dès le moment où la pitié et l'a-
mour se furent éveillés en elle, elle ne cessa plus d'être
la consolatrice du jeune mari désolé qui allait bientôt
perdre sa femme.

John avait été forcé de quitter son enfant pour gagner
de quoi subvenir à leurs besoins à tous deux, en tra-
vaillant pour Vernon, le maître de la pension aristo-
cratique et fort chère où Edward et Martin avaient fait
leurs études, mais il l'avait laissée entre bonnes mains,
et quand le jour de son renvoi arriva, il ne fut pas aussi

peiné qu'il aurait dû l'être du malheur qui le ramenait auprès de sa petite Mary. Il est impossible de dire combien il aimait cette enfant. Qu'on songe à sa pauvreté sans espoir, à sa nature réservée et sensitive, à son isolement complet, à la perte de sa femme qui avait jeté sur sa jeunesse un voile de deuil, et on comprendra peut-être cette affection morbide à force d'être vive et à laquelle répondait celle qui en était l'objet. La petite fille aimait *beaucoup trop* son père. Quand il était avec elle, elle était contente de rester assise à côté de lui, de le regarder écrire, fière de lui aider, ne fût-ce qu'en essuyant ses plumes ou lui tendant le papier brouillard, et heureuse de le servir, d'aller au marché pour lui, de préparer ses modestes repas, de faire son thé et de tout arranger dans sa chambre pauvrement meublée. Ils causaient parfois de la fortune du Lincoln, la fortune dont *hériterait* Marchmont si trois personnes ayant chacune trois fois plus de vitalité que John voulaient bien déblayer le chemin et le constituer héritier légal en prenant avant leur temps le chemin du cimetière. Un homme plus pratique que Marchmont se fût tenu au courant de ces trois existences et eût cherché à savoir si le numéro un était poitrinaire, le numéro deux hydropique et le numéro trois apoplectique, mais John n'était pas capable de recourir à de semblables procédés machiavéliques. Il lui arrivait, je crois, plus d'une fois d'abréger la distance entre Oakley Street et Drury Lane en rêvant à des enfantillages que j'ai presque honte de raconter. Ces trois personnes pouvaient se trouver dans le même train express au moment d'une terrible explosion, mais la douce nature du pauvre diable reculait d'effroi devant la vision qu'il avait évoquée. Même pour sa petite Mary, il ne se sentait pas le courage de sacrifier toutes les victimes du train. Il se contentait d'emprunter de temps en temps un numéro du *Times* et de jeter un coup d'œil en tête de la deuxième colonne avec le faible espoir d'y trouver son nom en lettres capitales, avec une annonce portant que s'il voulait bien s'adresser quelque part il apprendrait quelque chose qui l'intéressait. Il se contentait de cela et de ses longues causeries sur

l'avenir avec sa petite Mary au coin du feu. Ils pas-
saient des heures entières dans la chambre obscure,
éclairée seulement par la faible lueur d'une poignée
de charbon, car les chandelles les plus communes qui
valent quinze sous la livre aujourd'hui étaient plus
chères encore en l'année 1838. Dieu seul peut savoir
quels beaux châteaux en Espagne ces deux créatures
au cœur simple bâtissaient l'un pour l'autre en face de
leur foyer peu confortable. Je pense que le père était
encore le plus enfant des deux, quoiqu'il prétendît ne
parler de tout cela que pour amuser sa fille. Ce n'était
que lorsqu'il quittait cette petite chambre et rentrait
dans le monde raisonnable, dur, et terre à terre, qu'il
se rappelait qu'il avait été fou, et qu'il était impossible, oui, impossible, que lui, l'expéditionnaire et le
comparse, devînt jamais le possesseur de Marchmont
Towers.

La pauvre petite Mary était en ceci moins pratique
encore que son père. Elle continuait ses rêves dans la
rue et s'illusionnait au point que Lambeth lui apparaissait radieuse. Son imagination prenait la clef des
champs en face de cet avenir heureux où son père
serait riche et puissant. Je regrette de dire que la plupart de ses idées de grandeur prenaient leur source
dans New Cut. Elle meublait le salon de Marchmont
Towers avec les beaux meubles du tapissier de cette
rue; elle couvrait de tapis de Bruxelles étincelants le
parquet en chêne qui lui avait été décrit par son père,
et elle suspendait des rideaux en damas satiné de couleur éclatante aux grandes fenêtres en œil de bœuf;
elle plaçait des vases dorés garnis de fleurs artificielles
sur les hautes cheminées sculptées des antiques salles,
et nichait un perroquet gris, en vente chez l'épicier et
habitué à prononcer de vilains mots, sous la colonnade
en pierre qui se trouvait au bout de l'aile occidentale;
elle choisissait les marchands qui fourniraient les objets
nécessaires au château du comté de Lincoln : la distance ne la gênerait en rien pour témoigner sa gratitude et sa bienveillance. Son papa emploierait l'épicier
poli qui vendait pour un sou de si belles bottes de cresson; le bon marchand de beurre qui se donnait tant de

peine pour envelopper soigneusement la livre de beurre
frais à seize sous qu'il vendait à Mary la *petite dame* ; le
boucher attentif qui ne coupait jamais *plus* que les trois
quarts d'une livre sur le morceau de bœuf où il préle-
vait le dîner de Marchmont et de sa petite fille. Oui,
tous ces gens-là seraient récompensés quand son papa
possèderait la propriété du Lincolnshire. Mlle Marchmont avait le projet de bâtir une boutique auprès de
Marchmont Towers pour le boucher accommodant et
d'adopter la fille aînée de l'épicier pour sa confidente
et sa compagne. Bien des fois la petite fille faillit être
écrasée pendant qu'elle parcourait les rues en rêvant
de la sorte, mais la Providence veillait attentivement
sur la pauvre enfant sans mère, et elle revenait toujours
saine et sauve dans Oakley Street avec ses minces
emplettes de thé, de sucre, de beurre et de viande. Le
lecteur dira peut-être que ces rêves-là du moins étaient
des enfantillages, mais je maintiens quand même que
l'âme de Mary avait depuis longtemps dit adieu à
l'enfance, et que même, dans ces visions, elle était
femme, car elle songeait aux autres plutôt qu'à elle-
même, et il y avait dans ses rêveries beaucoup plus
d'idées maternelles qu'il n'aurait dû y en avoir à l'âge
qu'elle avait. Parfois aussi l'épouvante précipitait les
battements de son cœur aimant quand elle entendait
la toux sèche de son père, et une terrible crainte s'emparait d'elle : la crainte que Marchmont ne vécût pas
assez longtemps pour hériter du domaine du comté de
Lincoln. L'enfant ne disait jamais ses prières sans y
ajouter une petite supplication improvisée par laquelle
elle demandait que Dieu la fît mourir en même temps
que son père. C'était là peut-être une prière peu chrétienne, et un prêtre aurait pu lui apprendre que sa vie
était entre les mains de la Providence, qu'il pouvait
plaire à Celui qui l'avait créée de la condamner à vivre
seule pendant de longues années, et qu'elle n'avait pas
le droit dans son ignorance et sa faiblesse de se ré-
volter contre la volonté divine. Je crois que si l'arche-
vêque de Cantorbéry était venu de Lambeth Palace à
Oakley Street dire cela à Mary, il aurait prêché dans le
désert, et l'enfant se serait endormie ce soir-là avec la

prière habituelle aux lèvres, la prière qui suppliait le
Tout-Puissant de ne briser que par la mort les liens que
l'amour rendait si solides.

Mlle Marchmont écouta le récit de la rencontre de la
soirée précédente avec grand plaisir, quoique une certaine gravité fût visible sur sa figure quand elle apprit
que l'écolier au cœur généreux allait venir déjeuner ;
mais sa gravité était seulement celle d'une ménagère
qui réfléchit, qui trace son plan, et qui, pendant que
vous lui dites le nombre et le rang de vos convives,
dresse le menu de son dîner, songe aux poissons de la
saison, aux soupes qui doivent les précéder, et se demande ce qui vaut mieux d'une palestine, d'une iu-
lienne ou d'un potage à l'italienne.

— Tu veux un bon déjeuner, papa, — dit-elle, quand
son père eut fini de parler, — alors il nous faut du
cresson, *évidemment*.

— Et des petits pains chauds, ma chère Polly. Arundel a toujours aimé beaucoup les petits pains chauds.

— Et les pains chauds coûtent sept sous les trois
dans New Cut. (J'ai honte d'avouer que cette chère enfant parlait aussi résolûment de New Cut qu'elle eût
parlé de Rotten Row.) Il en restera un pour le thé,
papa, car nous ne pourrons pas manger quatre petits
pains. Ah ! mais, c'est qu'il va falloir beaucoup de
beurre aussi.

La petite ménagère tira de sa poche une bourse anté-
diluvienne et se mit à compter son trésor. Son père
lui donnait tout l'argent qu'il recevait comme il l'aurait donné à sa femme, et Mary lui fournissait les petites sommes qui lui étaient nécessaires, soit pour une
once de tabac, soit pour une pinte de bière. Il n'y avait
pas de journaux d'un sou à cette époque, sans cela
Marchmont se fût régalé de temps en temps d'un numéro du *Telegraph* !

Mary ne se permettait à elle-même qu'une extravagance. Elle lisait des romans, volumes sales, tachés et
tout défaits qu'elle louait pour un prix d'une modicité
inconnue aujourd'hui dans les cabinets de lecture, à
une vieille femme au nez bourré de tabac qui demeurait dans une petite ruelle et qui regardait l'enfant

comme un phénomène d'érudition précoce. Le seul plaisir que connût la petite fille en l'absence de son père, c'était la lecture de ces pages maculées. Elle ne négligeait aucun devoir, elle n'oubliait aucun tendre soin pour l'être aimé qui était absent; mais quand sa petite tâche était achevée, elle trouvait délicieux de dévorer *Madeleine l'abandonnée* et *Cosmos le pirate,* et de s'égarer dans des régions sans limites peuplées de princesses en robe de satin blanc et de bandits gentilshommes qui avaient été enlevés dans les châteaux des rois leurs pères par des hordes vengeresses de bohémiennes. Dans ces années de pauvreté et d'isolement, la fille de Marchmont amassa dans son esprit, morbide à l'excès plutôt que fort, un incroyable trésor de vague sentiment poétique dont la possession ne constituait pas précisément peut-être le meilleur des douaires pour une jeune fille qui avait devant elle le long voyage de la vie à faire.

A neuf heures et demie, tous les simples préparatifs nécessaires pour la réception d'un visiteur avaient été terminés par Marchmont et sa fille. Il ne restait plus de trace du lit de John, sauf celle laissée sur le plancher par une commode en acajou à mine suspecte à l'endroit où avait été fait le lit. La fenêtre avait été ouverte, la chambre avait été bien aérée et époussetée, un bon petit feu pétillait dans la grille reluisante, et la plus brillante des bouilloires en fer battu chantait sur la dalle du foyer. La nappe blanche était raccommodée en plusieurs endroits, mais c'était tout ce qui restait du petit trousseau avec lequel Marchmont s'était mis en ménage, et, en dépit du raccommodage, le damassé irlandais témoignait de sa bonne qualité aussi bien que le sang généreux de Marchmont pouvait attester son origine malgré l'habit râpé. Une théière en terre brune pleine de thé très-fort, une assiette de petits pains à la française, un morceau de beurre frais et une merluche frite ne constituent pas un repas très-épicurien, mais Mary regardait ce modeste déjeuner comme quelque chose qui devait avoir du succès.

—Nous pourrons avoir des merluches tous les jours

à Marchmont Towers, n'est-ce pas, papa? — dit-elle
naïvement.

Mais la petite fille fut plus que charmée quand
Edward monta quatre à quatre les marches de l'étroit
escalier et se précipita dans la chambre, frais, radieux,
bruyant, splendide, bien mieux vêtu que les manne-
quins en cire représentant sur la porte des grands magasins de confection dans New Cut de jeunes gentlemen très-élégants et ne ressemblant à aucun de ces
types à lèvres rouges de la mode du jour. L'écolier se
montra ravi de tout; il était venu en cabriolet, et il
avait, dit-il à son hôte, un appétit d'enfer. Les petits
pains et le cresson disparaissaient de son assiette
comme par enchantement; la petite Mary frissonnait
en voyant les larges entailles qu'il faisait au morceau
de beurre; la merluche eut à peine quitté le gril qu'elle
n'était plus.

— Ceci vaut dix fois mieux que les maigres déjeuners de ma tante Mostyn, — dit franchement le jeune
gentleman. — Avec elle, on n'en a jamais assez. Comment, me dit-elle, vous ne prenez pas un autre œuf,
Edward? et elle me le plante sur mon assiette quand
elle veut que je le mange. Il vous faudrait assister à nos
déjeuners de chasse à Dangerfield, Marchmont. Quatre sortes de vin de Bordeaux et du vin de Moselle et
du champagne à n'en plus finir. Vous viendrez quelque jour à Dangerfield voir ma mère, n'est-ce pas, mademoiselle Mary?

Il l'appelait Mlle Mary et ne lui parlait qu'avec une
certaine timidité. Son air sérieux lui en imposait malgré lui. Il s'imaginait qu'elle était assez âgée pour
comprendre ce qu'il y avait d'humiliant dans la position de son père et pour souffrir d'être logée à un second étage sur le derrière. Il regretta tout de suite
d'avoir parlé de Dangerfield.

— Quel bavard je suis, — se dit-il, — j'ai toujours
Dangerfield à la bouche.

Mais Arundel n'eut pas le loisir de demeurer longtemps dans Oakley Street, car le comparse avait à figurer dans une répétition à midi. A onze heures et
demi, Marchmont et son élève sortirent ensemble, et

la petite Mary resta seule pour desservir et accomplir ses autres devoirs de ménagère.

Elle avait du temps de reste pour cela, aussi ne commença-t-elle pas tout de suite. Elle s'assit sur un tabouret près du foyer et regarda le feu d'un air rêveur.

— Comme il est bon ! — pensa-t-elle, — il ressemble tout à fait à Cosmos, seulement Cosmos était brun, ou bien encore à Reginald Ravenscroft, mais il était brun aussi. Pourquoi les personnages des romans sont-ils tous bruns ? Comme il est bon pour papa ! Irons-nous jamais à Dangerfield papa et moi ? Il est certain que je ne voudrais pas y aller sans papa.

CHAPITRE III

Au sujet de la propriété du comté de Lincoln.

Pendant que Mary s'abandonnait à de folles rêveries, Marchmont et son ancien élève se dirigeaient ensemble vers le pont de Waterloo.

— J'irai jusqu'au théâtre avec vous, Marchmont, — dit le jeune homme ; — je suis en vacances maintenant, vous savez, et je fais ce qu'il me plaît. Dans un mois, j'aurai un précepteur particulier qui me préparera pour entrer dans l'armée. Je désire que vous me racontiez tout ce qui concerne la propriété du comté de Lincoln. Est-ce quelque port du côté de Swampington.

— Oui, à neuf milles.

— Ah ! grands Dieux ? quelle coïncidence extraordinaire ! Mon oncle Hubert est recteur de Swampington, et c'est un vrai trou ! J'y vais quelquefois le voir, ainsi que ma cousine Olivia, qui est un prodige. Elle sait plus de grec et de latin que moi, et plus de mathématiques que vous. Elle nous battrait tous deux sur n'importe quoi.

Marchmont ne parut pas très-frappé de la coïncidence qui paraissait si extraordinaire à Edward, mais pour obliger son ami, il lui expliqua, avec patience et netteté, comment il se faisait que trois personnes seulement fussent entre lui et la possession de Marchmont Towers, avec toutes ses attenances et dépendances.

— La propriété est très-grande, — dit-il en terminant; — mais ce serait par trop singulier que d'aller me figurer que je la posséderai jamais.

— Et pourquoi pas? juste ciel! je ne vois rien qui s'y oppose, — s'écria Edward avec une vivacité extraordinaire. — Voyons, mon vieil ami, si je comprends bien votre histoire, voici quel est le cas : votre premier cousin germain est le possesseur actuel de Marchmont Towers; il a un fils âgé de quinze ans qui se mariera ou ne se mariera pas; rien qu'un fils, entendez-vous. Mais il a aussi un oncle, un oncle célibataire, qui, d'après le testament de votre grand-père, doit hériter avant vous de la propriété. Or, cet oncle du propriétaire actuel étant vieux, il ne peut assurément tarder de mourir. Le propriétaire actuel lui-même est un homme entre deux âges, qui ne vivra pas, je crois, très-longtemps. Je parierais qu'il boit beaucoup trop de porto, qu'il chasse, qu'il dort après son dîner et fait toutes sortes de folies qui mènent tout droit à l'apoplexie. Reste ensuite son fils, qui n'a que quinze ans, il n'est pas encore en âge de se marier et il doit être poitrinaire. Oserez-vous soutenir qu'il n'y a pas six chances contre six qu'il ne se mariera pas? Vous voyez donc, mon vieil ami, que vous êtes sûr d'avoir la fortune, car il n'y a rien qui puisse vous en empêcher, excepté.....

— Excepté trois personnes, dont la moins bien portante vivra probablement plus longtemps que moi. Vous êtes bien bon, Arundel, d'envisager la chose sous ce point de vue consolant; mais je ne suis pas né pour être riche. Peut-être qu'en somme la Providence m'a mieux traité que je ne pense. J'aurais pu ne pas être heureux à Marchmont Towers. Je suis timide, emprunté, ennuyeux. Si ce n'était pour Mary...

— Ah! mais certainement, — s'écria Edward; — je

ne suppose pas que vous ayez l'intention de négliger les intérêts de... Mlle Marchmont!

Il allait dire la petite Mary, mais il s'était arrêté brusquement en se souvenant tout à coup des yeux bruns sérieux qui avaient contemplé les ravages faits par lui à la table du déjeuner.

— Je suis sûr que Mlle Marchmont est née pour être une héritière; je n'ai jamais vu de petite princesse pareille.

— Comment! — dit John tristement, — une princesse en tablier rapiécé et en robe usée!

La figure de l'écolier devint presque rouge d'indignation en entendant son ancien maître parler ainsi.

— Vous ne me croyez pas sans doute assez niais pour refuser mon admiration à une lady, — il désignait ainsi Mary, qui n'était encore que dans sa neuvième année, — parce qu'elle n'est pas riche. Et encore ce n'est pas là le cas, parce que votre fille aura plus tard la fortune, même si...

Il s'arrêta tout honteux de son manque de tact, car il sentait que John devinerait la signification de cette pause soudaine.

— Même si je mourais avant Philip Marchmont, — répondit tranquillement le professeur de mathématiques. — De ce côté-là, Mary n'a pas plus de chance que moi. La fortune ne peut lui être transmise que dans le cas où Arthur mourrait sans enfants, ou bien négligerait d'annuler la substitution, comme on dit, je crois, s'il avait des héritiers.

— Arthur! c'est le nom du fils du propriétaire actuel.

— Oui. Si ma pauvre fille, qui est délicate comme sa mère, mourait, ainsi que moi, avant les trois hommes, il y en a un autre qui prendra ma place et qui s'occupera, plus activement que moi peut-être, de calculer les chances qu'il aura d'obtenir l'héritage.

— Un autre! — s'écria Arundel. — Morbleu! Marchmont, c'est l'affaire la plus compliquée dont j'aie jamais entendu parler. C'est plus difficile que les problèmes que vous me donniez jadis: si A. vend à B. 999 fromages de Stilton à 9 1/2 d. la livre, etc., etc.... Expliquez-moi la situation, et faites-la-moi comprendre, si vous pouvez?

Marchmont soupira.

— C'est une histoire ennuyeuse, Arundel, — dit-il; — je ne vois pas pourquoi je vous en infligerais le supplice.

— Mais ce ne sera pas un supplice pour moi, — répondit l'écolier avec énergie; — je m'intéresse vivement à tout cela, et je passerais la journée à me promener ici de long en large en vous écoutant.

Les deux gentlemen avaient franchi le guichet au pont de Warterloo en ce moment. Le débarcadère du South-Western n'avait pas encore été construit en 1838, et le pont était un des endroits les plus paisibles que pussent choisir deux compagnons pour échanger leurs confidences. Les actionnaires le savaient, à leurs dépens.

Peut-être Marchmont se serait-il laissé aller à répéter la vieille histoire qu'il avait racontée si souvent à sa petite fille au coin de leur feu, si la grande horloge de Saint-Paul n'avait sonné les douze coups de midi, qui furent reproduits par une centaine de clochers sur la rive droite et la rive gauche du fleuve.

— Il faut que je vous quitte, Arundel, — dit précipitamment le comparse; il se rappelait à l'instant qu'il n'avait que tout juste le temps d'arriver, et qu'il serait mal accueilli par le régisseur. — Que Dieu vous bénisse, mon cher ami. Vous avez été bien aimable de vous souvenir de moi, et la vue de votre bonne figure m'a rendu très-heureux. J'aimerais à ce que vous fussiez au courant de tout ce qui a rapport à la propriété du Lincoln. Nous n'avons que fort peu de chance, mon enfant et moi, d'en être jamais les maîtres; mais quand je serai mort, Mary restera seule au monde, et ce sera une consolation pour moi que de me dire qu'elle aura quelque ami, généreux et désintéressé comme vous, Arundel, qui, si l'héritage lui revenait, veillerait à ce qu'on fît reconnaître son droit.

— Et je n'y manquerais pas, je vous assure, — répondit aussitôt le jeune homme.

Sa physionomie s'anima et ses yeux étincelèrent. Il

était déjà, en pensée, un preux chevalier partant pour aller défendre sa dame aux yeux bruns.

— J'écrirai l'histoire, Arundel, — dit Marchmont; — je n'ai pas le temps de vous la dire, et vous pourriez l'oublier. Encore une fois, adieu et soyez béni!

— Arrêtez! — s'écria Edward, devenant beaucoup plus rouge qu'auparavant, il avait la malheureuse habitude de rougir comme un enfant, — arrêtez, mon vieil ami. Il faut que vous m'empruntiez ceci, je vous prie. J'en ai tant que j'en veux. Vous le dépenserez en objets de fantaisie, ou bien lorsque vous rentrerez tard vous prendrez une petite pointe. Vous me rendrez le tout, avec les intérêts, quand vous serez le seigneur de Marchmont Towers. Je reviendrai bientôt vous faire une autre visite. Au revoir.

Le jeune homme mit de force un chiffon de papier dans la main de son ancien professeur, bondit à travers la porte et se jeta dans un cabriolet, dont le cheval de haute encolure arpentait sans se presser Lancaster Place.

Le comparse courut vers Drury Lane aussi vite que ses jambes tremblantes le lui permirent. Il fut obligé d'assister un moment à la répétition avant de pouvoir examiner le cadeau que son élève l'avait forcé à prendre en partant. C'était un billet de banque de cinq livres tout froissé et sale qui enveloppait deux demi-couronnes, un shilling et un demi-souverain.

Le jeune homme avait donné à son ami le restant de son argent de poche. Marchmont tourna la figure vers l'aile sombre du bâtiment où il se trouvait et pleura silencieusement. Qu'on se souvienne que sa nature était douce, un peu féminine et que, de plus, il se trouvait dans un état de santé où les yeux d'un homme se mouillent de larmes malgré lui, sous l'influence de toute émotion inaccoutumée.

Il employa une partie de cette après-midi à écrire la lettre qu'il avait promis d'envoyer à son jeune ami.

« Mon cher Arundel,

« Mon but en vous écrivant aujourd'hui se rattache si « étroitement au bien-être futur de ma chère fille, que je

« m'abstiendrai soigneusement de tout ce qui n'a aucun
« rapport avec nos intérêts. Je ne vous parlerai donc pas
« de votre conduite de ce matin, qui, avec la connaissance
« approfondie que j'avais déjà de votre caractère, m'a
« décidé à vous confier les doutes et les craintes dont je
« suis tourmenté depuis longtemps au sujet de l'avenir de
« mon enfant.

« Je suis un homme condamné, Arundel. Les médecins me
« l'ont dit; mais ils m'ont dit aussi que, bien qu'il me soit im-
« possible d'éluder la sentence de mort prononcée contre moi
« depuis longtemps, je puis vivre quelques années encore
« si je mène l'existence réglée et soignée qui n'est permise
« qu'à un homme riche. En continuant de porter des ban-
« nières et à respirer du soufre, je ne vivrai pas longtemps.
« Ma petite fille restera au monde sans argent, mais non
« sans amis; car elle a d'humbles parents de sa pauvre
« mère qui, j'en suis sûr, feraient de leur mieux pour lui
« venir en aide à leur manière. Les épreuves que je redoute
« pour ma fille orpheline sont plutôt les dangers de la for-
« tune que ceux de la pauvreté. Si les trois hommes qui, à
« ma mort, se dresseront entre Mary et la propriété du
« comté de Lincoln, meurent sans enfants, ma pauvre fille
« chérie sera le seul obstacle que rencontrera sur sa route
« un homme dont je me méfie, je vous l'avoue franchement.

« Mon père, John Marchmont, était le troisième de quatre
« frères. L'aîné, Philip, mourut laissant un fils nommé aussi
« Philip, qui est aujourd'hui le maître de Marchmont
« Towers; le second, Marmaduke, vit encore et est céli-
« bataire; le troisième, John, eut quatre enfants, dont je
« suis le seul survivant; le quatrième, Paul, mourut après
« avoir donné le jour à un fils et à deux filles. Le fils est
« artiste et exerce maintenant sa profession à Londres;
« l'une des filles est mariée à un médecin de paroisse qui
« habite Stanfield; l'autre fille est âgée et vit à la charge de
« son frère.

« C'est cet homme, Paul Marchmont, l'artiste, que je
« crains.

« Ne me croyez pas faible d'esprit ou soupçonneux sans
« motifs, Arundel, en apprenant que la seule pensée de cet
« homme me donne la sueur froide et arrête les battements
« de mon cœur. Je sais que c'est un préjugé, et un préjugé
« qui n'a pas sa raison d'être. Je ne pense pas que Paul
« Marchmont soit un honnête homme, mais je ne puis
« trouver des motifs suffisants pour expliquer la haine et la
« terreur qu'il m'inspire. Il vous est impossible à vous,
« jeune homme franc et insouciant, de vous dépeindre

« exactement les sentiments d'un homme qui songe à son
« unique enfant et se dit qu'elle aura peut-être bientôt à
« lutter sans armes et sans appui contre un méchant
« homme. Parfois je demande à Dieu que la fortune du Lin-
« coln ne revienne pas à ma fille après ma mort ; car je ne
« puis chasser la pensée, que Dieu me pardonne cette indi-
« gnité ! que Paul Marchmont aurait recours à tous les moyens
« bons ou mauvais pour l'en dépouiller. Les gens du monde
« riraient de moi en lisant la lettre que je vous écris, mon
« cher Arundel ; mais je m'adresse au meilleur ami que
« j'aie, à la seule créature que je sache incapable de se
« laisser corrompre par l'influence d'un méchant homme.
« Noblesse oblige. Je n'ai pas peur qu'Edward Dangerfield
« Arundel ne s'acquitte pas consciencieusement de la mis-
« sion que je lui confie, quelque folle que soit cette mission.
    « Peut-être qu'en vous écrivant ainsi, je sens en moi
« quelque chose d'analogue à l'espérance aveugle du marin
« qui, ayant fait naufrage sur une île déserte, enferme sa
« simple histoire dans une bouteille cachetée et la lance
« dans la mer, dont les flots l'enserrent de tous côtés.
« Avant que ma petite fille ait douze ans, vous serez un
« homme, Arundel, un homme intelligent, courageux, et
« par-dessus tout un homme d'honneur. Tant que ma fille
« sera pauvre, ses humbles amis seront assez forts pour la
« protéger ; mais si jamais la Providence jugeait conve-
« nable de la faire entrer en lutte avec Paul Marchmont,
« car il regarderait comme son ennemi quiconque l'empê-
« cherait d'arriver à la fortune, elle aurait besoin d'un pro-
« tecteur bien plus puissant que tous ceux qu'elle pourrait
« trouver parmi les parents de sa mère. Voudrez-vous être
« ce protecteur, Arundel? Je suis un homme qui se noie,
« voyez-vous, et qui cherche à s'accrocher à la paille qu'en-
« traîne le courant. J'ai confiance en vous, Edward, autant
« que je me méfie de Paul Marchmont. Si le jour arrive
« où ma petite fille aura cet homme pour adversaire, vou-
« drez-vous l'aider à soutenir la lutte ? Elle ne sera pas facile.
    « Je vous envoie ci-joint un extrait de la copie du testa-
« ment de mon grand-père, qui vous expliquera comment
« il a disposé de ses biens. Ne perdez ni la lettre ni l'extrait.
« Si vous acceptez la mission que je vous confie aujourd'hui,
« il vous faudra les consulter après ma mort. Le legs d'une
« fille sans appui est le seul don que je puisse faire au seul
« ami que j'ai.
                                    « JOHN MARCHMONT.
    « 27, Oakley Street, Lambeth.
        « 30 décembre 1838. »

(Extrait.)

« Je lègue tout mon domaine connu sous le nom de
« Marchmont Towers, avec ses attenances et dépen-
« dances, à mon fils aîné Philip Marchmont, qui en
« aura la jouissance sa vie durant. A sa mort, le do-
« maine appartiendra à mon petit-fils Philip, et après
« lui à son fils aîné, avec droit de réversion sur la fa-
« mille dudit fils aîné ; puis à ses autres descendants
« dans l'ordre voulu par la loi, toujours avec droit de
« réversion. A défaut d'héritier, le domaine passera à
« mon second fils Marmaduke et à ses descendants
« successivement; puis à John, mon troisième fils, et
« à ses descendants, et enfin à Paul, mon quatrième
« fils, et à ses descendants. A l'extinction, si elle a
« lieu, de la lignée de mes quatre enfants, mes biens
« reviendront aux autres collatéraux, toujours dans
« l'ordre de succession ci-dessus indiqué.

« *P. S.* Vient ensuite ce que les hommes de loi appellent
« un legs général, à des dépositaires qui veillent à ce que
« les biens ne soient pas endommagés avant de parvenir à
« l'héritier. Tâchez de vous expliquer ce que cela peut être.
« J'espère que c'est quelque jargon légal impliquant la
« conservation de mon droit de réversion. »

Le ton de la réponse d'Arundel à cette lettre était
plus en harmonie avec le caractère de l'écrivain qu'avec
l'appel solennel du pauvre John.

« Mon cher vieux Marchmont,

« Il est clair que j'aurai soin de Mlle Mary. Ma mère l'adop-
« tera ; elle vivra à Dangerfield, sera élevée avec ma sœur
« Letitia, qui a la plus drôle de gouvernante française et
« une soubrette allemande, et gare à Paul Marchmont s'il
« s'avise de vouloir me jouer quelque tour. Voilà qui est
« entendu. Mais que signifient, mon vieux maître, vos his-
« toires de mort, de noyade, de marins naufragés qui s'ac-
« crochent à une paille, et autres absurdités du même
« genre, quand vous savez très-bien que vous vivrez assez
« longtemps pour hériter du domaine du Lincoln, où j'irai
« chasser chaque année, où vous ferez construire un jeu
« de paume, où évidemment il y a une salle de billard, et où

« vous aurez des chevaux de chasse et une belle meute à
« l'usage de

« Votre à jamais dévoué ami, compatriote et frère,

« EDGARDO.

« 42, Montague Square.
« 31 décembre 1838.

« *P. S.* A propos, ne croyez-vous pas qu'un emploi dans
« une étude d'avoué vous irait mieux que le théâtre royal
« de Drury Lane? Si vous êtes de cet avis, je pense pouvoir
« vous le faire obtenir. Mes souhaits de bonne année à
« Mlle Mary. »

Ce fut ainsi qu'Edward accepta la mission solennelle
que son ami lui confiait de bonne foi et simplement.
Mary elle-même en savait aussi long que son père sur
la manière d'agir dans le monde en dehors de Oakley
Street, Waterloo Road et New Cut. Rien ne paraissait
plus naturel à John que de confier l'avenir incertain de
sa fille unique à ce beau jeune homme dont l'enfance
n'avait été souillée par aucun sentiment vil et aucune
action déshonorante. Le professeur de mathématiques
avait passé trois ans dans le pensionnat du comté de
Berks, où Edward et son cousin Mostyn avaient été
élevés, et le jeune homme, qui était bien moins fort
que son cousin pour résoudre un problème d'algèbre,
avait eu assez de perspicacité pour reconnaître, ce qui
avait échappé à Mostyn, qu'il se cachait un gentleman
sous un habit râpé. C'était ainsi que l'amitié avait pris
naissance entre le maître et son élève, et qu'une confiance irréfléchie en Edward s'était enracinée dans l'esprit simple de John.

— Si ma petite fille avait la certitude d'hériter de la
fortune, — se disait Marchmont, — je trouverais bon
nombre de gens qui se chargeraient d'elle et qui la
serviraient fidèlement; mais elle a si peu de chances.
Je ne puis oublier que les Juifs m'ont ri au nez, il y a
deux ans, quand j'ai essayé d'emprunter sur mon droit
de réversion. Non, il faut que je me fie à ce noble jeune
homme; car je ne vois pas de protecteur possible, et
toute autre personne se moquerait des craintes que
m'inspire mon cousin Paul.

Marchmont avait, en effet, de bonnes raisons pour

être honteux de son antipathie pour le jeune artiste,
qui travaillait à gagner son pain et celui de sa mère
infirme et de sa sœur non mariée pendant cet hiver
rigoureux de 1838. Il travaillait avec patience et espoir,
malgré tous les découragements, et il se contentait de
mener une vie monotone et sans plaisirs dans un triste
logement près de Fitzroy Square. Je ne puis trouver
aucune excuse aux idées préconçues de John et défavorables à un jeune homme industrieux et infatigable,
qui était le seul soutien de deux femmes sans fortune.
Si l'adoration de deux femmes était une preuve de la
vertu d'un homme, Paul devait être le meilleur des
hommes; car Stéphanie Marchmont et sa fille Clarisse
professaient à l'égard de l'artiste une idolâtrie pleine
de respect, qui avait quelque chose de romanesque. Il
m'est donc impossible d'assigner une raison quelconque
à la méfiance de John envers son cousin. Ils avaient été
camarades de classe dans une misérable pension des
faubourgs, où les enfants des gens pauvres étaient
nourris, logés et instruits d'un bout de l'année à l'autre
pour la bagatelle de vingt livres environ. Ce qu'il y
avait de plus remarquable dans le prospectus du chef
de l'établissement, c'était l'abolition des vacances; car
les fêtes foyeuses de Noël, qui sont si agréables aux
riches habitants de Bloomsbury ou de Tyburnia, n'ont
pas les mêmes charmes pour les ménages pauvres,
dont le buffet mal garni ne peut supporter les attaques
de robustes garçons âpres à la curée. Les deux enfants
s'étaient rencontrés dans une pension de ce calibre et
ne s'étaient plus revus depuis. Ils n'avaient peut-être
pas été les meilleurs amis du monde dans cet établissement classique, mais leurs querelles n'avaient rien
eu de désespéré. Ils avaient discuté un peu librement
leurs chances d'hériter de la fortune du Lincoln, mais
je n'ai pas à vous raconter l'histoire romanesque d'une
scène violente dans la modeste pension, ni à rappeler
des insultes graves et des serments de vengeance.
Aucun encrier ne fut lancé par l'un des enfants à la
tête de l'autre, aucun coup de fouet terrible ne laissa
de cicatrice ineffaçable sur le front de l'un ou l'autre
des deux cousins. Marchmont eût été aussi embarrassé

de rendre compte de ses préventions contre son parent
que le fut le gentleman sans nom qui confessait si
naïvement son aversion pour le docteur Fell. Je crois
que notre sympathie et notre antipathie, en général,
se rattachent un peu au système du docteur Fell. Basil,
de Wilkie Collins, ne pouvait dire pourquoi il devint
amoureux fou de la jeune fille qu'il eut le malheur de
rencontrer en omnibus, ni pourquoi il éprouvait un
dégoût prononcé pour le gentleman qui devait la sé-
duire. David Copperfield détestait Uriah Heep même
avant d'avoir des motifs suffisants pour entrer en lutte
avec le mauvais génie du père d'Agnès Wickfield. L'enfant n'aimait pas l'intrigant aux manières rampantes
de Canterbury, parce qu'il avait les yeux ronds et
rouges, et les mains visqueuses et désagréables au
toucher. Les motifs de Marchmont pour détester son
cousin n'étaient peut-être pas plus fondés que ceux de
Copperfield. Il se peut que l'écolier n'eût aucune sympathie pour son camarade parce que les beaux yeux
gris de Paul Marchmont étaient un peu trop rapprochés
l'un de l'autre ; parce que son menton et ses lèvres,
délicatement moulés, étaient une idée trop compri-
més ; parce que ses joues devenaient pâles comme
celles d'un mort dans les occasions où le sang aurait
afflué avec violence vers la figure d'un autre enfant ;
parce qu'il était taciturne et réservé, lorsqu'il eût été
plus naturel qu'il fût bruyant et bavard ; parce qu'il
avait la force de sourire à des provocations qui en eussent mis d'autres en fureur ; parce qu'en somme il y
avait en lui ce quelque chose qui, partout où il se
trouve, engendre le soupçon, *un mystère.*

Les cousins s'étaient donc séparés ni amis ni ennemis, pour suivre chacun son chemin dans un pays inconnu qui paraît naturellement stérile et désolé aux
voyageurs à pied, dont les souliers à clous deviennent
de plus en plus gênants à mesure qu'ils s'usent, et
comme la main de fer de la pauvreté retint Marchmont
en arrière de Paul sur la route pénible qu'ils parcou-
raient tous deux, la fierté calme du professeur de
mathématiques l'écarta toujours du sentier de son parent. Il en avait assez entendu sur le compte de Paul

pour savoir qu'il habitait Londres et travaillait ferme pour gagner sa vie. Il se donnait peut-être autant de peine que John lui-même, mais il se maintenait du moins à hauteur d'une position sociale plus élevée que celle de l'expéditionnaire et porteur de bannière de Drury Lane.

Mais Edward n'oublia pas ses amis d'Oakley Street. Un beau matin, le jeune homme fit une visite aux avoués de son père, MM. Paulette, Paulette, et Mathewson, de Lincoln's Inn Fields, et fut tellement éloquent en plaidant la cause de son ami dans le besoin, qu'il fit éclater de rire l'un des plus jeunes associés, qui déclara qu'Edward porterait la robe d'avocat avant qu'il eût trente ans. Il résulta de cette entrevue qu'au bout du premier mois de la nouvelle année, Marchmont abandonna la classique bannière et le masque de démon à un successeur fortuné, et prit possession d'un tabouret boiteux et pas du tout rembourré dans l'un des cabinets de MM. Paulette, Paulette, et Mathewson en qualité de copiste et de saute-ruisseau, moyennant trente shillings par semaine.

La petite Mary vit poindre ainsi un âge d'or dans lequel ses soirées ne furent plus solitaires et tristes. Elle passa agréablement son temps avec son père à faire des études proportionnées à son âge, ou mieux encore à sa capacité, qui était celle d'une enfant plus âgée qu'elle, et dans certaines occasions à jamais mémorables dans l'avenir. Marchmont conduisit sa fille tantôt dans l'un tantôt dans l'autre des théâtres de la banlieue. Il est fâcheux d'avouer que mon héroïne (car elle va devenir mon héroïne par la suite) suça des oranges, mangea des biscuits d'Abernethy et se rafraîchit le nez à la rampe en fer de la galerie, exactement comme les autres simples mortels quand ils savourent le drame anglais.

Mais pendant tout ce temps Marchmont ignorait complètement un fait très-important survenu dans l'histoire des trois personnes dont il parlait toujours comme lui barrant le chemin conduisant à Marchmont Towers. Le jeune Arthur Marchmont, héritier présomptif du domaine, était mort le 1er septembre 1838, victime de l'étourderie qui l'avait poussé à franchir une haie tenant en main le beau fusil de chasse chargé et armé dont son père lui avait fait cadeau. Cet affreux accident, raconté brièvement par tous les journaux, n'était pas parvenu aux oreilles du pauvre John Marchmont qui n'avait pas d'amis pour s'occuper de ses intérêts et venir lui annoncer en toute hâte une nouvelle concernant sa prospérité. Il n'avait pas lu non plus la notice nécrologique sur Marmaduke Marchmont le célibataire, qui avait succombé à une attaque d'apoplexie juste un an avant le jour où Edward déjeuna dans Oakley Street.

CHAPITRE IV

Le Départ.

Edward ne quitta Montague Square que pour entrer aussitôt chez le précepteur particulier dont il avait parlé, et qui devait compléter son éducation et le préparer à remplir les pénibles devoirs de la vie militaire. De la maison de ce précepteur particulier, il passa dans un régiment de cavalerie après plusieurs examens, qui étaient loin d'être en 1840 aussi difficiles qu'ils le sont devenus depuis. En effet, je crois que les malheureux cadets élevés d'après le système de haute pression, et auxquels on demande, dans l'espace d'une demi-heure, l'abrégé des intrigues politiques du Portugal pendant le dix-huitième siècle, un exposé scientifique des courants de la mer Rouge et la critique des comédies d'Aristophane comparées à celles de Pedro Calderon de la Barca, sans oublier de prendre en considération les influences de l'époque différente et de la nationalité sur l'esprit des deux auteurs, auraient porté envie à Arundel pour la facilité avec laquelle il obtint sa commission dans un régiment de cavalerie d'élite. Edward inaugura donc l'année 1840 par un crédit illimité sur les livres d'un célèbre tailleur militaire de New Burlington Street et par une visite à Dangerfield, où il fut faire ses adieux avant de s'embarquer pour l'Inde avec son régiment, qui venait de recevoir l'ordre du départ.

Mme Arundel fut sans doute très-peinée de cette séparation soudaine d'avec son plus jeune fils aux cheveux blonds. Le jeune homme et sa mère se promenèrent ensemble au pâle soleil d'hiver, sous les hêtres sans feuilles de Dangerfield, et parlèrent du triste voyage qu'allait faire le cornette, des plaines arides et des jungles dangereuses, des périls sur mer et des périls sur terre ; mais à travers tout ce mirage, le jeune soldat voyait la gloire qui lui tendait ses bras blancs, lui faisant signe du doigt et lui criant : « Viens, conquérant futur ; viens malgré les fatigues et les dangers, malgré la fièvre et la famine, viens reposer ta tête sur mes genoux teints de sang ! » Assurément ce jeune homme qui n'a que dix-huit ans est excusable d'être un peu romanesque, un peu trop empressé et impressionnable, et de s'imaginer qu'il n'a qu'à aller dans l'Inde sur un grand navire de transport où il aura le mal de mer, pour y conquérir la réputation d'un Clive. Peut-être est-il excusable encore d'oublier parfois, dans son enthousiasme, le pauvre ami auquel il est venu en aide il y a un an environ, et les yeux bruns sérieux qui l'ont regardé dans la misérable chambre de Oakley Street. Je ne dis pas qu'il eût oublié complètement son vieux professeur de mathématiques ; il n'était pas dans sa nature de négliger le souvenir de quiconque avait besoin de ses services, car ce jeune homme, auquel il tardait tant d'être soldat, avait un caractère chevaleresque et il serait allé se faire tuer pour sa dame ou pour son ami, si besoin en eût été. Il avait reçu de Marchmont deux ou trois lettres reconnaissantes dans lesquelles le clerc d'avoué parlait gaiement de sa nouvelle existence et de sa santé, qui s'était considérablement améliorée depuis, disait-il, qu'il avait renoncé à la bannière tragique et au masque de pantomime. Edward n'avait pas oublié non plus sa promesse d'intéresser Mme Arundel au sort de la petite fille sans mère. Dans l'une de ces promenades d'hiver sous les branches noires des hêtres de Dangerfield, le cornette avait raconté la douloureuse histoire de la pauvreté et de l'humiliation de son digne professeur.

— Et dire, mère, — s'écria-t-il à la fin de sa petite histoire, — que j'ai vu le pauvre diable portant une grande bannière en calicot et marchant à la queue de la procession pendant que les marchands de pommes de la galerie se moquaient de lui ! Je sais qu'il descend d'une des meilleures familles du Lincoln, et qu'il héritera d'une immense fortune s'il vit assez longtemps pour cela. Mais s'il mourait, mère, et qu'il laissât sa pauvre petite fille dans la misère, vous auriez soin d'elle, n'est-ce pas ?

Je ne sais pas si Mme Arundel entrait tout à fait dans les vues de son fils relativement à l'adoption de Mary, et si elle avait le projet bien arrêté de garder la petite fille à Dangerfield tant qu'elle vivrait, dans le cas où elle deviendrait orpheline. Mais c'était une bonne et charitable dame, et elle ne voulut pas contrarier son fils en entamant une discussion sur le plus ou moins de sagesse dont il faisait preuve en adoptant ou promettant d'adopter les orphelins abandonnés qu'il trouvait sur sa route.

— J'espère que la petite fille ne perdra pas son père, Edward, — dit-elle avec douceur, — et puis, mon cher enfant, vous m'avez dit que M. Marchmont avait d'humbles amis qui prendraient l'enfant s'il venait à mourir. Il ne désire pas que nous adoptions sa fille, il demande seulement que nous nous intéressions à son sort.

— Et vous vous y intéresserez, mère, — s'écria le jeune homme, — vous vous intéresserez à elle, n'est-ce pas ? Vous ne pourriez vous en empêcher si vous la voyiez. Elle ne ressemble nullement à une enfant, vous savez ; ce n'est pas comme Letitia. Elle est aussi grave et aussi calme que vous, mère, plus encore, et elle a tout à fait l'air d'une dame, malgré sa robe et son tablier râpés.

— Ses habits sont-ils râpés? — dit la mère, — je pourrais toujours, quoi qu'il arrive, lui être utile sous ce rapport, Ned. Il me sera facile de lui envoyer une malle pleine des robes de Letitia, qui grandit trop vite pour user ses vêtements.

Le jeune homme rougit et secoua la tête.

— Merci d'avoir eu cette bonne pensée, mère; mais je ne crois pas que cela puisse se faire, — dit-il.

— Et pourquoi pas ?

— Parce que Marchmont est gentleman, voyez-vous, et quoiqu'il soit très-pauvre, il est héritier de Marchmont Towers. Pour gagner quelques shillings, il ferait tout au monde, mais il n'accepterait pas des vêtements de rebut.

La conversation sur ce sujet n'alla pas plus loin et ne décida rien.

Edward écrivit à son humble ami une lettre charmante par laquelle il annonçait à John qu'il avait conquis la sympathie de sa mère en faveur de Mary, et lui traçait un tableau brillant de l'expédition dans l'Inde dont il allait faire partie.

« Je voudrais pouvoir aller vous faire mes adieux ainsi « qu'à Mlle Mary avant mon départ, « écrivait-il, » mais c'est « impossible. Je me rends tout droit d'ici à Southampton à « la fin du mois, et l'Auckland met à la voile le 2 février. « Dites à Mlle Mary que je lui rapporterai de l'Afghanistan « toutes sortes de jolies choses : des éventails en ivoire, « des châles de Cachemire, des curiosités chinoises, des « pantoufles brodées à pointes recourbées, des diamants, de « l'attar, des roses, etc., et n'oubliez pas que je m'attends « à ce que vous m'écriviez et que vous m'annonciez sans re- « tard la nouvelle de votre héritage dès que la propriété du « comté de Lincoln sera à vous. »

Marchmont reçut cette lettre au milieu de janvier. Il soupira tristement en repliant l'épître du jeune homme après l'avoir lue à sa petite fille.

— Nous n'avons pas déjà tant d'amis, Polly, — dit-il, — pour que la perte de celui-ci nous trouve indifférents.

Les joues de Mary devinrent plus pâles en entendant parler ainsi son père. Ce tempérament à imagination qui, ainsi que je l'ai dit, était d'une précocité presque morbide, présentait chaque objet à la petite fille sous un jour inconnu aux enfants. Ces quelques mots suffirent pour qu'elle se transportât en esprit dans ce terrible pays dont son père lui avait décrit les dangers. Elle se vit dans les rochers de la passe de Bolan au milieu d'un tourbillon de neige et, autour d'elle, des soldats affamés disputant aux chiens sauvages la possession de quelque charogne. Elle avait entendu parler des périls et des fatigues qui avaient été le partage de l'armée de l'Inde en 1839, et son cœur de femme tressaillait de peur à ces cruels souvenirs.

— Il ira dans l'Inde et il sera tué, papa, — dit-elle. — Oh! pourquoi le laisse-t-on partir? Sa mère ne l'aime donc pas? Si elle l'aimait, elle le retiendrait près d'elle.

Marchmont fut obligé d'expliquer à sa fille que l'amour maternel ne doit pas aller jusqu'au point de priver une nation de ses défenseurs, et que les plus riches joyaux que Cornélie puisse donner à son pays sont les gouttes de sang rosé qui tombent du cœur des plus braves et des plus beaux parmi ses fils. Mary n'entendait rien à l'économie politique; elle ne pouvait raisonner sur la nécessité de châtier l'insolence de la Perse ou d'arrêter l'invasion russe sur les bords lointains de l'Indus. Fallait-il que la belle tête d'Edward, avec son auréole de cheveux blonds, fût fendue par le sabre d'un afghan renégat, parce que le jeune shah de Perse avait fait l'entêté?

Mary pleura silencieusement ce jour-là sur un roman en trois volumes pendant que son père portait des citations à des débiteurs insolvables en sa qualité de saute-ruisseau de MM. Paulette, Paulette et Mathewson.

La petite fille ne passait plus ses journées dans la chambre du second sur le derrière. Marchmont et Mary étaient restés fidèles à Oakley Street et à la marchande à la toilette, qui était une bonne créature; mais ils étaient descendus au premier étage, dont le splendide ameublement avait jadis émerveillé Mary, alors qu'il était occupé par un réprouvé de vieux commissionnaire en marchandises qui semblait indifférent aux charmes d'un miroir convexe supporté par un aigle doré mais estropié, auquel la perte d'une aile enlevait un peu de sa dignité. Mary trouvait que ce bijou de miroir aurait pu figurer comme ornement dans le palais de la jeune reine à Saint-James Park.

Mais ni l'aigle, ni le troisième volume d'un roman attendrissant ne purent consoler Mary dans cette sombre journée de janvier. Elle ferma le livre, se mit à la fenêtre, et regarda dans la rue déserte et obscurcie par les flocons de neige qui tombaient lentement.

— Il neigeait ainsi dans la passe de Bolan, — se dit-elle, — quand les traîtres Indiens harassèrent les braves soldats et tuèrent leurs chameaux. Que deviendra-t-il dans cet affreux pays?.... le reverrons-nous jamais...?

Oui, Mary, pour votre malheur. Les cimeterres indiens ne l'effleureront pas, la famine et la fièvre ne s'abattront pas sur lui, car la main qui marque le jour encore éloigné où vous devez vous rencontrer vous et lui ne faiblira pas jusqu'à ce que ce jour soit arrivé.

Nous n'avons pas besoin de raconter tout au long les préparatifs qui furent faits pour le départ du jeune soldat ni les tendres adieux entre la mère et le fils.

M. Arundel était un gentleman compagnard, pur et simple, aux larges épaules, au cœur sur la main, qui ne songeait qu'à sa ferme, à son cheval, à la chasse, et aux daims rouges, dont foisonnait le voisinage. Il envoya son fils cadet dans l'Inde avec autant de calme qu'il avait envoyé l'aîné à Oxford. Le jeune homme n'hériterait pas de grand'chose; il fallait donc qu'il se fît une position convenable. D'autres cadets de la famille des Arundels avaient combattu et gagné leurs grades au service de l'honorable Compagnie des Indes. Edward ne valait pas mieux qu'eux ; à quoi bon dès lors les pleurs et les regrets parce que le cornette s'en allait essayer de faire fortune s'il pouvait? Le squire alla même plus loin, il déclara que master Edward était un heureux gaillard de partir juste au moment où on se battait avec acharnement et où l'occasion lui serait offerte d'avancer rapidement.

Il donna sa bénédiction au jeune cadet, lui remémora le total de la somme sur laquelle il pouvait compter à titre de supplément de solde, lui recommanda de ne pas boire et de ne pas jouer, et crut, après cela, avoir fait son devoir d'Anglais et de père.

Si Mme Arundel pleura, ce fut en secret, pour ne pas décourager son fils par la vue de ses larmes de femme bien naturelles. Si Mlle Letitia Arundel fut désolée de perdre son frère, elle étouffa son chagrin avec une discrétion digne d'éloges, et elle n'oublia pas de répéter au voyageur qu'elle s'attendait à recevoir par le premier paquebot une robe en mousseline brodée d'ailes de scarabées. Et comme Algernon Fairfax Dangerfield Arundel, l'héritier, était à Oxford, il ne restait plus personne pour pleurer. Edward s'éloigna donc de la maison de son père avec la diligence qui partait des *Armes d'Arundel*, assez à temps pour rejoindre *le Telegraph* à Exeter, et aucune lamentation bruyante ne retentit dans les airs au-dessus de Dangerfield, aucun sanglot ne troubla le calme des vastes appartements. Les vieux domestiques regrettaient le fils cadet qui, par son caractère jovial et facile, était devenu leur favori ; mais leurs regrets furent tempérés par une certaine dose de gaieté, comme cela arrive généralement pour toutes les douleurs de ce genre, et l'ale forte, la fameuse ale d'octobre, fut versée à Dangerfield en cette journée du 31 janvier avec plus d'abondance qu'elle ne l'avait été depuis Noël.

Je doute fort que quelqu'un de Dangerfield fût aussi désolé du départ du jeune soldat que la petite fille romanesque de Oakley Street, Lambeth, dont le rêve sentimental qui tenait à la fois de la femme et de l'enfant avait pour figure principale Edward Arundel.

Ainsi, la toile tombe sur un navire qui déploie ses voiles blanches sur le fond gris du ciel de février et part pour l'Orient, et sur une petite fille qui mouille de ses larmes les pages en lambeaux d'un roman stupide dans un triste logement de Londres.

CHAPITRE V

Marchmont Towers.

L'intermède a duré trois ans et demi, et le rideau se lève pour montrer un tableau tout à fait différent : le tableau d'une superbe résidence dans le pays plat du comté de Lincoln. La maison se dresse majestueusement en avant d'un bois sombre qui forme l'arrière-plan, et elle est supportée de chaque côté par une tour octogone dont la maçonnerie solide est à moitié cachée par le lierre qui l'enlace et se balance contre les étroites fenêtres au moindre souffle du vent.

Une large terrasse dallée s'étend sur toute la longueur de la façade imposante, et trois grands escaliers mènent de cette terrasse à la vaste pelouse, qui va se confondre avec une immense prairie dont l'uniformité n'est rompue que par quelques arbres et une mare d'eau noirâtre, mais qu'on appelle un parc par courtoisie. De hideux griffons en pierre se dressent à tous les repos d'escalier, et des têtes de griffon et autres monstruosités architecturales effacées et couvertes de mousse sont placées en sentinelle sur chaque porte, chaque fenêtre, chaque arche, chaque about, semblent menacer et défier le hardi visiteur qui ose approcher de la maison par ce côté formidable, où se trouve la grande entrée.

La façade de la maison est tournée vers l'occident, mais on y pénètre encore par une arche située sur le côté sud qui donne accès dans un quadrangle où est une petite porte surmontée d'un portique en pierre recouvert de lierre comme le reste du bâtiment. Cette petite porte en chêne massif et bardée de lames de fer rouillées est généralement affectée à l'usage des visiteurs habituels de la maison.

Cette résidence a nom Marchmont Towers. Le vaste bâtiment avait été jadis un monastère à l'époque où l'Angleterre et le pape étaient amis et alliés. Sa Majesté Très-Chrétienne le roi Henri VIII, de bienheureuse mémoire, en fit don à Hugh Marchmont, qu'il nomma gentleman, et ce gentleman roturier y dépensa beaucoup d'argent pour l'agrandir et la restaurer. Marchmont Towers est réellement une demeure princière, mais ce n'est pas précisément le genre d'habitation que l'on choisirait entre mille autres pour y transporter ses pénates. La grande maison est un peu trop lugubre dans sa grandeur solitaire ; elle n'est pas abritée contre les vents froids qui se déchaînent l'hiver sur la plaine ; l'ombrage lui manque quand le soleil darde l'été ses chauds rayons sur toutes les vitres. Elle est en tout temps un peu trop massive dans son ensemble, et son aspect réveille le souvenir désagréable de tous les contes fantastiques et effrayants enfouis dans la mémoire. L'étranger qui voit Marchmont Towers pour la première fois, songe malgré lui aux anciens enchanteurs, aux sombres légendes allemandes, aux bizarres fantaisies écossaises, à la démonologie du moyen âge, et à d'étranges histoires de meurtre, de violence, de mystère et d'iniquité.

Il est certain que ces sentiments-là s'émoussent à la longue. La force de l'habitude est tellement invincible que nous parviendrions à nous trouver à notre aise dans le château d'Otrante après un séjour convenable dans ses murs mystérieux. La familiarité engendrerait le mépris pour le casque de géant et autres terribles apparitions de la demeure hantée. Les besoins ignobles et vulgaires de la vie matérielle amèneraient le désenchantement. Le fantôme et le garçon boucher ne peuvent exister en même temps, et l'ombre vengeresse ne pourra que difficilement continuer à fréquenter le portail que visite le laitier matinal. C'est en effet là, je crois, la raison pour laquelle l'esprit le plus impatient qui soupire après une vengeance immédiate attendra pour se montrer que les ombres de la nuit soient descendues sur la terre. En venant le jour, il courrait le risque d'une ignominieuse rencontre avec le facteur ou la servante. Quoi qu'il en soit, les fantômes de Marchmont Towers n'étaient pas gênants. Il se peut qu'ils parcourussent les longs corridors à tapisserie, les chambres inoccupées et le grand escalier noir en chêne brillant; il se peut que tous les Marchmont du passé, femmes, soldats, hommes de loi, prêtres et simples squires campagnards, descendissent du mur où leurs portraits étaient accrochés et tinssent un sabbat de sorciers; mais comme les domestiques du Lincolnshire avaient bon appétit et le sommeil dur, les esprits n'étaient dérangés par personne. Je crois qu'il y avait quelque vilaine histoire attachée à la maison. L'histoire d'un Marchmont du temps de Charles Ier qui avait tué son cocher dans un accès de rage insensée, et on affirmait même, sur l'autorité d'une vieille femme de charge, que la grand'mère de John Marchmont, à l'époque où elle était jeune et venait d'arriver à la maison après son mariage, avait vu entrer dans sa chambre le fantôme du cocher pâle et sanglant à la faible lueur du crépuscule d'été. Mais cette histoire était fort peu remarquable et ne possédait aucun des éléments qui assurent la popularité tels que l'amour, la jalousie, la vengeance, le mystère, la jeunesse et la beauté; elle n'avait jamais fait grand bruit au dehors.

Je me figure que le nouveau maître de Marchmont Towers, (son installation avait un mois de date), était le dernier homme de la chrétienté qui fût capable de se montrer trop difficile et de se forger des idées défavorables à sa demeure, car il était venu tout droit d'un pauvre logement de la banlieue à cette splendide résidence du comté de Lincoln et, comme il avait en même temps échangé son salaire de trente shillings par semaine contre un revenu de onze mille livres par an, fourni par des terres et des fermes qui s'étendaient jusqu'au bord de la mer, il était tout disposé à être reconnaissant envers la Providence et content de son nouveau séjour.

Oui, Philip Marchmont, le veuf sans enfants, était mort six mois auparavant, vers la fin de l'année 1843, du chagrin que lui avait causé la perte de son fils unique, après la mort duquel, disaient ses vieux domesti-

ques, on ne l'avait plus jamais vu sourire. Il était un
de ces hommes peu démonstratifs qui subissent un
grand malheur avec calme et ne font qu'en mourir.
Philip Marchmont dormait du sommeil de la mort dans
un cercueil recouvert en velours, au-dessus de celui
de son fils, dans un enfoncement en pierre creusé
exprès pour eux au milieu du caveau des Marchmont,
sous l'église de Kimberling, à trois milles des Towers,
et John régnait à sa place. John Marchmont le comparse, le porteur de bannière de Drury Lane, le clerc
patient et consciencieux de Lincoln's Inn était maintenant seul maître du domaine du Lincolnshire, seul roi
d'une foule de domestiques bien dressés et seul propriétaire d'un assez grand nombre, pour un gentleman
campagnard, de chevaux, de chars, de barouches, de
phaétons, et autres véhicules, un peu arriérés peut-
être, mais très-commodes quand même pour un homme
qui avait longtemps envisagé une course en omnibus
comme un plaisir et une chose rare. Rien n'avait été
touché ou dérangé depuis la mort de Philip Marchmont.

Les appartements qu'il avait occupés servaient toujours, ceux qu'il avait fait fermer l'étaient encore; les
serviteurs qui lui avaient obéi obéissaient à son successeur, qu'ils déclaraient être un gentleman paisible,
facile et beaucoup trop sage pour vouloir en remon-
trer à de vieux domestiques qui connaissaient tous
la maison bien mieux que lui, quoiqu'il en fût le maître.

Il n'y avait donc pas l'ombre d'un changement dans
la superbe demeure. La cloche du dîner retentissait
toujours à la même heure, les mêmes fournisseurs apportaient les mêmes marchandises à la porte basse en
chêne; la vieille femme de charge arrangeant son
simple menu ordonnait les mêmes potages, les rôtis,
les plats sucrés et les fantaisies qu'elle avait comman-
dés par le passé et n'avait pas de nouveaux goûts à
consulter. Un valet à cheveux gris qui avait été le valet
de Philip était maintenant celui de John. La voiture
qui avait conduit l'ancien maître à Kimberling pour
assister chaque dimanche aux offices du matin et du
soir, conduisait le nouveau maître qui s'asseyait à la

place qu'avait occupée son prédécesseur dans le grand
banc de famille, et lisait ses prières dans le même
livre.... un beau volume recouvert en maroquin rouge,
dans lequel se trouvaient des oraisons pour George,
notre très-gracieux souverain et roi, et une foule de
princesses et de princes depuis longtemps morts et
enterrés.

La présence de Mary fut le seul changement dans la
vieille demeure, et encore ce changement fut-il presque
insignifiant. Mary et son père furent tout aussi unis à
Marchmont Towers qu'ils l'avaient été dans Oakley
Street. La petite fille s'attacha à son père aussi tendrement que jamais, peut-être même plus tendrement
encore, car elle savait en partie ce qu'avaient dit les
médecins, et comprenait que le bail passé par John
Marchmont avec la vie n'était pas bien long. Peut-être
serait-il mieux de dire qu'il n'avait pas de bail du tout.
Son âme était comme une propriété en souffrance dans
sa frêle enveloppe d'argile et recevait de temps en
temps un sursis lorsqu'elle était sur le point de s'envoler au moindre souffle du vent. Il n'y avait que ceux
qui connaissaient intimement John Marchmont qui
étaient à même d'apprécier le danger. Il n'offrait plus
à l'œil aucun de ces signes extérieurs de dépérisse-
ment que la fatigue et les privations avaient jadis rendus visibles. La rougeur fiévreuse des joues et l'éclat
surnaturel des yeux avaient disparu. John semblait
même beaucoup plus fort et plus animé qu'autrefois,
et les grands praticiens de la médecine ont seuls le
talent de savoir ce qui se passe dans l'intérieur d'un
homme, quand il n'y a dans son extérieur rien qui
frappe les regards de ceux qui ne sont pas du métier.
Mais John allait décidément beaucoup mieux. Il pouvait
peut-être avoir encore trois, cinq, sept et même dix
ans de vie, mais il fallait qu'il vécût en homme qui se
tient constamment en garde contre la mort et qui, dans
chaque courant d'air, dans l'humidité, la chaleur, la
fatigue, un dîner mal choisi, une émotion trop violente,
une colère soudaine, reconnaît une insidieuse attaque
de son mortel ennemi.

Mary savait tout cela.... ou le devinait peut-être plutôt qu'elle ne le savait, à l'aide de ce talent subtil de divination qu'une toute jeune fille possède à un plus haut degré que la femme faite, car son père avait fait son possible pour lui cacher cette désolante vérité. Elle savait qu'il était en danger, et elle l'aimait bien plus tendrement encore parce qu'elle était à chaque instant menacée de le perdre. L'amour de l'enfant pour son père n'avait rien perdu de son intensité morbide depuis le départ d'Edward Arundel pour l'Inde, et Mary n'était pas devenue plus enfant à Marchmont Towers, bien qu'elle n'eût plus ces soucis sordides, ces pitoya bles occupations de chaque jour qui avaient fait d'elle une femme.

Il est même possible que ce qui subsistait en elle d'enfantin eût été chassé par la réalisation de ce rêve qu'elle faisait tout éveillée en parcourant les rues sombres qui avoisinent Oakley Street. Marchmont Towers, ce palais magique, dont les fenêtres resplendissantes de lumière lui étaient apparues dans sa pauvreté et ses chagrins comme le château enchanté qui se dresse devant le voyageur égaré, dans les contes d'enfants, était maintenant la demeure du père qu'elle aimait. La vilaine enchanteresse, la mort, qui est la seule magicienne de nos histoires modernes, avait levé sa main décharnée bien plus puissante que la baguette en pierres précieuses de n'importe quelle fée, et les obstacles qui se dressaient entre John Marchmont et l'héritage, avaient été renversés.

Mais Marchmont Towers était-il aussi beau que le palais qu'avait rêvé Mary? Non, pas tout à fait. Les appartements étaient beaux.... plus beaux et plus grands même que ceux qu'elle s'était figurés, mais ils n'en valaient pas mieux pour cela. Ils étaient grands, magiques et sombres, mais ils ne ressemblaient pas aux chambres éclairées par le soleil, que son imagination avait construites et décorées avec toute la splendeur dont son peu d'expérience lui avait fourni l'idée. Ce fut presque un désappointement pour Mlle Marchmont de voir que toutes les salles étaient complétement meublées, et qu'il ne restait pas de place pour aucune de ces belles choses qu'elle avait si souvent contemplées dans New Cut. Le perroquet de l'épicier était un oiseau vulgaire et pas du tout admiré dans le Lincoln- shire. Elle n'avait pu emmener avec elle et faire pros- pérer ses fournisseurs favoris, et Marchmont ne voulut pas consentir à l'adoption de la fille du boucher.

Il faut toujours en rabattre plus ou moins, même quand nos visions les plus brillantes se réalisent; il y a toujours un chiffre, important peut-être, qui manque dans le total complet de notre bonheur terrestre. Je ne suis pas éloignée de croire que si Alnaschar eût épousé la fille du visir, il l'aurait trouvée femme acariâtre et aurait volontiers songé au temps de sa misère, où il n'avait pour vivre que sa profession de marchand am- bulant de vaisselle en terre cuite.

Si donc Mary trouva que ses rêves d'autrefois n'é- taient pas tout à fait réalisés par la grande maison en pierre qui s'élevait dans ce pays marécageux, par les prairies sans fin et non accidentées, la mare noire et les saules pleureurs dont la vilaine image, reproduite par les eaux dormantes, ressemblait à des ombres d'hommes bossus...; si tous ces objets ne formaient pas un aussi beau tableau que celui que la petite fille avait si longtemps contemplé en idée, elle n'avait pas plus de motifs pour se plaindre que les autres mortels, et sa folie n'était pas plus grande que celle de tant d'autres rêveurs. Je crois que ces châteaux en Espagne avaient été bâtis un peu trop exactement sur le modèle d'une dernière scène de pantomime, et qu'elle s'attendait à trouver à Marchmont Towers des cascades, des jets d'eau, des fleurs toujours épanouies et des nuages dorés en gaze couleur de rose..., bref, toutes sortes de belles choses, excepté des fées. Le rêve peu à peu fit place à la réalité, et elle devint alors vraiment femme, et très-reconnaissante envers la Providence, en se disant que son père n'avait plus besoin de travailler pour vivre, qu'il était somptueusement logé et qu'il n'avait qu'à faire un signe pour que les meilleurs méde- cins du pays fussent à ses ordres.

— Oh! papa, c'est si gentil d'être riche, — s'écriait de temps en temps la jeune fille dans un transport d'en- thousiasme ; — comme nous allons être bons pour les pauvres gens en nous rappelant combien nous avons été pauvres nous-mêmes !

Et la petite fille n'oublia pas d'être bonne pour les pauvres des environs de Kimberling et de Marchmont Towers. Les malheureux ne manquaient pas, cela va sans dire ; de nombreux pensionnaires vinrent de tous côtés aux Towers chercher du brandy, du vin, du lait, des étoffes en laine et des épiceries, à peu près comme ils seraient allés dans une boutique, avec cette différence, toutefois, qu'ils n'avaient pas d'argent à donner. La femme de charge donna à pleines mains en débitant de nombreuses et courtes homélies sur la dépravation et l'ingratitude de ceux qu'elle secourait, et adressa aux pauvres pétitionnaires des questions et des réflexions terribles qui révélèrent en elle une nature menaçante. Tantôt elle leur disait : *Où allez-vous ? pourquoi êtes-vous si mauvais ? vous repentirez-vous ? que deviendrez-vous ?* Tantôt elle leur disait : *Réfléchissez ! arrêtez-vous tandis qu'il en est temps encore ! pécheurs, songez à vos fautes ! méchants prenez garde !* Peut-être n'est-ce pas la meilleure des méthodes de réformation que celle qui commence par effrayer, menacer, ou tout au moins décourager les gens à réformer. Il y a un certain sermon, dans le Nouveau Testament, qui contient des paroles sacrées et consolantes, prononcées sur une montagne tout près de Jérusalem, et adressées à un auditoire dans les rangs duquel devaient figurer bon nombre de pécheurs et de pécheresses, mais ce sublime discours bénit plus qu'il ne maudit, et celui qui parle a plutôt l'air d'un père faisant de douces remontrances à des enfants égarés que d'une divinité offensée qui menace un peuple entêté et réfractaire. Mais les auteurs des traités où figurent les menaces employées par la femme de charge, n'ont jamais lu ce sermon peut-être, et empruntent sans doute leurs idées au service très-rassurant qui se lit le mercredi des Cendres pendant que les assistants tremblent de peur et appellent la malédiction du ciel sur leurs têtes et celles de leurs voisins. Quoi qu'il en soit, l'éloquence de la femme de charge n'était pas très-goûtée des pensionnaires de Marchmont Towers. Ils auraient beaucoup mieux écouté Mary leur faisant la lecture d'un chapitre du *Nouveau Testament*, ou leur racontant quelque jolie histoire patriarcale toute parfumée d'obéissance et de foi primitives. La petite fille discourait sur l'histoire sainte d'une manière simple et tout à fait inconnue, et plus d'un robuste laboureur du Lincoln trouvait du charme à s'asseoir au coin de son feu, la pipe à la bouche et un pot de bière à côté de lui, pendant que Mlle Marchmont lui lisait et lui expliquait l'histoire d'Abraham et d'Isaac ou de Joseph et de ses frères.

— C'est comme si on lisait un livre d'histoires que de l'écouter, — disait ensuite le laboureur à sa femme, — et elle vous fait toucher du doigt par-dessus le marché. Si elle fait une lecture sur Abraham, elle vous dira : « C'est comme vous qui avez donné votre fils pour en faire un soldat, vous savez, monsieur Mooggins, elle dit toujours monsieur Mooggins, vous l'avez remis entre les mains de Dieu avec la certitude qu'il prendrait soin de lui, et que tout ce qui lui arrivera sera pour le mieux, quand même ce serait la mort. » Voilà ce qu'elle ajoute, la charmante petite enfant au bon cœur compatissant. Le plus méchant des hommes ne pourrait s'empêcher de l'écouter.

La nature sensitive de Mary Marchmont la rendait propre à tous les bons offices de la charité. Jamais aucune de ses simples paroles ne blessait ceux qui l'écoutaient. L'extrême susceptibilité de ses sentiments lui faisait deviner ceux des autres. L'entourage de la pauvreté n'avait pas rabaissé ses idées, car son naturel contenu en lui-même ne subissait pas l'empire des objets extérieurs, et elle n'était à Marchmont Towers que ce qu'elle avait toujours été depuis l'âge de six ans.... une petite lady grave et douce, digne, discrète et sage.

Il manquait une figure brillante au tableau qu'elle s'était fait dans les dernières années de sa résidence dans le comté de Lincoln, et cette figure était celle du jeune homme aux cheveux blonds qui avait déjeuné avec des merluches et des petits pains dans Oakley Street. Elle s'était imaginé qu'Edward Arundel habiterait son bel Eldorado. Il vivrait avec eux, ou, si cela ne lui était pas possible, il serait à Marchmont en visi-

teur.... souvent.... presque toujours. Il renoncerait
à sa profession de soldat, car son papa pouvait lui
donner beaucoup plus d'argent qu'il n'en gagnait au
service de son pays (vous voyez que l'expérience de
la pauvreté avait appris à Mary à envisager la vie
militaire sous un point de vue étroit), et il passerait
son temps, dans le comté de Lincoln, à monter à cheval, à se promener en voiture, à jouer à la paume....
elle se demandait ce que c'était que ce jeu de paume....
et à lire des romans en trois volumes depuis le
matin jusqu'au soir. Mais cette partie de son rêve
ne se réalisa pas. Marchmont Towers devint la demeure de Mary, mais le jeune soldat était dans des con-
trées lointaines, dans la passe de Bolan peut-être....
Mary avait presque toujours devant les yeux un tableau,
fruit de son imagination, qui représentait ce terrible
défilé rocheux.... ou bien dans les jungles, où des tigres
affamés le guettaient au passage. Peut-être se mou-
rait-il de soif et de fièvre sous le soleil brûlant, n'ayant
pour tout oreiller que le cou d'un chameau mort, et
pour garde-malade que le vautour impatient qui battait
des ailes au-dessus de sa tête en attendant qu'il fût
mort lui aussi. A quoi servait donc la fortune, puisqu'elle
ne pouvait ramener le jeune soldat dans sa patrie et
lui offrir un asile où rien ne lui manquerait? John Marchmont sourit quand sa fille lui adressa cette question
et le supplia d'écrire à Edward Arundel qu'il eût à revenir en Angleterre.

— Dieu sait combien je serais content que le jeune
homme fût ici, Polly, — répondit John en serrant la
petite fille contre son cœur (elle était assise sur les
genoux de son père, quoiqu'elle eût treize ans); — mais
Edward a une carrière à poursuivre, ma chère, et ne
peut l'abandonner pour venir mener une vie sans gloire
dans notre vieille maison. Ce n'est pas comme si je
pouvais lui offrir quelque compensation pour cela, tu
sais, Polly. Cela n'est pas possible, car je ne dois laisser ma fortune qu'à mon enfant.

Mais pourquoi n'en aurait-il pas la moitié, papa,
ou même la totalité, — ajouta Mary d'un ton piteux, —
que ferais-je de tout cet argent?

Elle n'acheva pas la phrase; il lui était impossible de compléter toute pensée pareille à celle-ci, mais son père comprit ce qu'elle voulait dire.

Six mois s'étaient donc écoulés depuis la sombre journée de janvier où Marchmont avait lu dans la seconde colonne du *Times* qu'il apprendrait quelque chose d'avantageux pour lui en s'adressant à un certain avoué dont l'étude était porte à porte avec celle de MM. Paulette, Paulette et Mathewson. Son cœur battit avec violence quand il lut cette annonce dans le supplément qu'il était de son devoir de sécher devant le feu du cabinet des clercs, mais il ne donna pas d'autres signes d'émotion. Il attendit le moment où il portait les journaux à son patron, et en les plaçant à côté de M. Mathewson, il demanda respectueusement l'autorisation de s'absenter une demi-heure pour affaire particulière.

— Bonté divine, Marchmont, — s'écria l'avoué, — que pouvez-vous avoir à faire à pareille heure de la matinée. Vous ne faites que d'arriver, et il y a un contrat entre Higgs et Sandyman qui doit copié être avant que....

— Je sais cela, monsieur, je serai de retour assez à temps, mais je.... je crois que j'hérite d'une fortune, monsieur, et je ne serais pas fâché de savoir tout de suite à quoi m'en tenir.

L'avoué fit volte face dans son fauteuil roulant et regarda son clerc avec effroi. Ce Marchmont, toujours si réservé et si excentrique, était-il devenu fou tout d'un coup? Non, l'expéditionnaire se tenait à côté de lui grave et calme comme d'habitude, et désignait du doigt l'annonce du journal.

— Marchmont.... John.... passer.... chez MM. Tindal et Trollam...; — scanda Mathewson; — voulez-vous me faire croire que c'est vous?

— Oui, monsieur.

— Diable! mais je vous accompagne alors, — dit l'avoué, passant son bras sous celui de son clerc, saisissant son chapeau accroché quelque part, et s'élançant vers l'escalier avant que Marchmont eut le temps de se reconnaître.

John n'avait pas trompé son patron. Marchmont Towers lui appartenait avec toutes ses dépendances.
MM. Paulette, Paulette et Mathewson se chargèrent de
faire valoir ses droits, au grand chagrin de MM. Tindal
et Trollam, et prouvèrent son identité en moins d'une
semaine. Sur l'étagère, au-dessus du pupitre où John
avait copié des rôles d'une main tremblante, apparurent
deux cartons tout neufs portant en lettres blanches le
nom et l'adresse de *John Marchmont, Esq. Marchmont
Towers.* Le brusque changement de fortune du clerc
expéditionnaire devint le sujet de conversation de
tous les employés de Lincoln's Inn Fields. Marchmont
Towers ne tarda pas à comprendre tout le comté de
Lincoln et même une bande de terrain dans le comté
d'York. Les onze mille livres sterling par an grossi-
rent peu à peu jusqu'à un million. Tout le monde com-
pta sur des largesses de la part du légataire. Chacun
proclama qu'il avait beaucoup aimé l'expéditionnaire
et que si, pendant qu'il était pauvre, les bons sentiments envers lui ne s'étaient pas fait jour, ç'avait été
pour ne pas le blesser, car John était fier et susceptible, cela sautait aux yeux; maintenant qu'il était riche,
il n'y avait plus à se gêner. Il va sans dire qu'en pareilles circonstances John ne pouvait que difficilement
contenter tout le monde, aussi n'est-ce pas dire grand'-
chose que d'avouer que le dîner donné par lui à la sug-
gestion de ses anciens patrons (il n'aurait jamais songé
lui-même à donner un dîner) à Albion Tavern, à tout
'état-major de MM. Paulette, Paulette et Mathewson
et aux clercs de sa profession, qui s'invitèrent eux-
mêmes, n'eut pas le moindre succès, et que des gentlemen qui dînaient d'habitude avec du foie et du lard,
ou un beefsteack aux oignons, ou encore avec des
légumes, du pain, du fromage et du céleri, le tout
pour un shilling, firent les dégoûtés en présence du
turbot, trouvèrent la soupe trop maigre, traitèrent dé-
daigneusement le mulet rouge et les ortolans, et décla-
rèrent que les truffes n'avaient pas de parfum et que
les vins manquaient de bouquet.

John ne savait rien de tout cela. Il avait mené une
existence solitaire, et sa seule pensée maintenant était

d'arriver à Marchmont Towers qu'il avait visité bien souvent dans sa jeunesse, alors qu'il allait y voir son grand-père. Il lui tardait de fuir le bruit et la confusion de la grande cité où il avait tant souffert et d'emmener sa petite fille dans la paisible résidence de Lincolnshire pour y vivre et y mourir en paix. Il récompensa généreusement toutes les bonnes gens d'Oakley Street qui avaient montré de l'affection à Mary, et il y eut des pleurs et des gémissements chez la marchande à la toilette quand Marchmont et sa fille s'éloignèrent par une froide matinée d'hiver dans un cab qui devait les conduire à l'hôtellerie d'où partait la diligence de Lincoln.

C'est chose étrange que de penser jusqu'à quel point ces jours de privation et de misère passés dans Oakley Street sont effacés dans la mémoire du père et de la fille. Le passé impalpable s'évanouit, et il est difficile à John et à Mary de croire qu'ils ont été autrefois si pauvres et si abandonnés. C'est Oakley Street qui rentre maintenant dans le domaine de la fantasmagorie et des visions. Les familles nobles du comté arrivent à Marchmont Towers dans de grandes voitures à panneaux armoriés que conduisent des cochers taciturnes en perruque poudrée. Les mamans caressent Mlle Marchmont et font son éloge : « Quel beau parti elle sera plus tard pour l'un des enfants du comté ! » et leurs filles causent avec Mary de ses parures, de ses broderies et de son piano. Elle ne fait pas des progrès bien rapides sur le piano, la pauvre petite fille, quoiqu'elle ait pour maître de musique l'organiste de Swampington, qui donne des leçons dans cette partie du comté. Il y a de temps en temps à Marchmont Towers des dîners solennels ; des dîners où Mary ne paraît que quand on a desservi, et qui la font réfléchir en silence sur le changement survenu dans l'existence de son père et la sienne. Est-il bien vrai qu'elle ait jamais vécu dans Oakley Street, où ne venaient pour tous visiteurs aristocratiques que sa tante Sophie, qui était la femme d'un fermier du Berkshire et qui apportait toujours à son beau-frère du pudding, du beurre, du pain cuit à la maison et autres cadeaux rustiques, et Mme Brigsome, la blanchisseuse qui emportait tous les lundis matin le chemises sales et usées de Marchmont? Les chemises n'étaient plus usées maintenant, et ce n'était plus Mary qui en avait soin et qui raccommodait les cols et les manches éraillés ou les boutonnières déformées. Corson, le valet de chambre de Marchmont, s'occupait de tout cela, et John portait des épingles en diamant et un gilet en satin noir quand il donnait un dîner. Ils n'étaient pas bien gais ces dîners, quoique le dessert valût aux yeux de Mary la peine d'être regardé! La longue table chancelante, la porcelaine de Chine, rouge, dorée, pourpre, verte, les verres brillants, le gingembre bien conservé, les confitures, les tranches d'orange sèches et les sucreries habituelles formaient à coup sûr un ensemble superbe, mais Mary avait vu dans Oakley Street des desserts bien plus riants et plus agréables, quoiqu'ils ne fussent composés que de quelques oranges de Westminster Road dans un sac en papier brun et d'une bouteille de marsala à deux shillings achetée chez un marchand patenté du faubourg.

CHAPITRE VI

Le retour du jeune soldat.

La pluie tombe sur les toits crénelés de Marchmont Towers par cette journée de juillet comme si elle avait l'intention de noyer la vieille maison. La vaste étendue de prairie et les quelques bosquets qu'elle contient sont presque invisibles à travers la pluie. Un brouillard grisâtre borne la vue. Cette partie du comté de Lincoln, marécageuse, sombre et plate d'habitude, semble l'être plus encore aujourd'hui. Les gouttes d'eau ne laissent pas un instant de repos aux feuilles des arbres dans le bois situé derrière Marchmont Towers et forment au pied de chaque tronc une mare qui cache la

terre si complétement que les arbres ont l'air de pousser au milieu d'un lac. Derrière Marchmont Towers le
terrain baisse insensiblement jusqu'aux bords d'une
petite rivière qui parcourt d'abord le domaine de Marchmont avec la lenteur d'un serpent, puis accélère sa
marche un peu plus loin et finit par se jeter dans la mer
vers le côté nord de Grimsby. Le bois n'est pas en faveur
auprès des habitants des Towers. Plusieurs Marchmont ont caressé le projet de le niveler et de l'assainir,
mais ce projet n'a pu s'exécuter. Marchmont Towers
est réputé comme une habitation malsaine à cause de
ce bois, d'où s'exhalent des miasmes en certaines saisons, et c'est pour ce motif que le derrière de la maison, le côté oriental du moins, comme on l'appelle, qui
fait face au bois, est très-peu occupé.

Mary Marchmont est assise à une des fenêtres d'un
salon de la façade occidentale. Elle regarde la pluie battante qui n'a pas cessé de toute l'après-midi. Elle est
peu changée depuis le jour où Edward Arundel la vit
dans Oakley Street. Elle a grandi évidemment, mais elle
est aussi fluette et délicate qu'autrefois. Ce n'est que
sur sa figure que le sérieux prématuré de la femme se
révèle par une sérénité douce et grave très-belle à contempler. Ses beaux yeux bruns sont pensifs et sa bouche l'est plus encore. On a dit de Jane Gray, de Marie
Stuart, de Marie-Antoinette, de Charlotte Corday et
d'autres femmes qui ont fini tristement, que dans les
moments les plus gais de leur jeunesse elles portaient
sur quelque trait ou dans une expression quelconque
de leur physionomie l'ombre de leur destinée, et que
ceux qui les regardaient avaient le pressentiment vague, impalpable, indescriptible, d'un terrible avenir.

En est-il de même pour Mary? La main fatale de la
destinée a-t-elle marqué de son sceau la figure de cette
enfant que, dans la prospérité aussi bien que dans l'adversité, elle soit si complétement différente des autres
enfants? Est-elle désignée déjà pour quelque martyre
féminin et mise à part pour subir plus que son lot de
souffrances.

Elle est assise toute seule dans cette après-midi, car
son père est occupé avec son intendant. Richesse ne

signifie pas dispense de tout souci, de tout ennui, et Marchmont a beaucoup de besogne à achever en compagnie de son intendant, enfant du comté d'York à tête dure qui réside à Kimberling et tient à faire honnètement son devoir.

Ses grands yeux bruns se fixaient sur la prairie et contemplaient la pluie. Il y avait un malheureux cavalier qui chevauchait le long de la route carrossable.

— Qui peut venir nous voir par un temps pareil ? — se dit Mary ; — ce doit être Gormby (l'intendant se nommait Gormby) ; celui-là ne s'inquiète pas de l'humidité, mais il me semblait qu'il était avec papa. En tout cas, j'espère que ce n'est pas un visiteur.

Un moment après Mary eut oublié le cavalier. Elle avait une broderie commencée sur ses genoux ; elle la prit, se mit à l'œuvre et laissa ses pensées s'égarer bien loin de Marchmont Towers. Je crains fort que ce ne fût dans l'Inde ou du moins dans cette Inde imaginaire qu'elle s'était créée pour elle-même à l'aide des renseignements fournis par les *Mille et une Nuits*. Elle fût tirée brusquement de sa rêverie par une porte qui s'ouvrit à un bout du salon et par la voix d'un domestique qui prononça un nom dont les trois syllabes lui firent à peu près l'effet de quelque chose comme M. Armenger.

Elle se leva en rougissant un peu pour faire, croyait-elle, les honneurs à une connaissance de son père, et vit entrer lestement un gentleman à belle chevelure, très-animé et tout mouillé qui courut vers elle.

— J'ai voulu venir, mademoiselle Marchmont, — dit-il, — j'ai voulu venir malgré la pluie. Tout le monde m'a dit que j'étais fou, et en effet c'est tout ce que mon pauvre cheval a pu faire que de parcourir les dix milles qu'il y a d'ici chez mon oncle, mais j'ai voulu venir. Où est John ? Je veux le voir. Ne lui avais-je pas prédit qu'il serait un jour le maître du domaine du Lincoln ? Voyons, ne le lui avais-je pas prédit ? Il vous aurait fallu voir la figure de Martin Mostyn (il a une bonne place au ministère de la guerre et il fait le dandy !) quand je lui ai annoncé cette nouvelle. Elle était aussi

longue que mon bras. Mais il faut que je voie John, ce
cher vieil ami, il me tarde de le féliciter.

Mary avait joint les mains et sa respiration était ha-
letante. La rougeur avait disparu; elle était extraordinairement pâle. Mais Edward ne s'en aperçut pas. Les
jeunes gentlemen de vingt-quatre ans ne se préoccupent guère des changements d'expression qui sur-
viennent dans la physionomie des jeunes filles de
treize ans.

— Oh! est-ce vous, monsieur Arundel? est-ce bien
vous?

Elle parlait à voix basse et ne retenait que difficilement les larmes qui lui vinrent aux yeux. Elle s'était
figuré si souvent le jeune homme au milieu de toutes
sortes de dangers, la famine, la maladie, la mort même,
que c'était presque au-dessus de ses forces de ne pas
pleurer en le revoyant heureux, gai, cordial, beau et
brave comme elle l'avait vu il y avait quatre ans et
demi dans le logement du second de Oakley Street.
Mais elle domina son émotion aussi bravement que si
elle eût été une femme de vingt ans.

— Je suis bien heureuse de vous voir, — dit-elle avec
calme, — et papa va être bien content lui aussi. Maintenant que nous sommes riches, il ne nous manquait
que de vous avoir avec nous. Nous avons parlé de vous
si souvent, et je.... nous avons été si chagrins parfois
en songeant que....

— Que je pouvais être tué, n'est-ce pas ?

— Oui, ou blessé grièvement. Les batailles dans
l'Inde ont été terribles, à ce que je crois.

Arundel sourit du ton sérieux de Mary.

— Oh! ce n'a pas été précisément un jeu d'enfants,
— dit-il en écartant les boucles de ses cheveux bruns
et frisant son épaisse moustache.

Edward était un homme maintenant et un fort bel
homme. Il y avait en lui quelque chose de ce type
connu de nos jours sous le nom de : fashionable, mais il
était brave et chevaleresque aussi, et il parlait avec
facilité.

— Les gens qui accusent les Afghans d'avoir des
cœurs de poulet se trompent légèrement, — reprit-il.

— Les Indiens savent se battre, mademoiselle Mary, et comme des diables encore, mais nous pouvons les rosser.

Il s'approcha de la cheminée où brûlait un bon feu et sécha ses vêtements. Mary le suivit des yeux en se demandant s'il y avait un autre soldat comme lui dans toute l'armée de Sa Majesté et s'il tarderait beaucoup à être nommé général en chef de l'armée de l'Inde.

— Alors vous n'avez pas été blessé du tout, monsieur Arundel? — dit-elle après une pause.

— Oh! si, j'ai été blessé; j'ai reçu une balle dans l'épaule et je suis venu en congé de convalescence.

Cette fois il vit l'expression de la figure de la jeune fille et il interpréta son regard alarmé.

— Mais je ne suis pas malade, mademoiselle Marchmont, — dit-il en riant. — Nos soldats sont très-heureux de recevoir une blessure qui les renvoie chez eux en congé. Mon régiment ne tardera pas à rentrer en Angleterre. J'ai un congé d'un an, et il est plus que probable qu'à l'expiration de ce délai, nous repartirons, parce que la paix n'est pas facile à maintenir là-bas.

— Et vous y retournerez!...

Edward sourit de son air de tristesse.

— Sans doute, mademoiselle Mary; il me faut gagner mes épaulettes de capitaine; je ne suis encore que lieutenant.

— Ce ne sera donc qu'un répit d'un an, — se dit Mary. — Il retournera dans l'Inde, pour y souffrir, y être blessé, y mourir peut-être. Mais pendant ce congé, ne pourra-t-il se faire que mon père le décide à rester à Marchmont Towers?

C'était pour elle un si grand bonheur de le revoir, de se dire qu'il était sain et sauf, qu'il n'y a rien d'étonnant à ce qu'elle vît les choses du bon côté.

Elle courut au cabinet de Marchmont pour lui annoncer l'arrivée de ce visiteur inattendu; mais elle pleura sur l'épaule de son père avant de pouvoir lui dire quelle était la personne dont la présence lui faisait tant de plaisir. Elle avait eu peu d'amis dans son existence solitaire, et Arundel était la seule image chevaleresque qu'elle eût connue en dehors de ses livres.

Marchmont fut presque aussi content que sa fille de voir l'homme qui l'avait traité en ami pendant sa pauvreté. Jamais accueil ne fut plus cordial que celui que reçut Arundel à Marchmont Towers.

— Vous resterez avec nous, n'est-ce pas, mon cher Arundel, — dit John. — Vous resterez pour l'ouverture de la chasse en septembre. Vous savez que vous m'avez promis de faire de Marchmont Towers votre maison de chasse. Nous construirons ensuite le jeu de paume. La place ne manque pas dans le grand quadrangle, et j'ai là-haut, au-dessus de nous, une salle de billard, quoiqu'à vrai dire je craigne que tout n'y soit en désordre. Mais ce sera bien vite arrangé, n'est-ce pas, Polly?

— Oui, oui, papa, et à mes frais, si vous voulez.

Mary offrait ses petites économies en toute franchise. Il lui était quelquefois difficile de se rappeler que son père était réellement riche et n'avait nullement besoin de son argent à elle. N'était-ce pas avec son argent de poche qu'elle lui avait procuré jadis maintes babioles dont il se serait passé sans cela.

— Vous avez donc reçu ma lettre? — dit John, — la lettre par laquelle je vous annonçais....

— Que Marchmont Towers était à vous. Oui, cher ami. Cette lettre se trouvait dans un paquet que mon agent m'apporta une demi-heure avant mon départ de Calcutta. Que Dieu vous bénisse, mon vieux maître. J'ai été bien heureux d'apprendre cette nouvelle! Je suis en Angleterre depuis quinze jours seulement. Je me suis rendu tout droit de Southampton à Dangerfield pour y voir mon père et ma mère, j'y ai passé dix jours, et puis je me suis sauvé, à leur grand regret. J'arrivai hier à Swampington, chez mon oncle Hubert, où j'ai couché. J'ai présenté mes respects à ma cousine Olivia qui est.... bon, je vous l'ai déjà dit.... et je suis accouru ici ce matin en dépit des habitants de la cure. Vous voyez donc, John, que j'ai mécontenté tout le monde à cause de vous et de Mlle Mary. A propos, si vous saviez quelle belle poupée je vous ai apportée!

Une poupée! la pâle figure de Mary devint toute rouge. La croyait-il donc aussi enfant, ce soldat· la croyait-il une niaise enfant sans autre idée que celle d'une poupée, elle qui aurait voulu aller dans l'Inde et braver tous les dangers de cet affreux pays pour le soigner et le consoler, comme les nobles sœurs de charité, dans un certain roman qu'elle avait lu.

Edward vit la rougeur qui animait sa physionomie.

— Je vous demande pardon, mademoiselle Marchmont, — dit-il, — ce n'était qu'une plaisanterie ; vous êtes maintenant une jeune lady, presque complétement formée. Jouez-vous aux échecs ?

— Non, monsieur Arundel.

— Je le regrette, car je vous ai apporté toutes les pièces d'un échiquier ayant jadis appartenu à Dost Mohammed Khan. Mais je vous apprendrai le jeu, si vous voulez.

— Oh ! volontiers, monsieur Arundel, cela m'amusera beaucoup.

Le jeune soldat s'amusait malgré lui du sérieux de la jeune fille. Elle était à peu près du même âge que sa sœur Letitia ; mais quelle différence entre cette dernière jeune fille, bruyante et volontaire, qui déchirait la dentelle de ses robes de mousseline, défaisait les longues boucles de ses cheveux, s'égratignait les coudes à force de tomber dans les allées de Dangerfield et tourmentait du matin au soir la pauvre gouvernante suisse, qui remplissait auprès d'elle toutes sortes de fonctions. Pas un pli n'était dérangé dans la simple robe de soie noire de Mary, et la collerette qui entourait son cou délicat ne déviait pas d'une ligne. L'intelligence dominait en elle. La gaieté folle d'une enfant irréfléchie était remplacée, chez Mary, par la tendresse pour ceux qui l'entouraient et l'abnégation et le dévouement d'une femme.

Arundel ne comprit peut-être pas tout cela, mais il en devina une bonne partie.

— C'est une charmante enfant, — se dit-il en la voyant suspendue au bras de son père.

Puis il demanda à visiter Marchmont Towers de la cave au grenier. Pour la première fois peut-être depuis que le jeune héritier s'était tué dans un champ, à côté du parc, les longs corridors et les chambres inoccupées entendirent de joyeux éclats de rire.

Arundel se montra ravi de tout. Jamais, disait-il, on n'avait vu un aussi beau palais.

— Vous le trouvez triste, sombre et plein de courants d'air. Allons donc! Coupez quelques-uns des arbres de ce bois là-bas, entassez-les dans les vastes cheminées, mettez-y le feu, et Marchmont Towers ressemblera à un château de baron à l'époque de la fête de Noël.

Tous les portraits poussiéreux qu'il regarda étaient des Rubens, des Vélasquez, des Van-Dyck, des Holbein ou des Lely.

— Regardez cette bordure en fourrure à la robe de velours noir de cette vieille femme, John; examinez le coloris des mains, et dites-moi si un autre que Pierre-Paul Rubens a pu peindre cette toile. Voyez-vous cette jeune fille au devant de corsage satin bleu et aux cheveux blonds bouclés? C'est une de vos aïeules, mademoiselle Mary, et elle vous ressemble. Si ce n'est pas là un tableau peint à la manière de sir Peter Lely, je parle de sa meilleure manière, celle qu'il avait avant d'être devenu paresseux et de s'être laissé gâter par le patronage royal.... je ne connais rien en peinture.

Le jeune officier continua sur ce ton en entraînant son hôte d'une chambre à l'autre. Tantôt il ouvrait les fenêtres pour regarder le paysage à travers la pluie, et tantôt il sondait la boiserie pour y découvrir des portes à ressort caché, ou le plancher en chêne, dans l'espoir de rencontrer une trappe. Il trouva au moins dix endroits convenables pour le jeu de paume et suggéra plus de réparations et de changements qu'un architecte n'aurait pu en compléter durant toute sa vie. La maison fut égayée par sa présence, comme l'est un paysage sombre par un rayon de soleil qui perce le brouillard grisâtre.

Mary n'attendit pas qu'on eût desservi dans cette soirée-là. Elle dîna avec son père et son ami dans une jolie petite chambre boisée en chêne, moitié salle à manger, moitié cabinet, qui ouvrait sur le grand salon occidental.

— Quelle différence entre Edward et le reste du monde, — disait Mlle Marchmont; — comme il est gai, brillant, naturel et heureux! Les familles du comté

réunies en masse sont moins gaies que ce jeune soldat
à lui tout seul.

La soirée s'écoula comme dans le royaume des fées.
La vie pouvait donc, après tout, ressembler parfois à
la dernière scène d'une pantomime et avoir, comme
elle, un ciel couleur de rose et une lumière dorée.

L'un des domestiques de Marchmont alla le lendemain, de bonne heure, à Swampington et rapporta du
presbytère les portemanteaux d'Arundel. Après le dîner
de cette seconde journée, Mary s'assit en face d'Edward
et écouta attentivement l'explication du jeu d'échecs.

— Ainsi vous ne connaissez pas ma cousine Olivia,
— dit le jeune soldat entre parenthèses, — voilà qui
est curieux! J'aurais cru qu'elle serait venue vous voir
il y a longtemps.

Mary secoua la tête.

— Non, — dit-elle, — Mlle Arundel ne nous a jamais fait visite. J'aurais pourtant bien voulu la voir,
parce qu'elle m'aurait parlé de vous. M. Arundel
est venu voir papa une fois ou deux, mais je ne l'ai jamais rencontré. Il n'est pas le ministre de notre paroisse. Marchmont Towers dépend de Kemberling.

— Sans doute, et Swampington est à dix milles d'ici.
Mais malgré cela, j'aurais pensé qu'Olivia vous ferait
visite. Je vous mènerai vers elle dès demain, si John
me croit assez bon cocher pour vous confier à moi, et
vous verrez Livy. Le presbytère est un si drôle d'endroit.

Peut-être Marchmont hésita-t-il un peu à confier sa
petite fille à Arundel, pour faire un trajet de dix milles
sur une route pitoyable ; mais quoi qu'il en soit, le
lendemain matin deux chevaux trop gras furent atte-
lés à une calèche vermoulue au lieu du phaéton qu'a-
vait proposé le jeune soldat, et les rênes furent prises
par un vieux cocher très-sobre, qui trouva fort peu
agréable cette course à Swampington après la pluie de
la veille.

Il ne pleut pas toujours, même dans cette partie du
comté de Lincoln. La matinée de juillet fut très-belle
et très-agréable. Les roses sauvages et le chèvrefeuille
dans les haies sur la route embaumaient l'air de leur

parfum et les blés jaunis se balançaient au souffle de
la brise. Mary déclara à son compagnon que la fumée
de cigare ne l'incommodait pas, et Arundel profita de
la permission. Il s'allongea sur les bons coussins de
la calèche en tournant le dos aux chevaux, fuma son
cigare et causa gaiement avec Mlle Marchmont qui était
assise en face de lui. Ce fut une heureuse promenade,
et Mary se souviendra à tout jamais de ce petit voyage
en voiture jusqu'à travers les régions du pays des
fées.

En approchant de Swampington, les haies et les blés
disparurent derrière eux. La ville est encore au-dessous
du niveau de la campagne environnante, quoique cette
campagne soit toute en plaine. Une petite rivière coule
au pied d'un mur en ruine qui faisait autrefois partie
des fortifications de la ville. Des bateaux noirs sont à
l'ancre en cet endroit, et un pont en pierre avec un
guichet aux deux bouts surplombe la rivière. La voiture de Marchmont traversa ce pont tremblant et pénétra par une arche basse, noire, massive et sombre dans
une rue étroite dont les maisons solides et bien bâties
avaient un extérieur pareil à celui de l'arche, mais laissaient deviner qu'elles étaient occupées par d'honnê-
tes gens. Je crois que l'herbe croissait et croît encore
dans cette rue aussi bien que dans toutes les autres de
Swampington, y compris le marché. Elles sont à peu
près toutes du même style ces rues, toutes resserrées,
mal pavées, obscures, et elles s'enchevêtrent si bien que
le malheureux étranger ne sait plus s'y retrouver en
trouvant qu'elles se ressemblent toutes.

Il y a deux belles églises, qui remontent toutes deux
à une date très-ancienne dans l'histoire de la conquête
normande. L'une se dresse dans un coin sur le derrière
d'une rue et les maisons bâties tout autour d'elle la
masquent complétement; l'autre est située un peu en
dehors de la ville, au milieu d'une vaste étendue de
terrain marécageux et fait face à la mer qui gronde à un
mille de Swampington. Ce n'est réellement pas l'eau qui
manque dans ce bourg du Lincoln. La rivière serpente
tout le long des faubourgs; à chaque angle se rencon-
trent des criques et des anses inattendus; des mares

profondes surgissent de tous les côtés, et à l'horizon se dessine la ligne grise de la mer.

Mais peut-être la laideur incontestable de la ville est-elle rachetée en quelque sorte par le romanesque et le mystérieux qui s'y rattache. Ce n'est pas un endroit ordinaire, et par conséquent il est intéressant. La grande église normande isolée, les pierres tumulaires éparpillées dans l'enceinte des murs du cimetière recouverts de mousse offrent un coup d'œil qui ne s'efface pas facilement de l'esprit de ceux qui l'ont contemplé, quoiqu'il ne soit pas joli. Le presbytère est tout près du cimetière, et une petite porte à guichet donne accès du jardin d'Arundel dans un étroit sentier qui conduit, à travers une petite pelouse négligée, jusqu'à la porte basse de la sacristie. Le presbytère lui-même est un bâtiment long et irrégulier, auquel chaque recteur a successivement ajouté la chambre, la cheminée, le porche, la fenêtre en saillie qu'il a jugé nécessaire à son bien-être. En face de la maison, il y a un tout petit jardin, mais sur le derrière on aperçoit une pelouse, un bosquet et quelques grands arbres.

— La maison n'est pas très-jolie, n'est-ce pas, mademoiselle Marchmont? — dit Edward en aidant sa compagne à descendre de voiture.

— Oh non ! elle n'est pas jolie, — répondit Mary, — mais je ne crois pas qu'il y ait rien de beau dans le comté de Lincoln. Oh ! voilà la mer ! — s'écria-t-elle en voyant tout à coup par delà les marais la ligne grise à l'horizon. — Je voudrais bien que la mer fût aussi rapprochée de Marchmont Towers.

La jeune fille ressentait une espèce de passion romanesque pour l'immense nappe d'eau de l'Océan. C'était une région inconnue, qui s'étendait au loin et qui devenait merveilleusement belle à cause de son mystère solennel. Toutes les histoires de corsaires qu'elle avait lues s'étaient déroulées sur l'abîme insondable. La voile blanche dans le lointain était celle de Conrad peut-être, et il revenait au plus vite retrouver Médora morte dans sa tour solitaire en serrant contre son cœur ses fleurs fanées. Ce bâtiment à coque noire qui se voyait là-bas était la barque de quelque terrible pirate à la recherche d'une proie (c'était sans doute quelque bateau à charbon qui se dirigeait vers Londres avec son noir chargement). Les nymphes et les lurleis, les sirènes et les tritons, folâtrant sans cesse au milieu des eaux, étaient plus ou moins inséparables dans la pensée de Mary de la longue ligne grise qu'elle regardait avec envie.

— Je vous conduirai quelque matin au bord de la mer, Polly, — dit Arundel.

Il commençait à l'appeler Polly de temps en temps, en causant familièrement avec elle.

— Nous passerons tout un jour sur le sable; je fumerai des cigares pendant que vous ramasserez des coquillages et des herbes marines.

Mlle Marchmont joignit les mains en signe de satisfaction muette. Sa figure s'illuminait à la pensée du bonheur. Comme il était bon pour elle ce vaillant soldat qui serait évidemment commandant en chef de l'armée de l'Inde dans un an ou deux.

Edward guida sa compagne à travers la porte en fer du jardin du presbytère et la porte vitrée ouvrant sur le vestibule. De ce simple vestibule, meublé seulement de deux chaises, d'un baromètre et d'un porte-parapluie, ils entrèrent sans se faire annoncer dans une chambre basse à l'antique, moitié cabinet, moitié salon, où une jeune fille était assise à une table à écrire.

Elle se leva lorsqu'Edward ouvrit la porte, et vint au-devant de lui.

— Enfin, — dit-elle, — je croyais que vos riches amis vous accaparaient pour toujours.

Elle s'arrêta en voyant Mary.

— Voici Mlle Marchmont, Olivia, — dit Edward; — elle est la fille unique de mon vieil ami. Aimez-la, je vous en prie, c'est une bonne petite fille et je sais qu'elle ne demande pas mieux que de vous aimer.

Mary fixa ses deux grands yeux bruns sur la figure de la jeune personne, puis les abaissa aussitôt comme si elle eût été effrayée de ce qu'elle y avait vu.

Qu'avait-elle vu? Qu'y avait-il dans la belle figure d'Olivia pour que ceux qui la regardaient fussent si souvent désappointés et éprouvassent un sentiment de répulsion? Chacune des lignes de ses traits parfaitement modelés était belle à voir, mais l'ensemble n'était pas beau. Peut-être cette physionomie ressemblait-elle un peu trop à un masque en marbre, exquisement moulé, mais manquant de variété dans l'expression. Sa bouche était rigide ; ses yeux gris sombres étaient froids. Ses épais bandeaux d'une chevelure d'un noir de corbeau étaient ramenés en arrière et découvraient un front carré qui était plutôt celui d'un homme intelligent et résolu que celui d'une femme. Oui, ce qui manquait à la figure d'Olivia, c'était l'expression féminine. L'intelligence, la résolution, le courage sont des dons précieux, mais ce n'est pas là ce que nous aimons à voir sur une physionomie de femme. Si Mlle Arundel eût été reine, elle aurait noblement porté son diadème et serait peut-être devenue une très-grande reine; mais la malheureuse créature qui eût fait appel à sa commisération eût perdu son temps, le pauvre condamné qui n'aurait plus espéré qu'en elle pour sa grâce eût été bien près de la mort.

Peut-être Mary eut-elle une intuition vague de tout cela. En tout cas, l'enthousiasme avec lequel elle contemplait Edward fut aussitôt refroidi par l'air glacé de cette figure calme et pâle.

Mlle Arundel adressa quelques bonnes paroles à Mary, mais elle lui parla comme quelqu'un qui s'adresse à une enfant de six ans, et cette dernière qui était habituée à être traitée comme une femme fut blessée par ses manières.

— Quelle différence entre elle et Edward ! — se dit Mlle Marchmont, — je n'aimerai jamais cette femme comme je l'aime, lui.

— C'est donc là la chétive enfant qui héritera de Marchmont Towers, — pensa Mlle Arundel, — et c'est à cause de ces amis fortunés qu'Edward habite loin de nous.

Les lignes rigides de sa bouche devinrent plus rigides encore et l'expression froide de son regard augmenta de froideur pendant qu'Olivia réfléchissait de la sorte.

Ce fut ainsi que se rencontrèrent ces deux femmes

dont l'une était encore une enfant et l'autre dans tout
l'éclat de sa première jeunesse, ces deux femmes qui
étaient prédestinées à se haïr et à se torturer mutuel-
lement dans les jours à venir. Ce fut ainsi qu'elles se
jugèrent réciproquement en éprouvant chacune au
fond du cœur une crainte sans fondement, une aversion
indéfinie.

Six semaines s'écoulèrent et Edward tint la promesse qu'il avait fait de venir chasser les perdrix
dans les réserves de Marchmont. Le bois derrière la
maison et les chaumes des fermes foisonnaient de
gibier. Le jeune soldat s'en donna à cœur joie dans cette
première semaine de septembre, et revint chaque soir
avec sa gibecière pleine raconter gaiement ses proues-
ses à Mary et à son père.

Le jeune homme était maintenant familier avec tous
les coins et recoins de Marchmont Towers, et les maçons étaient déjà à l'œuvre pour la construction du
jeu de paume que John avait promis à son ami. La
place choisie en dernier lieu se trouvait dans un coin
de la façade orientale et avait vue sur le bois; mais
comme Edward déclara que c'était le seul endroit qui
réunît toutes les conditions voulues, John ne voulut pas
contrarier le choix de son ancien élève. Les maçons
avaient aussi autre chose à faire, car Arundel s'était
pris d'une belle passion pour un chalet en ruine sur le
bord de la rivière, et ce chalet devait être rebâti, restauré
et transformé en un pavillon délicieux, composé d'un
rez-de-chaussée et de deux chambres où Mary et son
père viendraient s'abriter contre la chaleur pendant
qu'Arundel ferait manœuvrer les barques amarrées
au bord de l'eau.

Vous voyez que le jeune homme s'installait comme
chez lui à Marchmont Towers et n'en faisait qu'à sa
tête; mais comme il avait amené la vie et la lumière
dans la vieille maison du comté de Lincoln, personne
n'avait l'envie de trouver à redire à toutes les libertés
qu'il prenait et chacun songeait avec tristesse à l'époque de son départ qui devait avoir lieu quelques jours

avant Noël. Il avait promis de retourner pour la fête à Dangerfield Park et d'y rester jusqu'à l'expiration de son congé.

CHAPITRE VII

Olivia.

Pendant que les ouvriers étaient occupés à Marchmont Towers et clouaient les planches qui devaient servir de mur au jeu de paume, pendant que Mary et Edward erraient suivis de leurs chiens sous les arbres qui commençaient à se dépouiller de leurs feuilles dans le bois derrière la grande maison du comté de Lincoln, Olivia, la fille du recteur, restait assise dans le cabinet tranquille de son père ou courait les tristes rues de Swampington en accomplissant son devoir de chaque jour.

Oui, la vie de cette femme peut se résumer en ces quelques mots : elle faisait son devoir; depuis l'âge de raison, depuis le moment où elle avait eu conscience de ses actions, elle avait fait son devoir sans se plaindre, sans hésiter, comme le croyaient du moins ceux qui l'observaient.

C'était une bonne nature de femme. L'évêque du diocèse l'avait complimentée pour le zèle qu'elle apportait à accomplir la tâche sainte un peu lourde pour la fille unique d'un recteur, qui a perdu sa femme. Toutes les vieilles douairières de Swampington entonnaient, de concert, les louanges d'Olivia. Tant de dévouement, tant de zèle persévérant chez une jeune personne de vingt-trois ans, méritaient réellement des éloges, disaient ces vieilles femmes solennelles d'un ton de protection, car la jeune sainte dont elles parlaient portait des robes usées et était la fille sans dot d'un pauvre

homme, qui n'avait pas su profiter de l'occasion de
faire son chemin quand il l'avait eue, et qui regrettait maintenant au milieu des ruines d'un passé inutile
les chances qu'il avait perdues; Hubert Arundel aimait
sa fille, il l'aimait avec cette ardeur passionnée, douloureuse que nous ressentons pour ceux qui souffrent
de nos fautes, et dont l'avenir a été ruiné par notre folie.

Chaque robe usée que mettait Olivia renfermait un
reproche pour son père; chaque privation qu'elle endurait le faisait souffrir aussi cruellement que si elle se
fût tournée vers lui, et lui eût reproché tout haut de
n'avoir su arriver à rien et d'avoir gaspillé son patrimoine. Il l'aimait et il la voyait chaque jour faisant son
devoir envers lui comme envers les autres et ne déviant
jamais de cette ligne éternelle; mais quand il voulait
la serrer sur son cœur, la froide perfection de la nature
d'Olivia se dressait devant lui et le séparait de l'enfant
qu'il aimait. Qu'était-il, lui, sinon une pauvre créature
faible et chancelante, un épicurien paresseux tout à
fait indigne de s'approcher de cette jeune fille qui semblait ne jamais se lasser de sa rude existence, n'être
jamais dégoutée de bien faire?

Mais comment se faisait-il donc qu'avec tant de bonté,
Olivia fût si peu récompensée sur terre? Je ne parle
pas de l'or, des bijoux et autres récompenses mondai-
nes que les fées dans nos contes d'enfants accordent
aux mortels bienveillants, qui ont pitié d'elles sous
forme de vieilles femmes. Non, je parle de l'amour et
de la reconnaissance, de la tendresse et des bénédictions habituellement réservés à quiconque fait le bien.
Les charités d'Olivia se renouvelaient sans cesse, sa
vie était un sacrifice perpétuel offert aux paroissiens
de son père. Il n'y avait pas de vanité féminine, de caprice de jeune fille que cette femme n'eût foulé aux
pieds dans la voie pénible qu'elle s'était tracée à elle-
même.

Les pauvres gens le savaient. Les hommes et les
femmes atteints de rhumatismes, infirmes et alités savaient que les draps qui les couvraient avaient été
achetés avec un argent qui aurait pu servir à faire em-
plette de belles robes de soie pour la fille du recteur

ou de morceaux délicats pour la table frugale du presbytère. Ils savaient aussi que par le froid et la neige,
la tempête et la pluie, Olivia viendrait s'asseoir à leur
foyer sans feu, à leur chevet désolé et leur lire les livres saints, sans se préoccuper du mauvais temps au
dehors, de l'atmosphère étouffée au dedans, de la boue,
de la pauvreté, du malaise, et de quoi que ce fût. Elle
ne songeait qu'à une chose, à accomplir la tâche qu'elle
s'était imposée.

Les pauvres gens savaient cela et se montraient re-
connaissants envers Mlle Arundel. Ils étaient soumis et
attentifs en sa présence; ils lui rendaient ses bienfaits
spirituels et temporels autant qu'il était en eux de les
rendre, mais ils ne l'aimaient pas.

Ils parlaient d'elle avec un profond respect et faisaient son éloge toutes les fois que son nom était prononcé, mais leurs yeux ne se mouillaient pas de larmes, leurs voix ne tremblaient pas. Ses vertus étaient
belles certainement, comme l'est toujours la vertu par
elle-même, mais je crois que sa bonté et sa bienveillance manquaient d'individualité, de tendresse person-
nelle et que c'était là ce qui la séparait de ceux qu'elle
obligeait.

Peut-être y avait-il aussi une certaine froideur glacée dans la manière dont elle administrait chaque jour
ses bienfaits. Elle était si bien à l'abri de toute faiblesse mortelle que ceux qui recevaient ses bontés la
sachant parfaite avaient peur d'elle à cause de sa bonté
même et ne *pouvaient* l'aimer.

Elle n'avait pas de prédilection pour aucun des paroissiens de son père. De tous les enfants qu'elle avait
instruits elle n'en avait jamais choisi un pour son favori. Elle n'avait pas ses bons et ses mauvais jours.
Elle n'était jamais follement indulgente ou extraordinairement cordiale. Elle était toujours la même. Elle
personnifiait en elle la charité de l'Église anglicane qui
mesure ses bienfaits à la règle et au compas, fait l'au-
mône avec un calepin et un crayon à la main, regarde
de tous côtés de son œil calme et scrutateur et se
montre aux yeux du monde d'une justice rigoureuse,
d'une perfection terrible.

C'était une vie affreusement monotone que celle que menait Olivia au presbytère de Swampington. A vingt-trois ans elle aurait pu résumer en quelques pages l'histoire de sa vie. Le monde au dehors de cette triste ville du comté de Lincoln était en proie à des convulsions et devenait méconnaissable à force de changements successifs; mais tous ces changements extérieurs, toutes ces révolutions ne se faisaient guère sentir dans les rues paisibles et dans les campagnes environnantes d'où n'était jamais sortie Olivia depuis son enfance. Elle recommençait le lendemain ce qu'elle avait fait la veille, et elle ne reconnaissait la marche du temps qu'au changement des saisons, au cercle bleuâtre qui depuis peu entourait ses yeux gris et aux lignes déprimées, visibles, au coin de sa lèvre inférieure.

Ces signes extérieurs sur lesquels elle ne pouvait rien trahissaient seuls le secret de cette femme. Elle était lasse de son existence. Elle succombait sous le fardeau d'ennui qu'elle avait porté si longtemps et avec tant de patience. L'accomplissement de ses devoirs lui répugnait. Cette vie horrible, étroite, sans variété, entre quatre grands murs qui l'emprisonnaient lui était odieuse. Son intelligence puissante se révoltait contre les fers qui la retenaient et la blessaient. Son cœur fier battait avec une violence meurtrière contre les liens qui l'enchaînaient.

— Ma vie sera-t-elle toujours ainsi, toujours, toujours, toujours ?

Sa nature passionnée éclatait parfois et la voix si longtemps étouffée criait tout haut au milieu du calme de la nuit :

— Cela continuera-t-il à tout jamais ainsi : mon existence ne changera-t-elle pas plus que le courant presque invisible, tant il est lent, de la rivière qui coule au pied du mur en ruine de la ville? O mon Dieu! le sort des autres femmes ne sera-t-il jamais le mien? Ne serai-je jamais aimée et admirée, jamais recherchée, jamais choisie? Dois-je arriver à ma dernière heure par ce chemin monotone et triste sans voir apparaître un seul rayon de soleil, un seul reflet de l'arc-en-ciel?

Comment analyserai-je cette femme qui, n'ayant en

elle aucune tendresse naturelle, ni cette affection irréfléchie et compatissante de ses pareilles, essayait cependant et à toute heure de faire son devoir et d'être
bonne, s'attachant dans l'aveuglement de son âme aux
rigides préceptes de la foi et n'en comprenant pas l'esprit? L'intuition vague d'un défaut quelconque dans sa
nature ne la rendait que plus scrupuleuse dans la pratique des devoirs qu'elle s'était imposés. Les saintes
maximes que son père lisait d'une faible voix chaque
dimanche lui revenaient sans cesse à l'esprit et ne pouvaient en être écartées. La tendresse dont chaque mot
de cet évangile familier était empreint était un reproche
contre son manque de tendresse à elle. Elle pouvait
être bonne envers les paroissiens de son père et faire
pour eux toute espèce de sacrifices, mais elle ne les aimait pas plus qu'ils ne l'aimaient elle.

Cette pitié divine et universelle, cette affection spon-
tanée et sans bornes qui constitue le charme principal
de la femme et du christianisme, n'entrait pour rien
dans sa nature. Elle pouvait comprendre Judith tenant
en main la tête sanglante du général assyrien, mais elle
ne s'expliquait pas ce mystère bien plus divin de Madeleine la pécheresse, prosternée aux pieds du Maître
et cachant à demi sous ses longs cheveux la honte et
l'amour visibles sur sa physionomie.

Non, Olivia n'était pas bonne dans le sens qu'on attache communément à ce mot. Il n'était pas dans sa
nature d'être douce et tendre, bienfaisante, compatissante et bonne comme le sont les femmes que nous
avons l'habitude d'appeler : bonnes. C'était une femme
qui luttait constamment contre son naturel, qui s'effor-
çait sans cesse de faire le bien, qui parcourait péniblement le sentier qu'elle avait choisi et réglait toutes ses
actions d'après le système adopté par elle pour sa
mortification. Et qui dira qu'une femme comme celle-là,
si elle persévère jusqu'à la fin, n'aura pas droit à une
couronne plus brillante que celle de ses tendres sœurs,
à la couronne du martyre?

Si elle persévère jusqu'à la fin ! Mais Olivia était-elle
capable de ce sublime effort? Le cercle qui s'élargissait
autour de ses yeux, ses joues creuses et l'inquiétude

fiévreuse de ses manières qu'elle ne parvenait pas toujours à cacher, révélaient combien était devenue terrible pour elle la lutte qu'elle soutenait. Si elle fût morte
alors, si elle eût succombé sous le poids de son fardeau,
l'histoire de la vie de cette femme aurait eu à enregistrer en moins tout un long récit de crimes et d'angoisses. Mais cette femme était du nombre de celles qui souffrent et ne meurent pas de leurs souffrances. Elle portera
son fardeau quelque temps encore, pour le secouer un
peu plus tard et s'abandonner aux mauvais esprits qui
attendent sans se lasser le moment de sa chute.

Hubert Arundel avait peur de sa fille. L'idée qu'il
lui avait fait tort, même avant qu'elle fût née, en dépensant follement son patrimoine, et qu'il n'avait pas réparé sa faute en manquant de l'énergie nécessaire
pour conquérir la position qu'aurait conquise un
homme plus ambitieux, et la certitude qu'il avait des
talents supérieurs de sa fille, le rendaient tout honteux,
et il se sentait humilié par la personne de son unique
enfant. La lutte entre cette peur et son affection pour
elle fut très-pénible, mais la peur l'emporta, et le recteur de Swampington dut se contenter de vivre à
l'écart d'Olivia, de l'épier en silence, de se demander
si elle était heureuse, et de chercher vainement à découvrir ce secret de l'âme qui existe dans toute nature,
quelque commune qu'elle soit extérieurement.

M. Arundel avait espéré que sa fille se marierait et
se marierait bien même à Swampington, car il y avait
de riches propriétaires qui fréquentaient le presbytère.
Mais la belle figure d'Olivia ne fit pas de conquêtes,
et à vingt-trois ans Mlle Arundel n'avait pas encore été
demandée en mariage. Le père s'adressait des reproches à ce sujet. C'était lui qui avait gâté la vie de sa
fille sans dot, c'était sa faute si aucun prétendant ne
venait demander la main de son enfant. Pourtant bien
d'autres jeunes filles sans fortune avaient été aimées et
épousées, et je ne crois pas que ce fût l'absence de la
dot qui tînt les admirateurs à l'écart. Je pense que c'était plutôt le manque de tendresse qui glaçait et décourageait les jeunes gentilshommes du comté de Lincoln.

Olivia avait-elle jamais aimé? Hubert se faisait bien

souvent cette question, parce qu'il voyait que quelque influence nuisible autre que la pauvreté et la tristesse de leur intérieur agissait sur sa fille. Quelle était cette influence? Était-ce quelque attachement malheureux, quelque affection secrète qui n'avait jamais été payée de retour.

Il n'aurait pas plus osé questionner sa fille à ce sujet qu'il n'eût osé demander à sa belle et jeune reine, tout récemment mariée à cette époque, si elle était heureuse avec son beau mari.

Mlle Arundel était debout à la porte du presbytère, dans une des soirées du commencement de septembre, à regarder le soleil qui plongeait dans la mer, au-delà des marais. Elle était épuisée par une tournée fatigante chez ses paroissiens ; elle avait appuyé son coude sur la porte, et sa tête reposait sur sa main, dans une attitude d'accablement physique. Elle avait ôté son chapeau, et écarté négligemment de son front les tresses de ses cheveux noirs. Cette chevelure luxuriante n'avait pas ce lustre pourpré ni cette vague teinte de l'or rouge qui donnent une beauté particulière à certaines chevelures noires. Celle d'Olivia était longue et épaisse, mais elle avait la noirceur terne de l'encre et pas de reflet. Elle était comme celle qui la portait, sombre, insondable et échappant à la pénétration du regard. Ses yeux gris et froids étaient dirigés vers la mer. Le devoir d'une nouvelle journée avait été accompli, de longs chapitres de l'Écriture sainte avaient été lus à d'ennuyeuses vieilles femmes affligées de rhumes perpétuels; des cottages mal aérés où l'on suffoquait avaient été visités; elle avait foulé patiemment le sentier de chaque jour, et le soleil jaune allait se coucher sans qu'elle eût éprouvé moins de tristesse que de coutume. Mais le calme de la soirée rendait-il paisible cet esprit inquiet? Non: à la compression des lèvres, à l'éclat fiévreux du regard, à la faible rougeur des pommettes, à tous les signes extérieurs du trouble intérieur on voyait qu'Olivia était agitée. Son attitude nonchalante provenait tout simplement de la lassitude du corps. La fatigue de l'esprit ne cessait pas avec le jour.

La jeune fille releva tout à toup la tête en entendant retentir au loin sur la route le bruit que fait un cheval au galop. Ses yeux se dilatèrent, et sa respiration devint plus rapide, mais elle ne changea pas de position.

Le cheval appartenait aux écuries de Marchmont Towers, et le cavalier était Arundel. Il s'approcha en souriant de la porte du presbytère. Les derniers rayons du soleil se jouaient dans ses cheveux blonds, et sur sa belle figure se lisait le bonheur de l'insouciance.

— Vous avez dû croire que je vous avais oubliés, vous et mon oncle, ma chère Livy, — dit-il en sautant légèrement à bas de son cheval; — nous avons été si occupés avec le jeu de paume, le chalet, les perdreaux, et Dieu sait combien d'autres choses encore, que je n'ai pu trouver avant ce soir un moment pour venir ici. Mais aujourd'hui nous avons dîné de bonne heure, afin que j'eusse le temps d'arriver jusqu'au presbytère. J'ai une mission importante à remplir, Livy, je vous assure.

— Que voulez-vous donc?

Il n'y eut aucun changement dans la voix de Mlle Arundel, en parlant à son cousin, mais un changement difficile à définir se manifesta dans sa figure quand elle le regarda. On aurait dit que l'expression d'ennui et de désespoir qui lui était habituelle depuis quelque temps augmentait de force pendant qu'elle était tournée vers le brillant jeune officier tout rayonnant de beauté. Il est possible que ce changement fût le résultat du contraste entre les deux figures. Il est possible aussi qu'il eût pour cause quelque secret enfoui dans le cœur d'Olivia.

— Qu'entendez-vous par une mission importante, Edward? — dit-elle.

Il lui fallut répéter la question, car le jeune homme ne faisait plus attention à elle, il regardait le cheval qui broutait l'herbe tout autour de la porte du presbytère.

— J'entends que j'apporte une invitation à dîner à Marchmont Towers. Il y aura un grand dîner, qui, à dire vrai, sera donné exprès pour vous et pour mon oncle. John et Polly ne songent qu'à cela. Vous viendrez, Livy?

Mlle Arundel haussa les épaules avec impatience.

— Je déteste les dîners, — dit-elle, — mais il est certain que si papa accepte l'invitation de M. Marchmont, je ne puis refuser d'y aller. Papa décidera lui-même ce qui lui plaira.

Il y avait eu échange de politesses entre Marchmont Towers et le presbytère de Swampington pendant les six semaines qui s'étaient écoulées depuis que Mary avait été présentée à Mlle Arundel, et ce dîner n'était qu'une conséquence du désir qu'avait John de faire honneur aux parents de son ami.

— Oh! il faut venir, Livy, — s'écria Arundel. — Le jeu de paume est en train de s'achever. Je veux que vous nous donniez votre avis. Dois-je conduire mon cheval à l'écurie? Je vais rester une heure ou deux, et puis je m'en retournerai par le clair de lune.

Edward s'empara de la bride et se dirigea avec sa cousine vers une écurie un peu démolie qui se trouvait sur le derrière du presbytère, au bout du mur du jardin. Hubert logeait dans cette masure un cheval blanc à l'œil vairon, à grosse tête et à longues jambes, ainsi qu'un phaéton de construction bizarre, qui avait des roues très-hautes et une capote en cuir moisi.

Olivia marcha à côté du jeune officier avec cet air d'indifférence et d'ennui qui lui était particulier depuis quelque temps. Ses paupières se baissaient en signe de dédain, mais ses yeux gris lançaient de temps en temps un regard furtif sur la belle figure de son compagnon. Il était très-beau son cousin. Le reflet de ses cheveux blonds, l'éclat de ses yeux bleus où respirait l'audace, la grâce sans affectation particulière à cette catégorie d'hommes que nous nommons fashionables, la joyeuse insouciance d'une nature facile, candide et généreuse, rendaient singulièrement attrayante la personne d'Arundel. Ces enfants gâtés de la nature obtiennent notre admiration en dépit de nous-mêmes. Ces belles créatures inutiles comptent sur nous pour jouir de leur beauté sans valeur, absolument comme les coquelicots qui dressent la tête dans les blés, ou les fleurs sauvages aux couleurs éclatantes dans la prairie.

6

La figure d'Olivia s'assombrissait de plus en plus à chaque nouveau regard furtif qu'elle lançait à son cousin. Se pouvait-il que cette jeune fille, à laquelle la nature avait donné la force et refusé la grâce, fût envieuse des attraits superficiels du jeune homme qui était à ses côtés ? Elle l'enviait; oui, elle lui enviait cette gaieté de caractère qu'elle n'avait pas ; elle lui enviait ce merveilleux talent de ne pas prendre la vie au sérieux. Pourquoi l'existence était-elle si brillante et si légère pour lui, tandis que pour elle elle était un terrible rêve fiévreux, un long malaise, une lutte continuelle!

— Mon oncle est-il à la maison? — demanda Arundel en sortant de l'écurie pour entrer dans le jardin côte à côte avec sa cousine.

— Non, il est sorti depuis le dîner, — répondit Olivia ; — mais je l'attends d'un moment à l'autre. La maison me pesait ; il y fait chaud ce soir, et je prenais le frais dans le jardin. J'ai passé toute ma journée dans des cottages où l'on étouffait.

— Dans des cottages où l'on étouffait! — répéta Edward. — Ah! je comprends; vous aurez rendu visite à vos malades. Comme vous ête bonne, Olivia!

— Bonne!

Elle répéta ce mot avec un mépris amer qu'elle ne put contenir.

— Oui, tout le monde le dit. Les Millward étaient à Marchmont Towers l'autre jour, et ils ont parlé de vous. Ils ont fait l'éloge de votre bonté et ont mis sur le tapis votre école, vos sociétés de secours pour les malades et tous vos plans pour la paroisse. A leur compte, Livy, vous devez travailler autant qu'un premier ministre, vous qui n'avez que quelques années de plus que moi.

Que quelques années! Elle tressaillit à cette phrase et se mordit les lèvres.

— J'ai eu vingt-trois ans le mois passé, — dit-elle.

— Ah! Mais alors vous n'avez que deux ans de plus que moi, Livy : j'ai vingt et un ans. Mais ce qui vous fait paraître plus âgée, c'est que vous êtes très-instruite. Vous faites presque peur au monde, Livy, tant vous êtes savante: ma parole d'honneur! c'est vrai.

Mlle Arundel ne répondit pas à cette tirade de son cousin. Elle arpentait à côté de lui un étroit sentier caillouté et bordé d'une haie de noisetiers ; elle avait coupé une mince baguette et en enlevait les feuilles.

— A quoi pensez-vous, Livy ? — s'écria Edward éclatant de rire à la fin de sa question. — A quoi songezvous ? Moi je songe et je crois que vous avez fait une conquête.

— Que voulez-vous dire ?

— Allons, ne vous fâchez pas : on dirait que vous voulez m'avaler. Oui, Livy ; il est inutile de prendre cet air féroce. Vous avez fait une conquête et, qui plus est, la conquête d'un des hommes les meilleurs qui soient au monde. Marchmont vous aime.

Olivia rougit jusqu'à la racine de ses cheveux noirs.

— Comment osez-vous venir m'insulter, ici, Edward ? — s'écria-t-elle avec colère.

— Vous insulter ?... Livy, voilà qui est trop fort, ma parole, — observa le jeune homme. — Je viens vous dire qu'un des meilleurs êtres qu'il y ait sur terre est amoureux fou de vous, et que vous deviendrez la maîtresse d'une des plus belles propriétés du comté de Lincoln, dès que cela vous plaira, et vous vous retournez vers moi en fureur.

— Parce que je hais vous entendre dire des sottises, — répondit Olivia encore animée par la première explosion de son émotion ; mais, se dominant assez pour parler froidement : — Suis-je donc si belle, si admirée ou si aimée qu'un homme, qui ne m'a pas vue plus de six fois, tombe amoureux de moi ? Ceux qui me connaissent m'estiment-ils à tel point qu'en faisant mon éloge un étranger puisse songer à moi ? Vous m'insultez, Edward, en parlant comme vous avez parlé ce soir.

Elle dirigea ses regards vers la faible lumière que projetait dans le ciel le soleil couchant, et la tristesse empreinte sur sa physionomie ne fut pas diminuée par l'éclat des derniers rayons. C'était une sombre tristesse qui touchait de bien près au désespoir.

— Olivia ! que signifie ce langage ? — s'écria le jeune homme. — Je vous annonce quelque chose qui me paraît être une bonne plaisanterie, et vous en faites aussitôt une tragédie. Si j'avais dit à Letitia qu'un veuf très-riche était tombé amoureux d'elle, elle en aurait ri de tout son cœur.

— Je ne suis pas votre sœur Letitia.

— Non; mais je voudrais que vous eussiez un aussi bon caractère qu'elle, Livy. Peu importe, du reste, je ne vous en dirai pas plus long. Si le pauvre vieux Marchmont est devenu amoureux de vous, cela le regarde. Mon pauvre cher maître, il a laissé échapper plusieurs fois le secret de sa faiblesse dans ces derniers jours. Ça été Mˡˡᵉ Arundel par-ci, Mˡˡᵉ Arundel par-là, et que sais-je encore ? Elle est si belle, si digne, si grande dame, si bonne ! C'est ainsi qu'il parle, cet homme simple d'esprit, sans se douter le moins du monde qu'il en devient bête.

Olivia écarta ses cheveux de son front avec un geste d'impatience.

— Pourquoi ce M. Marchmont pense-t-il tout cela de moi? — dit-elle, — lorsque....

Elle s'arrêta brusquement.

— Lorsque.... quoi, Livy?

— Lorsque d'autres personnes ne pensent pas comme lui.

— Comment savez-vous les pensées des autres? Vous ne les leur avez pas demandées, je suppose?

Le jeune soldat traitait sa cousine avec autant de sans-façon que sa sœur Letitia. Il lui aurait été difficile d'analyser exactement le degré de sa parenté avec les deux jeunes filles. Il aimait mieux Letitia qu'Olivia ; mais son affection pour les deux était du même genre.

Hubert entra dans le jardin, fatigué comme sa fille, pendant que le cousin et la cousine se promenaient à l'ombre des noisetiers mal entretenus. Il déclara qu'il accepterait volontiers l'invitation à Marchmont Towers, et promit de répondre le lendemain à la lettre cérémonieuse de John.

— Cookson, de Kemberling, assistera à ce dîner, je présume, — dit-il en faisant allusion à un des ministres, ses collègues, — et j'y trouverai les convives habituels. C'est entendu, Ned, j'irai, si vous le désirez. Et toi, Olivia, cela te fera-t-il plaisir d'y aller?

— Si cela vous plaît, papa, cela me plaira.

Il y avait maintenant un devoir à accomplir, le devoir de l'obéissance à son père, et les manières de Mlle Arundel changèrent aussitôt. L'impatience et la colère firent place au respect. Qu'on n'oublie pas que vis-à-vis de son cousin elle n'avait aucune obligation particulière. Sa conduite envers lui n'était pas mesurée à la règle et au compas.

Environ une heure plus tard, elle revint se placer à la porte et regarda le jeune homme s'éloigner à la faible clarté de la lune. Si chaque fois que les fers du cheval touchaient la terre le cœur de la jeune fille eût été piétiné par la bête, elle aurait éprouvé moins de douleur qu'elle n'en ressentait en écoutant le bruit lointain du galop qui diminuait de plus en plus.

— O mon Dieu! — s'écria-t-elle, — cette folie détruira-t-elle mon œuvre? Ce rêve insensé sera-t-il l'écueil de ma triste vie? Mourrai-je d'amour pour ce frivole jeune homme qui me rit au nez en me disant que son ami a bien voulu *se monter la tête à propos de moi?*

Elle reprit le chemin de la maison, puis, s'arrêtant tout à coup, elle frissonna, se détourna de sa route et revint à l'allée de noisetiers qu'elle avait arpentée avec Edward.

— Oh! mon existence monotone! — murmura-t-elle les dents serrées, — mon existence monotone! C'est elle qui m'a rendue l'esclave de cette folie. Je l'aime, parce que je n'ai rien vu de plus beau et de plus brillant que lui. Je l'aime, parce qu'il représente à mes yeux tout ce que je connais d'un monde plus beau que celui dans lequel je vis. Bah! à quoi bon chercher à m'expliquer mon amour, — s'écria-t-elle changeant tout à coup de manière; — je l'aime, parce que je suis folle.

Elle se promena dans l'allée jusqu'à ce que la lune fût dans son plein et que chaque pignon du presbytère recouvert de lierre se dessinât nettement sur le fond pourpre du ciel. Elle essaya de fouler aux pieds la folie qui la dominait, et mit en lutte contre son amour pour le bel officier toute la fureur et la colère d'une femme qui subit l'impulsion du moment.

— Deux années de plus, rien que deux années!

— dit-elle; — mais il parlait comme s'il y avait eu entre nous cinquante ans de différence. Et puis, je suis
si savante, que j'ai l'air plus âgée, et il a peur de moi.
Est-ce pour arriver à ce résultat, que j'ai veillé chaque
nuit dans le cabinet de mon père et parcouru les livres
qu'il trouvait trop difficiles? Que m'a valu cette intelligence dont je suis fière? quelle est la récompense de
ma patience ?

Olivia Arundel jeta un regard en arrière sur la longue
existence qu'elle avait consacrée au devoir. Elle était
sombre, unie et sans aucun de ces souvenirs qui peu-
plent le désert du passé. C'était une plaine aride, aussi
peu attrayante à l'œil que les marais qui s'étendaient
entre le mur du presbytère et la mer grise qu'on voyait
au loin.

CHAPITRE VIII

Tentation.

M. Richard Paulette, membre de la fameuse association légale Paulette, Paulette et Mathewson, venant
à Marchmont Towers pour affaires, fut surpris du calme
aisé avec lequel l'ancien clerc expéditionnaire recevait
la pointilleuse bourgeoisie campagnarde accourue chez
lui pour lui faire honneur en s'asseyant à sa table.

De tous les contes fantastiques où figurait la loi, de
tous les récits sur parchemin où la poésie s'exhalait en
affidavits, que l'avoué avait jamais entendus ou fabri-
qués lui-même, celui-ci était un des plus étranges. Ce
n'était pas en lui-même qu'il était étrange, car des faits
pareils ne sont pas rares dans l'histoire de la vie d'un
avoué; c'était à cause de la tranquillité avec laquelle
Marchmont acceptait sa nouvelle position et faisait les
honneurs de sa maison à son ancien patron.

— Ah! Paulette, — dit Edward tapant sur l'épaule de
l'avoué, — je ne suppose pas que vous m'ayez cru jadis
quand je vous disais que mon ami était l'héritier présomptif d'une belle fortune.

Le dîner donné à Marchmont Towers ressembla en
tout point, comme déploiement de grandeur, à tous les
autres dîners solennels du même genre. On y discuta
les affaires de la localité et celles de la paroisse. Les
squires chasseurs tenaient le dé pour la première partie
de la conversation, et les recteurs et leurs femmes se
chargeaient de la seconde. Vous entendiez d'un côté
que le mari de Martha Harris avait renoncé à la boisson
et assistait régulièrement aux offices du matin et du
soir, et de l'autre vous appreniez que le vieux renard
gris qu'on avait chassé pendant neuf saisons entre
Crackbin Botton et Hollowcraft Gorse, avait péri igno-
blement dans le poulailler d'un fermier. Pendant que
par votre oreille gauche entrait la nouvelle que le petit
Billy Smithers était tombé dans un chaudron d'eau
bouillante, par la droite vous receviez la désolante
certitude que tous les perdreaux avaient été noyés par
les pluies survenues après la Saint-Swithin, et qu'il en
restait à peine quelques-uns.

Mary avait entendu dans Oakley Street des conversations bien plus gaies que celles qui se tinrent ce soir-
là dans les salons de son père. Cependant, lorsqu'Edward cessa de faire la cour à quelques jeunes filles en
bleu, et qu'il se rapprocha d'elle pour lui parler, elle
trouva la réunion charmante. Les plaisanteries du jeune
militaire étaient passablement banales, mais pour Mary,
Edward était le plus brillant des causeurs.

— Comment trouvez-vous ma cousine, Polly, — de-
manda-t-il enfin ; — vous plaît-elle ?

— Votre cousine Mlle Arundel ?

— Oui.

— Elle est très-belle.

— Oui, je le présume, — répondit le jeune homme
avec indifférence; — tout le monde proclame Livy très-
belle, mais sa beauté me paraît un peu froide, n'est-ce
pas? Il y a un peu trop de la Pallas Athénée en elle, à
mon goût du moins. Je préfère ces jeunes filles en bleu

avec la chevelure brune hérissée, tirant un peu sur le rouge, et des fossettes. Vous avez une fossette, Polly, quand vous riez.

Mlle Marchmont rougit en apprenant ce détail, et ses doux yeux bruns se dirigèrent vers les jeunes filles en bleu qu'elle regarda d'un air sérieux. Elle cherchait à découvrir en elles ce qui excitait l'admiration d'Edward.

— Mais vous n'avez pas répondu à ma question, Polly, — dit Arundel ; — je crains bien que vous n'ayez bu trop de vin, mademoiselle Marchmont, et alourdi votre petite tête sobre avec les fumées du porto de votre papa. Je vous ai demandé si Olivia vous plaisait?

Mary rougit de nouveau.

— Je ne connais pas encore assez bien Mlle Arundel pour savoir si je l'aimerai, — répondit-elle avec timidité.

— Mais l'aimerez-vous quand vous la connaîtrez depuis plus longtemps? Ne soyez pas jésuite, Polly. La sympathie et l'antipathie naissent à première vue et instinctivement. Je vous ai aimé avant d'avoir avalé six bouchées de ce pain rôti et beurré que vous préparâtes pour moi le jour du déjeuner dans Oakley Street, Polly. Vous n'aimez pas ma cousine Olivia; je m'en aperçois très-bien, vous êtes jalouse d'elle.

— Jalouse d'elle !

Les couleurs brillantes disparurent de la figure de Mary. Elle devint pâle comme un linge.

— Vous l'aimez donc ? — dit-elle.

Mais Arundel n'était pas assez fat pour comprendre le secret de cette naïve question.

— Non, Polly, — répondit-il en riant; — elle est ma cousine, vous savez, et je la connais depuis que je suis au monde; les cousines, c'est comme les sœurs; on aime à les ennuyer, à les tourmenter, etc., etc., mais on ne devient pas amoureux d'elles. Je pourrais cependant nommer quelqu'un qui songe beaucoup à Olivia.

— Qui?

— Votre papa.

Mary regarda le jeune officier avec égarement.

— Papa ! — répéta-t-elle.

— Oui, Polly. Cela vous irait-il d'avoir une belle-mère, et de voir votre papa se remarier?

Mary se redressa vivement comme si elle avait eu l'intention d'aller tout droit vers son père au milieu de tous ses convives. John était auprès d'Olivia et de son père, il causait avec eux et tourmentait sa chaîne de montre en s'adressant à la jeune fille.

— Mon papa, se remarier! — dit Mary; — comment pouvez-vous songer à pareille chose, monsieur Arundel?

Son affection enfantine pour son père se réveilla dans toute sa force, et sa nature sensitive fut dominée par une émotion violente. Se remarier! épouser une femme qui le séparerait de son unique enfant! Avait-il songé même un seul instant à une aussi horrible cruauté?

Elle regarda la belle figure sévère d'Olivia, et trembla. Elle se représenta cette femme se dressant comme une barrière entre elle et son père, et l'éloignant de lui. Son indignation fit bientôt place à la douleur. Quelle que fût son intensité, l'indignation ne durait jamais longtemps chez cette douce enfant.

— Oh! monsieur Arundel, — dit-elle piteusement, en faisant appel au jeune homme, — papa ne voudrait pas se remarier, jamais, jamais! n'est-ce pas?

— Non, certainement, si cela vous fait de la peine, Polly, — répondit Edward avec douceur.

Le chagrin subit de Mary l'avait rendu muet. Il avait cru qu'elle serait charmée plutôt que contrariée à l'idée d'avoir une jeune belle-mère, une compagne dans ces vastes salons déserts qui lui servirait d'amie et d'institutrice à mesure qu'elle avancerait en âge.

— Je n'ai pas parlé sérieusement, ma chère Polly, — dit-il. — Ne vous tourmentez pas à propos des absurdes idées qui me passent par la tête. Je crois que votre papa admire ma cousine Olivia, et je pensais que peut-être vous ne seriez pas fâchée d'avoir une belle-mère.

— Pas fâchée d'avoir quelqu'un qui me ravirait l'amour de papa! — dit Mary d'un ton plaintif; — oh! monsieur Arundel, comment avez-vous cru pareille chose?

Malgré la familiarité qui régnait entre eux, la petite

fille n'avait pas encore l'habitude d'appeler son ami
par son nom de baptême, bien qu'elle en eût été priée
plusieurs fois. Elle avait peur de prononcer ce simple
nom saxon qui n'était si beau et si imposant que parce
qu'il était le sien; mais quand elle lisait un roman stupide dont le héros portait le même prénom qu'Arundel, les pages insipides semblaient illuminées par une
lueur phosphorescente toutes les fois que ce prénom y
figurait.

Je ne sais trop pourquoi Marchmont ne bougeait
pas d'auprès de Mlle Arundel. Il avait entendu faire
son éloge par tout le monde. Elle était un modèle de
bonté, une sainte non canonisée, qui se sacrifiait sans
cesse pour autrui. Peut-être se disait-il qu'une femme
comme celle-là serait la meilleure amie qu'il pût trouver
pour sa petite fille. Il détournait ses regards des bonnes
et tendres mères de famille du comté qui n'auraient
pas mieux demandé que d'ouvrir à Mary leurs bras
protecteurs, et il les fixait sur Olivia, cette froide et
parfaite bienfaitrice des pauvres, en se disant qu'elle
lui viendrait en aide dans son embarras.

— Elle qui est si bonne pour tous les paroissiens de
son père, elle ne refusera pas ses bontés à ma pauvre
Mary, — pensait-il.

Mais comment décider cette femme à devenir l'amie
de son enfant? Il s'adressait cette question, même au
milieu de ses frivoles convives dont les propos bour-
donnaient à son oreille. Il s'inquiétait constamment de
l'avenir de sa fille, qui lui semblait plus difficile à arranger maintenant qu'à l'époque où ils habitaient
Oakley Street, et ne songeaient à la fortune du comté
de Lincoln que comme à un rêve dont la réalisation
était presque impossible. Il sentait que le bail de sa vie
allait expirer, il lui semblait qu'il se trouvait avec Mary
sur un petit monticule de sable jaune, très-brillant sous
les feux du soleil, mais que la marée montante allait
bientôt les entourer à l'improviste et les ensevelir sans
bruit.

Mary pouvait, dans son ignorance enfantine, ramasser des coquillages aux belles couleurs et des plantes
marines humides; mais lui qui savait que le flot mon-

tait, éprouvait forcément un terrible serrement de cœur
à l'idée de la séparation prochaine. Si les vagues noires
avaient dû les entraîner tous les deux, le père n'eût
pas regretté de descendre dans l'abîme en pressant son
enfant contre sa poitrine. Mais cela ne devait pas être.
Il descendrait tout seul au fond de ce gouffre inconnu,
et laisserait sa fille sur la surface agitée pour y être
battue par la tempête, et n'avoir pour lutter contre les
flots en courroux que ses bras impuissants.

Marchmont était-il vraiment chrétien, lui qui redoutait tant cette mort qui devait le séparer de sa fille? Je
crains bien que ce veuf poitrinaire ne ressentît pour
Mary une affection trop vive pour être compatible avec
le christianisme. De pareils sentiments doivent être
étouffés avant de prendre la croix et de suivre le chemin de douleur. Comme amour et tendresse envers son
prochain, comme calme et patience en face des souffrances qu'il avait à endurer, il eût été difficile de trouver
un plus fervent disciple de l'Évangile que Marchmont ;
mais il était un vrai païen en ce qui concernait son affection pour son enfant. Il ne *pouvait* remettre entre les
mains de Dieu la garde de son enfant, et s'enfoncer
dans les ténèbres de l'éternité avec cette croyance
sereine qu'elle serait bien gardée et bien protégée. Non,
il ne pouvait avoir confiance. Pour ce qui le touchait, lui,
il avait la foi simple d'un enfant, mais il n'en était pas
de même pour sa fille. Il voyait les sombres rochers dans
le lointain et les vagues sans pitié qui accouraient pour
engloutir le frêle esquif qui allait être livré à lui-même
sur l'Océan. Dans les épaisses ténèbres de l'avenir, il
ne voyait qu'une lueur, une seule que son esprit avait
découverte tout récemment, et cette lueur c'était l'espoir de décider quelque femme noble et parfaite à devenir l'amie de sa fille.

Le temps n'était plus où, dans sa simplicité, il avait
regardé Edward comme le protecteur futur de son enfant. Le généreux jeune homme s'était changé en soldat, et son devoir l'appelait loin de Marchmont Towers.
Non ; c'était à une femme dévouée qu'il devait confier
la garde de Mary.

C'était donc l'intensité de son amour qui poussait

John à songer à un mariage que Mary regardait comme le plus grand tort dont son père pût se rendre coupable envers elle.

Ce ne fut que longtemps après ce dîner à Marchmont Towers que ces idées revêtirent une forme positive, et que John, après mûre réflexion, s'avoua que dans l'intérêt de sa fille il lui faudrait peut-être se remarier. Edward avait dit la vérité quand il avait annoncé à sa cousine que Marchmont prononçait souvent son nom, mais l'insouciant jeune homme n'avait pas deviné quel était le sentiment caché sous les éloges de son ami. Ce n'était pas la belle figure d'Olivia qui avait conquis l'admiration de John; en entendant répéter sans cesse par tout le monde qu'elle était bonne et bienfaisante, le père en était venu à croire que cette femme, entre toutes, était celle qu'il devait choisir pour gardienne de sa fille dans l'avenir.

La certitude que l'intelligence d'Olivia était supérieure, en même temps que, dans ses manières, perçait une certaine dignité impérieuse, ne fit que fortifier la croyance de Marchmont. L'amie dont il avait besoin pour son enfant ne devait pas seulement avoir la bonté de cœur, il fallait encore qu'elle eût la force de la protéger dans son isolement et de l'aider peut-être à lutter avec Paul Marchmont.

Ainsi, dans l'aveuglement de son amour païen, John refusa de confier à la Providence le soin de son enfant, et choisit lui-même à Mary une protectrice et une gardienne. Ce choix fut le résultat d'une si longue délibération et de si sérieuses réflexions, qu'on peut bien lui pardonner d'avoir cru qu'il était bon.

C'est à la suite de cette décision, que par une sombre journée de novembre, pendant qu'Edward et Mary jouent aux échecs au coin du feu, dans le grand salon, ou à la paume dans l'emplacement nouvellement disposé à cet effet, Marchmont est assis dans son cabinet, où il examine des papiers, et calcule les sommes dont il peut disposer en contractant un second mariage.

Aimait-il Olivia? Non. Il l'admirait, la respectait, et croyait fermement qu'elle était la plus parfaite des femmes. Aucune idée irréfléchie ne le poussait à la démarche qu'il envisageait. Il avait aimé sa première femme avec tendresse, mais il n'avait jamais été bien torturé par aucune des poignantes émotions qui forment les différentes phases de la grande tragédie qu'on nomme l'Amour.

Mais avait-il songé à la possibilité d'un refus de la part de la jeune fille qui lui avait tant donné à réfléchir? Oui, il y avait songé, et il était prêt à courir ce risque. Il aurait du moins fait de son mieux pour conquérir une amie à sa fille.

Avec des sentiments d'une nature si peu amoureuse, le maître de Marchmont Towers se rendit un matin à Swampington, ayant l'intention bien arrêtée d'offrir sa main à Olivia. Il avait consulté son intendant et messieurs Paulette, et il savait quelle était la fortune qu'il pouvait donner à sa future. La somme n'était pas forte, car il ne pouvait toucher à son domaine, mais il lui restait les économies qu'il pouvait faire pendant sa courte vie; et s'il vivait encore quelques années, ces économies atteindraient un chiffre considérable, grâce au peu de dépenses qui se faisaient dans la maison. Il possédait, en outre, une somme d'argent de plus de neuf mille livres que lui avait laissée Philip Marchmont père. Il avait donc quelque chose à offrir à la jeune fille dont il voulait faire sa femme. Il comptait, du reste, pleinement sur le désintéressement complet d'Olivia. Il l'avait revue souvent depuis le dîner chez lui, et elle avait toujours semblé la même : grave, réservée, digne, et ne songeant qu'à accomplir patiemment et strictement son devoir.

Il trouva Mlle Arundel assise dans le cabinet de son père, où elle taillait des vêtements de drap grossier pour ses pauvres. Un sermon tout récemment écrit était sur la table. Si Marchmont eût regardé de près le manuscrit, il aurait vu que l'encre était humide, et que l'écriture était celle d'Olivia. C'était un soulagement pour cette étrange femme d'écrire quelquefois des sermons où elle se laissait aller à de violentes protestations contre la méchanceté inhérente au cœur humain. Vous imaginez-vous une femme dont le cœur est mauvais, essayant fermement de faire le bien et d'être bonne ? C'est un portrait sombre et horrible, mais c'est le portrait véritable de la femme à laquelle Marchmont veut offrir sa main.

L'entrevue entre le père de Mary et Olivia ne fut pas sentimentale, mais elle fut à coup sûr tout l'opposé d'une entrevue ordinaire. John avait le cœur trop simple pour déguiser le motif de sa demande. Il ne voulait pas une femme pour lui, il voulait une mère pour sa fille orpheline. Il parla de l'isolement de Mary dans l'avenir, et non de son amour à lui. Emporté par l'égoïsme de son unique affection, il exposa ses motifs dans toute leur nudité. Il parla longtemps et d'un ton sérieux; il parla jusqu'à ce que les larmes qui l'aveuglaient l'empêchassent de voir Olivia.

Mlle Arundel le regarda tout le temps d'un œil sévère, inflexible; mais elle ne dit rien tant qu'il n'eut pas fini. Elle se leva alors brusquement; sa figure était sombre et animée pendant qu'elle arpentait l'étroite chambre. Elle avait oublié Marchmont. Pour son intelligence forte et vigoureuse, ce père à l'esprit faible, dont la seule passion était un amour à faire pitié pour son enfant, semblait tellement insignifiant, que pendant quelques moments elle oublia qu'il était là dans la chambre, qu'il était vivant peut-être. Se tournant ensuite brusquement vers lui, elle le regarda bien en face.

— Vous ne m'aimez pas, monsieur Marchmont? — dit-elle.

— Pardonnez-moi, — balbutia John; — croyez-moi, mademoiselle Arundel, je vous respecte, je vous estime tant, que....

— Que vous me jugez digne d'être l'amie de votre enfant. Je comprends. Je ne suis pas du nombre des femmes qu'on aime. Je l'ai compris depuis longtemps. Mon cousin Edward s'est souvent donné la peine de me le dire. Vous voulez que je sois votre femme, afin d'avoir une gardienne pour votre fille. C'est à peu près la même chose que si vous m'engagiez pour être sa gouvernante, seulement l'engagement serait plus sérieux.

— Mademoiselle Arundel, — s'écria Marchmont, — excusez-moi. Vous vous méprenez sur mes intentions,

oui, vous vous méprenez. Si j'avais pensé que je pusse
vous offenser....

— Je ne suis pas offensée. Vous avez dit la vérité,
tandis qu'un autre m'aurait dit un mensonge. Je dois
être flattée de votre confiance en moi. Cela me plaît
que les gens me croient bonne et digne de leur confiance.

Un soupir lui échappa quand elle eut cesser de parler.

— Et vous ne rejetterez pas ma demande?

— Je ne sais à quoi me résoudre, — répondit Olivia,
étreignant son front de sa main.

Elle s'appuya contre l'angle de l'encognure de la fenêtre, et regarda le jardin triste et nu par cette sombre
journée d'hiver. Elle fut silencieuse pendant quelques
minutes. Marchmont ne l'interrompit pas; il était content d'attendre patiemment qu'il lui plût de parler.

— Monsieur Marchmont, — dit-elle enfin, se tournant vers le pauvre John, avec une brusquerie qui le fit
presque tressaillir, — j'ai vingt-trois ans, et depuis
que je suis au monde, je ne me souviens pas d'avoir
eu un seul moment de bonheur.... Non, pas un, le ciel
m'en est témoin, — s'écria-t-elle avec force en levant la
main vers le plafond. — Aucun prisonnier de la Bastille
enfermé dans un cachot au-dessous du niveau de la
Seine, et réduit à choisir pour compagnons de sa misère des rats et des araignées, n'a mené une vie plus
bornée, plus tristement circonscrite que la mienne.
Ces rues où l'herbe pousse ont marqué les limites de
mon existence. Le pays marécageux et plat qui entoure la ville n'est pas plus monotone ni plus triste que
mon genre de vie. Vous direz que je devrais m'intéresser aux devoirs que je remplis et qu'ils devraient me
suffire. Dieu sait que j'ai fait mon possible pour cela,
mais je suis malheureuse. Croyez-vous que ma nature
n'ait pas dû être aigrie dans des conditions pareilles?
Croyez-vous, maintenant que je vous ai fait cet aveu, que
je sois la femme qu'il vous faut pour servir de mère à
votre enfant.

Elle s'assit après cette tirade, et laissa tomber ses
mains sur ses genoux. L'esprit inquiet qui la tourmentait avait été plus fort qu'elle et avait parlé. Elle avait

soulevé le voile épais à travers lequel les gens la voyaient, et montré à John sa figure naturelle.

— Je crois que vous êtes bonne, mademoiselle Arundel, — dit-il gravement. — Si j'avais eu une autre pensée, je ne fusse pas venu ici aujourd'hui. Je désire avoir une femme bonne qui veillera sur mon enfant, qui s'occupera d'elle quand je ne serai plus de ce monde, — ajouta-t-il à voix basse.

Olivia demeura silencieuse et immobile. Ses yeux ne quittaient pas le jardin dénudé devant elle. Elle essayait de résoudre le sombre problème de sa vie.

Quelque étrange que cela puisse paraître, l'offre de Marchmont avait pour elle un certain attrait. Il lui offrait quelque chose, n'importe quoi; ce serait un changement. Elle s'était comparée à un prisonnier de la Bastille, et je crois qu'elle éprouvait le même sentiment qu'un prisonnier de ce genre, auquel son geôlier serait venu offrir de l'évacuer sur Vincennes. La nouvelle prison serait pire que la première, peut-être, mais ce ne serait plus la même. La vie à Marchmont Towers pourrait être plus monotone, plus désolée qu'à Swampington, mais ce serait une nouvelle monotonie, une nouvelle désolation. N'avez-vous jamais pensé en souffrant du mal de dents que ce serait un soulagement d'avoir un mal d'oreille ou un rhumatisme, et que la variété dans la torture serait agréable?

Ensuite Olivia, quoique privée de plusieurs des charmes de la femme, n'était pas complètement à l'abri de ses faiblesses. Épouser Marchmont, ce serait se venger d'Edward. Hélas! elle oubliait qu'il est impossible de frapper au cœur celui qui est recouvert de l'armure impénétrable de l'indifférence. Elle se voyait maîtresse de Marchmont Towers, servie par des laquais en livrée, courtisée, puis patronée par la bourgeoisie campagnarde, et vengée de sa cupide tante qui l'avait méprisée en lui offrant d'aller gagner sa vie comme gouvernante de *nursery*. Elle voyait tout cela, et les instincts vils de sa nature s'éveillaient en son cœur, et la poussaient à saisir l'occasion qui s'offrait à elle : l'occasion unique de sortir de l'affreuse obscurité de sa vie. L'ambition qui aurait pu la faire impératrice

courba la tête, et lui cria : « Prends ceci, c'est du
moins quelque chose. » Mais les voix meilleures
qu'elle avait écoutées dans sa lutte avec les instincts
naturels de son âme ne furent pas muettes, et lui ré-
pétèrent dans la voix naturelle de son âme : « C'est
une tentation du démon, n'accepte pas cette offre. »

Mais cette tentation s'offrit à elle juste au moment
où la vie lui était devenue intolérable, trop intolérable
pour être supportée, pensait-elle. Elle avait maintenant la fatale certitude qu'Edward ne l'aimait pas ; que
le seul rêve qu'elle eût jamais caressé était une illusion, une tromperie. Ce rêve avait été le seul bonheur
de sa vie. Une fois évanoui, il ne lui restait plus que la
tristesse, et la mort devenait préférable à l'existence
qu'elle menait.

L'avenir ne lui réservait aucune espérance, pas une.
Elle avait aimé Edward de toutes les forces de son
âme ; elle avait consacré à ce beau jeune homme tout
ce qu'il y avait en elle d'intelligence et de passion.
Cette folie avait été l'écueil de sa vie. Sans elle, elle
aurait pu changer sa nature à l'aide de son désir de
bien faire et devenir une femme bonne et parfaite. Si
elle avait vécu dans un milieu moins rétréci, cet amour
déçu n'eût pas eu de portée bien sérieuse ; elle eût
aimé, souffert, et comme tant d'autres elle serait revenue de cette maladie. Mais toutes les forces volcani-
ques de son impétueuse nature se concentrèrent dans
cette affection, s'acharnèrent à nourrir ce sentiment
unique, et changèrent en folie ce qui n'eût été qu'une
douleur.

Se dire que dans un avenir éloigné elle pourrait
cesser d'aimer Edward et apprendre à en aimer un
autre, était à peu près aussi raisonnable aux yeux
d'Olivia que d'espérer changer de bras et de jambes à
cette époque inconnue. Il lui aurait été peut-être possible de briser son amour par un effort désespéré, tout
comme elle aurait pu se faire couper un bras ; mais
croire qu'un nouvel amour remplacerait l'ancien, lui
paraissait aussi absurde que d'espérer voir repousser
un nouveau bras. Quelque monstruosité en liége ferait
l'office du bras amputé, et de même quelque affection

contrefaite et simulée tiendrait lieu de l'ancien amour.

Olivia fit toutes ses réflexions pendant que les aiguilles de la petite pendule de la cheminée avancèrent de dix minutes. Marchmont attendait toujours avec patience une réponse catégorique à sa demande. L'esprit de la jeune femme revint enfin après toutes ses folles divagations dans l'étroit sentier qu'elle avait eu tant de peine à lui tracer : l'étroit sentier du devoir. Ses premières paroles en furent une preuve.

— Si j'accepte cette tâche, je l'accomplirai fidèlement, — dit-elle pour elle plutôt que pour Marchmont.

— Oh! j'en suis sûr, mademoiselle Arundel, — répondit John avec empressement, — j'en suis sûr. Vous avez donc l'intention de l'accepter? Vous voulez réfléchir sur ma demande? Puis-je parler à votre père? puis-je lui dire ce que je vous ai proposé, et que vous m'avez donné l'espoir d'un consentement définitif?

— Oui, oui, — dit Olivia avec un peu d'impatience; — parlez à mon père, dites-lui ce que vous voudrez. Qu'il décide pour moi, il est de mon devoir de lui obéir.

Dans ces paroles perçait une terrible lâcheté. Olivia reculait devant l'idée d'épouser un homme qu'elle n'aimait pas, sans autre motif pour le faire que le désir de s'arracher à une existence qui lui était odieuse. Elle voulait faire retomber sur un autre la responsabilité de cette action. Qu'un autre décide, qu'un autre la pousse à commettre cette folie, et cette folie sera baptisée du nom de sacrifice.

Ainsi donc, pour la première fois, elle tenta de propos délibéré de tromper sa conscience. Pour la première fois, elle eut recours à une fausse marque dans le système à l'aide duquel elle constatait son progrès moral.

Quand Marchmont l'eut quittée, elle se laissa tomber sur son tabouret, au coin du feu. Elle était dans une prostration complète d'esprit et de corps. Sa tête s'inclina lourdement contre le support en bois de chêne sculpté de la cheminée à la mode antique, et elle ne prit pas garde que son front avait heurté le coin de la boiserie.

Si elle avait pu mourir alors qu'elle ne cachait encore pour tout péché dans son sein que le secret d'une faiblesse de femme toute naturelle; si elle avait pu mourir alors que le premier pas sur le sombre sentier de sa vie n'était pas fait encore, comme c'eût été heureux pour elle et pour d'autres! Une affreuse page de crimes et de souffrances aurait manqué à l'histoire de la vie de cette femme.

Elle demeura longtemps dans la même attitude. Une fois, une seule fois, deux larmes solitaires mouillèrent ses yeux et roulèrent lentement sur ses joues pâles.

— Serez-vous triste quand je serai mariée, Edward, — murmura-t-elle, — serez-vous triste?

CHAPITRE IX

« Quand cesserai-je d'être seule? »

Hubert Arundel ne fut pas aussi surpris qu'on aurait pu le croire de la proposition que lui fit son riche voisin. Edward Arundel avait préparé son oncle à la possibilité d'une semblable demande par plusieurs allusions railleuses relativement à l'admiration de Marchmont pour Olivia. Le franc et un peu frivole jeune homme croyait que c'était la belle figure de sa cousine qui avait captivé le maître de Marchmont Towers et n'était pas du tout à même de deviner le motif secret des vues de John sur Mlle Arundel.

Le recteur de Swampington, qui était un cœur simple et peu clairvoyant, remercia sincèrement Dieu de la belle occasion qui s'offrait pour sa fille. Elle serait donc riche et bien mariée, grâce à la Providence, en dépit de sa prodigalité à lui, qui ne lui avait réservé pour toute fortune dans l'avenir qu'une misérable somme provenant d'une assurance sur la vie. Elle aurait tout ce qu'il lui faudrait dorénavant et vivrait dans une belle maison. Toutes ses belles qualités, qui ne lui avaient servi de rien dans son humble sphère, s'étaleraient au grand jour maintenant et dans un milieu convenable.

— Les habitants de Swampington la proclament bonne, — se disait-il, — mais comment peuvent-ils savoir qu'elle l'est, eux qui n'ont pas vu comme moi les horribles privations qu'elle a supportées si vaillamment?

Marchmont, renseigné tout récemment par son avoué, put donner à Arundel le compte très-net du douaire qu'il devrait constituer à sa future. Il lui ferait don des neuf mille livres que lui avait laissées Philip Marchmont. Elle aurait cinq cents livres par an pour ses dépenses personnelles, la vie de son mari durant; il lui laisserait ses économies à sa mort et prendrait une assurance sur la vie à son profit. Le montant de ses économies dépendrait évidemment de la longueur de la vie de John, mais l'argent s'accumulerait très-rapidement, car le revenu était de onze mille livres sterling, et les dépenses n'allaient pas au-delà de trois mille.

La cure de Swampington ne valait pas plus de trois cent cinquante livres par an, et avec cette somme Hubert Arundel et sa fille avaient fait trois fois plus de bien pour les nombreux pauvres de la paroisse que n'en avaient jamais fait avant lui aucun recteur ou sa famille. Hubert et sa fille avaient patiemment enduré la plus affreuse pauvreté, et le fardeau le plus lourd avait toujours été pour Olivia, qui avait l'héroïque faculté de la résignation en ce qui concernait les privations physiques. Est-il donc étonnant que le recteur de Swampington considérât comme très-brillante la perspective qui s'offrait pour son enfant? Est-il étonnant qu'il poussât sa fille à accepter le changement de fortune qu'on lui proposait?

Il insista pour qu'elle consentît et plaida la cause de Marchmont avec bien plus de chaleur que le veuf lui-même.

— Ma chère enfant, — lui dit-il, — ma chère enfant!

si je vis assez longtemps pour te voir maîtresse de
Marchmont Towers, je descendrai dans la tombe content et heureux. Songe, ma fille, que ce mariage te
sauve de la misère. Oh ! je puis te dire maintenant ce
que je n'ai jamais osé te confesser ; je puis te dire
combien de longues nuits sans sommeil j'ai passées en
songeant à toi et au tort que je t'ai fait. Il a été fait
bien involontairement, ce tort-là, mon enfant, — ajouta
le recteur les larmes aux yeux, — car tu sais combien
je t'ai toujours aimée. Mais la responsabilité d'un père
envers ses enfants est un fardeau bien lourd. Je ne
l'ai envisagée de cette manière que depuis peu, ma
chère fille, que depuis que je suis vieux et qu'il est
trop tard pour racheter le passé. J'ai bien souffert,
Olivia, et tout cela nous a, en quelque sorte, éloignés
l'un de l'autre. Mais c'est passé maintenant, n'est-ce
pas, mon enfant, et tu épouseras M. Marchmont ?
Il a l'air d'un homme bon et consciencieux, et je crois
qu'il te rendra heureuse.

Le père et la fille étaient assis tous deux dans l'ombre après leur dîner. Le crépuscule de la soirée de novembre faisait place à la nuit, et la chambre n'était
éclairée que par le feu presque éteint. Hubert ne pouvait voir la figure de sa fille en lui parlant ; il n'aper-
cevait que sa silhouette, qui se profilait sur la fenêtre
grise en face de lui. Il devinait à son attitude qu'elle
l'écoutait, car elle penchait la tête, et ses mains reposaient immobiles sur ses genoux.

Elle se tut pendant quelques instants après que son
père eut fini de parler. Il craignait, en face de ce silence, que quelqu'une de ses paroles ne l'eût blessée
et qu'elle ne pleurât.

Pauvre père au cœur simple ! Elle avait à peine entendu ce qu'il avait dit ; mais elle avait vaguement
compris qu'il désirait la voir accepter l'offre de Marchmont.

Toute grande passion est égoïste au possible. Ce
n'est pas l'objet de la passion que nous voulons avec
tant de résolution, ce n'est pas lui qui nous enchaîne
le cœur : c'est notre propre folie que nous adorons et
à laquelle nous tenons ; c'est notre illusion que nous

refusons de faire cesser. Qu'est-ce, pour Nancy, que le nez fendu, ou la figure de bouledogue de Bill Sykes. Ce à quoi elle tient et ce dont elle ne veut pas se séparer, ce n'est pas Bill, c'est l'amour qu'elle ressent pour lui, la vive illusion d'une vie stérile, le grand égoïsme d'une faible nature.

Les pensées d'Olivia avaient fait beaucoup de chemin pendant que son père lui parlait d'un ton piteux. Elle avait songé à son cousin Edward et s'était répété un millionde fois la même question : « Serait-il triste?... serait-il triste si elle épousait Marchmont? »

Mais elle comprit tout à coup que son père attendait qu'elle parlât ; elle se leva de sa chaise et, s'approchant de lui, elle appuya sa main sur son épaule.

— J'ai peur de n'avoir pas rempli mes devoirs envers vous, papa, — dit-elle.

Depuis quelque temps elle faisait résonner constamment la même corde. Le devoir! ce mot était la clef de sa vie, et son existence lui avait paru dans ces derniers temps renfermer si peu d'harmonie, qu'il n'était pas étonnant qu'elle répétât sans cesse cette note, qui était pour elle la seule importante du diapason.

— Ma chère enfant, — s'écria Arundel, — tu as été la bonté même.

— Non, non, papa, j'ai été froide, réservée, silencieuse.

— Un peu silencieuse, ma chère, — répondit le recteur avec douceur, — mais tu n'as pas été heureuse. Je t'ai observée, mon enfant, et je sais que tu n'as pas été heureuse. Du reste, il n'y a rien là d'étonnant. Cet endroit est si triste et ta vie a été si fatigante. Mais ce serait bien différent à Marchmont Towers.

— Vous voulez donc que j'épouse M. Marchmont, papa?

— Oui, je le veux, ma chère fille. Dans ton intérêt seulement, — ajouta le recteur sur un ton de supplication.

— Le désirez-vous réellement?

— Je le désire vivement, très-vivement, ma chère.

— Eh bien, alors, je l'épouserai, papa.

Elle ôta sa main de dessus l'épaule du recteur et

s'approcha de la fenêtre sans rideaux. Elle tournait le dos à son père et ses regards plongeaient dans l'obscurité du dehors.

J'ai dit qu'Hubert n'était pas fin observateur, mais il comprit vaguement que ce n'était pas précisément ainsi que l'offre d'un brillant mariage devait être acceptée par une jeune fille libre d'esprit et de cœur, et il eut peur que sous les manières calmes de sa fille ne se cachât quelque chose.

— Mais, ma chère Olivia, — dit-il avec inquiétude, — il ne faut pas supposer un seul instant que je veuille te forcer à contracter ce mariage s'il té répugne le moins du monde. Tu.... tu peux avoir formé quelque attachement antérieur.... ou il peut y avoir quelqu'un qui t'aime depuis plus longtemps que M. Marchmont, et que....

Sa fille se retourna vivement vers lui pendant qu'il balbutiait.

— Quelqu'un qui m'aime, — répéta-t-elle ; — avez-vous jamais vu quelque chose qui puisse vous donner lieu de croire que quelqu'un m'aimât ?

Son ton dur produisit un effet désagréable sur Arundel et redoubla son agitation.

— Je te demande pardon, ma chère enfant, je n'ai rien vu. Je....

— Personne ne m'aime ou ne m'a aimée.... excepté vous, — reprit Olivia sans s'occuper de la tremblante interruption de son père. — Je ne suis pas femme à être aimée, je le sens et je le sais. J'ai le nez aquilin, la peau blanche, des yeux noirs, et l'on me dit belle, mais personne ne m'aime et ne m'aimera jamais.

— Mais M. Marchmont, chère enfant !... il t'aime certainement et il t'admire, — observa le recteur.

— M. Marchmont veut une institutrice, un chaperon pour sa fille, et il me croit capable d'occuper ce poste; c'est là tout l'*amour* que M. Marchmont ressent pour moi. Non, papa ; je n'ai aucun motif pour reculer devant ce mariage. Il n'y a personne qui sera fâché de me voir me marier.... personne. On me demande de remplir un devoir envers cette petite fille, et je suis prête à m'acquitter fidèlement de ma tâche. C'est là tout ce qu'on exige de moi. Est-ce un péché que d'épouser M. Marchmont dans cet esprit, papa ?

Elle fit cette question avec une vive inquiétude, comme si sa décision dépendait de la réponse de son père.

— Un péché, chère enfant ! Comment peux-tu me faire une pareille question ?

C'était ainsi qu'Olivia faisait un compromis avec sa conscience et n'avouait que la moitié de la vérité. La question qu'elle aurait dû adresser était celle-ci :

« Est-ce un péché que d'épouser un homme tandis que mon cœur appartient à un autre que j'aime follement ? »

Mlle Arundel ne put visiter ses pauvres le lendemain de cette entrevue avec son père. Sa tournée monotone lui parut ce jour-là plus odieuse que d'habitude. Elle s'égara parmi les marais qui s'étendent sur le bord de la mer solitaire et affronta le brouillard grisâtre de novembre.

Elle resta dehors très-longtemps. Le froid la faisait frissonner, mais elle n'en avait pas conscience. Elle regardait un bateau délabré qui se trouvait sur le bord de l'eau. La mer devant elle et la terre par derrière étaient cachées par l'épaisseur du brouillard. Il semblait qu'elle fût seule au monde.... complétement isolée, complétement oubliée.

— O mon Dieu ! — murmura-t-elle ; — si ce bateau qui est là à mes pieds m'emportait dans quelque île déserte, je n'y serais pas plus abandonnée que je ne le suis parmi des gens qui ne m'aiment pas.

De faibles lumières brillaient aux fenêtres par delà la plaine quand elle revint à Swampington. Elle trouva son père assis tout seul à table en face d'un frugale dîner qu'il n'avait pas le courage d'attaquer. Mlle Arundel prit tranquillement sa place au bas de la table et sa figure ne révéla pas la moindre émotion.

— Je regrette d'être restée si longtemps dehors, papa, — dit-elle ; — je ne songeais pas qu'il fût si tard.

— Peu importe, ma chère enfant. Je sais que tu as toujours beaucoup d'occupations. M. Marchmont est venu en ton absence. Il semblait très-impatient de connaître ta décision, et il a été ravi d'apprendre qu'elle était en sa faveur.

Olivia laissa tomber son couteau et sa fourchette et se leva brusquement. Il y avait sur sa figure quelque chose d'étrange qui ressemblait presque à de la terreur.

— C'est donc décidé? — dit-elle.

— Oui ,ma fille. Tu n'en es pas fâchée, n'est-ce pas?

— Fâchée ! non, j'en suis bien aise.

Elle retomba sur sa chaise avec un soupir de soulagement. Elle *en était* bien aise. La perspective de cet étrange mariage faisait diversion à l'horrible tourment de sa vie.

Dorénavant ce sera un crime de songer à Edward Arundel, — se dit-elle. — Je n'ai pas conquis l'amour d'un autre homme, mais je serai la femme d'un autre.

CHAPITRE X

La belle-mère de Mary.

Jamais peut-être aucun prétendune fit sa cour avec plus de calme que Marchmont après qu'Olivia eut accepté l'offre de sa main. Ils n'avaient feint ni l'un ni l'autre un sentiment qu'ils n'éprouvaient pas, et je doute même que John eût été plus sentimental lors de son premier mariage, quoiqu'il eût tendrement aimé sa première femme. Il n'y avait rien de bien romanesque ou de susceptible d'émotions violentes dans sa paisible nature. Son amour pour sa fille, quoiqu'il absorbât tout son être, était une affection muette et peu démonstrative, un dévouement réfléchi et presque effrayant qui se traduisait par une anxiété profonde, mais cachée au sujet de l'avenir de son enfant, plutôt que par les signes extérieurs de tendresse.

Si son amour eût été plus démonstratif et moins réfléchi, il n'aurait pas songé à contracter le mariage
projeté sans s'assurer auparavant s'il plairait à sa fille.

Mais il n'eut pas un seul instant l'idée de consulter
Mary sur cette affaire importante. Il jetait sur l'avenir
des regards d'épouvante, et il voyait son enfant adorée
seule au milieu d'un désert et entourée d'ennemis
prêts à la dévorer. Il saisit cette chance unique de lui
procurer une protectrice qui lui serait unie par un lien
légal et moral; car Marchmont avait l'intention de constituer sa seconde femme tutrice de sa fille. Il ne pensait qu'à cela, et il se dépêchait de faire sa cour au
presbytère de peur que la mort ne se dressât entre
lui et la prétendue qu'il aimait et ne privât son enfant
d'une seconde mère.

Telle fut l'histoire du second mariage de Marchmont.
Quand arriva la dernière semaine avant le jour fixé
pour le mariage, il annonça à sa fille l'acte qu'il allait
accomplir. Edward était au courant du secret, mais il
avait été convenu qu'il ne le révèlerait pas à Mary

Le père et la fille étaient un soir de la première semaine de décembre assis ensemble dans le grand salon.
Edward était allé passer la soirée à Swampington et
devait coucher au presbytère. Mary et son père se trouvaient donc seuls.

Il était près de neuf heures, mais Mary avait insisté
pour rester avec son père jusqu'au moment où il se
coucherait. Elle ne se couchait jamais avant lui dans
Oakley Street, disait-elle, quoiqu'elle fût beaucoup plus
jeune. Elle était assise sur un tabouret recouvert en
velours, aux pieds de son père, et sa belle chevelure
flottait à l'abandon pendant qu'elle appuyait sa tête sur
le genou de John. Elle ne lui parlait pas ; ni le père ni
la fille n'étaient grands causeurs, mais elle était avec
lui et cela lui suffisait.

Les doigts amaigris de Marchmont roulaient et dé-
roulaient négligemment les belles boucles sur son
genou. Mary songeait à Edward et à la soirée de
Swampington. S'amuserait-il beaucoup ? Regretterait-il
qu'elle ne fût pas là? C'était une soirée où n'assistaient
que de grandes personnes, et elle n'était pas encore

assez âgée pour avoir été invitée. Les jolies filles en
bleu y seraient-elles, et danserait-il avec elles?

La figure de son père exprimait l'inquiétude pendant
qu'il regardait d'un air distrait les cendres rouges du
foyer. Il prit la parole en cet instant, mais son observation fut des plus communes. Les commencements
d'un drame sont rarement remarquables par une solennité de mauvais augure. Deux gentlemen se ren-
contrent dans la rue près d'un bec de gaz et causent
avec volubilité de la tournure des affaires en général ;
il n'est pas question de sang versé ou de malheur tant
que nous ne sommes pas plus avant dans la pièce

Aussi Marchmont, qui avait une communication importante à faire à sa fille et qui se demandait pour la
première fois avec inquiétude comment elle la rece-
vrait, commença la conversation en ces termes :

— Tu devrais réellement te coucher de meilleure
heure, chère Polly ; tu es bien pâle depuis quelque temps
et je sais que cela te fait du mal de veiller si tard.

— Oh ! non, papa, — s'écria la jeune fille, — je suis
toujours pâle, c'est naturel chez moi. Les veillées ne
me fatiguent pas, papa. Dans Oakley Street, elles ne
m ont jamais rendue malade.

Marchmont secoua tristement la tête.

— Je ne sais trop, — dit-il. — Tu as eu à souffrir
beaucoup à cause de la pauvreté de ton père, ma chérie.
Si tu avais quelqu'un qui t'aimât, une dame, tu entends,
car un homme ne comprend rien à ces sortes de choses,
ta santé serait mieux soignée, et.... ton éducation
aussi.... et tu serais, en somme, bien plus heureuse,
n'est-ce pas, Polly?

Il fit cette question d'un ton piteux et suppliant. Une
terrible crainte commençait à s'emparer de lui. Sa fille
pouvait ne pas voir avec plaisir ce second mariage. La
démarche qu'il tentait en vue de son bonheur pouvait
la rendre malheureuse. Devenu lâche à force d'aimer
son enfant, il trembla à l'idée de chagriner sa fille dans
le moment présent, bien que ce fût pour son bien-être
futur qui *devait* être assuré par son mariage. Mary
releva tout à coup la tête et regarda son père bien en
face.

— Oh! vous n'allez pas engager une gouvernante
pour moi, papa, — s'écria-t-elle avec empressement;
— je vous en prie, n'en faites rien. Nous sommes bien
mieux ainsi. Une gouvernante me retiendrait loin de
vous; je suis sûre qu'elle n'y manquerait pas. Les
demoiselles Landells à Impley Grange ont une gouvernante, et elles ne paraissent au dessert que pendant
une demi-heure. Elles sortent rarement en voiture et
ne voient que fort peu leur papa. Lucy me l'a raconté
et elles m'ont dit qu'elles donneraient tout au monde
pour être comme moi toujours avec leur papa. Oh! je
vous en prie, papa, ne me donnez pas de gouvernante.

Elle avait les larmes aux yeux en parlant ainsi. La
vue de ces larmes impressionna vivement son père.

— Ma chère Polly, — dit-il, — je ne veux pas engager une gouvernante. Je.... Polly, mon enfant, sois
raisonnable, il le faut; ne te fâche pas contre ton pauvre père. Tu es assez âgée maintenant pour comprendre cela. Tu sais ce qu'ont dit les médecins. Je puis
mourir, Polly, et te laisser seule au monde.

Elle se serra contre son père et le regarda, pâle et
tremblante, en lui répondant :

— Si vous mourez, papa, je mourrai aussi. Je ne
saurais vivre sans vous.

— Si, ma chère enfant, tu vivras, tu vivras. Tu
auras, si Dieu le permet, une longue et heureuse existence; mais dans le cas où je mourrais en te laissant
toute jeune et sans expérience, comme tu l'es, il ne
faut pas que tu sois sans ami pour veiller sur toi, te
conseiller et te protéger. J'ai longtemps et sérieusement pensé à cela, Polly, et je crois que j'agis bien en
faisant ce que j'ai résolu.

— Qu'avez-vous résolu? — s'écria Mary, répétant les
paroles de son père et l'examinant avec une terreur
soudaine. — Quelle est votre intention, papa? Qu'allez-
vous faire? Rien qui nous séparera. Oh! papa, papa,
ne faites rien qui puisse nous séparer!

— Non, Polly, — répondit Marchmont, — quoi que
je fasse, c'est pour toi, pour toi seule. Je vais me marier, ma chère enfant.

Mary poussa un gémissement étouffé qui indiquait

une douleur plus vive que celle accusée par les larmes
habituelles.

— Oh! papa, papa, — s'écria-t-elle, — vous n'avez
pas ce désir, n'est-ce pas, vous ne l'aurez jamais?

Le son de cette voix plaintive désarma un moment
Marchmont, mais il appela à son secours tout le courage du désespoir pour ne pas se laisser influencer
par son enfant et ne pas renoncer au projet qui devait
assurer, croyait-il, son bonheur à venir.

— Mary.... Mary.... — dit-il d'un ton de reproche, —
c'est bien cruel, mon enfant, ce que tu fais là. Crois-tu
que je n'aie pas consulté ton bonheur avant le mien?
Crois-tu que je t'aimerai moins parce que je me serai
marié dans ton intérêt. Tu es bien cruelle pour moi,
Mary.

La petite fille se releva et se tint debout devant son
père, les yeux baignés de larmes, mais un certain air
de résolution se lisait sur sa figure. Elle avait été enfant pendant quelques moments et n'avait vu dans le
coup qui la frappait que la souffrance qu'elle en éprouvait. Maintenant elle était femme et en état de dominer
sa douleur par la force de sa volonté.

— Je ne veux pas être cruelle, papa, — dit-elle, —
j'ai été égoïste et méchante en parlant ainsi. Si cela
vous rend heureux d'avoir une autre femme, papa, je
ne m'en affligerai pas.... Non, je ne m'en affligerai pas,
dût votre nouvelle femme nous séparer un peu.

— Mais, ma chérie, — observa John, — je n'entends
pas le moins du monde qu'elle nous sépare. Je veux
que tu aies une amie, Polly, quelqu'un qui te comprenne mieux que moi, qui puisse t'aimer presque
aussi bien peut-être.

Mary remua la tête en signe de dénégation; la chose
ne lui semblait pas possible.

— Me comprends-tu, ma chère enfant, — continua
son père, — je veux avoir quelqu'un qui te servira de
mère, et j'espère.... je suis sûr qu'Olivia....

Mary l'interrompit par une exclamation soudaine,
qui fut presque un cri de douleur.

— Pas Mlle Arundel, — dit-elle; — oh! papa, ce
n'est pas Mlle Arundel que vous allez épouser?

Son père fit un signe de tête affirmatif.

— Qu'as-tu, Mary ? — dit-il avec agitation, en voyant son enfant le regarder avec douleur et épouvante ; — tu n'es pas du tout raisonnable ce soir. A tant faire que de me marier, qui veux-tu que je prenne pour femme ! Indique-m'en une meilleure qu'Olivia. Chacun sait combien elle est bonne. Tout le monde fait l'éloge de sa bonté.

Dans ces deux phrases, Marchmont confessait un fait auquel il n'avait jamais réfléchi lui-même. Ce n'était pas son impulsion à lui, ce n'était pas sa confiance instinctive en la bonté d'Olivia qui l'avaient poussé à la demander pour femme. Il avait été influencé tout simplement par les opinions constamment émises autour de lui.

— Je sais qu'elle est très-bonne, papa, — s'écria Mary, — mais pourquoi, oh ! pourquoi l'épousez-vous, elle ? Vous l'aimez donc beaucoup, beaucoup ?

— L'aimer, — dit Marchmont naïvement, — non, Polly, tu sais bien que je n'ai jamais aimé que toi.

— Pourquoi l'épousez-vous donc alors ?

— A cause de toi, Polly, à cause de toi.

— Si c'est à cause de moi, ne l'épousez pas, je vous en prie, ne l'épousez pas. Je n'ai pas besoin d'elle ; je ne l'aime pas, je ne pourrai jamais être heureuse avec elle.

— Mary !.... Mary !....

— Oui, je sais que c'est mal de dire pareille chose, mais c'est vrai, papa, je ne pourrai jamais, jamais être heureuse avec elle. Je sais qu'elle est bonne, mais je ne l'aime pas. Si je commettais quelque faute, je ne compterais pas sur son pardon ; je n'aurais pas de merci à attendre d'elle. Ne vous mariez pas avec elle, papa ; oh ! je vous en supplie, ne vous mariez pas avec elle.

— Mary, — dit Marchmont résolûment, — tu as grandement tort en ceci. J'ai donné ma parole, mon enfant, et je ne puis la retirer. Je crois que j'agis pour le mieux. Pas d'enfantillage maintenant, Mary. Tu as été ma consolation depuis que tu es au monde, ne me rends pas malheureux aujourd'hui.

L'appel de son père lui alla droit au cœur. Oui, elle l'avait soulagé et consolé dès son bas âge et elle avait l'habitude du sacrifice, pourquoi lui manquerait-elle maintenant? Elle avait lu des histoires de martyrs, patientes et saintes créatures pour qui la souffrance était une gloire; elle serait martyre pour lui s'il le fallait. Elle se tiendrait immobile au milieu du bûcher enflammé ou marcherait sans broncher sur des fers de charrue incandescents pour son père bien-aimé.

— Papa...., papa...., — s'écria-t-elle en se jetant à son cou, — je ne vous chagrinerai pas, je serai bonne etobéissante envers Mlle Arundel si vous le désirez.

Marchmont emmena sa petite fille dans la jolie chambre à coucher qu'elle occupait à côté de la sienne. Elle était très-calme quand elle lui souhaita bonne nuit et elle l'embrassa avec le sourire aux lèvres; mais, jusqu'au moment où le jour parut, Mary resta éveillée et pleura en silence sur le malheur qui lui arrivait. Dans cette même nuit si longue, le maître du beau domaine du comté de Lincoln eut un sommeil agité et troublé par d'horribles rêves, dans lesquels l'ombre noire qui se dressait entre lui et son enfant, et les séparait à jamais, avait les traits d'Olivia.

Mais quand le jour revint, Marchmont et sa fille furent soulagés. Mary se leva avec la détermination de se soumettre patiemment à la volonté de son père et de lui cacher toute trace de son chagrin déraisonnable. John échappa à ses rêves troublés pour croire en s'éveillant qu'il faisait sagement de se marier et se consoler avec la pensée que, dans l'avenir lointain, sa fille le remercierait du choix qu'il avait fait.

Les quelques jours avant le mariage s'écoulèrent avec une terrible rapidité et beaucoup de tristesse, et le dernier fut le plus pénible de tous, car Edward quitta Marchmont Towers, pour retourner à Dangerfield Park, d'où il était probable qu'il ne s'éloignerait que pour repartir pour l'Inde.

Mary sentit que le monde resserré de son amour s'écroulait autour d'elle. Edward était perdu, et le lendemain son père appartiendrait à une autre. March-

mont dîna au presbytère dans cette dernière soirée,
car il fallait signer des contrats et arranger d'autres
affaires, et Mary demeura seule, toute seule, à pleurer
son bonheur envolé.

— Ceci ne serait jamais arrivé, — se dit-elle, — si
nous n'étions pas venu à Marchmont Towers; je voudrais que papa n'eût pas eu l'héritage, nous étions si
heureux dans Oakley Street, si complétement heureux. Cela me serait égal de redevenir pauvre, si je
pouvais toujours être avec papa.

Marchmont n'avait pu retrouver son calme intérieur,
après cette désagréable entrevue, dans laquelle il
avait annoncé à sa fille la nouvelle de son prochain
mariage. Il avait beau raisonner en lui-même sur l'ur-
gence de l'acte qu'il allait accomplir, il ne pouvait se
dissimuler qu'il avait fait souffrir l'enfant qu'il aimait
tant. Il ne pouvait effacer de sa mémoire le regard
d'épouvante que lui avait jeté sa fille en se tournant
vers lui au moment où il venait de prononcer le nom
d'Olivia.

Non, il lui avait fait de la peine. L'avenir lui permet-
trait sans doute d'envisager cette douleur comme quelque chose de nécessaire et d'avantageux au bout du
compte. Mais l'avenir était encore éloigné et, en attendant, Mary était là avec une figure changée, calme et
résignée, mais exprimant quand même un chagrin
réel, et Marchmont ne pouvait qu'être malheureux en
sachant que sa fille chérie souffrait.

Je ne crois pas que jamais homme ou femme aient fait
un pas fatal sur le chemin de la vie, sans avoir reçu
auparavant des avertissements suffisants. La main de
la Providence dresse sur le sentier fatal des obstacles
pour nous arrêter, mais nous nous entêtons aveuglément à les franchir et à courir à la poursuite de ce
quelque chose de vague que nous avons, dans notre
ignorance, choisi pour notre but. Bon nombre de voix
intérieures crièrent à Marchmont que cet acte qu'il
croyait sage ne l'était pas, et pourtant malgré ces
avertissements, malgré les reproches que lui adressait à chaque instant la figure changée de sa fille, cet
homme qui était trop faible pour avoir en Dieu une

entière confiance, persista avec un incroyable aveuglement à croire en sa sagesse à lui.

Il ne voulait pas se contenter de confier le sort de
sa fille, riche aujourd'hui, à la Providence qui avait
veillé sur elle alors qu'elle était pauvre et l'avait sau-
vegardée du malheur. Il ne pouvait abandonner son
enfant à la merci de Dieu et il l'abandonnait à l'amour
d'Olivia.

Une vie nouvelle commença pour Mary, après que le
mariage se fût célébré sans bruit à l'église de Swamp-
pington. Les deux époux allèrent passer leur courte
lune de miel parmi les montagnes couvertes de neige
et les courants glacés de l'Écosse, sur les bords arides
desquels le pauvre John grelotta de tous ses membres.
Il est à craindre que Marchmont, que la pauvreté avait
forcé pendant la meilleure moitié de son existence à
mener la vie d'un cockney, n'eût pas beaucoup de
goût pour ce qui est grand et sublime dans la nature.
Je ne crois pas qu'il regardât les murs en ruine qui
avaient abrité jadis Macbeth et sa redoutable femme,
avec tout l'enthousiasme qu'on pouvait attendre de
lui. Il n'avait qu'une idée à propos de Macbeth et il
préférait s'éloigner d'un endroit où subsistait le souvenir du Thane belliqueux, car les souvenirs du passé
lui représentaient le meurtrier du roi Duncan comme
un gentleman très-raide et peu accommodant, qui
n'entendait pas du tout que les bannières fussent por-
tées de travers ou tournées vers le public du mauvais côté, et qui défendait tout accès de toux à n'importe lequel de ses convives, tant que durait le festin
de Barmecide en carton et en métal hollandais, dont
il avait coutume de les régaler. Non, Marchmont en
avait eu assez de Macbeth, et il trouvait passablement
étonnant l'enthousiasme des autres touristes au nez
rouge, qui n'avaient pas l'air de songer au froid pi-
quant.

Je crains bien que le maître de Marchmont Towers
n'eût préféré Oakley Street, de Lambeth, à Princes
Street, d'Edimbourg, car la brise de la moderne Athè-
nes faillit l'emporter par delà le gouffre, entre la nouvelle et la vieille ville. Une visite à Calton Hill amena

8

un accès de cette toux chronique, qui avait si cruellement tourmenté le comparse aux jambes tremblantes dans les couloirs à courants d'air de Drury Lane. Melrose et Abbotsford fatiguèrent ce pauvre faible touriste; il essaya de s'intéresser aux souvenirs stéréotypés qu'aiment d'autres voyageurs, mais il soupirait après le repos, qui était, à ses yeux, préférable au culte des héros, et il ne tarda pas à découvrir qu'il avait fait une folie en venant en Écosse en décembre et janvier, sans avoir consulté préalablement son médecin, sur le danger d'une pareille excursion.

Mais il y avait quelque chose qui le tourmentait plus que son malaise, et les désagréments qu'il rencontrait et ce quelque chose que rien ne pouvait chasser, c'était son désir maladif de revenir auprès de la petite fille qu'il avait laissée derrière lui, et de se retrouver avec elle. Les tristes pressentiments de Mary s'étaient déjà en quelque sorte réalisés, déjà sa nouvelle femme l'avait séparé sans intention, à vrai dire, de son enfant adorée. Les douleurs qu'il endura sous le ciel noir de l'Écosse lui rappelèrent forcément les avis des médecins. Il eut presque peur en songeant à son imprudence. S'il avait inutilement abrégé le nombre limité de ses jours! s'il allait mourir avant qu'Olivia eût appris à aimer sa belle-fille, avant que Mary se fût habituée à une affection familière pour sa nouvelle tutrice! Cent fois il fit appel à sa femme, en implorant sa tendresse pour l'orpheline, du jour où il ne serait plus là pour l'entourer de son amour.

— Je sais que vous l'aimerez par la suite, Olivia, — disait-il, — vous l'aimerez autant que moi peut-être, car vous verrez combien elle est bonne, patiente et dévouée. Mais même avant de la connaître, vous serez tendre pour elle, n'est-ce pas, Olivia? Elle a été habituée à beaucoup d'indulgence; je l'ai gâtée peut-être, mais vous vous souviendrez de cela, et vous lui témoignerez de la bonté.

— J'essayerai de faire mon devoir, — répondit Mme Marchmont, — je demande à Dieu de ne jamais y manquer.

Olivia ne ressentait dans son cœur aucune tendresse pour la jeune fille sans mère. Elle sentait elle-même que la tendresse lui faisait défaut et qu'elle lui aurait été nécessaire en cette circonstance. Elle aurait aimé sa belle-fille en ce moment si elle l'avait pu, mais elle ne le *pouvait pas*. Tout ce qu'il y avait de tendre et de féminin dans sa nature avait été dépensé dans son amour sans espoir pour Edward. Ce naufrage complet de sa petite cargaison d'affection avait rendu sa nature aigrie, émoussée et en tout point différente de celle de la femme.

Comment ferait-elle pour aimer cette enfant à la belle chevelure, aux yeux doux comme ceux de la tourterelle, devant qui l'existence se déroulait magnifique avec tout son bagage naturel d'affection? Comment ferait-elle pour l'aimer, elle dont l'avenir sombre n'était éclairé par aucune lueur et qui se trouvait séparée du passé et seule dans le présent monotone et sans espoir?

—Non,—se disait elle,—les princes et les mendiants ne peuvent s'aimer entre eux. Quand cette enfant et moi nous serons égales; quand elle sera comme moi, seule sur un rocher aride, au milieu d'une immense nappe d'eau, sans un souvenir qui la rattache au passé, sans une espérance qui lui sourie dans l'avenir; quand elle n'aura que le ciel noir au-dessus de sa tête et les vagues écumantes autour d'elle, alors nous pourrons nous aimer.

Mais toujours plus ou moins fidèle au genre de progrès moral vers lequel elle tendait, Olivia avait l'intention de faire son devoir envers sa belle-fille. Elle n'avait pas failli dans l'accomplissement de ses autres devoirs, quoique aucun rayon d'amour ne les eût embellis et qu'aucune affection naturelle ne les eût rendus agréables. Pourquoi faillirait-elle à celui-ci ?

Si cette confiance en sa puissance semble quelque peu arrogante, qu'on se souvienne qu'elle s'était imposé de bien lourdes tâches avant l'époque actuelle et qu'elle les avait accomplies. La nouvelle fournaise à travers laquelle elle aurait à passer serait-elle plus terrible que les autres ? Elle s'était agenouillée sur les marches de l'autel avec un homme pour qui elle n'éprouvait pas plus d'amour que pour le plus insignifiant des misérables pécheurs sous la garde de son père. Elle avait juré de l'honorer et de lui obéir et elle avait eu, du moins, l'intention de remplir fidèlement cette partie de son serment, et dans la nuit qui avait précédé ce mariage sans amour, elle s'était roulée par terre, pâle, tremblante, folle et désespérée, et elle avait arraché de son cœur lacéré son amour sans espoir pour un autre homme.

Oui, elle avait fait cela. Une autre femme aurait passé la veille de son mariage dans des larmes et des lamentations inutiles, dans de faibles prières et dans une lutte mal soutenue, qui aurait pu avoir pour résultat la destruction de quelques lettres, d'une boucle de cheveux et autres fragiles preuves d'un amour déçu. Elle aurait brûlé cinq ou six lettres peut-être, cette pécheresse vulgaire et désolée, et elle aurait gardé la sixième pour l'enfouir dans son trousseau de mariage; elle aurait jeté les quinze seizièmes de cette boucle de cheveux et gardé la seizième partie, une toute petite boucle dorée, mince comme le fil auquel s'étaient rattachées ses espérances évanouies, pour la baigner de larmes et la couvrir de baisers dans les jours à venir. Une femme ordinaire aurait tergiversé entre l'amour et le devoir, et n'eût été fidèle ni à l'un ni à l'autre.

Mais Olivia ne fit rien de tout cela. Elle combattit sa faiblesse aussi vaillamment que saint George combattit le terrible dragon. Elle arracha le serpent enroulé autour de son cœur sans prendre garde qu'elle arrachait du même coup une bonne partie de son cœur déchiré. Une femme sans énergie se serait tuée plutôt que d'endurer une pareille agonie. Olivia fit plus que de se tuer elle-même, elle tua la passion qui la dominait.

Et cette œuvre, elle l'accomplit seule sans le secours d'aucune sympathie humaine, d'aucune compassion, sans les conseils de personne et sans l'appui de son Dieu, car la religion qu'elle s'était créée pour son usage était une rude croyance, et les tendres paroles de consolation qu'elle devait avoir l'habitude de prononcer furent oubliées par elle dans cette longue nuit d'angoisse.

Ce fut le stoïcisme romain, plutôt que l'humble rési-

gnation chrétienne, qui soutint cette malheureuse jeune
fille tout le temps de sa torture. Elle ne renonça pas à
son amour, parce qu'elle désirait se montrer obéissante envers son Dieu. Elle n'y renonça pas, parce
qu'elle comptait sur la merci de celui qui lui infligeait
cette souffrance et qu'elle entrevoyait, même au milieu
de sa douleur, la possibilité de mieux comprendre un
jour ce qui lui paraissait si sombre aujourd'hui. Non,
elle soutint bravement cette rude épreuve, et elle en
sortit triomphante par la seule force de son indompta-
ble courage dans la souffrance et de son extraordinaire vigueur de caractère.

Mais elle triompha. Si l'arme dont elle se servit fut
le sabre classique et non le crucifix, elle n'en fut pas
moins victorieuse. Quand elle s'agenouilla devant l'autel et tendit sa main à Marchmont, Edward était mort
pour elle. L'habitude fatale de le regarder comme le
but de sa vie étroite était rompue. Dans son excursion
en Écosse, ses pensées ne se reportèrent pas vers lui
une seule fois. Cent fois elle fut tentée par un mot,
une allusion; cent fois sa figure et sa voix lui furent
rappelées pour quelque ressemblance avec célles des
gens qu'elle voyait ou qu'elle entendait; mais elle ne
tomba pas dans le piége, et elle sut résister avec fer-
meté.

Elle accomplit ses devoirs de femme comme elle
avait accompli ses devoirs de fille. Elle ne se plaignait
pas de son mari quand sa mauvaise santé le rendait
un compagnon ennuyeux. Elle l'entoura de soins quand
la douleur l'agaçait, et sa tâche ne fut guère moins ardue que celle d'une sœur hospitalière. Lorsque, sur
l'ordre du médecin écossais qu'on avait appelé à Édim-
bourg, Marchmont reprit le chemin de son domaine et
voyagea lentement en s'arrêtant très-souvent en chemin, sa femme lui fut plus dévouée que son valet
expérimenté, et eut pour lui plus d'attentions que la
meilleure garde-malade. Elle ne recula devant rien,
elle ne négligea rien; elle tint rigoureusement le serment d'honneur et d'obéissance qu'elle avait prononcé
devant l'autel. Et quand elle arriva à Marchmont Towers
par une triste soirée de janvier, elle franchit le majes-

tueux portail de la façade occidentale avec la détermination bien arrêtée d'exécuter ausssi scrupuleuse-
ment la seconde moitié de son marché et de faire son
devoir envers sa belle-fille.

Mary se précipita hors du grand salon pour aller au-
devant de son père et de sa femme. Elle avait quitté
son vêtement noir en l'honneur du mariage de Marchmont, et elle portait une robe en soie bleu pâle parfaitement assortie à sa jolie figure douce et à ses beaux
cheveux blond cendré. Elle poussa un cri d'effroi et de
douleur lorsqu'elle vit son père et s'aperçut du changement que ce voyage dans le Nord avait produit en
lui; mais un regard de sa belle-mère la rendit prudente,
et elle souhaita la bienvenue à son cher père en le
serrant dans ses bras avec une ardeur presque désespérée. Elle accueillit Olivia avec respect et gentillesse.

— Je ferai de mon mieux pour être bonne, maman,
— dit-elle en prenant la main inerte de la nouvelle maîtresse de Marchmont Towers.

— Je vous crois, chère enfant, — répondit Olivia avec
bonté.

Elle avait tressailli un peu en entendant Mary l'appeler maman et dénaturer à son intention le saint mot
de mère. L'enfant avait perdu la sienne depuis si longtemps, qu'elle n'éprouva pas cette angoisse poignante
qui torture quelques orphelins quand ils sont obligés
de regarder une figure étrangère et de lui dire : « maman. » Elle s'était enseigné elle-même la résignation,
et elle était prête à accepter cette étrangère comme sa
nouvelle mère et à lui obéir dorénavant. L'idée de sa
position future comme seule héritière de Marchmont
Towers ne lui vint pas à l'esprit, quoique la rude expérience de la pauvreté l'eût rendue raisonnable de bonne
heure. Si son père lui avait dit qu'il avait annulé la
substitution et disposé de Marchmont Towers en faveur
de sa femme, je crois qu'elle se serait soumise sans
mot dire à sa volonté et n'aurait vu dans cet acte
aucune injustice. Elle l'aimait aveuglément et avec confiance. Par le fait, elle ne pouvait aimer que d'une manière. La bosse de la vénération devait avoir un déve-
loppement anormal chez Mary. Croire que la personne

qu'elle aimait n'était pas parfaite, aurait été pour elle
une infidélité faite à l'amour. Si quelqu'un était venu
lui dire qu'Edward n'était pas éminemment propre à
occuper le poste de général en chef de l'armée de l'Inde
ou que son père pouvait commettre une erreur ou une
folie, elle aurait reculé d'horreur devant le calomniateur.

C'est une dangereuse qualité peut-être que cette
simplicité qui ne comprend pas le mal et ne peut être
amenée à y croire même quand elle le touche du doigt.
Mais à coup sûr, parmi les belles et saintes choses
d'ici-bas, cette confiance aveugle est une des plus pures
et des plus belles. J'ai connu une dame qui n'est plus,
hélas ! de ce monde d'où une aussi bonne chrétienne
n'aurait pas dû s'envoler, qui conserva pleine et entière
jusqu'à sa dernière heure cette naïveté d'esprit, cette
impuissance absolue de croire au mal, malgré tous les
désagréments d'une vie de lutte et d'agitation. Elle fut
trompée, dupée, volée par des gens qui l'aimaient
peut-être tout en lui faisant du tort, car la connaître,
c'était l'aimer. Elle fut volée par principes et pendant
des années par une servante de confiance, et elle refusa
toujours de croire ceux qui lui dévoilèrent ses méfaits.
Elle ne pouvait se faire à l'idée que les gens fussent
méchants. Jusqu'au jour de sa mort, elle eut confiance
dans les fripons et les vauriens qui profitaient de sa
pitié et de sa bienveillance, et elle les défendit avec indignation contre quiconque osait dire qu'ils n'étaient
pas les plus infortunés des mortels. Aller à elle, c'était
aller à une source intarissable d'amour et de tendresse.
Connaître sa bonté, c'était connaître la bonté de Dieu,
car son amour touchait à l'infini, et eût démontré à un
sceptique la possibilité de la Divinité. Soixante-dix ans
d'expérience mondaine avaient fait d'elle une femme
accomplie, une compagne charmante; mais sa simplicité était toujours celle d'un enfant.

Ainsi Mary, ayant pleine confiance en ceux qu'elle
aimait, se soumit à la volonté de son père et se prépara
à obéir à sa belle-mère. La nouvelle existence à Marchmont Towers commença très-paisiblement; une parfaite
harmonie régna dans la paisible demeure. Olivia prit
les rênes du gouvernement avec si peu d'éclat, que la

vieille femme de charge qui avait longtemps fait la loi
dans la maison du Lincolnshire se trouva reléguée au
deuxième plan avant d'en avoir conscience. Il était dans
la nature d'Olivia de gouverner. Sa force de volonté prenait le dessus presque malgré elle. Elle domina Mary
Marchmont comme elle avait dominé ses écolières à
Swampington en leur dictant des lois pour diriger leurs
étroites intelligences. Elle traça un plan d'études qui
fut sur le moment terrible pour la jeune fille dont l'éducation avait été jusqu'alors un peu négligée par son père.
Elle s'interposa entre Mary et son unique distraction, la
lecture des romans. Les volumes à demi-reliures furent
arrachés sans pitié à cette jeune fille passionnée pour
la littérature légère et renvoyés au cabinet de lecture
de Swampington. La bibliothèque des Towers à éta-
gères en vieux bois de chêne avec l'édition Abbotsford des *Waverley Novels,* fut même interdite à Mary, car
bien que la morale de sir Walter Scott fût irréprochable,
il n'était pas convenable pour une jeune fille de pleurer
sur Lucy Ashton ou Amy Robsart, lorsqu'elle avait à
étudier le globe terrestre et à découvrir la latitude et
la longitude des îles Fiji.

La pauvre Mary se vit soumise à une routine désagréable d'ennyeuses leçons, et son cerveau s'embrouilla
presque sous une pluie incessante de faits détachés
qui est aux yeux de bien des gens la meilleure méthode
d'éducation. J'ai dit que son esprit était de beaucoup
supérieur à son âge. Olivia s'en aperçut et lui imposa
des tâches en conséquence, afin que la perfection à
laquelle on arrive par ce *steeple-chase* d'instruction ne
fût pas perdue pour elle. Si Mary apprenait des leçons
difficiles avec une rapidité surprenante, Mᵐᵉ Marchmont
lui en donnait de plus difficiles encore et tenait ainsi
constamment l'éperon dans les flancs de ce bon coureur sur le terrain de la science. Mais il ne faut pas
croire qu'Olivia tourmentât ou opprimât volontairement
sa belle-fille. Elle n'y songeait pas. En agissant ainsi,
la seconde femme de Marchmont pensait faire son devoir envers l'enfant qui lui était confiée. Elle jugeait
sage et bonne cette méthode ennuyeuse d'éducation,
et elle l'appliquait pour que Mary en profitât. Si elle fai-

sait lever Mary Marchmont plutôt que d'habitude dans les froides matinées d'hiver pour qu'elle s'exerçât à vaincre les difficultés d'une variation de Hertz ou de Schubert, elle se levait, elle aussi, et grelottait à côté du piano en battant la mesure pendant que sa belle-fille exécutait.

Toutes les peines qu'elle infligea à Mary furent partagées par elle. Elle côtoya le bourbier de la science côte à côte avec la pauvre élève. Elle la fit passer par les empereurs romains, les schismes du moyen âge, les premières manufactures anglaises , Philippe de Hainaut, les tissus de laine flamands, la grande charte, les constellations, Luther, Newton, Huss, Galilée, Calvin, Loyola, sir Robert Walpole, le cardinal Wolsey, la conchologie, l'arianisme dans les premiers temps de l'Église, le jugement des criminels par un jury, l'*habeas corpus*, la zoologie, M. Pitt, la guerre d'Amérique, Copernic, Confucius, Mahomet, Harvey, Jenner, Lycurgue et Catherine d'Aragon ; elle entraîna sa malheureuse victime dans une danse diabolique où figuraient l'histoire, la science, la théologie, la philosophie et l'instruction de tout genre, et la prêtresse zélée fit faire chaque jour à la néophyte un pas vers l'autel éloigné où Pallas Athénée attendait, pâle et impénétrable, la venue de ce nouveau disciple.

Mais Olivia ne voulait pas être sans pitié; elle désirait être bonne pour sa belle-fille. Elle ne l'aimait pas, mais elle ne la détestait pas non plus. Ses sentiments étaient à l'état négatif. Mary le comprit et l'obéissance passive qu'elle montra pour sa belle-mère fut dénuée d'affection. Pendant près de deux ans, maîtresse et disciple menèrent ainsi une vie monotone, rompue seulement par quelques dîners à Marchmont Towers, ou une tournée de quelques jours à Harrowgate ou à Scarborough.

Cette existence monotone ne devait pas durer éternellement. Le jour fatal que redoutait tant le pauvre Marchmont approchait de plus en plus. Le malheur qui avait assombri tous les rêves enfantins de Mary et qu'elle avait conjuré dans sa prière de chaque jour arriva enfin, et Mary resta orpheline.

Le pauvre John ne s'était jamais bien remis des suites de son excursion en Écosse pendant l'hiver. Les bons soins de sa femme et le talent de son médecin ne purent prolonger sa vie, et vers la fin de l'automne de la seconde année de son mariage, il se sentit mourir lentement et sans souffrance physique, mais non sans douleur morale.

Hubert Arundel essaya vainement de le consoler ; le mourant eut beau demander à Dieu le calme et la foi nécessaires en ce triste moment ; il ne pouvait se résoudre à laisser son enfant seule au monde. Dans la folie de son amour, il aurait eu confiance en la vigueur de son bras pour la protéger et il ne voulait pas la remettre entre les mains de Dieu. Il pria pour elle nuit et jour pendant la dernière semaine de sa maladie, tandis que Mary priait de son côté et adressait au ciel des supplications passionnées, presque folles, pour que son père lui fût conservé ou qu'elle mourût avec lui. Au point de vue de l'humaine raison, il aurait mieux valu pour elle qu'elle fût morte avec lui. Elle eût été un millier de fois plus heureuse si elle avait quitté la terre comme elle désirait la quitter, dans les bras de son père.

Ces deux cœurs aimants finirent par être séparés. L'ombre de la mort plana sur la tête de Marchmont et lui déroba la figure de sa fille. Il tendit les bras pour la chercher dans l'obscurité et il s'éteignit.

La mort était venue. L'étroite langue de sable s'était rétrécie de jour en jour. Les vagues bondissantes approchèrent avec furie; le frêle esquif sombra dans l'abîme, et Mary se trouva seule tenant dans sa main la main glacée de son père qui la rattachait encore au passé, et jetant un regard désolé vers l'avenir mystérieux.

CHAPITRE XI

Le jour de la désolation.

Oui, le jour terrible était arrivé. Mary erra deci delà dans les grands appartements, dans les longs corridors, pâle comme un spectre dans son angoisse muette, pendant que les employés des pompes funèbres étaient affairés dans la chambre de son père, et que la veuve de John, assise dans le cabinet au-dessous, écrivait des lettres d'affaires et faisait tous les arrangements nécessaires pour les funérailles.

A cette époque, personne n'essaya de consoler l'orpheline. Il y avait quelque chose de plus terrible que la plus bruyante douleur dans le calme effrayant de la jeune fille. Ses yeux hagards, qui semblaient agrandis et contractés par quelque hideuse torture physique, étaient sans larmes. Excepté le long gémissement de désespoir qui s'était échappé de ses lèvres au moment suprême de l'agonie de son père, aucun cri de douleur, aucune plainte n'avait soulagé la souffrance de Mary.

Elle souffrait et elle se taisait. Elle fuyait toute société humaine et semblait éviter surtout la compagnie de sa belle-mère. Elle fermait la porte de sa chambre à tous ceux qui auraient voulu venir à elle et se jetait sur son lit où elle demeurait des heures entières dans un état de torpeur complète. Mais quand le crépuscule rendait obscurs les corridors déserts, la malheureuse enfant pénétrait dans la galerie sur laquelle s'ouvrait la chambre de son père et gagnait la porte de cette chambre, où la mort faisait sentinelle. Elle redoutait d'y entrer de peur d'y rencontrer ceux qui veillaient le mort et d'être torturée par leurs phrases de sympathie banale, de peur d'endurer le supplice d'une vulgaire causerie sur celui qui n'était plus.

Une seule fois, pendant le court espace de temps où le cercueil demeura dans la chambre mortuaire, la jeune fille sortit de chez elle au milieu de la nuit, alors que tout le monde dormait, excepté les veilleurs loués; elle gagna le large palier de l'escalier en chêne et se blottit dans l'embrasure d'une fenêtre, au-dessus du grand porche en pierre qui abritait à l'occident l'entrée principale de Marchmont Towers.

La fenêtre avait été laissée ouverte, car, même dans cette froide saison d'automne, l'atmosphère de la grande maison semblait chaude et lourde à ses habitants dont l'abattement provenait de la terreur que leur inspirait la présence de la mort dans Marchmont Towers. Mary s'était approchée de cette fenêtre sans trop savoir où elle allait, après être restée longtemps agenouillée sur le seuil de la porte de la chambre mortuaire, contre laquelle elle avait appuyé sa tête, sans songer à prier; à quoi bon la prière maintenant, à moins que ce ne fût pour demander que le mort revînt à la vie? Elle était venue sur le grand escalier; elle avait passé devant les portraits de la galerie, qui l'avaient regardée en grimaçant du haut de la boiserie où ils étaient accrochés; elle avait erré dans l'obscurité; car, bien que le ciel ne fût pas sans étoiles, c'était à peine si une faible lueur pénétrait dans la demeure, et maintenant elle était là debout, la tête appuyée contre un des angles de la maçonnerie en pierre et regardant par la fenêtre ouverte.

Le jour qui commençait déjà à poindre à l'orient, derrière Marchmont Towers, devait éclairer les funérailles du pauvre John. Pendant six jours Mary avait évité toute relation avec ses semblables, pendant six jours elle avait fui toute sympathie humaine, toute consolation. Pendant tout ce temps elle n'avait pris d'autre nourriture que celle que sa belle-mère lui avait fait apporter. Olivia était venue la voir de temps en temps et s'était tenue à côté du lit jusqu'à ce qu'elle eût fini de manger. Dieu sait combien de fois la jeune fille s'était endormie pendant ces six mortels jours, mais son sommeil troublé ne lui avait fait aucun bien. Elle avait constamment rêvé que son père était encore vi-

vant, qu'il passait son bras amaigri autour de son cou
t qu'elle sentait sur sa joue son haleine oppressée.

La grande horloge des écuries sonna onze heures
pendant que Mary regardait par la fenêtre Tudor. La
vaste prairie devant la maison s'étendait au loin et se
perdait dans l'horizon nébuleux. Les pâles étoiles
pâlissaient de plus en plus à mesure que Mary les
contemplait; les mares d'eau noirâtre commençaient
à devenir distinctes à la lueur croissante du jour. La
souffrance avait troublé les sens de la jeune fille; sa
tête était faible; elle avait le vertige.

La mort de son père avait fait dans son existence
une brèche si soudaine et si terrible qu'elle pouvait à
peine croire que le monde ne fût pas annihilé avec
toutes les joies et les douleurs de ses habitants. Exis-
tera-t-il encore quelque chose après-demain ? se disait-
elle; les jours et les nuits continueront-ils à se succé-
der lentement, maintenant que la mort de mon père
les a dépouillés de tout leur charme ? Non, certainement; après que les grandes portes en fer au bout de
ce vaste terrain marécageux qu'on appelait le parc se
seraient refermées sur le cortége des funérailles de
son père, le monde finirait et il n'y aurait plus ni temps
ni espace. Je pense que c'était là son idée, dans le
demi-délire où elle était tombée depuis une heure. Elle
croyait que tout disparaîtrait et que son désespoir s'en-
gloutirait en même temps qu'elle dans le néant où devait disparaître l'univers après l'enterrement de son
père.

Ensuite l'horrible réalité de son malheur se fit jour
dans son esprit avec une force soudaine. Elle joignit
les mains au-dessus de sa tête, et un faible cri s'é-
chappa de ses lèvres blanches.

Tout n'était pas fini ici-bas. Le temps et l'espace ne
seraient pas annihilés. Le monde continuerait à exister, et rien dans le cours monotone de l'existence de
chaque jour ne serait changé. La grande maison en
pierre ne s'écroulerait pas et les rouages intérieurs de
la lugubre machine fonctionneraient toujours ; les heures seraient les mêmes, ainsi que les usages; la vieille
routine subsisterait quand même. Marchmont serait

emporté hors de la maison dont il avait été le maître ;
on le coucherait dans le sombre caveau, sous l'église
de Kemberling, et le monde où il avait occupé si peu
de place, ne s'apercevrait pas de sa disparition. Le
fauteuil où il s'asseyait d'habitude serait roulé loin du
coin qu'il affectionnait, auprès de la cheminée du grand
salon occidental. Les papiers de son cabinet seraient
mis en ordre et relégués quelque part, ou bien ils
tomberaient dans des mains étrangères. Les Cromwell
et les Napoléon meurent, la terre tremble un moment
sur sa base et recommence ensuite hardiment sa rota-
tion régulière, au grand étonnement des poètes et à la
vive satisfaction des froids philosophes. Le commun
des mortels ne se prive pas de déjeuner parce que la
dépêche est là sur la table, à côté d'eux, et que l'encre
d'imprimerie qui a servi à reproduire le message de
M. Reuter n'a pas eu le temps de sécher depuis que la
feuille est sortie de la machine de Printing House Square.

Une angoisse et un désespoir bien plus terribles
qu'aucune des tortures qu'elle avait déjà éprouvées
s'emparèrent de Mary. Pour la première fois elle envi-
sagea son avenir à elle. Jusqu'alors elle n'avait songé
qu'à la mort de son père. Elle s'était désespérée parce
qu'il n'était plus, mais elle n'avait jamais contemplé
l'horreur de sa vie future, de cet avenir où elle vivrait
sans lui. Une angoisse indicile, touchant de bien près
à la folie, tortura la jeune fille, chez laquelle l'affection
avait toujours été, par suite de sa nature sensitive,
d'une intensité maladive. Elle frissonna d'épouvante
à la perspective désolée de cet affreux avenir, et en
regardant le grand escalier de pierre au-dessous d'elle,
la pensée du suicide lui vint pour la première fois à
l'esprit.

Elle poussa un cri perçant dont le son n'avait rien
d'humain et grimpa tout à coup sur la vaste allége en
pierre de la fenêtre Tudor. Elle voulait se précipiter en
bas et se broyer la tête sur les marches de l'escalier,
mais la force lui manqua, tout son corps était affaibli
par la prostration et elle retomba en arrière. Sa tête
heurta lourdement le parquet verni de l'embrasure et
elle perdit connaissance. Elle resta là jusqu'à sept

heures environ et ce fut une des servantes qui la releva et l'emporta dans sa chambre où elle se laissa déshabiller et mettre au lit.

Mary ne parla pas jusqu'au moment où la bonne servante du comté de Lincoln l'eût mise au lit et fût sur le point de se retirer pour aller dire à Olivia dans quel état elle avait trouvé l'orpheline.

— Ne dites rien de ce qui s'est passé à ma belle-mère, Susan, — lui dit-elle, — je crois que j'étais folle la nuit dernière.

Ces paroles effrayèrent la servante et elle courut aussitôt à l'appartement de la veuve. Mme Marchmont, qui se levait toujours de bonne heure, était déjà habillée et elle monta aussitôt chez sa belle-fille.

Elle trouva Mary très-calme et très-raisonnable. Il n'y avait maintenant en elle aucune trace d'égarement ou de délire, et quand le premier médecin de Swampington arriva, quelques heures plus tard, pour examiner la jeune héritière, il déclara qu'il n'y avait pas lieu de s'alarmer. La jeune fille était nerveuse, très-nerveuse, dit-il, et il fallait l'obliger à rester calme pendant quelques jours et lui donner une garde-malade dont la présence ne lui serait pas désagréable. S'il y avait quelque jeune fille de son âge pour qui elle eût jamais montré quelque prédilection, il fallait la faire venir, ce serait là la meilleure compagnie pour elle en ce moment. Au bout de quelque temps, il serait convenable de la faire changer d'air et de lieux. Elle ne devait pas continuellement se préoccuper de la mort de son père. Le médecin répéta cette dernière injonction plus d'une fois. Il était très-important qu'elle ne s'abandonnât pas trop souvent à sa douleur.

Mary était donc couchée dans sa chambre à demi obscure pendant que le cortége des funérailles sortait par la porte occidentale. Les appartements de Mary donnant sur le quadrangle, elle n'entendit aucun des bruits étouffés qu'occasionna le départ de la procession solennelle. Dans sa faiblesse, elle était devenue obéissante à la volonté des autres. Elle croyait que son épuisement et sa lassitude étaient le prélude de sa mort. Ses prières seraient donc exaucées. Son angoisse et

son désespoir ne seraient donc pas de longue durée.
Dans quelques jours elle serait emportée, elle aussi,
vers le caveau de l'église de Kemberling et reposerait
à côté de son père, dans le calme éternel du tombeau
de famille.

Mme Marchmont se conforma strictement aux in-
jonctions du médecin. Une jeune fille de dix-sept ans,
habitant avec son père une petite ferme du domaine
près des Towers, avait été la favorite de Mary qui s'é-
tait sentie peu disposée à se faire des amies parmi
les étrangers. Cette jeune fille, Hester Pollard, fut
demandée par Olivia et elle vint avec plaisir veiller sa
jeune protectrice. Elle apporta son ouvrage de couture
et s'assit auprès de la fenêtre pour travailler, tandis
que Mary était cachée par les rideaux blancs de son lit.
Tout le service actif que nécessitait le bien-être de la
malade fut fait par Olivia ou sa domestique particulière,
vieille servante qui avait vécu avec le recteur depuis
la naissance de sa fille et ne l'avait quitté que pour
suivre cette fille à Marchmont Towers, après son
mariage. Hester n'eut donc autre chose à faire que de
rester tranquille et d'attendre patiemment que Mary
fût disposée à lui parler. La fille du fermier était une
douce et peu gênante créature tout à fait en état de
bien s'acquitter de la tâche qui lui était confiée.

CHAPITRE XII

Paul.

Olivia était assise dans le cabinet de son défunt mari
pendant que le cortége funéraire de John s'éloignait
lentement sous le ciel nébuleux d'octobre. Une longue
file de voiture suivait le char funèbre attelé de quatre
chevaux noirs et orné de volumineuses draperies en

velours et de plumes blanches flottantes qu'alourdis-
sait l'humidité du brouillard d'automne. Le modeste
maître de Marchmont Towers s'était conquis une popularité peu bruyante parmi la bourgeoisie campagnarde,
et les meilleures familles du Lincolnshire avaient envoyé leurs chefs pour faire honneur à ses funérailles,
ou du moins leurs voitures vides pour les représen-
ter à cette triste cérémonie. Olivia était assise dans
la chambre que son mari avait occupée de préférence.
Sa tête renversée s'appuyait sur le dossier en maroquin du fauteuil où John s'était assis bien souvent.
Elle avait beaucoup travaillé ce matin-là et tous les
autres jours, depuis la mort de son mari. Elle avait
classé et arrangé tous les papiers, avec l'aide de Richard Paulette, l'avoué de Lincoln's Inn et de James
Gormby, l'intendant. Elle savait qu'elle avait été désignée comme seule tutrice de sa belle-fille et exécutrice
du testament de son mari, et elle n'avait pas perdu de
temps à se mettre au courant de ce qui concernait le
domaine et savoir au juste jusqu'à quel point sa responsabilité était engagée.

Elle se reposait maintenant. Elle avait fait tout ce qu'il
y avait à faire avant la lecture du testament. Elle avait
soigné sa belle-fille. Elle s'était tenue dans l'encoignure
d'une des fenêtres du salon occidental pour voir défi-
ler le cortége funéraire, et maintenant elle s'abandonnait pour quelques minutes à une paresse qui n'entrait
pas dans ses habitudes.

Le feu pétillait dans la grille, à ses pieds, et un
chien au poil hérissé, moitié chien de berger, moitié li-
mier d'Écosse, qui avait aimé John et qui n'aimait pas
Olivia, était étendu de l'autre côté du tapis du foyer et
la regardait avec méfiance.

L'extérieur de Mme Marchmont n'avait pas changé
pendant ses deux années de mariage. Son visage était
maigre et hâve, mais il avait été ainsi avant son mariage. Et pourtant personne ne pouvait nier que sa figure fût belle et ses traits magnifiquement moulés.
Mais ses yeux gris étaient durs et froids; l'arc parfait
de ses sourcils donnait à sa physionomie une expression sévère et ses lèvres minces étaient rigides et com-

primées. La figure manquait à la fois de ton et de couleur. Un sculpteur qui l'aurait copiée ligne par ligne eût produit une belle tête. Un peintre aurait eu besoin d'emprunter des couleurs à sa palette s'il avait voulu faire d'Olivia une jolie femme.

Sa pâle figure semblait plus pâle encore et sa chevelure noire devenait plus foncée sous son bonnet de veuve resplendissant de blancheur. Son vêtement de deuil dessinait ses formes maigres et élancées. Elle n'avait guère plus de vingt-cinq ans et elle en paraissait trente. Ç'avait été son malheur de toujours sembler plus âgée qu'elle ne l'était.

Elle n'avait pas aimé son mari en l'épousant, et depuis lors, elle n'avait jamais ressenti pour lui cet amour qui chez beaucoup de femmes naît de l'habitude et du devoir. Il n'était pas dans sa nature d'aimer. Son idolâtrie passionnée pour son jeune cousin avait été l'unique affection qui eût jamais occupé une place dans son cœur. Tout le feu qui existait en elle avait été concentré dans cette folie, cette passion unique qu'elle n'avait domptée que par d'héroïques tortures.

Mme Marchmont n'éprouvait donc aucun chagrin de la perte de son mari. Elle avait ressenti le choc de sa mort et l'oppression pénible que cause dans une maison la présence de quelqu'un qui a cessé de vivre. Elle l'avait soigné avec dévouement dans ses nombreuses maladies, elle avait été patiente et attentive pour lui jusqu'au dernier moment, elle avait fait son devoir. Et maintenant, pour la première fois, elle était libre de contempler le passé et d'interroger l'avenir.

Jusqu'ici cette femme avait accompli la tâche qu'elle s'était imposée; elle avait tenu loyalement le serment prononcé au pied de l'autel, dans l'église de Swampington. Et maintenant elle était libre. Non pas complétement libre, car elle avait un lourd fardeau à porter, elle était tutrice de sa belle-fille tant qu'elle serait mineure. Mais sous le rapport des serments et des liens du mariage, elle était libre.

Elle était libre d'aimer de nouveau Edward.

Cette pensée s'offrit à elle avec la rapidité et la force d'un tourbillon ou d'un torrent déchaîné. Elle n'était plus épouse. Ce n'était plus un crime de songer au jeune et brillant soldat qui combattait au loin. Elle était libre. Lorsqu'Edward reviendrait en Angleterre, il la retrouverait libre de nouveau, veuve, jeune, belle et assez riche pour un cadet. Il reviendrait, il la retrouverait dans ces conditions, et alors.... et alors!...

Elle leva vers le plafond une de ses mains fermées et se frappa le front dans un paroxysme de rage. Qu'arriverait-il alors? Serait-il plus disposé à l'aimer qu'il ne l'avait été il y avait deux ans? Non. Il la traiterait avec la même indifférence cruelle, la même amitié banale de cousin à cousine qui avait été pour elle une moquerie et une torture. Oh! honte! oh! dégradation! n'y a-t-il donc aucune fierté chez les femmes, puisque l'une d'elle est tombée si bas qu'elle serait prête à se rouler aux pieds d'un beau jeune homme et à lui crier: « Aimez-moi, aimez-moi ! ou ayez pitié de moi et tuez-moi! »

Il aurait mieux valu que Marchmont eût vécu éternellement, il aurait mieux valu qu'Edward mourût sur quelque champ de bataille de l'Orient, devant quelque forteresse des Afghans, que de revenir lui infliger les tortures poignantes d'il y avait deux ans.

— Dieu veuille qu'il ne revienne jamais! — se dit-elle. — Dieu veuille qu'il se marie là-bas et qu'il y reste! Que Dieu l'éloigne pour toujours de moi en ce monde!

Et pourtant, le moment d'après, avec cette inconstance qui est un des signes caractéristiques de cette folie qui a nom l'amour, ses pensées s'égarèrent dans des rêves d'avenir, et elle se figura Edward de retour à Swampington et à Marchmont Towers. Son âme brisa ses liens et s'épanouit au soleil du bonheur et elle osa espérer que toute joie n'était pas morte pour elle, qu'il lui serait encore possible d'être heureuse. Il n'était qu'un tout jeune homme quand il était parti pour l'Inde, un tout jeune homme insouciant et indifférent. Il reviendrait homme fait, plus sérieux, plus sage, si complétement changé qu'il l'aimerait peut-être.

Elle savait du moins qu'aucune rivale ne lui avait fermé le cœur de son cousin à l'époque où ils s'étaient

trouvés ensemble deux ans auparavant. Il avait été
indifférent pour elle, mais il l'avait été pour les autres
aussi. C'était là une consolation. Elle l'avait questionné
adroitement sur la vie qu'il avait mené dans l'Inde et à
Dangerfield, et elle n'avait découvert aucune trace d'un
tendre souvenir dans le passé ou de riantes espérances dans l'avenir. Son cœur avait été vide, il sommeil-
lait encore ; le temple n'avait ouvert ses niches à personne ; la châsse de la sainte n'avait été occupée par
aucune déesse.

Olivia pensait à tout cela. Pendant quelques moments, du moins, sinon pendant plus longtemps, elle
s'abandonna à des pensées de ce genre. Elle se laissa
aller. Elle lâcha à son esprit les rênes qu'elle tenait
d'habitude si serrées : et dans ces brillants moments
de délicieux abandon, les rayons d'un soleil glorieux
illuminèrent sa vie obscure et les visions d'un avenir
possible se déroulèrent à ses yeux en un panorama
fantastique qui s'étendait jusqu'à des régions de lumière et de splendeur infinies. C'était *possible*, c'était
du moins possible.

Mais une minute après, le panorama magique se ré-
trécit comme un parchemin à la flamme ; le tableau
féerique, dont les couleurs éclatantes avaient ébloui
ses yeux et l'avaient presque aveuglée, se changea en
une poignée de cendres et disparut. La forte nature de
la femme reprit le dessus et la volonté de fer reparut
prête à lutter contre la faiblesse du cœur.

— Non, je ne serai pas folle une seconde fois, — s'é-
cria-t-elle. — Cela m'a-t-il donc coûté si peu d'effacer
cette image de mon cœur ? La destruction de mon idole
m'a trop fait saigner le cœur pour que je la replace de
nouveau sur le piédestal. *Il ne m'aimera jamais !*

Elle se tordit sous la douleur, cette femme vaillante
et résolue, en prononçant ces mots: « Il ne m'aimera
jamais ! » Elle savait qu'ils étaient vrais. Le temps aurait beau changer toutes choses, jamais il ne pourrait
produire un changement semblable à celui-là. Il n'y
avait pas un seul élément de sympathie entre elle et le
jeune soldat, ils n'avaient pas une pensée en commun.
Plus encore, il existait entre eux un antagonisme ab-

solu qu'Olivia reconnaissait pleinement malgré son
amour. Sur le gouffre qui les séparait, aucune coïncidence d'idée, de sentiment, aucune émotion sympathique ne tendrait jamais sa chaîne électrique pour les
rapprocher dans une union mystérieuse. Ils étaient
écartés l'un de l'autre par toute la largeur de l'univers
intellectuel. Olivia savait cela et elle se haïssait à cause
de sa folie, elle méprisait à la fois et son amour et celui
qui en était l'objet, mais son amour n'en subsistait
pas moins malgré son mépris. C'était une folie, une folie que rien ne soutenait dans son âme et qui luttait
seule contre toutes ses aspirations meilleures, ses
pensées plus sages pour les dominer. Nous connais-
sons tous d'étranges histoires au sujet de grands esprits qui se sont laissé subjuguer par quelque fantaisie lunatique, quelque horrible monomanie.

Si Olivia eût vécu quelques siècles avant, elle serait
allée tout droit vers la première mégère venue et l'aurait hardiment accusée d'être la cause de son malheur.

— Vous avez un chat noir et d'autres vilaines bêtes
nuisibles et vous rôdez la nuit en marmotant en vous-
même, lui aurait-elle dit probablement, on vous a vue
cueillir des herbes et faire des signes magiques avec
vos mains paralysées. Le chat noir est le diable, votre
patron, et les rats, sous votre toit en ruine, sont les
mauvais esprits, vos associés. C'est *vous* qui avez fait
naître en mon âme cette horrible folie, car elle *n'a pu*
venir toute seule.

Et Olivia étant d'un caractère ferme et résolu n'aurait eu ni cesse ni relâche, tant que la sorcière qui la
tourmentait n'aurait pas expié son œuvre criminelle
sur le bûcher de la ville voisine.

Et par le fait, quelques-unes de nos folies sont si folles, quelques-unes de nos erreurs sont si incroyables,
que nous sommes presque excusables de croire qu'il
y a eu quelque sabbat d'affreuses sorcières sur un invisible Brocken, et que des incantations ont été faites
pour notre destruction. Prenez un journal et lisez les
hideux détails du crime et de la folie, et vous vous
demanderez involontairement si la sorcellerie est une
triste invention du moyen âge ou bien une affreuse vé-

rité du dix-neuvième siècle. Quelques-unes de ces misérables créatures dont nous lisons l'histoire n'ont-
elles pas dû être *possédées*, possédées par des démons
qui les ont tourmentées et excitées sans trêve ni repos
jusqu'à ce qu'aucun des sombres et hideux abimes du
crime n'ait plus été assez sombre et assez hideux pour
les satisfaire.

Olivia aurait pu être une femme grande et bonne.
Elle avait en elle tous les éléments de la grandeur.
Elle avait le génie, la résolution, un courage indompta-
ble, une volonté de fer, la persévérance, l'abnégation,
la tempérance, la chasteté. Mais à côté de toutes ces
qualités existait un amour fatal et sans bornes pour la
belle figure d'un jeune homme et pour ses manières
franches et cordiales. Si elle n'eût jamais rencontré
Edward, son âme, que rien n'enchaînait, eût pu planer
dans les sphères les plus élevées; mais domptée, en-
travée par son amour pour lui, elle se traina sur la
terre comme un aigle meurtri et blessé qui voit ses
pareils parcourir le vaste empyrée, et gémit de son
impuissance.

— Qu'est-ce qui me fait l'aimer? — songeait-elle,
— est-ce parce qu'il a des yeux bleus et des cheveux
châtains où se jouent des rayons d'une lumière dorée?
est-ce parce qu'il a les manières d'un gentleman, qu'il
est sans gêne, charmant, cordial et gai? est-ce parce
qu'il a des allures cavalières et l'air d'un homme à la
mode. Ce doit être assurément pour l'une ou l'autre de
ces causes, car je ne vois rien de plus en lui. De tout
ce qu'il a pu me dire je ne puis rien me rappeler, et
Dieu sait que je n'ai oublié aucune de ses paroles les
plus insignifiantes, qu'une personne sensée trouverait
bon de répéter. Il est brave, c'est probable, et généreux aussi, mais il ne l'est ni plus ni moins que d'autres hommes de son rang et de sa position.

Elle était perdue dans une rêverie de cette nature
pendant que les restes mortels de son mari étaient
transportés dans le caveau des maîtres de Marchmont
Towers et de leur famille; elle était absorbée par des
pensées à peu près pareilles, quand un des vieux serviteurs à tête grise et à figure grave, lui apporta une

carte sur un lourd plateau blasonné aux armes des Marchmont.

Olivia prit la carte presque machinalement. Il y a des pensées qui nous entraînent bien loin des occupations ordinaires de la vie, et il n'est pas facile de revenir à la routine habituelle. La veuve passa sa main gauche sur son front avant de lire le nom inscrit sur la carte qu'elle tenait de la droite.

« M. Paul Marchmont. »

Elle tressaillit en lisant ce nom. Paul Marchmont! Elle se souvint de ce que son mari lui avait dit sur cet homme. Ce n'était pas long, car les sentiments de John au sujet de son cousin avaient été d'une nature si vague qu'il avait craint de les soumettre à l'examen de sa femme. Il lui avait donc dit que Paul ne lui plaisait pas beaucoup, et qu'il désirait qu'il ne s'établît aucune intimité entre l'artiste et Mary, mais il n'avait dit rien de plus.

— Ce gentleman désire me voir, je suppose? — dit Mme Marchmont.

— Oui, madame. Le gentleman est arrivé à Kemberling par le train de Londres de 11 h. 5, et il est venu ici dans l'un des cabriolets de Harris.

— Dites-lui que je vais me rendre auprès de lui sur-le-champ? Est-il au salon.

— Oui, madame.

Le domestique salua et se retira. Olivia resta auprès du feu, le pied sur un des chenets, et le coude appuyé sur la cheminée en chêne sculpté.

Paul Marchmont ! Il est venu pour les funérailles, je suppose. Et il s'attend sans doute à figurer dans le testament. D'après ce que m'a dit mon mari, je pense qu'il sera désappointé de ce côté-là. Paul Marchmont! Si Mary venait à mourir sans être mariée, cet homme ou ses sœurs hériteraient de Marchmont Towers.

Il y avait une glace sur la cheminée, une glace étroite, oblongue, avec un cadre en chêne sculpté qui penchait en avant. Olivia se regarda dans cette glace en réfléchissant, et y lissa sous son bonnet les épais bandeaux de sa chevelure noire.

— Il y a des gens qui me trouvent belle, — se dit-elle en faisant à son image une mine renfrognée, — et j'ai vu les yeux d'Edward se détourner pourtant de ma figure pour suivre le vol des hirondelles au soleil ou regarder les feuilles de lierre battre contre le mur.

Elle s'éloigna de la glace avec un soupir, et entra dans un sombre corridor. Les volets de toutes les chambres principales et des fenêtres donnant sur le grand escalier étaient encore fermés ; le large vestibule était obscur et triste, et des gouttes de pluie tombaient de temps en temps sur les grandes bûches entassées dans le large foyer antique. Le brouillard de la matinée d'octobre avait annoncé une journée pluvieuse.

Paul était assis dans une chauffeuse en face d'un bon feu, dans le salon occidental, et la lueur du foyer éclairait en plein sa figure. C'était une belle figure que la sienne, ou peut-être, pour parler plus exactement, c'était une de ces figures qu'on appelle généralement *intéressantes*. Les traits étaient très-délicats et très-fins ; les yeux gris-bleu pâle étaient ombragés de sourcils bruns et la bouche petite et féminine était surmontée d'une moustache brune peu épaisse au-dessous de laquelle se voyait très-bien la teinte rosée des lèvres. Mais c'était la chevelure de Paul qui donnait quelque chose de particulier à son extérieur nullement en dehors du commun, sans cela cette chevelure fine, soyeuse et luxuriante était *blanche*, quoique celui qui la possédait ne dût guère avoir plus de trente-sept ans.

Le visiteur inattendu se leva à l'apparition d'Olivia.

— J'ai l'honneur de parler à la veuve de mon cousin ? — dit-il avec un sourire courtois.

— Oui, je suis Mme Marchmont.

Olivia prit place auprès du feu. La journée était froide et triste, et l'on frissonnait dans la sombre maison. Mme Marchmont grelotta en allongeant vers la flamme sa main longue et amaigrie.

— Et vous êtes sans doute surprise de me voir ici, madame Marchmont, — dit l'artiste, s'appuyant contre le dossier de sa chauffeuse, et prenant l'attitude aisée d'un homme qui se croit chez lui, — mais croyez bien que quoique je n'aie jamais profité d'une lettre amicale envoyée par le pauvre John....

Paul s'arrêta un moment, et examina attentivement la figure de la veuve, mais aucune expression de douleur, aucune trace d'émotion n'apparut sur cette physionomie inflexible.

— Quoique, je le répète, je n'aie jamais profité d'une espèce d'invitation générale à venir tuer ses perdrix ou lui emprunter de l'argent, ou user de tous les autres petits priviléges que réclament généralement les parents pauvres, il ne faut pas supposer, chère madame Marchmont, que j'eusse complétement oublié Marchmont Towers ou son propriétaire, mon cousin. Je ne suis pas venu ici parce que j'avais à travailler, et que l'oisiveté d'une maison de campagne eût été la ruine pour moi. Mais j'ai entendu quelquefois parler de mon cousin par des voisins à lui.

— Des voisins ! — répéta Olivia d'un ton de surprise.

— Oui, des gens assez rapprochés d'ici pour se dire voisins de campagne. Ma sœur habite Stanfield. Elle est mariée au médecin de cette agréable ville. Vous connaissez Stanfield, sans doute ?

— Non, je n'y suis jamais allée. C'est à vingt-cinq milles d'ici.

— Oh ! alors, c'est trop loin pour une promenade en voiture. Oui, ma sœur habite Stanfield. John ne la connut guère dans son adversité, il est donc excusable de l'avoir oubliée dans sa prospérité. Mais elle ne l'a pas oublié, lui. Nous autres, parents pauvres, nous avons la mémoire excellente. Les gens de Stanfield ont si peu de sujets de conversation, qu'il n'est pas étonnant qu'ils cherchent à savoir les affaires de la grande bourgeoisie campagnarde qui vit autour d'eux. J'ai eu des nouvelles de John par ma sœur ; c'est par elle que j'appris son mariage.... (il s'inclina vers Olivia en parlant ainsi).... et je lui écrivis immédiatement pour le féliciter.... (il s'inclina de nouveau).... et ç'a été par Lavinia Weston, ma sœur, que j'ai su la mort du pauvre John, un jour avant que les colonnes du *Times* eussent publié la nouvelle. Je regrette d'être arrivé trop tard pour les funérailles. J'aurais voulu rendre à mon cousin le dernier tribut d'estime qu'un homme puisse rendre à un autre.

— Vous désirez entendre la lecture du testament? — dit Olivia d'un ton interrogateur.

Paul haussa les épaules et fit entendre un faible éclat de rire insouciant. Cet éclat de rire n'avait rien d'indécent. Tout ce que cet homme disait ou faisait semblait toujours à propos et convenable. Les gens qui ne l'aimaient pas étaient forcés d'avouer qu'ils n'avaient aucun motif pour cela, et qu'ils agissaient d'après les principes du docteur Thill, car il était impossible de trouver à redire à ses actions ou à ses manières.

— Cet important document légal ne peut m'intéresser que médiocrement, chère madame Marchmont, — dit-il gaiement. — John n'a pu me laisser quelque chose. Je connais trop bien les termes du testament de mon grand-père pour avoir eu des espérances intéressées en venant à Marchmont Towers.

Il s'arrêta et regarda la figure impassible d'Olivia.

— Quel motif a pu pousser cette femme à épouser mon cousin? — se dit-il. — John n'avait pas grand'-chose à laisser à sa veuve.

Il joua avec les breloques de sa chaîne de montre, et regarda le feu pendant quelques instants, comme quelqu'un qui réfléchit.

— Mlle Marchmont.... ma cousine Mary.... Marchmont, devrais-je dire.... supporte bravement cette perte, j'espère ?

Olivia haussa les épaules.

— Je regrette d'avouer que ma belle-fille montre fort peu de résignation chrétienne, — dit-elle.

Et ensuite une voix moqueuse se fit entendre en elle, qui lui disait : « Quelle résignation montres-tu, toi, toi qui devrais être si bonne chrétienne. Comment as-tu dompté ton cœur rebelle? »

— Ma cousine est très-jeune, — dit Paul en cet instant.

— Elle a eu quinze ans au mois de juillet dernier.

— Quinze ans! Elle est bien jeune pour être maîtresse de Marchmont Towers et d'un revenu annuel de onze mille livres, — reprit l'artiste.

Il s'approcha de l'une des grandes fenêtres, et ecartant un côté de la persienne, il regarda la terrasse dallée et la vaste perspective qui commandait la maison. La pluie tombait sur les marches en pierre; les gouttes d'eau se suspendaient aux décorations grimaçantes de la balustrade sculptée, et pénétraient dans les écussons recouverts de mousse, et les cottes d'armes à moitié effacées. Les saules pleureurs sur les bords des mares dans le lointain, et un peuplier solitaire près de la maison se dessinaient noirs et lugubres sur le ciel gris.

Paul laissa retomber la persienne, et s'éloigna de ce triste paysage avec un geste à moitié méprisant.

— Je ne crois pas en somme que je porte envie à ma cousine, — dit-il, — cet endroit est aussi affreux que Moated Grange, de Tennyson.

Un bruit de roues se fit entendre dans l'allée carrossable devant la terrasse, et au bout d'un moment des voix étouffées troublèrent le silence du vestibule. M. Richard Paulette et les deux médecins qui avaient soigné Marchmont étaient revenus aux Towers pour la lecture du testament. Hubert s'était joint à eux, mais les autres personnes du cortège avaient pris le chemin de leur demeure. L'entrepreneur des pompes funèbres et ses hommes étaient rentrés, eux aussi, à Marchmont Towers par la porte de côté, et se régalaient de leur mieux maintenant que leur triste tâche était achevée.

Le testament devait être lu dans la salle à manger, et M. Paulette et le clerc qui l'avait accompagné étaient déjà assis à un bout de la longue table en chêne où ils arrangeaient plume, encre et papiers, et se donnaient un air d'importance que ne comportait pas la circonstance. Olivia alla au vestibule pour parler à son père.

— Vous trouverez l'avoué de M. Marchmont dans la salle à manger, — dit-elle à Paul, qui examinait quelques-uns des vieux tableaux appendus aux murs du salon.

Un grand feu était allumé dans une immense grille au fond de la salle à manger. Les persiennes avaient été relevées. Il n'était plus nécessaire que la maison fût plongée dans les ténèbres. La mort s'en était éloi-

gnée, et toute la lumière que pouvait fournir le ciel
nuageux d'octobre entra librement dans les appartements que la mort d'une créature paisible et peu gênante avait assombris pendant quelque temps.

Il ne régnait d'autre bruit dans la salle que celui de
la causerie à voix basse des deux docteurs sur le malade qui n'était plus, et celui du frisonnement des papiers entre les mains de l'avoué. Le clerc qui était
respectueusement assis un peu en arrière de son patron, et tout à fait au bord de son lourd fauteuil recouvert en maroquin, avait donné jadis ses ordres, à
Marchmont, et l'avait sermonné quand il était en retard
pour sa besogne quelques années auparavant dans l'é-
tude de Lincoln's Inn. Il se demandait maintenant si
son nom serait consigné dans le testament du mort
comme légataire d'un anneau de deuil ou d'une taba-
tière en argent façonnée à l'ancienne mode.

Paulette releva la tête, lorsqu'Olivia et son père entrèrent dans la salle, suivis à peu de distance par Paul
qui marchait lentement, regardait les encadrements
sculptés des portes et les tableaux accrochés à la boiserie, et semblait, comme il l'avait dit lui-même, se
préoccuper fort peu de l'importante affaire du moment.

— Nous avons besoin que Mlle Marchmont soit
présente dans la salle, — dit Paulette, en quittant des
yeux ses papiers.

— Est-il nécessaire qu'elle soit présente? — demanda
Olivia.

— Très-nécessaire.

— Mais elle est au lit.

— Il est très-important qu'elle assiste à la lecture
du testament. Peut-être monsieur Bolton... — l'avoué
regarda l'un des médecins, — voudra-t-il se donner la
peine de monter voir par lui-même si Mlle Marchmont
peut descendre sans danger?

M. Bolton, le médecin de Swampington, qui avait
visité Mary dans la matinée, sortit avec Olivia. L'avoué
se leva et se chauffa les mains à la flamme, en causant
avec Hubert et le médecin de Londres. Paul, qui n'avait
été présenté à personne, s'absorba dans la contempla-
tion des peintures pendant un moment, puis il s'ap-

procha du feu et entama la conversation avec les trois
gentlemen, en leur faisant savoir assez adroitement
qui il était. L'avoué le regarda avec quelque intérêt....
un intérêt qui prenait sa source dans les exigences du
métier probablement, car Paulette avait une copie du
testament du vieux Philip Marchmont, dans un des
cartons qui portaient le nom du pauvre John. Il savait
que ce gentleman, aux manières agréables, aux allures
sans façon et à la claire chevelure, était le Paul Marchmont désigné dans ce document, et qu'après Mary
ce serait lui qui aurait l'hritage. Mary pouvait mourir
sans s'être mariée, et il n'en coûtait pas plus d'être poit
amical et envers un homme qui deviendrait peut-être
un client.

Les quatre genltemen demeurèrent pendant quelque
temps plantés sur le tapis de Turquie du foyer, parlant
du mort, du mauvais temps, du froid, dè l'automne, de
la cherté des perdrix et autres sujets de conversation
très-peu compromettants. Olivia et le médecin de
Swampington restèrent longtemps absents, et Paulette,
qui tournait le dos au feu, regardait de temps en temps
vers la porte.

Elle s'ouvrit, et Mary entra dans la salle, suivie de sa
belle-mère.

Paul Marchmont se retourna au bruit que fit en s'ouvrant la porte massive et il vit pour la première fois sa
cousine au second degré, la jeune héritière de Marchmont Towers. Il tressaillit en la regardant, quoique son
mouvement fût à peine perceptible, et un changement
subit se produisit sur sa figure. La teinte rosée et féminine de ses joues s'effaça soudainement et fut remplacée par la pâleur.

C'était une particularité chez Paul Marchmont et qui
datait de son enfance de devenir pâle chaque fois qu'il
éprouvait une vive émotion.

Quelle était cette émotion qui faisait maintenant
blêmir ses joues? sa pensée était-elle celle-ci : Cette
fragile créature que je vois, est-elle la maîtresse de
Marchmont Towers? n'y a-t-il entre moi et onze mille
livres de rente que ce frêle souffle de vie?

La vie qui se répandait en dehors de cette faible en-

veloppe terrestre, semblait en effet n'être qu'une
flamme vacillante et peu vivace qu'éteindrait sans
difficulté le moindre souffle grossier du monde extérieur. Mary était affreusement pâle; un cercle noir se
dessinait autour de ses yeux bruns et fixes. Son vêtement de deuil neuf et raide, avec un liais en crêpe
sans lustre, semblait beaucoup trop large pour sa
maigre personne; ses cheveux bruns si doux, humides
encore au-dessus de son front qu'elle avait baigné
d'eau froide, tombaient en désordre sur ses épaules.
Ses yeux étaient secs et sa petite bouche terriblement
comprimée. La rigidité de sa physionomie indiquait
avec quelle peine elle parvenait à étouffer sa douleur.
Elle s'assit dans un fauteuil qu'Olivia lui indiqua, et
plaçant ses mains sur le mouchoir blanc qu'elle tenait
sur ses genoux, elle attendit, les yeux baissés, la lecture du testament de son père. Ce serait la dernière fois
qu'elle entendrait les paroles de ce cher père. Elle s'en
souvint et elle fut prête à écouter attentivement, mais
elle oublia toute autre chose, que lui importait d'être la
seule héritière d'une grande maison et de onze mille
livres par an? Jamais de sa vie elle n'avait songé à la
fortune du comté de Lincoln pour son usage à elle ou
pour ses plaisirs, et elle y pensait moins que jamais.

Le testament était daté du 4 février 1844, juste deux
mois après le mariage de John. Il avait été fait par le
maître de Marchmont Towers sans l'assistance d'un
avoué, et n'avait été signé que par la femme de charge
de John et par Corson, le vieux domestique de confiance qui avait servi le prédécesseur de Marchmont.

Paulette commença la lecture, et Mary, pour la première fois, depuis qu'elle avait pris place au coin du
feu, leva les yeux et écouta sans respirer et les lèvres
légèrement tremblantes. Olivia était assise auprès de
sa belle-fille et Paul se tenait dans une attitude nonchalante, debout à un coin de la cheminée, contre
laquelle il s'appuyait du dos. Le testament du défunt
était conçu en ces termes :

« Moi, John Marchemont, de Marchmont Towers, je dé-
« clare que ceci est l'expression de ma dernière volonté et

« mon testament. Persuadé que ma fin approche, je sens
« que ma fille Mary sera sans protection aucune de la part
« d'un gardien naturel. J'avais espéré, étant pauvre, que mon
« jeune ami Edward Arundel aurait été pour elle un ami et
« un conseiller, mais la jeunesse de ma fille et la position
« qu'occupe ce jeune homme détruisent toute espérance de
« ce côté, et comme je puis mourir avant que le rêve que je
« caressais se réalise, que peut-être il ne se réalisera jamais
« maintenant, je tiens à pourvoir autant qu'il est en moi, par
« mon testament, à la tutelle et à la protection de ma chère
« petite Mary pendant sa minorité. Je désire donc que
« ma femme, Olivia, soit tutrice, conseillère et mère de ma
« petite Mary, et que mon enfant soit placée sous la
« tutelle de ma femme. Héritière d'une fortune considérable,
« je voudrais qu'elle se laissât guider par les conseils de
« madite femme dans l'administration de ses biens et sur-
« tout dans le choix d'un mari. Comme ma petite Mary aura
« à ma mort le domaine du comté de Lincoln, je ne lui lègue
« rien par mon testament, mais j'enjoins à mon exécutrice de
« lui offrir une bague en diamant qu'elle portera en mémoire
« de son père afin que je sois toujours présent dans ses
« pensées et qu'elle songe aux désirs que j'exprime relati-
« vement à sa vie à venir tant qu'elle ne sera pas majeure
« et capable de se gouverner elle-même. Je prie aussi mon
« exécutrice de faire cadeau à mon jeune ami Edward
« Arundel d'une bague en diamant de cent guinées au moins,
« comme preuve de l'estime et de l'affection que j'ai toujours
« eues pour lui... Quant aux biens réels et personnels dont je
« pourrai disposer à ma mort, je les lègue sans restriction à
« ma femme Olivia. Et je désigne madite femme pour mon
« exécutrice testamentaire et la tutrice de ma chère petite
« Mary. »

Il y avait encore quelques legs insignifiants, entre
autres un anneau de deuil pour le clerc, qui s'y attendait, et c'était tout. Paul avait eu raison, personne
moins que lui n'était intéressé à ce testament.

Mais il paraissait réellement s'intéresser à la veuve
et à la fille de John. Il essaya de lier conversation avec
Mary, mais il s'aperçut qu'elle désirait ne pas être
ennuyée, et du reste le docteur Bolton s'approcha de
la malade presque aussitôt après la lecture du testament et l'accapara pour ainsi dire. Mary fut bien aise
de quitter la salle à manger et de remonter dans sa
chambre obscure où Hester cousait tranquillement.

Olivia abandonna sa belle-fille aux soins de cette humble compagne et revint à la longue salle à manger où les gentlemen flânaient toujours au coin du feu sans savoir que faire de leurs personnes.

Mme Marchmont ne pouvait moins faire que d'inviter Paul à passer quelques jours aux Towers. Elle était virtuellement maîtresse de la maison pendant la minorité de Mary, et c'était sur elle que retombaient les soucis, les devoirs et la responsabilité d'une position semblable. Son père devait rester avec elle jusqu'à la fin de la semaine et il pourrait s'occuper de Marchmont. Paul accepta sans hésiter l'hospitalité de la veuve. La vieille maison était pittoresque et intéressante, dit-il; il y avait quelques Holbeins véritables dans le vestibule et la salle à manger et un Lévy parfait au salon. Il s'accorderait quelques jours de congé et se rendrait à Stanfield par le premier train de samedi.

— Je n'ai pas vu ma sœur bien longtemps, — ajouta-t-il, — sa vie est passablement triste et monotone, et elle ne sera pas fâchée de me revoir à mon passage pour retourner à Londres.

Olivia s'inclina. Elle n'engagea pas Marchmont à prolonger sa visite. Sa politesse n'alla pas au-delà des limites les plus étroites. Elle passa la majeure partie de son temps dans le cabinet du défunt pendant les deux jours où Paul fut présent, et elle laissa l'artiste presque entièrement seul avec son père.

Mais elle fut forcée de paraître à dîner où elle venait prendre sa place habituelle au bout de la table, et Paul eut ainsi l'occasion de sonder les profondeurs de la plus étrange nature qu'il eût jamais essayé de déchiffrer. Il lui parla beaucoup et écouta avec une attention marquée chaque mot prononcé par elle. Il l'observait, mais sans l'importuner du regard, presque constamment, et quand il s'éloigna de Marchmont Towers, sans avoir revu Mary depuis la lecture du testament, c'était à Olivia qu'il songeait, c'était le souvenir d'Olivia qui l'intéressait autant qu'il l'intriguait.

Les quelques personnes qui assistaient à l'arrivée du train de Londres regardèrent l'artiste qui arpentait de long en large la gare de la station de Kemberling, la tête baissée et les sourcils légèrement contractés. Il y avait dans son allure et son costume une certaine grâce facile et insouciante qui s'harmonisait bien avec sa figure délicate, ses cheveux soyeux et argentés, sa moustache bien frisée et sa bouche de femme rosée. C'était un homme d'un extérieur romanesque. Il était le bel idéal du héros dans un roman de jeune fille. Il représentait le personnage que les pensionnaires auraient appelé : « un bien-aimé, « mais il eût, je crois, mieux valu, pour n'importe quelle malheureuse, de tomber entre les mains du plus féroce des Bill Sykes déchaîné sur la société après avoir fait son temps au bagne, que de tomber dans celles de Paul Marchmont, artiste et professeur de dessin dans Charlotte Street, Fitzroy Square.

Il songeait à Olivia en se promenant sur la plate-forme déserte, qui n'était séparée que par une barrière en bois des champs qui environnent Kemberling.

— La petite fille est aussi faible qu'un pauvre papillon de février, — disait-il, — une bouffée de vent glacé suffirait pour l'emporter. Mais cette femme, cette femme, comme elle est belle avec son profil où rien ne manque, et sa bouche de fer ; quel est donc ce feu intérieur qui la consume et dévore sa beauté nuit et jour ? Si je voulais peindre la scène du somnambulisme dans Macbeth, je lui demanderais de poser pour la terrible femme du Thane. Peut-être couve-t-elle un secret aussi affreux que celui du meurtre d'un Duncan à tête grise ; peut-être quitte-t-elle sa chambre au milieu de la nuit pour parcourir les longs corridors lambrissés des Towers et se tordre les mains en gémissant tout endormie. Pourquoi a-t-elle épousé John Marchmont De son vivant il ne lui a guère donné qu'une belle maison à habiter, et maintenant qu'il est mort, il ne laisse que dix ou douze mille livres en trois pour cent. Quel est son mystère ? quel est son secret ? elle en a un, j'en suis sûr.

Des pensées semblables occupaient son esprit pendant que le train l'emportait loin de la station isolée, loin de Marchmont Towers où Mary reposait dans sa

tranquille chambrette, pleurant son père qui n'était
plus, et regrettant de tout son cœur, Dieu le sait, de
n'avoir pas été enterrée à côté de lui dans le caveau.

CHAPITRE XIII

Le désespoir d'Olivia.

La vie que Mary et sa belle-mère menèrent à Marchmont Towers après la mort du pauvre John, fut une de
ces existences tranquilles et monotones, dont les souvenirs sont très-peu nombreux en dehors de la lente
succession des semaines et des mois et du changement
des saisons. Mary supporta son malheur avec calme,
comme le voulait sa nature pour toutes choses. Le conseil du médecin fut mis en pratique et Olivia emmena
sa belle-fille à Scarborough peu de temps après les
funérailles. Mais ce changement de place n'amena que
lentement un changement dans l'état de douleur sombre
où était tombée la jeune fille. La brise de la mer ne fit
pas revenir les couleurs sur ses joues pâles. Elle obéit
sans murmurer aux ordres de sa belle-mère, et se
promena sur le bord de la mer par un vilain temps
de novembre pour y gagner la santé et la force. Mais
partout où elle allait, elle emportait son chagrin avec
elle, et dans chaque sifflement du vent d'hiver, dans le
clapotement continuel des vagues mugissantes, elle
croyait entendre l'oraison funèbre de son père.

Je crois que malgré la jeunesse de Mary, cette triste
période fut la plus grande crise de sa vie. Le passé,
avec son affection unique et immense, avait à tout
jamais disparu et aucune figure amie n'était encore
apparue dans l'avenir. Si quelque bonne matrone,
quelque douce créature chrétienne eût tendu les bras

à l'orpheline désolée, le cœur de Mary eût été soulagé
et elle se serait réfugiée dans le sein de cette amie
dévouée pour s'y reposer éternellement. Mais personne
ne lui tendit les bras. Olivia s'en tint à la lettre de
l'appel solennel de son mari comme elle s'était tenue
à la lettre des maximes de l'Évangile qu'elle connaissait depuis son enfance sans en avoir jamais compris
l'esprit. Elle accepta la charge qu'on lui avait confiée.
Elle ne faillit pas à l'accomplissement de son devoir,
mais jamais une sainte lueur d'amour et de tendresse
maternelle n'éclaira les cavités ténébreuses de son
cœur. Elle ignorait cette pitié quasi divine qui est
inhérente à la femme. Chaque soir elle se demandait
à genoux si elle n'avait négligé aucun des devoirs
qu'elle s'était imposés, chaque soir elle prenait note de
ses oublis, avec autant de scrupule et d'impartialité que
le juge le plus sévère qui ait jamais condamné un cri-
minel, et elle reconnaissait ses faiblesses.

Malheureusement, ce dévouement d'Olivia pesait
autant à Mary qu'à la veuve elle-même. Plus Mme Marchmont s'acquittait consciencieusement de la tâche
que lui imposait le testament de son mari, plus la vie
de l'orpheline devenait pénible. Le *treadmill* fatigant de
l'éducation tournait quand même, bien que la jeune
élève fût sur le point de s'évanouir à chaque échelon
de cette échelle infuse de la science. Si Olivia en s'in-
terrogeant le soir trouvait que la journée avait été trop
facile pour la maîtresse et l'élève en même temps, le
lendemain elle doublait la dose d'histoire romaine et
de grammaire française pour réparer le temps perdu
la veille.

— Cette jeune fille m'a été confiée et mon premier
devoir c'est de lui donner une bonne éducation, — se
disait Mme Marchmont. — Elle a des dispositions à la paresse, mais je combattrai ces dispositions malgré
l'ennui qui en résultera pour moi. Plus j'aurai de peine,
plus mon mérite sera grand, si je réussis.

Ce n'était qu'ainsi qu'Olivia entrevoyait la possibilité
d'être une bonne femme. Ce n'était qu'en se confor-
mant strictement à la règle du devoir, à la pratique
d'un rite ennuyeux qu'elle pouvait espérer de gagner

cette couronne éternelle que des chrétiens plus simples semblent conquérir si facilement.

Matin et soir, la veuve et sa belle-fille lisaient la
Bible ensemble; matin et soir, elles s'agenouillaient
côte à côte pour adresser les mêmes prières familières,
et cependant ces lectures et ces prières ne les rappro-
chaient pas l'une de l'autre. Aucune tendre phrase d'inspiration, aucune des saintes paroles du Christ lui-
même, ne faisaient vibrer la même corde dans ces deux
cœurs de femme et ne les joignaient soudainement.
Elles se rendaient à l'église trois fois chaque dimanche,
elles subissaient la terrible uniformité qui faisait du
lendemain la répétition de la veille, et s'asseyaient
dans le même banc. Il arrivait parfois qu'un mot solennel, une injonction sublime, se montrait sous un jour
nouveau à l'orpheline : mais si elle regardait la figure
de sa belle-mère, croyant y trouver un rayon de cette
lumière qui s'était fait tout à coup en elle, le vide de
la physionomie d'Olivia lui apparaissait comme un mur
épais que ne traversaient pas les rayons radieux.

Elles revinrent à Marchmont Towers au commencement du printemps. On s'imaginait que la jeune veuve
cultiverait la société des amis de son mari, que les
visiteurs du matin seraient les bienvenus aux Towers,
et que les dîners recommenceraient après l'année de
veuvage. Mais il n'en fut pas ainsi. Olivia ferma sa
porte à presque toute société, et se consacra entièrement à l'éducation de sa belle-fille. Les commères
du Swampington et de Kemberling et la bourgeoisie
campagnarde, qui avaient parlé de sa piété et de sa
patience, de son zèle infatigable pour les pauvres de la
paroisse de son père, parlèrent maintenant de son
abnégation, des sacrifices qu'elle faisait pour sa belle-
fille, et de la noble manière dont elle justifiait la confiance que Marchmont avait eue en sa bonté. D'autres
femmes, disait-on, auraient confié l'éducation de
l'héritière à une institutrice ; d'autres femmes se seraient mises en quête d'un second mari ; d'autres
femmes se seraient lassées d'une existence monotone
dans la solitaire maison du comté de Lincoln et de l'ennuyeuse société d'une jeune fille de seize ans. L'éloge de

Mme Marchmont était entonné sans cesse; elle était le modèle des belles-mères à venir.

Se sacrifiait-elle beaucoup, cette femme, que dévorait un feu intérieur, qui avait l'ambition d'une Sémiramis, le courage d'une Boadicée et la résolution d'une lady Macbeth? Se sacrifiait-elle beaucoup en renonçant aux distractions de la province dont elle aurait pu embellir sa vie, telles que des dîners, quelques bals et un peu de coquetterie avec quelque robuste propriétaire ou quelque gentilhomme amateur de chasse?

Non, ces amusements l'eussent fatiguée trop vite et beaucoup plus que la monotonie de son existence vide et la perpétuelle impatience de son esprit. J'ai dit qu'en consentant à devenir la femme de Marchmont, elle avait pour cela les mêmes motifs qu'un prisonnier pour changer volontiers de prison. Mais le charme de la nouveauté n'avait pas tardé à disparaître, et Olivia était maintenant, dans la lugubre maison de Marchmont Towers, ce qu'Olivia Arundel avait été au presbytère de Swampington, une femme malheureuse, lasse d'elle-même et du monde, et consumée lentement par un feu perpétuel.

Cette femme fut pendant deux longues années la seule compagne et la seule institutrice de Mary. Je dis seule compagne avec intention, car l'orpheline ne fut pas autorisée à se lier avec les jeunes filles des quelques familles du comté, qui venaient encore de temps en temps aux Towers, de peur, disait Olivia, que cette société ne la rendît légère et frivole. Hélas! il n'y avait pas à craindre que Mary devînt tête folle. En grandissant, sa maigreur augmentait ainsi que sa pâleur, et sa tête se courbait sous le poids de la science qu'on lui donnait à porter comme une fleur maladive, pour qui les gouttes de rosée, vivifiantes pour d'autres fleurs, sont un trop lourd fardeau.

Dieu sait dans quelles intentions Mme Marchmont instruisait sa belle-fille. La pauvre Mary aurait pu citer la date précise de n'importe quel événement dans l'histoire universelle ancienne et moderne; elle aurait pu dire au juste la latitude et la longitude de l'île la moins

connue dans l'océan le moins navigable, et expliquer
en détail les mœurs et les coutumes de ses habitants,
si on les lui avait demandées. Elle était terriblement fer-
rée sur les terrains tertiaires, et elle aurait fait presque aussi bien que M. Charles Kingsley lui-même,
mais probablement d'une manière moins agréable,
l'histoire d'une sablonnière; elle savait retrouver une
à une toutes les étoiles du firmament au-dessus du
Lincoln, et connaissait l'histoire de la découverte de
chacune d'elles ; elle savait les noms les plus difficiles
que la science ait donnés aux fleurs familières qu'elle
rencontrait dans ses promenades, et cependant sa
conversation n'en était pas plus brillante ni son esprit
plus gai par suite de cette illumination générale de son
intelligence.

Mais Mme Marchmont croyait très-sérieusement que
ce pénible système d'éducation était un des devoirs
qu'elle avait à remplir envers sa belle-fille, et, lorsque
à dix-sept ans Mary sortit de l'épreuve chargée de dé-
pouilles intellectuelles du genre de celles dont j'ai
parlé ci-dessus, la veuve fut satisfaite en contemplant
son œuvre, et se dit : « En ceci, du moins, j'ai fait mon
devoir. »

Parmi la masse de choses apprises sous laquelle sa
santé avait presque succombé, il se trouvait quelque
chose qui avait été pour la jeune fille une source de
plaisir. Elle était devenue une brillante musicienne. Ce
n'est pas qu'elle eût en elle le génie musical; non, rien
d'aussi vivace que le feu du génie ne s'était allumé dans
cette douce créature, mais toute la tendresse de sa nature, toute la poésie de son esprit extraordinairement
poétique, se concentra dans cette occupation, et elle
trouva dans la musique une nouvelle langue, elle qui,
pour tout le reste, était condamnée à un silence perpétuel. On lui avait défendu de lire Byron et Scott; mais
on ne lui défendit pas de s'asseoir à son piano, quand
la tâche de la journée était finie. A la faible lueur du
crépuscule, dans sa paisible chambrette, elle jouait les
mélodies rêveuses de Beethoven et de Mozart, et inter-
prétait à sa manière les romances sans paroles de Men-
delsshon. Je crois que son âme se fût repliée sur elle-

même et racornie sans cette ressource, sans ce refuge, qui permettait à son esprit de regagner son élasticité et de se redresser, comme la fleur qu'on foule aux pieds.

Olivia était charmée de voir l'orpheline passer des heures entières à son piano. Elle avait appris, elle aussi, à jouer bien et brillamment ; elle avait vaincu toutes les difficultés avec cette vigueur de résolution qui faisait partie de sa forte nature ; mais elle n'avait aucune prédilection particulière pour la musique. Tout ce qui compose la poésie et la beauté de la vie avait été refusé à cette femme, de même que la tendresse, qui est le charme principal des femmes. Elle s'asseyait à côté de Mary, et elle l'écoutait pendant que ses doigts agiles couraient sur le clavier, et que la jeune fille se laissait entraîner dans des régions fantastiques ; mais elle ne voyait autre chose que la musique, qu'un certain nombre de notes, de tons et de demi-tons, auxquels il fallait recourir à tel ou tel moment de l'exécution.

Il n'eût pas été naturel que Mary, toute réservée qu'elle se fût montrée après la mort de son père, ne soupirât pas après une compagnie plus agréable que celle de sa belle-mère. La jeune fille qui avait été installée dans sa chambre comme garde-malade d'après l'avis du docteur, était une amie et une confidente que la jeune maîtresse de Marchmont Towers aurait désiré avoir auprès d'elle. Mais Olivia interposa son autorité et défendit toute intimité. Hester était la fille d'un simple fermier, et sa société n'était pas convenable pour la belle-fille de Mme Marchmont. Olivia pensa que ce penchant pour la société de bas étage était le fruit de l'éducation première de Mary, et que c'était une souillure qu'avait laissée la pauvreté amère et dégradante dans laquelle Marchmont et sa fille avaient vécu à l'époque où ils habitaient un misérable logement à Lambeth.

— Mais Hester m'aime bien, maman, — disait l'orpheline, — et je suis si heureuse à la ferme. Ils sont tous si bons pour moi quand j'y vais, le père d'Hester, sa mère, ses petits frères et ses petites sœurs, tout le monde enfin, et la basse-cour, les cochons, les chevaux et la mare où caquettent les oies, me rappellent la maison de ma tante dans le comté de Berks. J'y allai une fois passer un jour ou deux avec mon pauvre papa, et ce fut un si grand changement après Oakley Street.

Mais Mme Marchmont fut inflexible sur ce point. Elle ne permit à sa belle-fille que d'aller de temps à autre chez le fermier Pollard, et d'y être régalée de gâteaux et de claret dans le petit salon à plafond bas et à l'ancienne mode, où toutes les chaises, en acajou poli, étaient si luisantes et si glissantes, que c'était un miracle qu'on pût rester assis dessus. Olivia permit des visites solennelles de ce genre de temps en temps, et elle autorisa Mary à renouveler le bail du fermier à des conditions suffisamment avantageuses, et à faire des cadeaux peu fréquents à Hester, sa favorite. Mais toutes les visites à la ferme qu'elle faisait en cachette, toutes les promenades avec la fille du fermier dans le verger sur le derrière de la ferme, furent strictement interdites, et, bien qu'Hester et Mary fussent toujours amies, elles durent se contenter d'une rencontre fortuite à plusieurs mois d'intervalle et d'une pression de main seulement.

— Ne croyez pas que je sois fière de ma fortune, Hester, — disait Mary à son amie, — ou que je vous oublie, maintenant que nous nous voyons rarement. Papa me laissait aller à la ferme toutes les fois que cela me plaisait; mais papa avait été pauvre longtemps. Maman me retient presque toujours à la maison pour mes études, mais elle est très-bonne pour moi, et je ne puis faire autrement que de lui obéir; papa me l'a recommandé.

L'orpheline n'oubliait pas un seul moment les paroles du testament de son père. Il avait désiré qu'elle obéît; que devait-elle donc faire, sinon être obéissante? Sa soumission aux plus petits désirs d'Olivia n'était qu'un hommage rendu à la chère mémoire de son père.

Ce fut ainsi qu'elle devint femme de bonne heure. Enfant encore par sa douce soumission et sa docilité, elle était femme par son caractère grave et réfléchi, qui s'était révélé dès son enfance. Ce fut en menant cette existence bornée, monotone, sans gaieté, qu'elle atteignit son dix-septième anniversaire, qui fut à peine

remarqué, et Mary devint femme, femme ayant devant
elle toute la tragédie de la vie, et pas plus d'expérience
du monde au-delà de Marchmont Towers, qu'un enfant.

La marche du temps avait été si peu dérangée pour
ces deux femmes, la triste routine de leur vie avait
subi si peu de changements, qu'elles se figuraient probablement qu'elles continueraient à vivre ainsi éternellement. Mary du moins n'avait jamais jeté un seul
regard au-delà du sombre horizon du présent. Son
habitude de bâtir des châteaux en Espagne avait cessé à
la mort de son père. Quel besoin avait-elle de bâtir des
châteaux maintenant qu'il ne pouvait plus les habiter ?
Edward, le brillant jeune homme qu'elle se rappelait
avoir vu dans Oakley Street, l'élégant officier qui était
venu à Marchmont Towers, était rentré dans le chaos
du passé. L'existence de Mary avait eu pour clef de
voûte son père; il était mort, et de toutes les visions
familières dans lesquelles elle s'était complue il ne restait qu'un monceau de ruines. Le monde avait fini à la
mort de Marchmont et la vie de sa fille depuis ce grand
malheur n'avait été à tout prendre qu'une souffrance
passive de l'existence. On n'avait pas eu souvent des
nouvelles du jeune soldat à Marchmont Towers. De
temps en temps une lettre de quelque membre de la
famille Dangerfield était parvenue au recteur de Swampington. La guerre continuait avec fureur dans l'Orient ;
il s'y livrait de sanglantes batailles et de vaillants Anglais conquéraient des lauriers ou périssaient sous le
cimeterre des Sikhs et des Afghans. Le plus jeune fils
d'Arundel ne se contentait pas de faire son devoir, disaient les lettres. Il avait gagné les épaulettes de capitaine et il était cité avec éloges par de grands hommes
de guerre dont les noms seuls faisaient l'effet du clai-
ron aux oreilles anglaises.

Olivia sut tout cela. Elle s'asseyait à côté de son père,
regardant parfois la lettre chiffonnée par-dessus son
épaule pendant qu'il lisait tout haut les exploits de son
cousin. Le nom familier semblait écrit en lettres de feu
quand les yeux ardents de la veuve se fixaient sur lui.
Comme les épîtres étaient banales, que de frivolités
Letitia mêlait aux nouvelles de son frère ! « Vous ap-

prendrez avec plaisir que mon poney gris ne boite plus. Papa a donné un déjeuner de chasse mardi passé. Lord Mountlitchcombe s'y trouvait, mais les chasseurs ont été vexés de la gelée et je crains que nous n'ayons pas de *crocus*. Edward est nommé capitaine; papa m'a chargée de vous l'annoncer. Sir Charles Napier et le Major Outram ont fort brillamment parlé de lui, mais lui.... Edward.... a reçu un coup de sabre au bras gauche et une autre blessure au front qui l'ont mis au lit pour un mois. Vous vous souvenez probablement du Colonel Tollesly à Halburton Lodge ? Il est mort en novembre dernier et a laissé toute sa fortune à.... » et la jeune fille continuait à raconter des commérages qu'elle jugeait intéressants pour son oncle, et il n'était plus question du jeune soldat dont le sang avait coulé presque jusqu'à la dernière goutte pour la gloire de son pays.

Olivia songeait à lui en revenant à Marchmont Towers. Elle songeait au coup de sabre qu'il avait reçu au bras, et se le représentait pâle, ensanglanté, couché sous une tente, privé de tout, seul et abandonné.

— Cela vaudrait mieux pour moi qu'il mourût, — se disait-elle, — cela vaudrait mieux pour moi que la nouvelle de sa mort me parvînt demain.

A cette idée le tableau d'un malheur pareil s'offrit à elle tellement clair et distinct qu'elle éprouva un moment d'angoisse.

Ceci n'est pas une hallucination, — s'écria-t-elle, — c'est un pressentiment, c'est de la seconde vue, ce malheur arrivera.

Elle se figura qu'elle retournait voir son père comme elle l'avait fait dans cette matinée. Tout sera dans le même état et à la même place : le mur grisâtre du jardin du presbytère, le grondement continu de la mer, le cabinet familier avec ses livres et ses papiers en désordre, l'odeur de fumée de vieux cigares, les rideaux perse se balançant à la fenêtre ouverte, les feuilles sèches tourbillonnant dans le jardin, rien ne serait changé. Seulement la figure de son père serait un peu plus grave que d'habitude. Et puis après un moment d'hésitation, après un court préambule sur l'incertitude de la vie, la nécessité de songer sans cesse à un monde futur, les horreurs de la guerre, les mots terribles lui viendraient aux lèvres, elle devinerait sur sa figure l'horrible vérité et elle se prosternerait à deux genoux avant qu'il eût dit :

— Edward Arundel est mort.

Oui, elle ressentit cette angoisse. Cela se passerait ainsi, un sombre désespoir la paralyserait tout à coup. Elle mesura son aptitude à la souffrance par cette torture imaginaire, pas complétement imaginaire cependant, elle semblait si réelle, et elle s'adressa cette étrange question :

— Suis-je assez forte pour supporter cela ou bien sera-ce moins terrible de continuer à souffrir éternellement et de supporter éternellement l'humiliation, la honte, la dégradation de mon amour pour un homme qui ne songe pas à moi ?

Tant que Marchmont aurait vécu, cette femme aurait profité de la terrible victoire qu'elle avait remportée la veille de son mariage. Elle se fût tenue parole à elle-même et n'eût pas manqué à ses serments, mais la mort de son mari en lui rendant la liberté l'avait livrée de nouveau à la folie de sa jeunesse. Ce n'était plus un crime de penser à Arundel. Une fois qu'elle eut permis à cette idée de s'enraciner dans son esprit, son idole la domina et elle y songea jour et nuit.

Oui, elle songea à Edward à chaque instant et sans cesse. La vie étroite à laquelle elle s'était condamnée, le sacrifice d'elle-même qu'elle avait appelé devoir, fit d'elle une proie pour cette unique pensée. Le travail qu'elle s'imposait ne lui suffisait pas. Sa puissante intelligence se réveillait faute d'une occupation digne d'elle. Elle ressemblait à un vaste rouleau de parchemin où l'on aurait pu inscrire la moitié des sages préceptes connus, mais où ne se trouvait écrit qu'un seul nom répété à l'infini, le nom d'Edward. Si Olivia avait pu aller en Amérique et faire partie du corps des femmes professeurs de droit et de médecine, si elle avait pu fonder un journal dans Bloomsbury ou même écrire un roman, je crois qu'elle eût été sauvée. Le trop-plein d'énergie de son esprit eût trouvé à s'écouler. Mais elle ne fit rien de tout cela. Elle caressa sans cesse le même rêve, et par la force d'une répétition perpétuelle ce rêve se changea en folie.

Mais cette vie monotone ne devait pas durer éternellement. Ce ciel gris, sombre et à teinte plombée devait être illuminé par des rayons de soleil momentanés et balayé par des coups de tonnerre dont la violence allait ébranler l'univers de ces deux femmes solitaires.

Il y avait près de trois ans que Marchmont était mort. L'humble amie de Mary, la fille du fermier avait épousé un jeune artisan du village de Kemberling à un mille et demi des Towers. Mary était une femme maintenant et elle en avait fini avec les empereurs romains et les études ennuyeuses des années précédentes. Elle n'avait plus autre chose à faire que d'accompagner sa belle-mère çà et là parmi les pauvres cottages des environs de Kemberling et de deux ou trois autres petites paroisses non loin des Towers pour y faire du bien à la mode d'Olivia avec la règle et le compas. A la maison la jeune fille faisait ce que bon lui semblait. Elle restait à son piano des heures entières ou bien elle travaillait à une gigantesque tapisserie. Elle avait même le droit maintenant de lire des romans, à condition qu'ils auraient été choisis par Olivia, qui était une des dames patronnesses d'une bibliothèque populaire à Swampington.

Les deux femmes se rendaient ensemble trois fois par dimanche à l'église de Kemberling. C'était un peu monotone que de revoir toujours la même église, le même recteur, le même curé, le même clerc, la même congrégation, et d'entendre sans cesse le même vieil orgue, les mêmes voix nasillardes des enfants trouvés du comté de Lincoln et très-souvent les mêmes sermons. Mais Mary s'était habituée à la monotomie. Elle avait renoncé à toute espérance, à toute joie depuis la mort de son père et elle était contente d'être seule et de mener une existence sans but et sans projet. Elle était par une certaine après-dinée assise en face de sa belle-mère dans le banc des Marchmont à Kemberling. Ce banc recouvert d'une serge rouge fanée était un peu plus élevé que ceux des vulgaires fidèles qui l'entouraient. Les mains jointes sur ses genoux, elle regardait d'un air pensif la figure froide comme le marbre de sa belle-mère et elle écoutait la voix traînante du recteur qui prèchait au-dessus de sa tête. C'était par une belle après-dinée de juin et l'église resplendissait d'une chaude lumière dorée; l'une des fenêtres à vitraux gothiques était ouverte et le tintement des clochettes d'un troupeau dans le lointain et le bourdonnement des abeilles dans le cimetière troublaient agréablement le calme de l'intérieur.

La jeune maîtresse de Marchmont Towers sentit que l'influence assoupissante de cette chaude journée d'été la gagnait lentement. Ses paupières alourdies retombaient sur ses beaux yeux bruns qui avaient si longtemps contemplé tristement un monde où semblait exister si peu de joie. Le sermon du recteur était d'une longueur inusitée et quelques faibles ronflements se faisaient entendre dans un des bancs qui s'abritaient sous les galeries. Mary eut beaucoup de peine à ne pas dormir. Mᵐᵉ Marchmont l'avait déjà regardée d'un air sévère une fois ou deux, car c'était une indignité aux yeux de la rigide Olivia que de sommeiller dans l'église, mais l'assoupissement n'était pas facile à vaincre et l'orpheline s'endormait paisiblement en dépit du regard courroucé de sa belle-mère, lorsque le bruit d'un pas ferme sur l'allée sablée du cimetière attira son attention.

Dieu seul sait pourquoi le bruit de ce pas l'arracha au sommeil. Peut-être n'était-ce pas ainsi que marchait la congrégation de Kemberling. Le pied ferme, élastique, qui s'appuyait légèrement mais solidement sur la terre, ne pouvait appartenir aux commerçants et aux fermiers à démarche lourde qui constituaient la majeure partie des fidèles de cette église du comté de Lincoln. En outre, c'eùt été un péché monstrueux dans ce village écarté que de déranger la congrégation en arrivant à pareille heure à l'office. Il était donc évident que la personne qui arrivait était étrangère. Mais cela importait peu. Mˡˡᵉ Marchmont releva à peine les paupières pour voir qui c'était, mais le nouveau venu livra passage à un tel flot de lumière en ouvrant la lourde porte en chêne qui se trouvait sous le porche, que Mary

en fut éblouie et qu'elle ouvrit les yeux involontairement.

L'étranger referma la porte sur lui très-doucement
et demeura dans l'ombre du porche. Il ne se souciait
pas d'entrer plus avant ou de déranger la congrégation
par sa présence.

Tout d'abord Mary ne le vit pas très-bien. Elle n'a-
perçut qu'indistinctement son profil et les boucles
abondantes de sa chevelure brune à reflets dorés, mais
petit à petit la figure se dessina dans l'ombre et elle vit
tout : les traits aristocratiques, les yeux bleus lumi-
neux, la moustache blonde, tout cet ensemble qu'elle
avait, huit ans auparavant dans Oakley Street, choisi
comme le type de la beauté mâle, comme l'idéal de la
grâce héroïque.

Oui, c'était Edward. Ses yeux rayonnèrent d'un éclat
inaccoutumé en le regardant, ses lèvres s'entr'ouvrirent et sa respiration devint oppressée. Toutes les années monotones, les terribles angoisses de la douleur
disparurent dans le passé, et le présent seul subsista
dans toute sa gloire.

L'unique ami de son enfance était de retour. Le seul
lien, le lien presque oublié qui la rattachait aux rêves
féeriques de cette époque bienheureuse reprenait toute
sa force avec l'apparition du jeune soldat. Cet heureux
temps d'il y avait cinq ans à peu près, cet heureux
temps où le jeu de paume avait été construit et le chalet
sur le bord de la rivière restauré, ces beaux jours d'automne avant le mariage de son père, lui revinrent en
mémoire. Le monde n'était pas en somme sans joies et
sans plaisirs, et puis le souvenir de son père s'offrit à
son esprit et ses yeux se remplirent de larmes. Comme
Edward serait triste en retrouvant vide la place de son
vieil ami dans le salon occidental, comme il serait at-
tristé par sa douleur à elle et s'associerait à ses chagrins ! Olivia s'aperçut du changement survenu dans la
figure de sa belle-fille et la regarda avec un étonnement
courroucé. Mais après la première secousse de cette
délicieuse surprise, l'éducation de Mary reprit le dessus. Elle joignit les mains qui tremblaient un peu,
mais Olivia ne le vit pas, et attendit patiemment, les

yeux baissés et les joues couvertes d'une légère rougeur, que le sermon du recteur fût fini et que la congrégation se dispersât. Elle n'était pas impatiente. Il
lui semblait qu'elle aurait pu attendre ainsi éternellement avec calme et contentement en sachant que le
seul ami qu'elle eût sur terre était auprès d'elle.

Olivia ne se pressa pas de quitter son banc, mais
elle finit par en ouvrir la porte. Elle franchit suivie de
Mary le porche sombre et entra dans l'allée du cimetière où Edward attendit les deux dames.

La veuve de Marchmont ne poussa aucun cri de surprise quand elle aperçut son cousin un peu à l'écart de
la foule qui se dispersait lentement. Elle pâlit un peu et
son cœur cessa de battre tout à coup comme s'il eût
été changé en pierre, mais ce fut l'affaire d'un moment.
Elle tendit la main à Arundel une minute après et lui
souhaita la bienvenue.

— Je ne vous savais pas en Angleterre, — dit-elle.

— Mon arrivée n'est presque connue de personne,
— répondit le jeune homme ; — je n'ai pas encore été
à Dangerfield, je suis venu tout droit à Marchmont
Towers.

Il se détourna de sa cousine pour faire face à Mary,
qui se tenait la tête un peu en arrière de sa belle-
mère.

— Chère Polly, — dit-il, en s'emparant des deux
mains de la jeune fille, — j'ai été si chagrin pour vous
quand j'ai appris....

Il s'arrêta, car il vit les yeux de l'orpheline se mouil-
ler de larmes. Ce n'était pas son allusion à la mort de
son père qui lui avait fait de la peine. Il l'avait appelée
Polly, il s'était servi de ce nom familier d'autrefois,
que personne n'avait plus prononcé depuis le jour où
les lèvres de John l'avaient murmuré pour la dernière
fois.

La voiture attendait à la porte du cimetière et Edward revint à Marchmont Towers avec les deux dames.
Il y était arrivé un quart d'heure après leur départ
pour l'office, et il était venu à pied à Kemberling.

— Il me tardait tant de vous voir, Polly, — dit-il, —
après une si longue absence, que je n'ai pas eu la pa-

tience d'attendre que vous fussiez de retour de l'église avec Livy.

Olivia tressaillit en entendant le jeune homme parler ainsi. C'était donc Mary qu'il était venu voir et non pas elle. Ne serait-elle jamais rien pour lui, elle, Olivia? L'insulterait-il toujours par son indifférence humiliante? Une vive rougeur se répandit sur sa figure, pendant qu'elle relevait la tête d'un air d'impératrice offensée, et jetait à son cousin un regard de colère. Hélas! il ne vit pas même ce regard d'indignation. Il était penché vers Mary et lui disait à voix basse combien la nouvelle de la mort de son père l'avait affligé.

Olivia fixa sur sa belle-fille ses yeux scrutateurs. Serait-il jamais possible qu'Edward en vînt à aimer cette jeune fille? Cela pourrait-il se faire? A cette pensée, un abîme hideux d'horreur et de confusion s'ouvrit devant elle. Dans tout le passé, dans tout ce qu'elle s'était imaginé, parmi toutes les calamités qu'elle avait prévues, rien de pareil n'avait jamais figuré, un tel amour existerait-il un jour? En arriverait-elle à exécrer cette jeune fille, cette jeune fille que lui avait confiée son défunt mari, et à ressentir pour elle la plus terrible haine dont une femme puisse être animée contre une autre?

L'instant d'après, elle fut en colère contre elle-même, pour avoir eu une pensée aussi folle, aussi absurde. Elle n'avait pas encore l'habitude de regarder Mary comme une femme. Elle n'avait jusqu'à ce jour vu en elle que la pâle enfant qui venait chaque jour lui réciter des leçons difficiles, et se tenait debout devant elle, dans l'attitude de la soumission et de l'obéissance. Était-il probable, était-il possible que cette jeune fille au teint pâle, deviendrait sa rivale et lutterait contre elle? Était-il probable qu'elle trouverait une ennemie dans l'orpheline confiée à ses soins et qu'elle serait vaincue par elle?

Elle examina la figure de sa belle-fille avec des yeux jaloux et d'une fixité dévorante. Était-elle belle! Non. Ses traits étaient délicats, ses yeux bruns avaient la douceur de regard de la colombe, et ils étaient presque attrayants, maintenant qu'ils étaient animés et regardaient timidement Edward. Mais la figure de la jeune fille était maladive et sans couleurs. La splendeur de la beauté lui manquait. Ce n'était qu'après qu'on l'avat regardée longtemps qu'on trouvait cette figure-là jolie.

Les cinq années d'absence d'Edward ne l'avaient pas beaucoup changé. Il était un peu plus gros peut-être, sa moustache s'était épaissie et son allure était plus cavalière que par le passé. Un coup de sabre dont il portait la cicatrice au-dessus de la tempe, lui donnait une certaine dignité martiale. Il ressemblait à un homme du monde maintenant, et Mary avait un peu peur de lui. Il était si différent des gentilshommes du comté ou des timides cadets qui se destinaient à l'Église! Il était si beau, si élégant, si splendide, depuis les boucles ondulées de sa chevelure jusqu'à la pointe de sa botte vernie, que laissait voir son pantalon bien coupé (on ne portait pas de jambières en 1847, et c'était le genre de cacher la botte presque en entier)! c'est un être merveilleux, presque digne d'adoration, se disait Mary. Elle ne pouvait s'empêcher d'admirer la coupe de son habit, la gracieuse nonchalance de ses manières, les pointes retroussées de sa moustache, les breloques suspendues à sa chaîne de montre et son mouchoir de batiste parfumé. Elle était assez enfant pour admirer tous ces attributs extérieurs de son héros.

— L'inviterai-je à Marchmont Towers? — se disait Olivia.

Et pendant qu'elle délibérait à ce sujet, Mary s'écria :

— Vous resterez aux Towers, n'est-ce pas, monsieur Arundel, comme si papa était encore vivant?

— Certainement, mademoiselle Marchmont, — répondit le jeune homme, — j'ai l'intention d'abuser de votre hospitalité aussi librement qu'autrefois dans Oakley Street, où vous me donnâtes des petits pains chauds pour mon déjeuner.

Mary rit tout haut pour la première fois peut-être depuis la mort de son père. Olivia se mordit les lèvres. Elle comptait donc pour bien peu, songeait-elle, puisqu'on ne la consultait même pas. Sa figure s'assombrit. Elle commençait déjà à haïr cette orpheline qui sem-

blait se transformer sous le charme de la présence
d'Edward.

Mais elle ne fit aucune tentative pour empêcher Edward de séjourner aux Towers, bien qu'un mot d'elle
eût suffi pour le tenir à l'écart. La torpeur du désespoir
s'empara d'elle, et son esprit fut paralysé par une sombre
bre appréhension. Elle sentit qu'un gouffre d'horreur
était là, béant à ses pieds. Tout ce qu'elle avait souffert
n'était rien en comparaison de ce qu'elle aurait à souffrir. Elle laissa le champ libre au malheur. Que pouvait-
elle faire pour éloigner d'elle cette torture? Puisqu'elle
devait la subir de manière ou d'autre . autant valait
la voir fondre sur elle maintenant que plus tard.

Elle faisait ces réflexions, pendant qu'assise dans un
coin de la voiture, elle observait en face d'elle Mary
et Edward, qui tournaient le dos aux chevaux et causaient à voix si basse, qu'elle entendait à peine ce
qu'ils disaient. Elle songea tout le long du trajet entre
Kemberling et Marchmont Towers, et quand la voiture
s'arrêta en face du portique Tudor, sa physionomie
était sombre. Elle avait pris son parti. Edward pouvait
rester, le malheur pouvait la frapper. Elle avait combattu, elle avait essayé de faire son devoir ; elle s'était
efforcée d'être bonne. Mais sa destinée, plus forte
qu'elle, avait ramené ce jeune soldat et l'avait sauvé
de tous les dangers sur terre et sur mer, pour qu'il fût
l'instrument de sa destruction ! Je crois qu'en cette crise
de sa vie, la dernière lueur de sa foi chrétienne s'éteignit en elle, et la plongea dans les ténèbres et la désolation. Les vieilles marques de séparation déjà à
moitié effacées dans le désert de sa vie disparurent
sous les sables mouvants et elle resta seule, seule avec
son désespoir. Son âme jalouse prophétisa le malheur
qu'elle redoutait. Cet homme, dont l'indifférence pour
elle était presque une insulte, deviendrait amoureux
de Mary, de Mary dont les yeux brillaient d'une beauté
nouvelle quand il la regardait, dont la figure pâle rou-
gissait faiblement quand il lui parlait. L'admiration visible de la jeune fille flatterait la vanité du jeune
homme, et il l'aimerait par pure frivolité et par faiblesse de caractère.

— Il est faible et vain, stupide et frivole, — se disait Olivia, — et si je me jetais à ses pieds pour lui dire que je l'aime, il serait flatté et reconnaissant, et il ne de manderait pas mieux que de m'aimer. Si je pouvais lui dire ce que lui dit cette jeune fille dans chaque regard, dans chaque parole, il serait aussi ravi de moi qu'il est ravi d'elle.

A cette idée, sa lèvre se plissa en signe de mépris indicible. Elle se trouvait si méprisable d'endurer les humiliations que lui inspirait son amour, que l'objet de sa folle passion lui semblait méprisable aussi. Elle mettait constamment dans les deux plateaux d'une balance Edward et les tortures que lui avait fait éprouver son amour pour lui, et c'était toujours le plateau d'Edward qui était le plus léger. Il aurait fallu qu'il fût un demi-dieu pour l'emporter sur tant de souffrances, et c'est pour ce motif qu'elle était injuste envers son cousin et ne pouvait le prendre pour ce qu'il était réellement, un honnête jeune homme au cœur bon et candide; pas un grand homme ni un prodige, un brave et franc soldat, tout à fait digne de l'amour d'une noble femme.

Arundel séjourna aux Towers où il occupa la chambre qui avait été la sienne du temps de la vie de Marchmont, et une nouvelle existence commença pour Mary. Le jeune homme était charmé par la fille de son ancien ami. Parmi toutes les belles de Calcutta avec lesquelles il avait dansé au bal du Gouverneur et auxquelles il avait fait la cour sur le turf indien, il ne se souvenait d'aucune qui fût aussi attrayante que cette jeune fille, aussi enfant aujourd'hui qu'elle était femme, qu'elle avait été femme alors qu'elle était enfant. Sa naïve tendresse pour lui l'enchantait et le ravissait. Qui n'aurait pas été charmé par cette pure et innocente affection que la jeune fille de dix-huit ans donnait aussi librement qu'à l'époque où elle était enfant, et dans laquelle rien n'avait été changé par les années ? Le jeune officier avait été tant admiré et choyé à Calcutta, que par suite de ses succès peut-être il était revenu en Angleterre le cœur complétement libre, et il s'abandonnait sans arrière-pensée au bonheur calme qu'il goûtait dans la société de Mary. Je ne dis pas qu'il fût enivré de sa beauté qui n'avait rien d'enivrant, ou qu'il fût follement amoureux d'elle. La douce influence de sa compagne le gagna avant qu'il s'en aperçût. Il n'avait jamais pris la peine d'examiner l'état de ses sentiments; son cœur était libre, libre comme le sont les papillons de se poser sur les fleurs les plus belles, et il n'avait nullement besoin de se soumettre à un rigoureux examen de conscience. Jusqu'à présent, il croyait que le plaisir que lui procurait la société de Mary était de la même nature que celui qu'il avait éprouvé cinq ans auparavant, quand il lui avait appris les échecs et promis de longues promenades sur le bord de la mer.

Ils n'erraient plus maintenant dans les sentiers solitaires ou sous les haies en fleur des champs de blé vert. Olivia les surveillait à tout moment. Les tortures auxquelles une femme jalouse peut se condamner ne sont pas beaucoup plus grandes que celles qu'elle peut infliger aux autres. Mᵐᵉ Marchmont eut soin que sa pupille et son cousin ne fussent pas trop heureux. Partout où ils allaient elle allait aussi, chaque fois qu'ils parlaient elle écoutait, toutes les parties qui leur plaisaient elle les contrecarrait. Edward n'était pas assez fat pour soupçonner le vrai motif de la conduite de sa cousine. Il se contentait de sourire et de hausser les épaules, et il attribuait le zèle d'Olivia au sentiment exagéré de sa responsabilité et à la nécessité de la surveillance.

—Me prend-elle pour un lâche et un misérable, — se disait-il; — a-t-elle peur que je ne corrompe son innocente pupille, qu'elle redoute de me laisser seul avec elle ? Comme ces bonnes femmes nous connaissent peu en somme ! Quels soupçons vulgaires, quelles craintes mesquines dirigent leur conduite envers nous? Il ne doit guère exister entre elles d'honneur et d'honnêteté pour qu'elles en arrivent à douter ainsi de nous.

Ainsi d'heure en heure, de jour en jour Olivia épia Edward et Mary. C'est chose étrange que l'amour ait pu naître dans des conditions semblables, c'est chose étrange que le regard de ces deux yeux gris et durs n'ait pas glacé ces deux cœurs innocents et gêné leur

libre expansion. Mais il n'en fut pas ainsi. L'égoïsme
de l'amour fut tout-puissant. Ni Edward ni Mary n'a-
vaient conscience de la malignité du regard qui pesait
sur eux. L'univers s'était rétréci pour eux et la terre
n'existait pas en dehors du coin sur lequel ils se trouvaient côte à côte.

Edward était depuis plus d'un mois à Marchmont
Towers, lorsque, par une chaude soirée de juillet, Olivia
se rendit à Swampington pour faire une courte visite
au recteur, une visite commandée par le devoir. Elle
aurait sans doute emmené Mary avec elle, mais la
jeune fille avait souffert de la migraine toute la journée
et gardé la chambre. Edward était parti le matin de
bonne heure pour une excursion de pêche vers un fa-
meux ruisseau à sept ou huit milles des Towers, et ne
reviendrait probablement qu'après la tombée de la
nuit. Il n'y avait donc pas de danger que Mary et le
jeune officier pussent se rencontrer, songeait Olivia, il
n'y avait pas de danger qu'ils échangeassent des confidences qu'elle ne pourrait entendre.

Edward aimait-il la pâle jeune fille qui lui révélait
son amour avec tant d'abandon enfantin? Olivia n'avait
pu résoudre cette question. Elle avait sondé plusieurs
fois le jeune homme sur ses sentiments à l'égard de sa
belle-fille, mais il avait répondu franchement à ses insinuations, en lui déclarant que Mary était pour lui encore aussi enfant qu'elle l'avait été neuf ans plus tôt
dans Oakley Street, et que le plaisir qu'il trouvait dans
sa société ressemblait à celui qu'il aurait éprouvé dans
celle d'une enfant innocente et confiante.

— Sa simplicité est enchanteresse, Livy, — dit-il,
— elle me regarde bien en face, elle me confie tous ses
petits secrets et me raconte ses rêves sur son père
mort, et ses innocentes fantaisies, avec autant de sans-
gêne que si j'étais une de ses camarades d'école du
même âge qu'elle. C'est si agréable pour moi de l'é-
couter, en la comparant aux beautés artificielles des
bals de Calcutta avec leurs fascinations stéréotypées
et leur manuel complet de coquetterie, qui sont éternellement les mêmes! Elle est si jolie, si mignonne,
cette enfant avec ses doux yeux bruns, et sa voix ca-

ressante qui me rappelle toujours le roucoulement des colombes dans la basse-cour !

Je crois qu'Olivia, dans son affreux désespoir, fut quelque peu soulagée d'entendre de semblables aveux. Cette franche manière de s'expliquer sur son estime pour Mary était-elle une preuve d'amour ? Non, ce n'était pas ainsi que la veuve comprenait cette irrésistible passion. L'amour, pour elle, était quelque chose de sombre et de terrible, qui devait être caché comme les fous cachent parfois leur folie, jusqu'au moment où le secret fatal échappait involontairement et se manifestait par quelque action désastreuse. ·

Olivia dîna donc toute seule de bonne heure et partit des Towers à quatre heures par une chaude après-dînée d'été, plus calme peut-être qu'elle ne l'avait jamais été depuis le retour d'Edward. Elle fit sa visite obligatoire à son père, resta auprès de lui pendant quelque temps, causa avec les deux vieux serviteurs qui le soignaient, fit trois ou quatre fois le tour du jardin négligé, puis elle reprit le chemin des Towers.

Le premier objet sur lequel tombèrent ses yeux en rentrant dans le vestibule fut l'attirail de pêche étalé en désordre sur un banc en chêne auprès de la grande porte en forme d'arche, qui donnait accès dans le quadrangle. Le rouge de la colère lui monta à la figure pendant qu'elle se retournait vers le domestique à côté d'elle.

— M. Arundel est revenu, — dit-elle.

— Oui, Madame, depuis une demi-heure, mais il est reparti presque aussitôt avec Mlle Marchmont.

— Ah! je croyais que Mlle Marchmont était dans sa chambre.

— Non, madame; elle est descendue au salon environ une heure après votre départ. Sa migraine était passée, a-t-elle dit.

— Et elle est sortie avec M. Arundel? Savez-vous de quel côté ils sont allés ?

— Oui, madame; j'ai entendu M. Arundel dire qu'il voulait visiter le vieux chalet sur le bord de la rivière.

— Et ils ont pris cette direction ?

— Je pense que oui, madame.

— Bien, je vais les rejoindre. Mlle Marchmont ne doit pas s'exposer à l'air du soir. La rosée tombe déjà.

La porte d'entrée du quadrangle était ouverte et Olivia en franchit le seuil d'un air hautain que rendait vraiment majestueux son long vêtement noir. Elle n'avait pas quitté le deuil de son mari. Quel motif aurait pu la pousser à renoncer à cette sombre toilette ? Quel besoin avait-elle de se parer de couleurs gaies ? Quels yeux amoureux devaient être charmés par sa splendeur ? Elle franchit la porte, traversa le quadrangle, passa sous une arche en pierre et pénétra dans le bois rabougri qui était sombre même en été. Le soleil couchant dorait la façade occidentale des Towers, mais dans le bois tout semblait froid et désolé. Le brouillard s'élevait de la terre fumante au pied des arbres. Les grenouilles coassaient sur le bord de la rivière. Olivia, serrant ses petites dents blanches et respirant par saccades, courut vers le chalet en se frayant un chemin à travers les arbres, déchirant sa robe noire aux buissons et se préoccupant fort peu de l'endroit où elle passait, pourvu qu'elle arrivât le plus vite possible à l'endroit qu'elle devait atteindre.

La rivière noirâtre et le vieux chalet lui apparurent enfin à travers les troncs tordus et les branches noueuses des chênes étêtés et des saules. Le bâtiment était délabré, car les réparations commencées par Edward il y avait cinq ans n'avaient pas été achevées, mais il se tenait debout quand même et ne tombait pas positivement en ruine. Tout à fait sur le bord de l'eau était une espèce de grande grotte pour abriter les bateaux, et au-dessus de cette grotte se dressait un pavillon en briques et en pierre qui contenait deux chambres d'une dimension convenable avec des fenêtres à jalousies ayant vue sur la rivière. Un escalier en pierre avec une balustrade en fer menait à la porte de ce pavillon qui était supporté par les solides murs de face de l'édifice inférieur.

Au milieu du silence de la soirée Olivia entendit les voix de ceux qu'elle venait chercher. Ils étaient debout au bord de l'eau sur un étroit sentier pratiqué au milieu des joncs et éloigné de quelques pas seulement du pavillon. La porte de la masure était ouverte ; une vieille barque hors de service pourrissait sur le sol humide et couvert de mousse. Olivia se glissa dans l'intérieur. La porte qui faisait face à la rivière s'était détachée de ses charnières rouillées et gisait à moitié détruite sur le seuil de la masure. Abritée par le portail en pierres qu'avait jadis fermé cette porte, Olivia écouta les voix du bord de l'eau.

Mary était tout près du bord. Edward, debout à côté d'elle, s'appuyait contre le tronc d'un saule.

— Ma chère enfant, — murmura le jeune homme, comme s'il répondait à quelque chose qu'avait dit sa compagne, — vous croyez donc que parce que vous êtes simple et innocente je ne dois pas vous aimer. C'est votre innocence que j'aime, chère Polly.... laissez-moi vous appeler Polly comme il y a cinq ans... et je ne voudrais pas pour tout au monde que vous fussiez autrement. Savez-vous que je regrette parfois d'être revenu à Marchmont Towers ?

— Vous regrettez d'être revenu, — s'écria Mary d'un ton d'alarme, — oh! pourquoi parlez-vous ainsi, monsieur Arundel ?

— Parce que vous êtes héritière de onze mille livres sterling de rentes, Mary, de la Moated Grange derrière nous, de ce bois, de cette rivière.... la rivière vous appartient, je pense, mademoiselle Marchmont.... et je vous fais mes compliments sur la possession de cette eau vaseuse et de vos nombreux milles carrés de terrain plat et marécageux.

— Et qu'est-ce que cela peut vous faire? — demanda Mary avec étonnement.

— Ce que cela peut me faire? Mais savez-vous, Polly, que si je vous demande de m'épouser on dira que je suis un coureur de fortune et que je suis venu à Marchmont Towers avec l'intention de voler votre cœur innocent avant que vous sachiez le prix du domaine qui doit accompagner le don de votre main. Dieu sait qu'on m'accuserait à tort, Polly, et que ce serait là une cruelle calomnie, car tant que j'aurai de l'argent pour mon tailleur et mon marchand de tabac.... j'en ai plus qu'il ne leur en faut à tous deux.... je ne tiendrai nullement aux richesses d'ici-bas. Que ferais-je de vos plaines et de vos marais, mademoiselle Marchmont.... avec toute cette horrible complication de baux à renouveler, d'impositions à payer, qui est le partage des gens riches? Si vous étiez pauvre, Polly, je....

Il s'arrêta et partit d'un éclat de rire en touchant du pied les herbes qui se dressaient devant lui et en poussant les cailloux dans l'eau. La femme cachée dans l'ombre du portail écoutait, la pàleur sur les joues et les yeux flamboyants ; elle écoutait comme si on lui eût lu sa sentence de mort, en ne perdant pas une syllabe, tant était vif le désir qui la dévorait d'apprendre ce qui causait son angoisse.

— Si j'étais pauvre.... — murmura Mary, — qu'arriverait-il si j'étais pauvre?

- Je vous dirais avec quelle tendresse je vous aime, Polly, et je vous demanderais d'être ma femme plus tard.

La jeune fille le regarda en silence pendant quelques instants, timidement d'abord, et puis avec plus d'audace. Ses yeux brillaient et leur éclat ajoutait à leur beauté.

— Je vous aime tendrement, moi aussi, monsieur Arundel, — dit-elle enfin, — et j'aimerais mieux que ce fût vous qui eussiez ma fortune que tout autre. Du reste, quelque chose dans le testament de papa m'a fait croire....

— Qu'il souhaitait notre mariage, Polly, — s'écria le jeune homme, attirant vers lui la frêle jeune fille. — Paulette m'a envoyé une copie du testament, Polly, en même temps que mon anneau en diamant, et je vois qu'il s'y trouve quelques mots exprimant un pareil souhait. Votre père disait qu'il me laissait un legs, ma chère.... j'ai toujours sa lettre.... le legs de sa fille sans appui. Dieu sait que je tàcherai de me rendre digne de sa confiance, Mary. Dieu sait que je serai fidèle à la promesse que je fis il y a neuf ans.

La jeune femme qui écoutait sous l'arche tomba à genoux sur le sol, parmi le bois pourri, les clous et charnières rouillées. Elle y resta longtemps, ne perdant pas connaissance, mais immobile, la figure tournée vers le portail recouvert de mousse et regardant

avec fixité à travers les ténèbres. Elle resta là à écouter pendant que les deux amants parlaient à voix basse
du triste passé et de l'avenir inconnu, et entrevoyaient
le beau pays qu'ils devaient parcourir en se donnant la
main pendant de longues années de bonheur tranquille.
Elle ne bougea pas jusqu'à ce que les premiers rayons
de la lune vinssent argenter l'eau de la rivière et que
les pas des deux amants eussent cessé de résonner sur
l'étroit sentier par lequel ils rentrèrent aux Towers.

Ce ne fut qu'une heure après leur départ qu'Olivia
se remit avec peine sur ses jambes raidies et regagna
lentement la maison. Elle alla tout droit chez elle, ferma
à clef la porte de sa chambre et se laissa tomber sur
le parquet au milieu de l'obscurité.

Mary vint lui demander pourquoi elle ne paraissait
pas au salon, et Mᵐᵉ Marchmont répondit d'une voix
rauque qu'elle était malade et qu'elle voulait être seule.
Ni Mary, ni la vieille servante qui avait nourrie Olivia
et qui avait quelque influence sur elle ne purent obtenir d'autre réponse que celle-là.

CHAPITRE XIV

Bannie.

Mary et Edward étaient heureux. Ils étaient heureux,
et comment pouvaient-ils deviner les tortures de cette
femme désespérée dont l'âme ténébreuse était plongée
dans un gouffre d'horreur par leur innocent amour ?
Comment pouvaient-ils ces deux êtres.... frais enfants
qui ignoraient la passion violente et les émotions
cruelles.... savoir que dans la chambre obscure où gisait Olivia en proie à une maladie vague que le docteur
de Swampington traitait par la quinine, sans pouvoir
bien se rendre compte de la nature du mal qu'il était

appelé à guérir.... comment pouvaient-ils savoir que
dans cette triste chambre un méchant cœur s'abandonnait à tous les mauvais esprits qui avaient si longtemps attendu l'arrivée de ce moment?

Oui, la lutte était finie. Olivia jeta la croix qu'elle
avait portée, plutôt par obéissance machinale que par
amour et par foi de chrétienne. Il aurait mieux valu
pour elle avoir été la Madeleine repentante que d'être
restée froide, hautaine, sans tache, et n'avoir jamais pu
apprendre les sublimes leçons que tant d'humbles pécheresses ont prises à cœur avec soumission. Sa religion, à laquelle manquait le principe vital du christianisme, sa foi, qui ne se traduisait que par une obéissance passive, lui fit défaut à cette heure d'angoisse.
Son orgueil releva la tête, l'esprit de révolte de l'ange
déchu se réveilla dans toute sa sombre énergie.

— Qu'ai-je donc fait pour souffrir ainsi, — se dit-
elle, — que suis-je pour que ce soldat écervelé me
méprise et que son indifférence me rende folle? Est-ce
là la récompense de mes longues années d'obéissance?
Est-ce là la compensation que le ciel m'accorde pour
avoir rempli mes devoirs ?

Elle se rappelait des histoires d'autres femmes....
d'autres femmes qui avaient écouté leurs inspirations
et avaient été heureuses, et une question plus terrible
lui venait à l'idée, à peu près la question que faisait Job
dans sa misère.

— N'y a-t-il donc ni foi ni justice dans les actes de
Dieu, — songeait-elle, — est-il inutile d'être obéissante, soumise, patiente, infatigable? Ma vie n'a-t-elle
été qu'une longue erreur qui doit se terminer par la
confusion et le désespoir?

Et elle se représentait le genre de vie qui eût été le
sien, si Edward l'eût aimée. Comme elle serait devenue
bonne! Sa nature de fer se serait amollie aux rayons
brûlants de son amour et de sa tendresse pour lui.
Elle aurait appris à devenir aimante et tendre pour
autrui. Son affection pour lui se serait manifestée par
la douceur et les égards envers tout le monde. L'amertume qu'elle nourrissait au fond de son cœur depuis le
jour où elle s'était aperçue qu'elle aimait Edward et

qu'il était indifférent pour elle, son envie des autres
femmes plus heureuses qui aimaient et étaient aimées....
tout eût disparu. Sa nature entière aurait subi une
transformation miraculeuse et la force de son affection
l'eût exaltée et purifiée. Tout cela aurait pu arriver s'il
l'eût aimée. Mais une pâle jeune fille était venue se
placer entre elle et sa rédemption, et il ne lui restait
plus que le désespoir.

Rien que le désespoir et autre chose encore peut-
être.... la vengeance.

Mais cette dernière idée ne revêtit pas une forme
palpable. Elle sut seulement que dans le gouffre noir
où son âme était descendue brillait au loin un rayon
de lumière livide. Pour le moment elle ne sut que cela
et la haine folle, indicible qu'elle ressentait contre Mary.
Si elle avait pu se former une triste opinion d'Edward...
si elle avait pu croire que des motifs intéressés le
poussaient à choisir l'orpheline.... elle eût été soulagée par l'idée de sa bassesse et l'espoir que Mary
serait probablement malheureuse dans l'avenir. Mais
elle ne pouvait se bercer de cette illusion. Quoique le
jeune soldat n'eût pas dit grand'chose dans l'entrevue
sur le bord de la rivière, le son de sa voix et ses regards avaient donné à la malheureuse Olivia la certitude de sa franchise. Mary aurait pu être trompée par le
plus faux des prétendants, mais les yeux d'Olivia n'a-
vaient pas perdu un coup d'œil, ses oreilles avaient
entendu chaque mot et elle avait la conviction qu'Edward aimait sa belle-fille.

Elle avait cette conviction, et elle détestait Mary.
Qu'avait-elle fait cette jeune fille qui ne savait ce que
c'était que de lutter contre un cœur rebelle? qu'avait-
elle fait pour quo ce trésor d'amour et de bonheur lui
échût en partage sans qu'elle l'eût demandé, sans
qu'elle en appréciât la valeur peut-être?

La veuve de Marchmont gisait dans sa chambre obscure et songeait à tout cela; elle n'était plus en guerre
avec son cœur, elle s'abandonnait complétement à son
désespoir, elle s'endurcissait dans l'impénitence.

Edward ne pouvait guère rester aux Towers pendant
qu'une maladie supposée faisait garder la chambre à

son hôtesse. Il se rendit donc à Swampington, et s'installa en visiteur chez son oncle; mais chaque jour il montait à cheval et venait aux Towers s'informer de la santé de sa cousine et flâner au soleil sur la terrasse avec Mary.

Leur bonheur innocent n'a pas besoin d'être décrit longuement. Edward avait conservé une bonne partie de cet enthousiasme chevaleresque qui l'avait rendu jadis si empressé à devenir le champion de la petite fille. Le contact du monde n'avait pas beaucoup terni la fraîcheur d'esprit du jeune homme. Il aimait son enfantine et innocente compagne de l'affection la plus pure et la plus sincère, et il était heureux de se souvenir qu'à l'époque de sa misère Marchmont l'avait choisi pour le protecteur de sa faible enfant.

— Il ne vous faut pas devenir plus âgée ou plus raisonnable, Polly, — disait-il parfois à la jeune maîtresse de Marchmont Towers; — souvenez-vous que je vous aime bien mieux quand je vois en vous la petite fille en tablier râpé qui me versa du thé par une froide matinée de décembre dans Oakley Street.

Ils parlaient beaucoup de Marchmont : c'était un si grand bonheur pour Mary de parler sans contrainte de son père à quelqu'un qui l'avait aimé et compris.

— Ma belle-mère a été très-bonne pour papa, Edward, — disait-elle, — et il lui était certainement très-reconnaissant de sa bonté, mais je ne crois pas qu'il l'ait jamais aimée autant qu'il vous aimait, vous. Vous avez été l'ami de sa pauvreté, Edward, et il ne l'oublia jamais.

Une fois, en marchant l'un à côté de l'autre sur la terrasse échauffée par les rayons du soleil, Mary glissa son bras sous celui de son amant et leva timidement les yeux sur lui.

— Papa a-t-il dit cela, Edward? — murmura-t-elle, — a-t-il réellement dit cela?

— Dit réellement quoi, chère enfant?

— Qu'il me léguait à vous.

— Oui, Polly, — répondit le jeune homme; — je vous apporterai sa lettre demain.

Et le lendemain, il montra à Mary la feuille de papier

à lettre jaunie et l'écriture blanchie qui avait jadis été noire et humide sous la main de son père. Mary regarda à travers ses larmes la vieille adresse familière de Oakley Street et la date du jour même où Edward avait déjeuné dans le pauvre logement. Oui, ces mots y étaient bien : « le legs d'une enfant sans appui est tout ce que je puis laisser au seul ami que j'aie. »

— Et vous ne saurez jamais ce que c'est que d'être sans appui tant que je serai près de vous, chère Polly, — dit l'officier en repliant la lettre de son cher ami; — vous pouvez dorénavant défier tous vos ennemis si vous en avez, Mary. Oh! à propos, vous n'avez jamais, je suppose, entendu parler de Paul Marchmont?

— Le cousin de papa, M. Marchmont l'artiste?

— Oui.

— Il est venu assister à la lecture du testament de papa.

— Ah! et l'avez-vous vu souvent?

— Oh non, très-peu. J'étais malade, vous savez, ajouta la jeune fille les larmes aux yeux au souvenir de cette époque douloureuse; j'étais malade et je ne faisais attention à rien. Je sais que M. Marchmont m'adressa la parole, mais je ne me souviens pas de ce qu'il me dit.

— Et il n'est plus jamais revenu?

— Jamais.

Edward haussa les épaules. Ce Paul Marchmont ne devait pas être, en somme, un misérable bien entreprenant, car sans cela il aurait essayé de lier connaissance avec sa riche cousine.

— Je me figure que les soupçons que John entretenait sur cet homme prenaient naissance dans son imagination maladive, — se dit-il; — il avait toujours quelque chimère en tête, ce pauvre John.

Les appartements de Mme Marchmont étaient situés sur la façade occidentale de la maison, et par ses fenêtres ouvertes elle entendait les voix fraîches et jeunes des amants pendant qu'ils se promenaient sur la terrasse. L'officier de cavalerie trouvait charmant de porter un arrosoir plein d'eau pour rafraîchir les géraniums que Mary cultivait dans de grands vases en

pierre sur la balustrade et de faire le jardinier pour lui
être agréable. Il lui parlait de sa campagne dans l'Inde,
et elle lui adressait des questions à n'en plus finir sur
les marches de nuit, les bivouacs, les chameaux expi-
rants, les tigres aux aguets dans les jungles, les convois interceptés, les razzias et autres détails de la
guerre.

Olivia sortit enfin de chez elle avant que les sels et
la quinine du médecin de Swampington eussent adouci
l'éclat de ses yeux et calmé la fièvre qui la dévorait.
Elle sortit parce qu'elle ne pouvait plus se résoudre à
l'immobilité, en sachant que, pendant deux heures
chaque jour, Edward et Mary étaient heureux en dépit
d'elle. Elle descendit donc le grand escalier et re-
commença sa surveillance, en enchaînant sa belle-
fille à ses côtés, et en s'interposant entre elle et son
amant.

La veuve ne fut plus la même femme après sa maladie pour tous ceux qui la connaissaient. Une folle
animation sembla s'être soudainement emparée d'elle.
Elle mit de côté ses vêtements de deuil et commanda
à une modiste de Londres des soies, des dentelles, du
velours et du satin ; elle se plaignit de l'absence de
société, de la monotonie de l'existence dans le Lincolnshire, et, à la surprise générale, elle envoya des cartes d'invitation pour un bal qu'elle donnait aux Towers
en l'honneur du retour en Angleterre d'Edward. Elle
paraissait possédée du désir de faire quelque chose,
quoique ce fût, pour rompre l'uniformité de sa vie.

Pendant les quelques jours qui s'écoulèrent entre la
réapparition de Mme Marchmont et la soirée du bal,
Edward ne trouva pas de moment favorable pour annoncer à sa cousine l'engagement contracté entre lui
et Mary. Il ne voulait pas précipiter cet aveu, car il y
avait dans l'innocence enfantine de l'orpheline quelque
chose qui l'empêchait de songer à se marier avec elle
sans retard. Il voulait retourner dans l'Inde et y conquérir de nouveaux lauriers pour venir les déposer aux
pieds de la maîtresse de Marchmont Towers ; il voulait
se faire une réputation qui forcerait le monde à oublier
qu'il était un cadet de famille ; une réputation que la

calomnie n'oserait pas salir en lui jetant à la face l'é-
pithète de coureur de fortune.

Le jeune homme garda donc le silence, attendant une
occasion propice pour parler à la belle-mère de Mary.
Peut-être craignait-il d'être forcé de discuter son amour
avec Olivia, car elle l'avait regardé avec des yeux froids
et colères et en fronçant les sourcils chaque fois
qu'elle l'avait sondé sur ses sentiments pour Mary.

— Elle veut sans doute marier Polly avec quelque
grand seigneur, — se disait-il, — et elle fera son possible pour contrecarrer mes prétentions. Mais sa tutelle
cessera à la majorité de Mary, et je ne tiens pas à ce que
ma chère et confiante petite bien-aimée se marie avec
moi avant qu'elle soit assez âgée pour choisir par elle-
même et bien choisir. Elle sera majeure dans trois ans,
qu'est-ce que trois ans? Je l'attendrais aussi longtemps
que Jacob attendit sa femme, et je ferais mes quatorze
années d'apprentissage sous sir Charles Napier sans
songer à lui être infidèle.

Olivia haïssait sa belle-fille. Mary ne tarda pas à
s'apercevoir du changement survenu dans les manières
de la veuve envers elle. Elle avait toujours été froide
et quelquefois sévère, mais maintenant elle s'éloignait
d'elle presque avec horreur. La jeune fille avait peur
de l'éclat sinistre des yeux gris de sa belle-mère qui
se fixaient constamment sur elle et épiaient ses moin-
dres mouvements. Elle se demandait ce qu'elle pouvait
avoir fait pour offenser sa tutrice, et ne trouvant rien
qui pût justifier le mécontentement de Mme Marchmont,
elle se voyait réduite à attribuer le changement survenu
dans les manières d'Olivia à l'irritation causée par la
maladie. Elle devenait alors plus douce et plus soumise
encore; elle supportait ses regards cruels, elle ne répondait pas à ses dures paroles, et elle essayait de se
concilier la malade par sa douceur et son obéissance.

Mais l'amabilité de la jeune fille ne faisait qu'irriter
davantage la femme au désespoir. Sa jalousie était
aiguillonnée par chaque charme de la rivale qui l'avait
supplantée. Cette passion fatale était alimentée par
tous les regards et toutes les paroles d'Edward et par
le calme sourire qui se jouait sur la physionomie de

Mary, pendant qu'assise en silence à sa broderie, elle songeait à son amant. Les tortures qu'Olivia s'infligeait à elle-même étaient si horribles, qu'elle avait besoin pour se soulager de tourmenter ceux qui étaient sous sa domination. Jour par jour, heure par heure, elle essayait de chagriner la douce enfant qui lui avait obéi si longtemps : tantôt par un mot, tantôt par un regard, mais toujours avec cette méchanceté que les femmes possèdent à un degré si éminent. Elle s'en acquittait si bien que la vie serait devenue un fardeau pour Mary sans ce bonheur inexprimable dont celle qui la tourmentait ne pouvait la priver : la joie de se sentir aimée par Edward.

Elle se gardait bien d'avouer au jeune soldat le changement des manières d'Olivia envers elle. Olivia était sa cousine et elle avait dit, il y avait longtemps, qu'elle voulait aimer sa belle-mère. Dieu sait qu'elle avait fait son possible pour cela sans pouvoir réussir, mais sa confiance en la bonté d'Olivia n'était pas ébranlée. Si Mme Marchmont était maintenant irritable, capricieuse et même cruelle, il y avait sans doute quelque bonne raison pour ce changement dans sa conduite, et il était du devoir de Mary d'être patiente. L'orpheline avait appris à souffrir sans se plaindre lors de la grande affliction causée par la mort de son père, et elle supportait maintenant les contrariétés avec tant de calme que son amant ne s'aperçut de rien. A quoi bon le chagriner en lui racontant ses misères, puisque sa présence était pour elle une joie indicible?

Dans la matinée du jour où devait avoir lieu le bal à Marchmont Towers, premier amusement de ce genre qui eût été donné dans la triste maison du comté de Lincoln depuis la mort prématurée du jeune Arthur Marchmont, Mary était assise dans sa chambre avec son amie d'autrefois, la fille du fermier Pollard, qui était devenue Mme Jobson et femme d'un des meilleurs charpentiers de Kemberling. Hester était venue aux Towers faire une visite de convenance à sa jeune maîtresse, et en cette circonstance particulière, Olivia n'avait pas jugé à propos d'empêcher Mary et son humble compagne de passer une heure ensemble. Mme Marchmont rôda ce jour-là de chambre en chambre dans un état d'agitation perpétuelle. Edward Arundel devait dîner aux Towers et y coucher après le bal. Il viendrait de Swampington avec son oncle, car le Recteur avait promis de paraître une heure ou deux à la fête donnée par sa fille. Mary avait rencontré plusieurs fois sa belle-mère dans les corridors et sur l'escalier, mais la veuve avait passé à côté d'elle en silence, la figure assombrie, et elle avait presque fait un geste de dégoût.

La brillante journée de juillet arriva enfin à son déclin, avec une lenteur désespérante pour la malheureuse femme, qui ne pouvait trouver la paix et le repos dans aucune de ces salles splendides ni dans les prairies que brûlait le soleil ardent. Elle avait arpenté les vastes pelouses sans arbres, n'ayant rien pour protéger sa tête contre les feux du jour, elle avait erré au bord des mares dormantes et contemplé l'eau immobile en se demandant quelle était la souffrance qu'éprouvait un noyé. Non qu'elle eût l'idée de se suicider : la pensée de la mort était horrible pour elle, car dès qu'elle ne serait plus de ce monde, Edward et Mary seraient heureux. Pourrait-elle reposer en paix dans la tombe en sachant cela? La mort éteindrait-elle en elle sa fureur jalouse? A coup sûr sa haine ardente (ce n'était plus l'amour, mais la haine qui rongeait son cœur) défierait le néant et serait éternelle, tant elle était intense. Quand l'heure du dîner sonna et qu'Edward et son oncle arrivèrent aux Towers, la pâle figure d'Olivia fut animée par la flamme qui s'échappait de ses yeux, mais elle prit sa place habituelle avec calme et fit asseoir son père en face d'elle; Edward et Mary étaient à sa droite et à sa gauche.

— Je suis sûr que vous êtes malade, Livy, — dit le jeune homme; — vous êtes pâle comme une morte et votre main est sèche et brûlante. Je crains bien que vous ne vous soyez pas conformée aux ordonnances du médecin de Swampington.

Mme Marchmont haussa les épaules avec un sourire méprisant.

— Je me porte bien, — dit-elle; — qui est-ce qui se soucie si je suis malade ou bien portante?

Son père la regarda avec une surprise muette. L'amertume de son ton le fit tressaillir et l'alarma, mais Mary ne leva pas les yeux. C'était ainsi que sa belle-mère lui avait constamment parlé depuis quelque temps.

Mais deux ou trois heures après, quand le gazon devant la maison fut argenté par les rayons de la lune et que les longues rangées de fenêtres étincelèrent de lumière, Mme Marchmont ne sembla plus la même femme en sortant de chez elle.

Edward et son oncle se promenaient de long en large dans la grande salle à manger parquetée en chêne, qu'on avait décorée et transformée en salle de bal pour cette circonstance, lorsqu'Olivia franchit le seuil de la porte et vint à eux. Le jeune officier la regarda avec une involontaire expression d'étonnement. Depuis qu'il connaissait sa cousine, il ne l'avait jamais vue ainsi. La femme à la sombre robe noire s'était métamorphosée en une Sémiramis. Elle avait une toilette de bal en velours rouge foncé, qui prenait à la lumière la teinte brillante des grappes dorées. Son abondante chevelure était ramenée et roulée derrière la tête, et des diamants étincelaient parmi les épais bandeaux qui encadraient son front blanc. Sa beauté classique et sévère était merveilleusement mise en relief par la splendeur inaccoutumée de son costume et s'imposait aussi clairement que si elle eût dit : « Suis-je donc une femme à dédaigner pour l'amour d'une enfant à figure pâle? »

Mary parut dans la salle de bal quelques minutes après sa belle-mère. Son amant alla au-devant d'elle et fut ravi de sa simple toilette en mousseline blanche, et de la couronne de perles qui entourait ses cheveux bruns et fins. Les perles qu'elle portait ce soir-là lui avaient été données par son père le jour de son quatorzième anniversaire de naissance.

Olivia regarda le jeune homme pendant qu'il se penchait vers Mary.

Il portait ce soir-là son uniforme, qu'il avait mis pour la satisfaction particulière de sa jeune amie, et il souriait avec tendresse de son admiration enfantine pour les broderies de son habit et la décoration qu'il avait gagnée dans l'Inde.

· La veuve détourna ses regards des deux amants pour se mirer dans une glace antique posée au-dessus d'un bureau en ébène situé dans un coin à côté d'elle, et elle s'y vit plus belle qu'elle n'avait jamais été. Ses joues creuses étaient animées d'une vive rougeur causée par la fièvre.

— J'aurais pu être belle s'il m'avait aimée, — se dit-elle.

Puis se tournant vers son père elle causa avec lui de ses paroissiens, ces vieux pensionnaires qu'elle avait nourris et dont les petites histoires lui étaient horriblement familières. Une fois encore elle s'efforça faiblement de suivre de nouveau le vieux sentier battu qui avait meurtri ses pieds, mais elle ne put y parvenir,... elle ne le put! Au bout de quelques minutes, elle quitta brusquement son père et s'assit dans l'encognure d'une fenêtre d'où elle pouvait voir Mary et Edward.

Mais les devoirs de Mme Marchmont en sa qualité de maîtresse de maison ne tardèrent pas à réclamer son attention. Les familles du comté commencèrent à arriver, le bruit des roues des voitures résonna sans discontinuer sur l'allée carrossable en face de l'entrée principale, et les noms de la moitié des grandes familles du comté furent proclamés à haute voix dans le vestibule par les vieux domestiques. L'orchestre donna le signal d'un quadrille, et Edward vint offrir sa main à la jeune maîtresse de la maison pour la conduire à la contredanse.

Pour Olivia, cette longue soirée fut tout lumière, bruit et confusion. Elle fit les honneurs du bal, reçut les invités et accorda à chacun la part d'attention qui lui était due, car dès son enfance elle avait été habituée à des visites régulières parmi la société campagnarde. Elle ne négligea aucun devoir, mais elle s'en acquitta machinalement, sachant à peine ce qu'elle disait ou faisait dans l'agitation fiévreuse de son âme.

Pourtant au milieu de l'égarement de ses sens et de la confusion de ses pensées elle avait toujours deux personnes devant les yeux. Partout où allaient Edward et Mary, elle les suivait du regard et les poursuivait de son imagination enfiévrée. Une seule fois dans toute cette longue soirée elle adressa la parole à sa belle-fille.

— Combien de fois comptez-vous danser avec le Capitaine Arundel, mademoiselle Marchmont? — lui dit-elle.

Mais avant que Mary eût répondu, sa belle-mère s'éloigna au bras d'un squire majestueux, et la jeune fille se demanda tout étonnée pour quel motif Mme Marchmont lui avait parlé de ce ton colère.

Edward et Mary étaient debout dans l'encognure d'une des fenêtres de la salle de bal quand les invités commencèrent à se disperser, longtemps après le souper. La jeune fille avait été très-heureuse pendant cette soirée, malgré les paroles amères et les regards dédaigneux de sa belle-mère. C'était presque la première fois de sa vie que la jeune maîtresse de Marchmont Towers avait subi l'influence contagieuse de la gaieté des autres. La salle de bal brillamment éclairée, la toilette splendide des danseuses, la musique joyeuse, le bruit des éclats de rire étouffés, les figures radieuses qui se souriaient de chaque côté étaient choses aussi nouvelles que n'importe quelle merveille du pays des fées pour cette jeune fille, dont l'existence étroite avait été assombrie par la triste figure de sa belle-mère qui s'était interposée constamment entre elle et le monde. La folle humeur de la jeunesse s'éveilla en elle et secoua ses fers pour s'échapper fraîche et radieuse comme le papillon qui cesse d'être chrysalide. L'auréole du bonheur illumina si bien la figure délicate de l'orpheline, qu'Edward s'étonna de sa beauté comme il s'était étonné au commencement de la soirée de la superbe splendeur de sa cousine Olivia.

— Je n'avais pas l'idée qu'Olivia fût si belle et vous si jolie, ma chère Polly, — dit-il à Mary, dans l'embrasure de la fenêtre, — vous ressemblez à Titania, la Reine des Fées, avec votre robe en gaze vaporeuse et votre couronne de perles.

La fenêtre était ouverte et le Capitaine Arundel regarda le vaste quadrangle qu'embellissait la clarté de

la lune en son plein. Quand il ramena son regard dans
la salle, elle était presque vide, et Mme Marchmont était
à l'entrée principale, où elle faisait ses adieux à ses
derniers invités.

— Venez dans le quadrangle, Polly, — dit-il, — et
faites un tour avec moi sous la colonnade. Je suppose
qu'elle faisait jadis partie d'un cloître cette colonnade,
dans le bon vieux temps qui précéda l'avénement
de Henri VIII, et les moines en capuchon venaient y
prendre le frais, en murmurant machinalement des
prières pendant que leurs doigts ridés égrenaient leur
rosaire. Allons dans le quadrangle, Polly, toutes les
personnes de notre connaissance sont parties et nous
nous promènerons au clair de la lune comme doivent
le faire de vrais amoureux.

Le soldat fit franchir le seuil de la porte-fenêtre à sa
jeune compagne et entra avec elle sous une colonnade
dans le genre de celle d'un cloître qui occupait tout un
côté de la maison. Les piliers gothiques projetaient
leurs ombres noires sur le quadrangle que la lune
éclairait comme en plein jour, mais une obscurité délicieuse régnait sous la colonnade.

— Je crois que cet échantillon d'architecture pré-
luthérienne est ce que vous possédez de mieux, Polly,
— dit le jeune homme en riant. — Plus tard, quand je
reviendrai de l'Inde avec le grade de général comme
j'en ai l'intention, mademoiselle Marchmont, avant de
vous demander de devenir Mme Arundel, je me promè-
nerai ici dans les soirées d'été en fumant mon cigare.
Vous me permettrez de fumer dehors, n'est-ce pas,
Polly? Mais si j'allais laisser quelqu'un de mes membres sur les bords du Sutledje et que je vous revinsse
avec une jambe de bois, voudriez-vous de moi alors,
Polly, ou bien me chasseriez-vous ignominieusement de votre douce compagnie et fermeriez-vous les
portes de votre manoir sur votre serviteur et ses in-
firmités? Je crains d'après votre admiration pour
mes épaulettes d'or et mon écharpe de soie, que la
gloire en elle-même n'ait pas grande attraction pour
vous.

Mary releva sur son amant ses grands yeux étonnés

et sa petite main s'appuya avec plus de torce sur le bras de son compagnon.

— Rien de tout ce qui pourra jamais vous arriver ne me fera vous aimer moins que maintenant, — dit-elle naïvement. — Je veux bien admettre que tout d'abord je vous ai un peu aimé parce que vous étiez beau et tout différent des autres personnes que j'avais vues. Vous étiez si beau, savez-vous, ajouta-t-elle comme excuse, mais ce ne fut pas à cause de cela seulement que je vous ai aimé ; je vous ai aimé parce que papa m'a dit que vous aviez été bon, généreux et son ami véritable alors qu'il avait eu grand besoin d'un ami. Oui, vous fûtes son ami à la pension où votre cousin Mostyn et les autres élèves se moquaient de lui et le tournaient en ridicule. Comment oublierai-je jamais cela, Edward ? Comment pourrais-je vous aimer assez pour vous récompenser de votre bonté d'alors ?

Dans l'enthousiasme de son innocent dévouement, elle approcha son front jeune et pur, et le soldat y déposa un baiser. Les deux amants étaient côte à côte, moitié exposés à la clarté de la lune, moitié cachés dans l'obscurité.

Olivia vint dans l'embrasure de la fenêtre ouverte, et s'y posa pour les épier.

Elle revenait à la torture. Du fond de la salle de bal, elle avait vu les deux ombres glisser sous les rayons de la lune. Elle les avait vues, et elle avait continué ses adieux polis, ses formules d'hospitalité pendant qu'un feu intérieur consumait son cœur. Elle revint pour épier et écouter et pour endurer l'angoisse qu'elle s'infligeait. Sa fatale passion la rendait aussi folle qu'une stupide créature, qui serait allée d'elle-même à la roue pour s'y faire rompre les membres, et qui aurait demandé la répétition du supplice. Elle se tint droite et raide à la fenêtre ovale, et elle se cacha comme elle s'était cachée sur le bord de la rivière pour écouter le babillage des amants, pendant qu'ils montaient et descendaient la colonnade. Comme elle les méprisait dans l'orgueil de la supériorité de son intelligence, qui aurait pu comploter une révolution ou sauver un État à la veille de sa perte ! Comme sa lèvre se

plissait avec dédain à mesure que leur conversation
frivole arrivait à ses oreilles! Ils parlaient, comme
Florizel et Perdita, comme Roméo et Juliette, et
comme Paul et Virginie. Ce qu'ils disaient n'avait pas
grande portée sans doute ; leurs paroles douces et har-
monieuses n'avaient guère plus de sens que le roucoulement des colombes ; mais elles étaient tendres, mu-
sicales et plus que belles pour chacun des deux
amants. Une tigresse affamée et furieuse d'avoir perdu
ses petits ne se résignerait pas facilement, je pense,
à écouter avec patience les doux propos d'un couple
de ramiers bien d'accord. Olivia écouta la tête en feu,
et sentit en elle la rage du crime. Qu'était-elle pour
être patiente ? Le monde entier était perdu pour elle.
Elle avait trente ans, et n'avait jamais conquis l'amour
d'aucun être humain. Elle avait trente ans, et tout ce
que l'affection a de sublime était un mystère pour elle.
Du fond des ténèbres où elle était plongée, elle jetait
un regard de désir vers cette région brillante que son
pied maudit n'avait jamais foulé, et elle voyait Mary la
parcourant la main dans la main avec le seul homme
qu'elle aurait aimé, la seule créature qui eût jamais eu la
puissance d'éveiller dans son âme son instinct de femme.

Elle attendit jusqu'à ce que l'horloge du quadrangle
sonnât trois heures un quart ; la lune disparaissait et
la faible lueur du jour naissant brillait à l'orient.

— Je ne dois pas vous retenir plus longtemps, Polly,
— dit le Capitaine Arundel s'arrêtant auprès de la fenêtre, — il commence à faire frais, ma chère enfant,
et il est grandement temps que la châtelaine de Marchmont rentre dans son berceau de pierre. Bonne nuit
et que Dieu vous bénisse, Polly ! Je reste dans le quadrangle pour y fumer un cigare avant de monter chez
moi. Votre belle-mère ne doit plus savoir ce que vous
êtes devenue, Mary, et nous aurons à subir demain un
sermon sur les convenances. Ainsi, bonne nuit une
fois encore.

Il baisa le beau front de Mary au-dessous de la couronne de perles, la regarda franchir le seuil de la porte-
fenêtre étroite, et revint dans le quadrangle tenant en
main son porte-cigares.

Olivia était à quelques pas de la porte quand sa belle-fille entra, et Mary s'arrêta malgré elle terrifiée par l'aspect cruel du visage qui la regardait d'un air de menace. Elle était effrayée par quelque chose qu'elle n'avait jamais vu sur cette physionomie : l'horreur ténébreuse qui envahit les âmes perdues.

— Maman! — s'écria la jeune fille joignant les mains d'épouvante, — maman, pourquoi me regardez-vous ainsi? Pourquoi avez-vous changé à mon égard depuis peu? Je ne puis vous dire combien j'ai été malheureuse! Maman, qu'ai-je fait qui vous a offensée?

Olivia saisit les mains tremblantes levées vers elle en signe de supplication et les retint dans les siennes en les serrant comme dans un étau. Elle demeura ainsi, étreignant sa belle-fille et fixant ses regards sur elle. Deux jets de lumière livide s'échappaient de ses yeux gris dilatés, deux marques rougeâtres enflammaient ses joues creuses.

— *Ce que* vous avez fait! — s'écria-t-elle. — Croyez-vous que j'aie travaillé pour rien en m'efforçant d'accomplir la tâche que m'a imposée mon mari? Me suis-je donc si peu occupée de vous, que je doive me taire maintenant que je vois ce que vous êtes? Me croyez-vous aveugle, sourde ou imbécile que vous osez me défier et m'outrager par votre conduite, jour par jour, heure par heure?

— Maman, maman, que voulez-vous dire?

— Dieu sait avec quelle rigidité de principes je vous ai élevée, avec quel soin je vous ai tenue à l'écart de toute société et garantie de toute influence, de peur qu'il ne vous arrivât malheur. J'ai fait mon devoir, et je me lave les mains de tout ce qui vous concerne. La tache avilissante que vous a léguée votre misérable mère se révèle en vous dans chacune de vos actions. Vous courez après mon cousin Edward et vous montrez votre admiration pour sa personne à lui et à tous ceux qui vous connaissent. Vous vous jetez dans ses bras, vous vous offrez à lui avec votre fortune, et vous rusez avec moi pour essayer de cacher votre secret à la protectrice, à la tutrice qu'a désignée votre père que vous prétendez avoir aimé si tendrement.

Olivia tenait toujours les poignets de la jeune fille dans ses doigts de fer. L'orpheline la regardait les yeux tout grands ouverts et les lèvres tremblantes et écartées. Elle commençait à croire que la veuve était devenue folle.

— Je rougis pour vous.... j'ai honte de vous ! — ajouta Olivia.

Il semblait que les paroles lui échappaient par torrents presque malgré elle.

— Il n'y a pas de campagnarde dans Kemberling, il n'y a pas de maritorne dans Marchmont qui se serait conduite comme vous l'avez fait. Je vous ai épiée, Mary, ne l'oubliez pas, je sais tout. Je suis au courant de vos promenades sur le bord de l'eau, je vous ai entendue.... oui, j'en prends le ciel à témoin !... je vous ai entendue offrir votre main à mon cousin.

Mary se releva avec un geste d'indignation, et, sur sa figure pâle parut subitement une vive rougeur qui s'effaça de même. Sa nature obéissante se révoltait contre l'horrible tyrannie de sa belle-mère. La dignité de l'innocence réclamait ses droits et protestait contre les honteux reproches d'Olivia.

— Si je me suis offerte à Edward, maman, — dit-elle, — c'est parce que nous nous aimons tendrement, et que j'ai la ferme conviction que papa désirerait me voir épouser son ami.

— Parce que *nous nous aimons* tendrement, — répéta Olivia d'un ton de mépris ; — répondez-vous donc du cœur du Capitaine Arundel aussi bien que du vôtre ? Il faut que vous ayez une bien bonne opinion de vous, Mary, pour vous aventurer ainsi. Bah ! — s'écria-t-elle tout à coup avec un mouvement de tête dédaigneux, — croyez-vous donc que votre pauvre figure ait fait la conquête d'Edward ? Croyez-vous qu'il n'ait pas vu des femmes à ses pieds dans l'Inde, des femmes qui valaient cinquante fois mieux que vous au moral et au physique ? Êtes-vous assez niaise pour penser que cet homme veuille de vous autre chose que votre fortune ? Savez-vous les vilaines choses qu'on peut faire, les mensonges qu'on peut dire, l'ignoble et coupable comédie qu'on peut jouer pour l'amour de onze mille li-

vres sterling de rentes! Et vous vous imaginez qu'il
vous aime! Enfant, dupe et imbécile, êtes-vous assez
faible d'esprit pour vous laisser tromper par les jolies
flatteries pastorales d'un chercheur de fortune! Êtes-
vous assez faible pour vous laisser duper par un
homme du monde, fatigué et blasé sans doute par les
plaisirs, endetté peut-être, ayant un besoin pressant
d'argent et venant ici pour essayer de refaire sa fortune par un mariage avec une héritière à moitié idiote!

Olivia lâcha les mains de la jeune fille qui semblait
avoir été clouée sur place comme une pâle statue de
l'horreur et du désespoir.

La volonté de fer de la femme forte et résolue écrasa
la simple confiance de la jeune fille ignorante. Jusqu'en ce moment Mary avait cru en Edward aussi complétement qu'en son père mort. Mais maintenant pour
la première fois la sombre région du doute s'ouvrait
devant elle, et les fondations du monde chancelaient
sous ses pieds. Edward Arundel, un coureur de fortune! Cette femme à qui elle avait obéi pendant cinq
mortelles années et qui avait acquis sur elle l'empire
qu'une nature déterminée et vigoureuse exerce toujours sur un caractère trop impressionnable lui disait
qu'elle avait été trompée. Cette femme se moquait
amèrement de sa crédulité. Cette femme qui ne pouvait avoir aucun motif possible pour la torturer et qui
avait la réputation de ne pas agir à la légère, lui disait
aussi clairement que des mots cruels peuvent expri-
mer une cruelle vérité, que ce n'était pas à l'aide de
ses charmes qu'elle avait conquis l'affection d'Edward.

Tous les beaux rêves d'avenir qu'elle avait caressés
s'envolèrent loin d'elle. Elle ne s'était jamais demandé
si elle méritait l'amour de celui qu'elle aimait. Elle
l'avait accepté comme elle acceptait le soleil, la clarté
des étoiles, comme quelque chose de beau et d'incom-
préhensible que lui envoyait la main bienfaisante de
Dieu sans que son mérite y fût pour rien. Mais dès
que l'édifice de son bonheur se fut écroulé, le charme
fatal exercé sur la nature faible de la jeune fille par les
paroles violentes d'Olivia évoqua le doute. Pourquoi
serait-elle aimée de lui? Pourquoi la préférerait-il à

toute autre femme du monde? Forcez n'importe quelle
femme à se poser cette question, et vous faites naître
en elle un millier de soupçons jaloux sur son amant,
cet amant fût-il le plus fidèle et le plus noble de l'univers.

Olivia était à quelques pas de sa belle-fille et la regardait pendant que le doute chassait toute joie de
son cœur et que le désespoir s'emparait d'elle. La
veuve s'attendait à ce que l'amour-propre de la jeune
fille se révolterait et qu'elle accuserait de mensonge
celle qui oserait nier la sincérité de son amant ; mais
il n'en fut pas ainsi. Quand Mary parla de nouveau, ce
fut à voix basse et avec autant de soumission qu'elle
en avait montré deux ou trois fois auparavant en se
tenant debout devant sa belle-mère pour lui réciter
des leçons difficiles.

— Je suppose que vous avez raison, maman, — dit-
elle d'un ton distrait en regardant non pas sa belle-
mère mais le vide devant elle, comme si ses yeux secs
étaient attirés par la vision de ses espérances détrui-
tes et amoncelées en un tas de ruines sur le seuil de
l'avenir. — Je suppose que vous avez raison, maman,
j'ai été folle de croire qu'Edward.... que le Capitaine
Arundel pourrait songer à moi pour.... pour..... moi-
même ; mais s'il a besoin de ma fortune, je souhaite-
rais qu'elle fût à lui. L'argent ne me sera jamais d'aucune utilité à moi, maman, et il a été si bon pour papa
quand nous étions pauvres.... il a été si bon. Je ne
croirai pas un mot de ce qu'on me dira contre lui....
mais je ne m'attendrai plus à ce qu'il m'aime. Je n'aurais pas dû lui offrir d'être sa femme, j'aurais dû lui
offrir seulement ma fortune.

Elle entendit le pas de son amant qui résonnait dans
le quadrangle au dehors au milieu du calme de la nuit,
et ce bruit la fit frissonner. Il y avait à peine un quart
d'heure qu'elle s'était promenée avec lui sous cette colonnade où il errait tout seul, alors et..... Même dans
la confusion de ses douloureuses pensées, Mary ne put
s'empêcher de trouver étrange cette éclipse soudaine
à son bonheur à venir.

— Bonne nuit, maman, — dit-elle au bout d'un instant d'un ton fatigué.

Elle ne regarda pas sa belle-mère qui s'était détournée d'elle et s'était approchée de la fenêtre ouverte. Elle sortit sans bruit de la salle, traversa le vestibule et monta le grand escalier qui menait à sa chambre solitaire. Tout héritière qu'elle était, elle n'avait pas de femme de chambre à elle; il lui était permis d'appeler la femme de chambre d'Olivia chaque fois qu'elle en avait besoin, mais elle conservait les habitudes de sa vie d'autrefois et ne dérangeait que rarement l'Abïgaïl à figure raide et déjà âgée de Mme Marchmont.

Olivia continua à regarder dans le quadrangle. Il faisait grand jour; le chant des coqs retentissait au loin et une alouette chantait quelque part dans le ciel bleu au-dessus de Marchmont Towers. Les guirlandes fanées de la salle de bal perdaient tout leur éclat vues au soleil levant, les lumières n'étaient pas éteintes, car les domestiques attendaient pour entrer dans la salle que Mme Marchmont se fût retirée. Edward se promenait dans le cloître en fumant un second cigare.

Il s'arrêta quelques minutes après en voyant sa cousine à la fenêtre.

— Comment, Livy! — s'écria-t-il, — vous n'êtes pas encore allée vous coucher?

— Non, j'y vais à l'instant.

— Mary est chez elle, j'espère?

— Oui, elle est montée, bonne nuit!

— *Bonjour*, ma chre madame Marchmont, — répondit le jeune homme en riant; — si les perdreaux étaient maillés, j'irais à la chasse par cette charmante matinée, au lieu de me coucher ignominieusement comme un débauché à bout de ses forces qui a bu trop de Hock pétillant. J'aime mieux le vin sec entre parenthèses, le Johannisberg, celui que le prédécesseur du pauvre John fit venir des bords du Rhin. Mais comme il n'y a pas moyen de faire autrement, j'irai me mettre au lit par ce soleil radieux. Si j'étais à Calcutta, je mettrais en ce moment le pied dans l'étrier pour un temps de galop sur le terrain des courses. Ici, c'est autre chose; je n'ai qu'à aller me coucher et à attendre humblement l'heure de votre déjeuner. On met le foin en meules là-bas dans les prairies, derrière le parc.

Ne sentez-vous pas l'odeur qui arrive jusqu'à nous?

Olivia haussa les épaules avec impatience. Grands dieux! comme le bavardage de cet homme lui semblait oiseux et frivole! Elle plongeait son âme dans un abîme de péché et de ruine à cause de lui, et elle le haïssait et s'indignait contre lui, parce qu'il était si peu digne du sacrifice.

— Bonjour, — dit-elle brusquement, — je suis exténuée de fatigue.

Elle s'éloigna et le laissa tout seul.

Cinq minutes après, il monta après elle le grand escalier en chêne en sifflant un air de *Fra Diavolo*. Il était au nombre de ces heureux mortels pour qui la vie semble un long jour de fête. Quoique cadet de famille, il n'avait jamais su ce que c'était que les dettes et les embarras dans lesquels s'enfoncent jusqu'au cou les plus jeunes membres des familles riches, et dont ils sortent considérablement appauvris au physique et au moral pour mener ensuite la vie pleine d'amertumes et de souffrances qui est réservée à l'aristocratie sans argent. Brave, honorable et d'un esprit simple, Edward s'était lancé dans la bataille de la vie comme un bon soldat et avait porté avec lui un bouclier impénétrable là où la mêlée était la plus épaisse et la victoire la plus difficile à remporter. Son naturel gai lui avait conquis des amis, et ses qualités solides les lui firent conserver. Les jeunes gens avaient foi en lui et le respectaient, et les vieillards, dont les cheveux avaient grisonné au service de leur patrie, parlaient favorablement de lui. Sa belle tête figurait agréablement à toutes les fêtes; sa voix cordiale et son rire franc plaisaient autant dans un dîner que la musique de la galerie au fond de la salle du banquet.

Il avait cette fraîcheur d'esprit qui est le don particulier de quelques natures, et il n'avait jamais souffert que par sympathie pour les malheurs d'autrui.

Olivia entendit la voix de ténor de son gai cousin quand il passa devant sa chambre.

— Comme il est heureux, — se disait-elle, — son bonheur même est une insulte pour moi.

La veuve se promena dans sa chambre au soleil du

matin en songeant à ce qu'elle avait dit dans la salle
de bal et au désespoir muet de sa belle-fille. Qu'avait-
elle fait? Jusqu'où s'étendait le mal qu'elle avait causé?
Olivia s'adressa ces deux questions. La vieille habitude de faire son examen de conscience ne l'avait pas
encore abandonnée complétement. Elle péchait et elle
essayait ensuite de justifier son péché.

— Pourquoi l'aimerait-il? — songeait-elle. — Qu'y
a-t-il dans cette figure pâle et sans expression qui
puisse mériter l'amour d'un homme qui me méprise?

Elle s'arrêta devant une glace ovale et s'examina de
la tête aux pieds en fronçant le sourcil à sa belle image
et en se haïssant à cause de sa beauté dédaignée. Ses
épaules, blanches comme le marbre, ressortaient à
merveille par leur contraste avec le rouge sombre de
sa robe de velours. Elle avait arraché la parure en diamants de sa tête, et ses longs cheveux noirs retombaient sur son sein en tresses épaisses et lisses.

— Je suis plus belle qu'elle, plus instruite qu'elle, et
j'aime Edward dix mille fois plus qu'elle, — pensa
Olivia en tournant le dos à la glace; — est-il donc probable qu'il veuille d'elle autre chose que sa fortune?
Toute autre femme au monde aurait raisonné comme
j'ai raisonné ce soir. Toute autre femme aurait cru
faire son devoir en mettant cette niaise jeune fille en
garde contre sa folie. Que sais-je sur le compte d'Edward qui puisse me donner lieu de le supposer meilleur et plus noble que d'autres hommes? Et combien
n'y en a-t-il pas de ses pareils qui se vendraient pour
la fortune d'une femme? Peut-être qu'en somme il résultera quelque bien de ma folie, et il se peut que j'aie
sauvé ma belle-fille d'une vie de misère en parlant
comme j'ai parlé ce soir.

Les démons, toujours aux aguets pour s'emparer de
cette femme qui, par sa sombre fierté, devenait en
quelque sorte leur semblable, durent rire d'elle pendant qu'elle raisonnait ainsi en elle-même.

Épuisée par l'agitation de cette longue nuit, elle se
coucha enfin pour dormir et faire d'horribles rêves.
Les domestiques, à l'exception d'un seul qui se levait
de bonne heure pour ouvrir la grande maison, restè-

rent au lit très-longtemps après cette fête qui les avait
dérangés dans leurs habitudes. Edward dormit aussi
profondément que n'importe qui dans la vaste demeure,
et ce fut ainsi que personne ne vit une jeune fille
tremblante sortir de chez elle, descendre doucement
le grand escalier éclairé par le soleil, et franchir le
seuil de la grande porte du vestibule.

Personne ne vit Mary s'éloigner sans bruit de cette
lugubre maison du Lincolnshire, où elle avait goûté si
peu de véritable bonheur. Personne ne consola la
jeune fille qu'accablaient la tristesse et le désespoir.
Elle s'enfuit de grand matin, comme un prisonnier qui
s'évade, de la demeure qui lui appartenait de par la loi.

Et la main de la femme que Marchmont avait choisie
pour être l'amie et la conseillère de son enfant fut la
main qui bannit l'orpheline de l'asile où elle avait vécu.
La voix de celle en qui le faible père avait eu plus de
confiance qu'en la bonté de Dieu, tant il s'était laissé
aveugler par son jugement, fut la voix qui prononça les
paroles mensongères dont chaque syllabe avait été un
nouveau coup de poignard pour le cœur lacéré de l'orpheline. Ce fut son père, son père qui, en la plaçant
sous la domination de cette femme, lui avait imposé la
terrible douleur pendant laquelle elle partit pour affron-
ter un monde inconnu sans même savoir où la mène-
rait son désespoir.

CHAPITRE XV

La lettre de Mary.

Il était midi passé lorsqu'Edward parut dans la
salle à manger. Les fenêtres étaient ouvertes, et le
parfum du réséda de la terrasse pénétrait dans l'intérieur de l'appartement avec la chaude brise de l'été.

Mme Marchmont était assise à un bout de la longue table et lisait un journal. Elle releva la tête à l'entrée d'Edward. Elle était pâle, mais pas beaucoup plus pâle que d'habitude. L'éclat fiévreux avait disparu de ses yeux, et son regard était sombre.

— Bonjour, Livy, — dit le jeune homme, — Mary n'est pas encore levée, je suppose?

— Je crois que non.

— Pauvre petite fille! un long sommeil lui fera du bien après son premier bal. Comme elle était jolie et gracieuse avec sa toilette de gaze blanche et sa couronne de perles sur ses beaux cheveux bruns! Je pense que c'est vous, Olivia, qui lui avez conseillé de se parer ainsi. Elle ressemblait à une boule de neige au milieu d'autres fleurs éclatantes : les roses, les lis jaunes, les pivoines et les dahlias. Cette Mlle Hickman l'aînée est bien belle, mais elle le sait trop. Cette petite fille de Swampington, aux boucles noires, est passable, et Laura Filmer est une gaie et hardie jeune fille; elle vous regarde bien en face, et elle parle chasse avec autant d'aplomb qu'un vieux piqueur. Les trois grandes filles aux cheveux roux du Major Hawley ne m'inspirent pas grand'chose, mais leur frère, Fred Hawley, est un garçon parfait. Quel dommage qu'il ne soit pas militaire! En somme, ma chère Olivia, je crois que votre bal a eu du succès, et j'espère que vous nous en donnerez un autre à la saison de la chasse.

Mme Marchmont ne daigna pas répondre au verbiage oiseux de son cousin. Elle soupira tristement et s'occupa à verser dans la théière l'eau de la cafetière en argent, façonnée à l'antique. Edward s'approcha de l'une des fenêtres et siffla pour attirer vers lui un paon qui se promenait majestueusement sur la balustrade en pierre.

— J'ai l'idée de vous mener en voiture avec Mary sur le bord de la mer dès que nous aurons déjeuné. Livy, cela vous plaît-il?

Mme Marchmont secoua la tête.

— Je suis beaucoup trop fatiguée pour songer à sortir aujourd'hui, — lui dit-elle avec une mauvaise grâce.

— Moi, je n'ai jamais été mieux disposé de ma vie,

13

—répondit le jeune homme en riant; — le bal de la nuit passée semble m'avoir ranimé. Je voudrais que Mary descendît — ajouta-t-il avec un bâillement, — je lui donnerais du moins une autre leçon de billard. Pauvre petite fille, je crains bien qu'elle ne soit jamais trèsrobuste.

Le Capitaine s'assit à la table du déjeuner et but la tasse de thé que lui versa Olivia. Si elle eût été une criminelle d'un autre genre, elle aurait peut-être mis de l'arsenic dans la tasse et coupé court de cette façon à l'existence du jeune officier et à une folie à elle. Mais elle se contenta de s'asseoir à côté de lui sans toucher à son déjeuner et de le regarder pendant qu'il avalait une tranche de pâté et prenait son thé avec cet appétit qui est généralement le partage de la jeunesse et des gens dont la conscience est tranquille. Il se leva de table dès qu'il eût fini, et s'écria avec impatience :

— Qu'est-ce qui rend Mary si paresseuse, ce matin ; elle qui se lève habituellement de bonne heure ?

Mme Marchmont se leva pendant que son cousin parlait ainsi, et un vague sentiment de malaise s'empara de son esprit. Elle se rappela la pâle figure qui avait blêmi sous le feu de son regard colère et le sombre désespoir qu'elle avait lu sur la physionomie de l'orpheline quelques heures auparavant.

— Je vais aller l'appeler moi-même, — dit-elle, — ou plutôt, non, j'enverrai Barbara.

Elle ne tira pas le cordon de la sonnette, mais elle alla dans le vestibule et cria d'une voix aigre :

— Barbara ! Barbara !

Une femme à l'appel de Mme Marchmont sortit d'un corridor qui aboutissait à la chambre de la femme de charge. Elle avait à peu près cinquante ans, une robe en étoffe grise et une figure grave, impénétrable, et ne laissant percer aucun indice du caractère de celle qui la possédait. A juger Barbara Simmons par sa physionomie, on pouvait la proclamer tout aussi bien une Mme Fry qu'une Mme Brownrigg. Les deux hypothèses étaient admissibles.

— Barbara! montez appeler Mlle Marchmont, — dit

Olivia, — le Capitaine Arundel et moi nous avons fini notre déjeuner.

La femme de charge obéit, et Mme Marchmont revint à la salle à manger, où Edward essayait de se distraire avec le *Times* de la veille.

Dix minutes après, Barbara reparut portant une lettre sur un plateau d'argent. Si le morceau de papier eût été une condamnation à mort ou une dépêche télégraphique annonçant le débarquement des Français à Douvres, la servante, bien dressée, l'eût placé sur un plateau avant de le présenter à sa maîtresse.

— Mlle marchmont n'est pas dans sa chambre, madame, — dit-elle; — le lit n'a pas été défait, et j'ai trouvé cette lettre sur la table à l'adresse du Capitaine Arundel.

La figure d'Olivia devint livide. Une peur horrible s'empara d'elle. Edward saisit la lettre que la servante lui tendait.

— Mary absente de chez elle! Au nom du ciel! qu'est-ce que cela signifie? — s'écria-t-il.

Il déchira l'enveloppe. L'écriture n'était pas facile à déchiffrer, à cause des larmes versées par l'orpheline sur le papier.

« MON CHER EDWARD,

« Je vous ai aimé si tendrement et vous avez été si bon
« pour moi que j'ai complétement oublié combien j'étais in-
« digne de votre affection. Mais je n'oublie plus maintenant.
« Il s'est passé quelque chose qui m'a ouvert les yeux sur
« ma folie. Je sais à présent que vous ne m'aimez pas et que
« je n'ai aucun droit à votre amour. Je n'ai ni les charmes ni
« les attraits que possèdent tant d'autres femmes et pour
« lesquels vous auriez pu m'aimer. Je vois à présent,
« cher Edward, que tout mon bonheur n'a été qu'un rêve in-
« sensé; mais ne croyez pas que je blâme personne pour
« ce qui est arrivé. Prenez ma fortune; jadis, lorsque
« j'étais petite fille, je demandais à mon père de me laisser
« la partager avec vous. Je vous demande, aujourd'hui, de
« la prendre en entier, mon cher ami. Moi, je m'éloigne
« pour toujours d'une maison où j'ai appris combien peu de
« bonheur peuvent procurer les richesses. Ne vous affligez
« pas à cause de moi. Je prierai pour vous toujours, — tou-
« jours je me souviendrai de votre bonté pour mon pauvre
« père, toujours je me reporterai par la pensée vers ce
« jour où vous vintes nous voir dans notre pauvre logement·

« Je ne m'entends nullement aux affaires de ce monde.
« mais j'espère que la loi me permettra de vous donner
» Marchmont Towers et toute ma fortune, quelle qu'elle soit.
« Montrez à M. Paulette cette dernière partie de ma lettre,
« pour qu'il comprenne bien que je vous abandonne tous
« droits à dater d'aujourd'hui. Adieu, cher ami, songez
« à moi quelquefois, mais que ce ne soit jamais avec tris-
« tesse.

« MARY MARCHMONT. »

C'était tout. C'était là la lettre que l'orpheline au
cœur brisé avait écrite à son amant. Elle ne différait
aucunement de celle qu'elle aurait pu lui écrire neu
ans plus tôt dans Oakley Street. Elle était aussi enfantine par son ignorance et son inexpérience, que féminine par le dévouement et l'abnégation.

Edward regarda ces simples lignes comme un homme
qui rêve et qui doute de son identité et de l'existence
réelle du monde qui l'entoure. Il lut et relut la lettre
ligne par ligne d'abord, avec stupéfaction et en prononçant les mots machinalement au fur et à mesure,
puis avec l'intelligence complète de leur signification
qui se fit jour lentement dans son esprit.

Sa fortune! il ne l'avait jamais aimée! elle avait reconnu sa folie! que signifiait tout cela? Où était la clef
du mystère de cette lettre qui l'avait pétrifié, égaré au
point de lui faire perdre la faculté de réfléchir? Il s'é-
tait séparé d'elle à la pointe du jour, et l'innocente
figure de l'orpheline s'était tournée vers lui rayonnante
d'amour et de confiance, et maintenant.... la lettre lui
échappa des mains et voltigea jusqu'à terre. Olivia
se baissa pour la ramasser, son mouvement tira le
jeune homme de sa stupeur, et, en ce moment, il aperçut la figure livide de sa cousine.

Il tressaillit comme si la foudre eût éclaté à ses pieds.
Une idée soudaine, comme une inspiration, lui traversa
le cerveau.

— Lisez cette lettre, Olivia! — dit-il.

La femme obéit. Elle lut lentement et délibérément
l'épître enfantine que Mary avait écrite à son amant.
Dans chaque ligne, dans chaque mot, la veuve reconnut
l'effet de son œuvre terrible; elle vit avec quelle force

le poison distillé par sa langue envenimée avait pénétré dans le cœur innocent de la jeune fille.

Edward la regardait avec des yeux enflammés. Le grand et robuste soldat tremblait de colère. Il suivit le mouvement des yeux de sa cousine d'une ligne à l'autre de la lettre de Mary, attendant qu'elle eût fini. Alors son indignation éclata dans toute sa violence, et Olivia frissonna sous le regard ardent de son cousin.

Était-ce là l'homme qu'elle avait appelé frivole? Était-ce là le dandy en habit rouge qu'elle avait méprisé? Était-ce là le représentant frisé et parfumé de la jeunesse élégante dont la conversation n'allait pas au-delà de la description d'une chasse à la bécassine ou au renard. La méchante femme baissa les paupières en détournant les yeux, et elle recula devant ce hardi accusateur.

— Ce mal est votre œuvre, Olivia, — s'écria Edward, — c'est vous qui m'avez calomnié auprès de la fille de mon ami mort. Quel autre que vous oserait accuser de bassesse un Dangerfield Arundel? quel autre serait assez vil pour me proclamer traître et menteur? c'est vous qui avez murmuré de honteuses insinuations aux innocentes oreilles de cette pauvre enfant. Je n'ai pas besoin de votre pâleur mortelle pour confirmer en moi cette idée. C'est vous qui avez banni Mary de la demeure où vous auriez dû l'abriter et la protéger. Vous lui portiez envie, je suppose.... vous lui enviez la fortune qui aurait pu servir à votre triste ambition, à votre déplorable fierté.... à cette fierté qui vous a toujours éloignée de ceux qui vous eussent aimée peut-être, à cette ambition qui a fait de vous une femme mécontente et au cœur aigri, dont la sombre figure fait peur à l'amour. Vous avez porté envie à la douce jeune fille que vous a confiée votre mari mort et qui aurait dû être sacrée pour vous. Vous lui avez porté envie et vous avez saisi la première occasion de la frapper au cœur. Quel autre motif pouvez-vous avoir pour agir aussi méchamment? Aucun, j'en atteste le Ciel !

Pas d'autre motif! Olivia se laissa tomber sur le parquet aux pieds de son cousin, elle n'était pas agenouillée, mais accroupie sur le tapis, ses mains jointes étaient serrées convulsivement et sa tête s'inclinait sur son sein. Elle ne prononça pas un mot pour se justifier ou pour nier. Les reproches qui pleuvaient sur elle ne provoquèrent pas de réponse. Mais dans les profondeurs de son cœur retentissaient ces paroles d'Edward : « La fierté qui vous a toujours éloignée de ceux qui vous eussent aimé peut-être.... Une femme mécontente, dont la sombre figure fait peur à l'amour. »

— O mon Dieu, — se dit-elle, — il aurait donc pu m'aimer si j'eusse fait taire mon angoisse pour lui sourire et le flatter !

Et alors une indifférence glacée s'empara d'elle. Que lui importait d'être repoussée et haïe par Edward? Il ne l'avait jamais aimée. Son amitié insouciante avait creusé entre eux un gouffre aussi profond que celui que creuse la haine. Peut-être même sa haine de fraîche date se rapprochait-elle plus de l'amour que son indifférence d'autrefois, car il songerait à elle maintenant, quoiqu'en mal.

— Écoutez-moi, Olivia, — dit le jeune homme pendant que la femme toujours accroupie près de lui confessait sa faute par l'abandon de son désespoir, — en quelque endroit que soit allée cette jeune fille, bannie d'ici par votre méchanceté, je la suivrai. Ma réponse aux accusations que vous avez dirigées contre moi, sera mon mariage immédiat avec la fille de mon ancien ami. Il me connaissait assez bien, *lui*, pour ne pas me croire un misérable coureur de fortune, et il voulait que je devinsse le mari de sa fille. Je serais un lâche et un imbécile si je me laissais un seul instant influencer par la calomnie distillée par vous à l'oreille de Mlle Marchmont. Ce n'est pas seulement ma personne que vous avez diffamée, c'est aussi l'habit que je porte et la famille à laquelle j'appartiens, et mon mépris pour vos infâmes insinuations sera ma meilleure justification. Quand vous aurez appris que j'ai gaspillé la fortune de Mlle Marchmont ou dépouillé de leur patrimoine les enfants que je demande à Dieu que Mary m'accorde, vous aurez le droit de publier partout que votre parent Edward Dangerfield Arundel est un misérable aventurier.

Il se dirigea vers le vestibule, laissant sa cousine sur le parquet, et elle l'entendit en dehors de la salle à manger, appeler les domestiques et leur faire des questions.

Ils ne purent le renseigner sur la fuite de Mary. Son lit n'avait pas été défait, personne ne l'avait vue quitter la maison; il était donc plus que probable qu'elle était partie le matin de bonne heure avant qu'il y eût quelqu'un de levé.

Où était-elle allée? le cœur d'Edward battit avec force pendant qu'il s'adressait cette question. Il se rappela combien de fois il avait entendu raconter que des femmes jeunes et innocentes comme Mary avaient cherché à se détruire dans le premier moment d'une douleur violente. Avec quelle facilité cette pauvre enfant qui croyait son rêve de bonheur à jamais disparu pouvait s'être glissée à travers le bois sombre jusque sur le bord de la rivière aux eaux noirâtres pour se précipiter dans le courant et cacher sa douleur sous la surface calme des ondes. Il se la représentait comme une nouvelle Ophélie, aussi pâle et aussi pure que l'infortunée dont l'amour avait été dédaigné par le prince danois, flottant sous les branches des saules et lentement emportée par le courant jusqu'à l'endroit où elle plongerait dans un gouffre sans fond.

Ces réflexions lui vinrent à l'esprit avec la rapidité de l'éclair, mais il les chassa aussitôt. La lettre de Mary était empreinte d'une douce résignation plutôt que d'un désespoir insensé. « Je prierai d'abord pour vous, je me souviendrai toujours de vous, » avait-elle écrit. Son amant se rappelait combien l'orpheline avait eu de chagrins à supporter dans sa vie si courte. Il jeta un regard en arrière sur les jours de son enfance ou elle avait été pauvre et dévouée; elle avait perdu sa mère de bonne heure, elle avait été chagrinée par le second mariage de son père et souffert cruellement de la mort de ce père bien-aimé. Les malheurs s'étaient succédé rapidement et n'avaient été séparés les uns des autres que par de courts intervalles de tranquillité. Elle était donc habituée à la douleur. C'est l'âme qui ne sait pas ce qu'est l'affliction, c'est le cœur rebelle

qui n'a jamais connu la souffrance qui se désespère et
succombe à la folie dès les premières atteintes. Mary
avait appris à souffrir à la rude école du malheur.

Edward s'avança sur la terrasse et relut la lettre de
l'orpheline disparue. Il était plus calme et il était à
même d'envisager les difficultés et les incertitudes em
barrassantes de la situation. Il perdait du temps peut
être en s'arrêtant à délibérer, mais il était inutile de
courir précipitamment et sans savoir de quel côté, à la
recherche de la maîtresse perdue de Marchmont To
wers. L'un des grooms était dans les écuries en train
de seller le cheval du Capitaine, et pendant ce temps-
là le jeune homme alla tout seul sur la terrasse réfléchir
à la lettre de Mary.

Une résignation complète se lisait dans chaque ligne
de son épître enfantine. L'héritière parlait très-résolû
ment de l'abandon de sa fortune et de sa demeure. Il
était donc clair qu'elle avait eu l'intention de quitter le
comté de Lincoln, car elle savait évidemment qu'on
ferait immédiatement des démarches pour la retrouver
et la ramener à Marchmont Towers.

Où avait-elle pu aller dans son inexpérience du
monde ? Sans doute vers les humbles parents de sa
pauvre mère dont John avait parlé dans sa lettre à Ed
ward et avec qui le jeune homme savait que Mary avait
entretenu une correspondance en leur envoyant une
foule de petits cadeaux achetés avec son argent de
poche. Ces parents étaient de petits fermiers du comté
de Berks et habitaient un endroit nommé Marlingford.
Edward savait leur nom et celui de leur ferme.

— Je m'informerai d'abord à la station de Kemberling, — se dit-il. — Il y a un train venant du Nord qui
s'arrête à Kemberling un peu avant six heures. Mary a
pu le prendre facilement si elle est partie d'ici à cinq
heures.

Le Capitaine revint dans le vestibule et appela Barbara. La servante répondit à ses nombreuses questions
d'un air revêche, mais elle lui dit que Mary avait laissé
sa toilette de bal sur le lit et mis une robe de cachemire
gris, bordée de noir, qu'elle avait portée comme demi-
deuil, un chapeau de paille noir avec un voile de crêpe

et un mantelet de soie frangé de dentelles. Elle avait emporté aussi un petit sac de voyage, un peu de linge, car les tiroirs de sa commode étaient ouverts et ce qu'ils renfermaient était en désordre, et le petit écrin en maroquin où elle serrait ses parures en perles et la bague en diamants que lui avait laissée son père.

— Avait-elle de l'argent? — demanda Edward.

— Oui, monsieur, elle en avait toujours. Elle en dépensait beaucoup chez les pauvres qu'elle visitait avec ma maîtresse, mais elle devait avoir de dix à vingt livres sterling dans sa bourse.

— Elle a dû aller dans le comté de Berks; — songea Edward —l'idée de se rendre chez ces humbles amis a dû s'offrir tout d'abord à son esprit. Elle est allée chez la sœur de sa mère pour lui demander asile dans sa paisible ferme en échange de ses bijoux. Elle a dû agir comme quelqu'une des héroïnes des vieux romans qu'elle lisait dans Oakley Street et se souvenir de ces jeunes filles à l'esprit simple, qui n'hésitent pas à renoncer à un château et à une couronne pour aller dans le monde gagner leur pain quotidien en robe de satin blanc et en cheveux épars entourés d'un bandeau de perles.

Le cheval du Capitaine fut amené au perron pendant qu'il tenait en main la lettre de Mary et attendait le moment de s'élancer à la recherche de son amour perdu.

—Dites à Mme Marchmont que je ne reviendrai ici qu'en ramenant sa belle-fille avec moi, — dit-il à son groom.

Puis, sans ajouter un mot, il s'empara des rênes qui flottaient sur le cou de son cheval et s'éloigna au galop sur l'allée carossable qui menait aux grandes grilles en fer de Marchmont Towers.

Olivia entendit cet ordre qu'il avait prononcé d'une voix claire et sonore comme le bruit d'un cor qui retentit au pont-levis d'un château fort en signe de défi chevaleresque. Elle se posta à l'une des fenêtres de la salle à manger et, de derrière les rideaux en velours fané, elle vit disparaître son brave et beau cousin comme les chevaliers errants du moyen âge et aussi fidèle que Bayard lui-même.

CHAPITRE XVI

Un nouveau protecteur.

Les recherches du Capitaine Arundel à la station de Kemberling obtinrent un succès immédiat. Une jeune dame, une jeune femme, comme l'appelait l'employé du chemin de fer, habillée de noir, portant un voile en crêpe sur sa figure et un petit sac de voyage à la main, avait pris un billet de deuxième classe pour le train ommibus de Londres de 5,50, qui s'arrêtait à presque toutes les stations et n'arrivait à Euston Square qu'à midi et demi.

Edward regarda sa montre. Il était deux heures moins dix. L'express ne s'arrêtait pas à Kemberling, mais il pourrait le prendre à Swampington à trois heures un quart. Pourtant, même en partant à cette heure-là, il ne pouvait guère espérer d'arriver avant la nuit dans le comté de Berks.

— Ma chère Polly ne saura que demain combien elle a été enfant en doutant de moi, — se dit-il. — Ignorante jeune fille! mon amour a-t-il donc si peu les dehors de l'amour vrai, qu'elle puisse ne pas en être sûre?

Il se remit en selle, jeta un shilling au facteur qui avait tenu la bride de son cheval et prit le chemin de Swampington. Les horloges des vieilles tourelles normandes sonnaient trois heures, au moment où le jeune homme traversa le pont et paya le droit de passage au petit guichet, à côté de l'arche en pierre.

Les rues étaient aussi solitaires que d'habitude par cette chaude après-dinée de juillet; et la longue ligne de la mer par delà les marais prenait une teinte bleue aux rayons du soleil. Le Capitaine passa devant les deux églises, devant le presbytère au toit peu élevé, et se dirigea vers les faubourgs où la gare apparaissait dans tout l'éclat de ses briques rouges toutes neuves, et de ses cheminées peintes en jaune au milieu d'un immense terrain non cultivé.

Le train express s'arrêta devant la plate-forme déserte deux minutes après qu'Edward eut pris son billet; une minute après, la cloche annonça le départ et le jeune homme commença son voyage à la recherche de Mary, au bruit de la machine et du sifflet.

Il était près de sept heures quand il atteignit Euston Square, et il arriva à la gare de Paddington juste assez à temps pour apprendre que le dernier train se dirigeant vers Marlingford venait de partir. Il n'était pas possible de se rendre ce soir-là dans le petit village du comté de Berks. Aucun train portant les dépêches ne s'arrêtait à une distance raisonnable de la modeste station. Il n'y avait donc pas moyen de faire autrement, le Capitaine se vit forcé d'attendre au lendemain matin.

Il s'éloigna lentement de la gare. Cette découverte le décourageait.

— Je ferai bien de coucher dans quelque hôtel par ici, — se dit-il, en marchant sans but dans la direction d'Oxford Street, — afin d'être tout prêt à prendre le premier train du matin. Que vais-je devenir toute cette nuit, avec le souci que me cause mon incertitude au sujet de Mary ?

Il se rappela qu'un de ses camarades, officier comme lui, demeurait dans un hôtel de Covent Garden, où Edward descendait lui-même, quand des affaires le retenaient à Londres un jour ou deux.

— Irai-je voir Lucas ? — se demanda Arundel; — c'est un bon diable qui ne m'assommera pas de questions s'il me voit préoccupé. Il peut y avoir des lettres pour moi à Mivart. Pauvre petite Polly !

Il ne pouvait jamais songer à elle sans éprouver un peu de cette tendresse compatissante qu'aurait éveillée en lui une jeune enfant abandonnée, qu'il aurait eu l'obligation et le privilége de protéger et de secourir.

Il n'y avait peut-être pas beaucoup d'enthousiasme pas-
sionné dans les tendres sentiments qu'inspirait à Edward la fille orpheline de son défunt ami; mais au lieu
de cet enthousiasme, il y avait un de ces dévouements
chevaleresques que conquiert rarement une femme à
notre époque dégénérée.

Le jeune militaire parcourut les rues éclairées en songeant à la jeune fille disparue. Tantôt il se demandait
si son instinct ne l'avait pas trompé en lui faisant
croire que Mary s'était rendue tout droit à la ferme
du comté de Berks; tantôt il était saisi d'une terreur
soudaine à l'idée qu'il pouvait en être autrement; la
jeune fille s'était peut-être lancée dans un monde qu'elle
ne connaissait pas plus qu'une enfant, avec la résolution
de se soustraire aux poursuites de tous ceux qui l'a-
vaient connue. S'il était ainsi, si en arrivant à Marlingford, il allait ne rien apprendre sur le sort de l'orpheline, que ferait-il ensuite? Où la chercherait-il?

Il ferait insérer des annonces dans les journaux et
prierait sa fiancée d'avoir confiance en lui et de revenir.
Mary était peut-être la dernière personne au monde
à même de lire les journaux, mais ce serait du moins
une occupation que cette annonce, et Edward, se
décida à aller aussitôt à Printing, House Square, pour
rédiger son appel à l'absente.

Il était dix heures passé quand Arundel s'arrêta à
cette détermination. Il était alors dans le voisinage de
Covent Garden et des théâtres. Les affiches décoraient
presque toutes les portes, et le jeune officier en entrant
dans un bureau de tabac, pour remplir son porte-cigares,
regarda d'un air distrait le programme en lettres rouges et bleues éclatantes du drame du jour à Drury
Lane. Il n'est pas très-étonnant que les pensées du
Capitaine fissent un retour vers l'époque de son enfance, cette époque disparue à jamais derrière sa ré-
cente et glorieuse campagne dans l'Inde, et qu'il se
souvînt de la soirée de décembre où, assis dans une loge
du grand théâtre subventionné, il avait saisi du regard
le malheureux comparse, pliant sous le poids de sa bannière. De la loge de Drury Lane au déjeuner du lendemain matin, dans Oakley Street, la transition était toute

naturelle; mais avec ce souvenir de l'humble logement de Lambeth, avec le tableau que lui représentait une petite fille en tablier, assise d'un air sérieux à la table de son père et s'occupant attentivement de son convive, surgit aussi dans l'esprit d'Edward une idée qui précipita la circulation de son sang dans ses veines.

Si Mary était venue à Oakley Street? Cette supposition n'était-elle pas plus probables que celle de son voyage dans le comté de Berks? Elle avait vécu à Lambeth pendant longtemps et n'avait quitté cette demeure plébéienne que pour aller habiter la résidence somptueuse de Marchmont Towers. Qu'y avait-il de plus naturel que la pensée de revenir à la maison familière qui lui était chère, à cause des mille souvenirs de son père qu'elle lui rappelait. Il était plus que probable, qu'à l'heure de la désolation, elle avait dû reprendre instinctivement le chemin du coin de terre où logeaient les humbles amis qu'elle avait connus dans son enfance.

Edward eut à peine la patience d'attendre que l'élégante demoiselle de comptoir lui eût rendu la monnaie du demi-souverain qu'il venait de lui donner. Il s'élança dans la rue et appela au passage le cocher d'un cab : il y a toujours des cabs qui circulent à vide dans le voisinage de Covent Garden; celui-ci, suivant l'habitude de ses pareils, s'en rapportait aux regards qu'il jetait à droite et à gauche, plutôt qu'à la Providence, pour trouver pratique.

— Oakley Street, Lambeth, — s'écria le jeune homme, — double course si vous y arrivez en dix minutes.

Le grand cheval efflanqué prit aussitôt l'allure particulière qui est commune à son espèce et fit autant de bruit sur le pavé que s'il avait couru pour gagner le Derby métropolitain, et à dix heures vingt minutes environ il s'arrêta tout fumant et haletant devant la fenêtre faiblement illuminée de la marchande à la toilette, où deux chandelles éclairaient sur le devant un étalage de fleurs artificielles fanées, de souliers en satin abîmés, de peignes à dorure ternie; au centre, des étoffes bleues voyantes ornées de broderies, et à l'arrière-plan, du satin noir graisseux. Edward jeta en avant les portières du cab et se précipita sur le trottoir.

La propriétaire de la boutique était nonchalamment appuyée contre le montant de la porte, et respirait les fraîches brises du soir, qui soufflaient de Westminster et de Waterloo, en causant avec une voisine.

— La pauvre innocente enfant, — disait la femme, — elle a fini par s'endormir à force de pleurer. Mais vous n'avez jamais rien entendu d'aussi triste que ce qu'elle me racontait tout à l'heure, ce cher amour!... Elle me rappelait, à s'y méprendre, ma pauvre Éliza Jane, pendant qu'elle me regardait. Vous auriez dit qu'Éliza Jane était ressuscitée, mais seulement plus pâle, plus maladive, et n'ayant pas les belles couleurs et les cheveux bouclés que....

Edward coupa court à la causerie de la bonne femme, qui bavardait sans reprendre haleine et sans se préoccuper de la ponctuation.

— Mlle Marchmont est ici, — dit-il. — Je sais qu'elle y est. Dieu soit loué! Dieu soit loué! Conduisez-moi vers elle, je vous en prie, conduisez-moi tout de suite. Je suis le Capitaine Arundel, l'ami de son père et le futur mari de Mlle Marchmont. Vous vous souvenez de moi peut-être. Je vins ici, il y a neuf ans, déjeuner un matin de décembre. Je me souviens de vous parfaitement et je sais que vous avez toujours été bonne pour la fille de mon pauvre ami. Qui aurait songé que je la retrouverais ici! Vous serez bien récompensée de vos bontés pour elle, mais menez-moi vers elle sur-le-champ, je vous en supplie.

La marchande à la toilette saisit une des chandelles qui dégouttaient dans un chandelier en cuivre sur le comptoir, et ouvrit la marche vers l'étroit escalier. C'était une bonne créature indolente, et l'animation d'Edward l'avait tellement stupéfiée, qu'elle ne put que murmurer des phrases entrecoupées par lesquelles elle déclarait que le gentleman lui avait donné la chair de poule, que ses jambes se dérobaient sous elle, etc., le tout pour expliquer les secousses physiques qu'elle avait ressenties dans cette journée.

Elle ouvrit la porte de la chambre fort peu meublée du premier étage où une aigle estropiée planait au-dessus d'un miroir convexe, et s'écarta du seuil pour laisser passer Arundel. Une chandelle brûlait faiblement sur la table, et sur un étroit sofa rembourré en crin, se dessinait la forme d'une jeune fille entourée d'un châle en laine.

— Elle s'est endormie il y a environ une demi-heure, monsieur, — dit la femme, — et c'est, je crois, à force de pleurer, le pauvre agneau. Je lui ai fait du thé, je lui ai donné du cresson, des petits pains et du beurre bien frais, mais elle n'a voulu toucher à rien; elle n'a avalé quelques gorgées de thé que pour me faire plaisir. Qu'est-ce, monsieur, qui l'a ainsi éloignée de sa maison qui est si belle? Elle m'a montré une bague en diamant que lui a donnée son pauvre papa dans son testament. Il m'a laissé vingt livres, le bon gentleman.... il en avait toujours eu les manières, et M. Pollit, l'avoué, me les a envoyées par son clerc avec des compliments, quoique je n'attendisse rien, car il m'avait toujours payée au jour fixe le loyer que Mlle Mary me descendait avec tant de gentillesse et....

La marchande à la toilette avait élevé la voix avant d'arriver à la fin de sa tirade, et Mary fut tirée de son sommeil fiévreux. Elle releva sa tête fatiguée du coussin sur lequel elle s'appuyait, et regarda autour d'elle, ne sachant qu'à moitié où elle était et ce qui s'était passé dans les dernières dix-huit heures de sa vie. Ses doux yeux bruns errèrent de tous côtés, ne se rendant pas bien compte de la réalité des objets qu'ils voyaient, jusqu'au moment où elle aperçut debout, dans le modeste appartement, son amant noble et superbe, lui souriant d'un air de reproche et fixant sur elle ses yeux bleus pleins d'amour et de franchise. Elle le vit et un faible cri s'échappa de ses lèvres tremblantes, pendant qu'elle s'avançait vers lui en chancelant et se jetait dans ses bras.

— Vous m'aimez-donc, Edward, — s'écria-t-elle, — vous m'aimez donc?

— Oui, chère Polly, je vous aime aussi tendrement que jamais femme a été aimée sur cette terre.

Le militaire s'assit ensuite sur le dur sofa et gardant toujours contre sa poitrine la tête de Mary, il lui reprocha, en caressant de la main sa chevelure en désordre, l'enfantillage de sa conduite, la consola et lui rendit le calme. La propriétaire de l'appartement regardait, le chandelier en main, les deux jeunes amants et pleurait sur leurs malheurs comme si elle eût assisté à un drame. Leur innocente affection n'était pas gênée par la présence de la bonne femme, et quand Mary eût souri à son amant et promis de ne plus jamais, jamais douter de lui, Arundel fut sur le point d'embrasser, dans son enthousiasme, l'excellente propriétaire en lui promettant la plus belle robe de soie qui eût jamais été vue dans Oakley Street, parmi toutes les toilettes fanées en soie et en satin que lui apportaient les cameristes.

— Et maintenant, ma folle petite Polly, que faut-il faire de vous? — demanda le jeune officier, — voulez-vous retourner à Marchmont Towers, demain matin?

Mary se couvrit la figure avec ses mains et se mit à trembler violemment.

— Oh! non, non, — s'écria-t-elle, — ne me demandez pas cela, Edward, ne me demandez pas d'y retourner. Je ne reparaîtrai plus jamais dans cette maison tant que....

Elle s'arrêta tout à coup et regarda son amant d'un air suppliant.

— Tant que ma cousine Olivia y sera, — dit Arundel fronçant les sourcils de colère. — Dieu sait que c'est triste pour moi d'avoir à me dire que vos chagrins sont causés par quelqu'un qui m'est uni par les liens du sang, Polly. Elle s'est donc bien mal conduite envers vous, cette femme? Elle a très-mal agi à votre égard?

— Non, non! jamais avant la nuit passée. Il me semble qu'un siècle s'est écoulé depuis, et pourtant c'était la nuit passée seulement, n'est-ce pas? Jusqu'alors elle avait été bonne pour moi ; je ne l'aimais pas, vous savez, quoique je fisse de mon mieux pour cela, à cause de papa et par reconnaissance pour la peine qu'elle a prise pour mon éducation; mais on ne peut être reconnaissante envers les gens sans les aimer, et je n'ai jamais pu l'aimer. Mais la nuit dernière..... la nuit dernière elle m'a dit de si cruelles choses... de si cruelles choses! O Edward!... Edward!... — s'écria la jeune fille tout à coup en joignant les mains comme quelqu'un qui implore, — ces cruelles choses étaient-elles vraies? Avais-je eu tort de vous offrir d'être votre femme?

Comment le jeune homme pouvait-il répondre à cette question autrement qu'en serrant sa fiancée sur son cœur? Il y eut donc une autre petite scène d'amour sur laquelle Mᵐᵉ Pimpernel (la marchande à la toilette se nommait Pimpernel) versa de nouvelles larmes en murmurant que le Capitaine était un jeune homme charmant, plus charmant que M. Macready dans Claude Melnotte, et que la scène actuelle lui rappelait ce passage *émouvant* de la pièce où la mère orgueilleuse fait une sortie contre le pauvre amoureux et où Mˡˡᵉ Faucit était si belle. Les gens qui habitent Oakley Street sont amateurs de théâtre et susceptibles de compassion et de sentiment comme tous ceux qui assistent fréquemment aux représentations.

— Que ferai-je de vous, mademoiselle Marchmont? — demanda gaiement Edward quand la petite scène d'amour fut terminée. — Ma mère et ma sœur sont à l'étranger dans quelque ville de bains allemande dont le nom ne peut se prononcer. La santé de la pauvre Letty a occasionné ce voyage. Réginald est avec elles, et mon père se trouve seul à Dangerfield; je ne puis donc vous y conduire comme je l'aurais fait si ma mère eût été à la maison. Je n'aime pas trop les Mostyns, ou sinon vous seriez allée habiter Montague Square. De nos jours, il n'y a plus de bons franciscains qui veuillent marier Roméo et Juliette en un clin d'œil. Il vous faut attendre une quinzaine quelque part, Polly. En quel endroit sera-ce?

— Oh! laissez-moi rester ici, je vous en prie, — dit Mˡˡᵉ Marchmont, — j'y ai toujours été si heureuse!

— Cette chère enfant, — s'écria Mᵐᵉ Pimpernel levant les mains avec un geste d'admiration, — elle n'a pas la moindre fierté, malgré toute la fortune qu'elle possède; elle veut rester dans son ancien logement où on tâchera de la mettre à son aise. L'air est très-sain ici, quoique vous puissiez ne pas le croire; et puis l'hôpital des Aveugles et Bedlam sont tout près, et Kennington Common est une promenade charmante en cette saison.

— Oui, cela me plaira de rester ici, — murmura Mary.

Même au milieu de son agitation et malgré les émotions du moment, sa pensée se reportait vers le passé, et elle se disait combien ce serait agréable d'aller voir le boucher accommodant, la fille de l'épicier, le bon marchand de beurre qui l'appelait *petite dame*, et le perroquet gris mal élevé. Comme ce serait charmant de voir ces humbles amis maintenant qu'elle était grande et qu'elle avait de l'argent pour leur témoigner sa gratitude par des cadeaux !

— Très-bien, Polly, — dit le Capitaine, — vous resterez ici et madame...

— Pimpernel, — ajouta la marchande.

— Madame Pimpernel aura soin de vous comme si vous étiez la reine d'Angleterre et que le bien-être de la nation dépendît de votre salut. Moi je descendrai à mon hôtel de Covent Garden, je verrai Paullette... qui est mon avoué en même temps que le vôtre, vous savez, Polly... je lui raconterai une partie de ce qui est arrivé, et je prendrai mes mesures pour nous marier immédiatement.

— Nous marier !

Mary répéta les dernières paroles de son amant et le regarda d'un air presque égaré : elle n'avait jamais songé qu'un mariage si prompt avec Edward serait le résultat de sa fuite du comté de Lincoln. Elle croyait vaguement qu'elle demeurerait dans Oakley Street pendant des années, et que plus tard, à une époque éloignée, l'officier viendrait demander sa main.

— Oui, chère Polly, la conduite d'Olivia m'a décidé à accomplir cet acte très-hardi. Il est évident pour moi que ma cousine vous hait. Pour quel motif, Dieu seul le sait, puisque vous n'avez rien fait pour provoquer sa haine. Au temps où votre père était pauvre, c'eût été à moi qu'il vous eût confiée ; il changea d'idée plus tard tout naturellement et choisit une autre personne pour protéger son enfant. Si ma cousine eût accompli

sa mission, Mary, je me fusse incliné devant son autorité, et je me serais tenu à l'écart jusqu'à votre majorité plutôt que de vous demander de m'épouser sans
le consentement de votre belle-mère. Mais Olivia a
perdu le droit d'être consultée dans cette affaire ; elle
vous a torturée et m'a odieusement calomnié. Si vous
croyez en moi, Mary, vous consentirez à devenir ma
femme. Ma justification est en réserve dans l'avenir.
Vous verrez, chère enfant, que je ne profiterai pas de
votre fortune et que je ne mènerai pas une vie oisive,
parce que j'aurai épousé une femme riche.

Mary regarda son amant avec une timide tendresse.

— J'aimerais mieux que la fortune fût à vous qu'à
moi, Edward, — dit-elle ; — je ferai ce que vous voudrez, je me laisserai guider par vous en toutes choses.

Ce fut ainsi que la fille de Marchmont consentit à
devenir la femme de l'homme qu'elle aimait, de l'homme
dont l'image avait été depuis son enfance associée par
elle avec tout ce qu'il y avait de bon et de beau sur
terre. Elle ne connaissait aucune de ces jolies phrases
stéréotypées à l'aide desquelles des jeunes filles bien
élevées savent tenir en suspens et torturer un pauvre
prétendant au cœur plein d'amour. Elle n'avait aucune
idée de cette négation trompeuse, de ce charmant *non*
des femmes, qui est généralement connu comme syno-
nyme de : oui. L'étude ennuyeuse des empereurs
romains, des îles de la mer du Sud, de l'astronomie,
et des terrains tertiaires avait fort mal préparé cette
pauvre enfant aux dures réalités de la vie.

— Je me laisserai guider par vous, cher Edward, —
dit-elle ; — mon père voulait que je fusse votre femme,
et quand même je ne vous aimerais pas, ce serait un
plaisir pour moi de lui obéir.

Il était onze heures quand le Capitaine s'éloigna de
Oakley Street. La voiture l'avait attendu tout le temps,
et le cocher voyant que le jeune homme qu'il conduisait était beau, élégant, et avait un air militaire comme
il disait, lui demanda une somme énorme en le dépo-
sant à la porte de l'hôtel de Covent Garden.

Edward déjeuna à la hâte le lendemain et se rendit
ensuite à Lincoln s'Inn Fields ; un désappointement l'y

attendait. Paulette était parti pour une excursion de pêche en Écosse. Paulette l'aîné habitait le midi de la France, et son nom seul figurait dans l'association pour faire croire à des clients campagnards entêtés que le même avoué qui gérait leurs affaires était celui qui avait géré celles de leurs pères et de leurs grands-pères. Mathewson était dans le comté d'York où il surveillait l'anéantissement de certaines hypothèques sur le domaine d'un baronnet en banqueroute. Il n'y avait pas à supposer que le Capitaine confierait des secrets à un clerc, quelque digne de confiance que pût être ce personnage.

Le jeune homme aurait désiré que son mariage avec Mary obtînt du moins l'approbation de l'avoué de John, mais il était impatient d'avoir le titre qui lui conférerait le droit d'être le guide et le protecteur de la jeune fille, et il ne se sentit pas disposé à attendre la fin des longues vacances et le retour de MM. Paulette et Mathewson. En outre, Mary redoutait continuellement que sa belle-mère ne découvrît son humble retraite et ne vînt lui imposer son autorité.

— Que je sois votre femme avant de la revoir, Edward, — disait la jeune fille quand la terreur la dominait. — Elle ne me parlerait plus avec autant de cruauté si j'étais votre femme. Je sais que ce n'est pas bien d'avoir ainsi peur d'elle, parce qu'elle a toujours été bonne pour moi avant cette terrible nuit ; je ne puis vous dire combien je tremble à l'idée de me retrouver seule avec elle à Marchmont Towers. Je rêve quelquefois que je suis avec elle dans la vieille et sombre maison et que nous y sommes seules toutes deux, sans domestiques, pendant que vous, Edward, vous êtes dans l'Inde... là-bas, à l'autre bout du monde.

C'était à grand'peine que son amant parvenait à rassurer la jeune fille tremblante quand de semblables pensées s'emparaient d'elle. S'il eût été moins confiant, moins impétueux et moins insouciant par caractère, le Capitaine aurait pu voir que les nerfs de Mary avaient été terriblement ébranlés par la scène qui s'était passée entre elle et Olivia et par l'angoisse qui avait occasionné sa fuite de Marchmont Towers. La jeune fille tremblait à chaque bruit d'une porte qui se fermait, au bruit d'un cab qui s'arrêtait dans la rue, au bruit d'un livre qui tombait de l'étagère, et elle tressaillait comme si une poudrière eût sauté dans le voisinage. Ses yeux se mouillaient de larmes à la moindre émotion ; son esprit était torturé par des craintes vagues qu'elle essayait vainement d'expliquer à son amant ; son sommeil était troublé par des rêves étranges, d'affreux pressentiments d'un malheur à venir.

Pendant un peu plus d'une quinzaine, Edward fit chaque jour une visite à sa fiancée dans Oakley Street, s'assit à côté d'elle pendant qu'elle travaillait à quelque broderie et lui parla gaiement du bonheur de l'avenir, à la grande admiration de Mme Pimpernel, qui n'avait pas de plus grand plaisir que celui de figurer dans le joli petit drame sentimental qui se jouait à son premier étage.

Ce fut ainsi que, par une matinée du mois d'août, nébuleuse comme une matinée d'automne, Edward Arundel et Mary Marchmont furent mariés dans une grande église déserte de la paroisse de Lambeth par un ministre indifférent qui mena le service bon train, et eut pour son rôle solennel beaucoup moins de respect qu'il n'en aurait eu en sachant que la pâle jeune fille agenouillée au pied de l'autel avait un revenu incontesté de onze mille livres sterling par an. Mme Pimpernel, l'ouvreur de banc et le greffier qui attendait dans la sacristie et qui fut chargé de remettre la mariée entre les mains de son mari, furent les seuls témoins de cet étrange mariage. La cérémonie parut triste à Mme Pimpernel, qui avait été mariée à la même église vingt-cinq ans auparavant en spencer de satin couleur cinnamome, en chapeau ayant la forme d'une boîte à charbon, et pour demoiselle d'honneur une jeune couturière.

Le mariage *fut* certainement un peu triste. La pluie tombait sans relâche dans la rue ; au dehors et dans l'intérieur de la grande église déserte régnait une odeur de plâtre mouillé. Les cris mélancoliques de la rue produisaient un bruit étrange pendant que le ministre prononçait à la hâte ces mots imposants qui devaient

unir Edward et Mary jusqu'au moment de leur séparation terrestre. La jeune fille se serra toute tremblante
contre son amant, maintenant son mari, dès qu'ils entrèrent dans la sacristie pour apposer leurs noms sur
le registre des mariages. Durant tout le temps du service, elle s'était attendue à entendre un bruit de pas
dans la nef derrière elle et la voix cruelle d'Olivia annonçant tout haut qu'elle s'opposait au mariage.

— Je suis votre femme maintenant, n'est-ce pas, Edward? — dit-elle quand elle eut signé sur le registre.

— Oui, ma chérie, pour toujours, pour toujours

— Et rien ne pourra nous séparer maintenant.

— Rien que la mort, chère Polly.

Dans l'exubérance de sa joie, Edward parlait du
Roi des Terreurs comme s'il n'eût été personne, et que
le pouvoir qu'il avait de changer ou de contrecarrer les
projets du genre humain n'eût pas valu la peine de figurer en ligne de compte.

La voiture qui attendait pour emporter la maîtresse
de Marchmont Towers jusqu'au premier relai de sa
tournée nuptiale était tout simplement un cab. Les habits du cocher exhalaient un parfum de tabac dans
l'atmosphère humide, et au lieu des fleurs qu'on sème
d'habitude sur le chemin que doit suivre une héritière
qui se marie, Mlle Marchmont foula sous ses pieds de
la paille humide et moisie. Mais elle était heureuse....
heureuse tout en craignant vaguement que son bonheur ne fût pas réel. La terreur inspirée par le pouvoir
qu'avait Olivia de la torturer et de l'opprimer ne fut pas
chassée complétement, même par la présence de son
mari. Elle embrassa Mme Pimpernel qui pleurait à
chaudes larmes sur le bout du trottoir en serrant autour d'elle la bordure blanche de sa robe de soie neuve
qu'Edward lui avait donnée pour cadeau de noce.

— Que Dieu vous bénisse, ma chère enfant, — s'é-
cria l'honnête marchande de satin fané et de gaze fripée,
— je ne serais pas plus désolée si vous étiez mon Éliza
Jane partant avec le jeune homme qu'elle devait épouser et qui est veuf maintenant avec cinq enfants, dont
deux en maillot et le dernier au biberon. Que Dieu
vous bénisse, ma jolie épousée. Oh! je vous en prie,

Capitaine Arundel, ayez soin d'elle, car c'est une tendre
fleur qui a besoin de toutes vos attentions. Voici
quelque chose qui n'est qu'une bagatelle, ma chère
enfant, pour quelqu'un de votre rang, mais c'est donné
de bon cœur et humblement.

Les dernières paroles de Mme Pimpernel désignaient
un paquet très-dur enveloppé d'un journal qu'elle plaça
sur les genoux de Mary. Mme Arundel défit le paquet
tout de suite après avoir embrassé une dernière fois
son humble amie, et le cab prit la route de Nine Elms.
Le cadeau de noce de Mme Pimpernel était une bergère
écossaise en porcelaine à tartan doré, à jambes très-
rouges, un chapeau à plumes, dont le mouton était
frisé. Edward relégua soigneusement cet article de
virtù au fond de son sac de voyage, car sa femme ne
voulut pas que ce présent fût traité à la légère.

— Comme elle est bonne de me donner cette bergère, — dit Mary. — Quand j'étais petite fille, elle figurait sur la cheminée de notre chambre sur le derrière, et je l'aimais beaucoup. Évidemment je n'ai plus
aujourd'hui la même sympathie pour les bergères
écossaises, mon cher Edward, mais Mme Pimpernel ne
pouvait le savoir; elle a cru que cela me ferait plaisir
d'avoir celle-ci.

— Et vous la mettrez dans le salon occidental des
Towers, n'est-ce pas, Polly? — demanda le capitaine
en riant.

— Je ne la mettrai nulle part où on pourra en rire,
monsieur, — répondit la jeune mariée avec une légère
nuance de dignité de femme, — mais j'en aurai soin et
je veillerai à ce qu'elle ne soit jamais ni brisée ni
égarée, et Mme Pimpernel la verra quand elle viendra
aux Towers, si jamais j'y retourne, — ajouta-t-elle en
changeant tout à coup de manières.

— *Si* jamais vous y retournez? — s'écria Edward; —
mais, ma chère Polly, Marchmont Towers est à vous.
Ma cousine Olivia n'y est que tolérée, et son bon sens
lui dira qu'elle n'a aucun droit d'y rester en cessant
d'être votre amie et votre protectrice. Elle est fière, et
sa fierté l'empêchera de demeurer dans une maison où
elle n'est pas bien vue.

La figure de la jeune femme devint pâle de terreur à ces dernières paroles de son mari.

— Mais je ne pourrai jamais lui demander de s'en aller, — dit-elle ; — pour rien au monde je ne voudrais la renvoyer. Je n'ai jamais tenu à cette maison depuis la mort de papa, et je n'y retournerai pas tant qu'elle y sera. J'ai si peur d'elle, Edward, j'ai si peur d'elle....

Ses craintes vagues furent expliquées par ce cri enfantin. Edward serra sa femme sur son cœur, se pencha au-dessus d'elle et embrassa son front pâle en murmurant des paroles consolantes, comme il eût fait pour un enfant.

— Ma chère, chère Mary, — lui dit-il, — n'ayez pas peur, ma bien-aimée, c'est trop d'enfantillage.

— Je le sais, je le sais, Edward, mais je ne puis m'en empêcher, non, je ne puis ; j'ai eu peur d'elle il y a bien longtemps ; elle m'a effrayée le premier jour où je la vis lorsque j'allai avec vous au presbytère, elle m'a effrayée quand papa m'a dit qu'il voulait l'épouser et elle m'effraye encore aujourd'hui que je suis votre femme, Edward ; oui, elle m'effraye encore.

Arundel sécha avec des baisers les larmes qui tremblaient aux paupières de sa femme, mais elle était à peine remise de son émotion quand le cab s'arrêta à la gare de la station de Nine Elms. Ce ne fut que lorsqu'elle se vit assise dans un compartiment avec son mari et que la pluie disparut à mesure qu'ils avançaient dans une jolie campagne pastorale, que la jeune mariée se sentit heureuse et en sûreté sous la protection de son mari. Alors seulement elle put lui sourire et envisager avec plaisir la perspective d'un court séjour dans ce joli village du comté de Southampton qu'Edward avait choisi pour y passer sa lune de miel.

— Seulement quelques jours de bonheur tranquille, Polly, — dit-il, — seulement quelques jours d'un oubli complet de tout ce qui n'est pas vous dans le monde, et puis je reviendrai un homme d'affaires. J'écrirai à votre belle-mère, à mon père et à ma mère, à MM. Paulette et Mathewson, et à tous ceux qui doivent être informés de notre mariage.

CHAPITRE XVII

La sœur de Paul.

Olivia s'enferma une fois encore dans sa triste chambre sans faire aucun effort pour trouver la maîtresse de Marchmont Towers qui avait disparu. Elle était indifférente à tout ce que les langues calomnieuses de ses voisins pourraient dire d'elle; elle s'endurcissait de plus en plus dans son désespoir.

A son père et à quiconque l'interrogea sur l'absence de Mary (car l'histoire de la fuite de la jeune fille ne tarda pas à se propager au dehors, les serviteurs des Towers n'ayant pas reçu l'ordre de garder le secret), Mme Marchmont répondit avec tant de froideur et de réserve déterminée qu'elle imposa silence à toutes les questions à venir.

Ainsi donc les habitants de Kemberling et de Swampington et toute la gentry campagnarde des environs de Marchmont Towers eurent un mystère et un scandale à leur portée, qui leur fournit matière à de nombreuses discussions et fit agréablement diversion à la monotonie ennuyeuse de leur existence. Mais il y eut quelques questionneurs que Mme Marchmont eut de la peine à tenir à distance; il y eut quelques intrus qui osèrent s'imposer à la solitude de cette femme morose et qui ne *voulurent* pas comprendre que leur présence lui était odieuse et leur société affreusement insupportable.

Ces personnes furent le médecin et sa femme, qui s'étaient installés tout récemment à Kemberling, parce que la meilleure clientèle du village n'avait été transmise à personne à la mort du vieux praticien à tête grise et à système de vie bien réglé, qui pendant bien des années avait partagé avec un seul concurrent la responsabilité de veiller sur la santé des habitants du village du comté de Lincoln.

Ce ne fut qu'une semaine après la fuite de Mary que ces visiteurs mal venus se montrèrent pour la première fois aux Towers.

Olivia était assise toute seule dans le cabinet de son défunt mari, le salon où elle s'était tenue le matin des funérailles de Marchmont, chambre sombre et triste, boisée en chêne noirci, et ne recevant le jour que par une fenêtre Tudor, à encadrement massif, qui avait vue sur le quadrangle et qui surplombait cette colonnade de l'ancien cloître sous laquelle Edward et Mary s'étaient promenés dans la matinée de la fuite de la jeune fille. Ce cabinet boisé était un appartement que la grande majorité des femmes ayant à sa disposition tout Marchmont Towers eût très-probablement refusé de choisir; mais la tristesse de cette chambre était en harmonie avec le noir chagrin qui s'était emparé de l'âme d'Olivia, et la veuve fuyait la façade orientale qu'éclairait le soleil, comme elle avait fui tout soleil et toute joie au monde pour habiter ici, où les rayons radieux de l'été pénétraient rarement à travers les vitraux coloriés de la fenêtre, où l'ombre du cloître cachait la vue resplendissante du beau ciel bleu.

Elle était assise dans cette chambre, assise auprès de la fenêtre ouverte, dans un fauteuil en chêne sculpté et poli, à dossier très-haut, et appuyait sa tête contre l'angle de la fenêtre en pierre. Son beau profil était mis en relief par les rideaux vert sombre dont les plis descendaient du plafond bas jusqu'à terre et formaient un sombre arrière-plan à la figure de la veuve. Mme Marchmont avait mis de côté toutes les misérables soieries et frivolités qu'elle avait fait venir de Londres dans un moment de folie ou de caprice, et elle avait repris sa robe noire de deuil dont l'étoffe manquait de reflet. Elle tenait un livre à la main, quelque nouvelle fiction populaire que tout le comté de Lincoln s'empressait de lire ; mais bien que ses yeux fussent fixés sur les pages ouvertes devant elle et que sa main tournât machinalement les feuillets à des intervalles réguliers, le roman à la mode n'était pour elle qu'une fatigante répétition de phrases, une succession ennuyeuse de mots toujours entremêlés des images d'Edward et de Mary, qui se dessinaient sur chaque page pour se moquer de la lectrice sans espoir.

Olivia jeta enfin le livre loin d'elle avec un cri de rage étouffé.

— N'y a-t-il aucun remède qui puisse guérir cette maladie, — murmura-t-elle, — n'y a-t-il que la folie ou la mort pour m'en débarrasser?

Mais le désespoir qui avait rendu cette femme infidèle à toutes ses croyances l'avait habituée à douter que la mort ou la folie pussent lui procurer l'oubli de son angoisse. Elle doutait de la paix de la tombe et croyait à demi que la torture de la fureur jalouse et de l'amour dédaigné la poursuivrait jusque dans la mort, hanterait son cercueil, l'écarterait du ciel et la plongerait dans un autre monde horrible où elle la tourmenterait éternellement. Parfois il lui arrivait de songer que folie devait signifier oubli, mais parfois aussi elle frissonnait d'épouvante et d'horreur à l'idée que dans l'esprit égaré d'une folle l'image de la douleur qui lui avait fait perdre la raison pouvait conserver encore sa place et s'offrir à son imagination sous une forme tronquée, exagérée, sous une fausse apparence gigantesque dix mille fois plus terrible que la réalité. En se rappelant les rêves qui troublaient son sommeil agité, ces rêves qui, par leur horreur fiévreuse, n'étaient presque que des intervalles de délire, il est à peine étrange qu'Olivia eût de semblables idées.

Elle n'avait pas succombé au mal et au désespoir sans lutter longtemps et à plusieurs reprises. Cent fois elle s'était abandonnée aux démons qui la guettaient pour s'emparer d'elle, et cent fois elle avait essayé d'arracher son âme à leur redoutable puissance ; mais ses efforts les plus violents avaient été inutiles. Peut-être était-ce parce qu'elle n'avait pas adopté un bon plan de défense. Ce fut assurément pour cette raison qu'elle échoua si complètement dans sa tentative pour dominer son désespoir, car sans cela cette terrible croyance, attribuée aux Calvinistes, croyance qui enseigne que

quelques âmes sont condamnées en naissant, eût été
justifiée par l'exemple de cette femme. Elle ne pouvait
oublier ; elle ne pouvait chasser ou étouffer cette haine
furieuse qui la consumait comme un feu dévorant, et
elle s'écriait dans son agonie : « N'y a-t-il aucun remède qui puisse guérir cette maladie ! »

Je crois que son erreur provenait de ce qu'elle ne
s'adressait pas au bon Médecin. Elle faisait du charla-
tanisme avec son âme comme quelques personnes en
font avec leur corps ; elle se servait de ses remèdes à
elle plutôt que de recourir aux simples prescriptions
du Divin Guérisseur de tous les maux. Confiante en
elle-même et n'ayant que du mépris pour les faiblesses
contre lesquelles se révoltait sa fierté, elle en appelait
à son intelligence et à sa volonté pour sortir du bourbier moral où son âme s'était plongée. Elle disait :

— Je ne suis pas femme à devenir folle d'amour pour
une figure d'enfant ; je ne suis pas femme à mourir
d'une stupide passion imaginaire que la plus niaise des
pensionnaires aurait honte d'avouer à une compagne.
Je ne suis pas femme à agir ainsi et je me guérirai moi-
même de ma folie.

Mme Marchmont fit un effort pour reprendre son genre
de vie d'autrefois, avec ses devoirs réguliers et inces-
sants, avec son abnégation perpétuelle. Si elle eût été
catholique romaine, elle serait allée au couvent le plus
rapproché et aurait demandé la permission de prononcer des vœux qui pouvaient, dans le plus bref délai,
élever une barrière entre elle et le monde ; elle aurait
passé de longues et tristes journées dans des prières
secrètes perpétuelles, et elle aurait creusé un peu plus
les dalles déjà usées par les genoux des autres fidèles.
Mais, avec sa religion, elle se traça à sa manière un
régime de pénitence ; elle parcourut de longues dis-
tances à pied pour visiter ses pauvres, alors qu'elle aurait pu faire le trajet en voiture ; elle s'exposa à la pluie
et au mauvais temps, elle s'imposa des fatigues inutiles et revint le soir chez elle, les pieds tout meurtris,
pour s'évanouir dans les robustes bras de sa servante
à mine rébarbative, la fidèle Barbara.

Mais cette pénitence volontaire ne chassa pas Edward

et Mary de l'esprit de la veuve. Eût-elle traversé une
fournaise ardente, que leurs images l'eussent hantée
quand même et se fussent montrées à elle vivaces et
palpables, même dans les angoisses de la mort. La fatigue de ses longues et tristes promenades rendit
Mᵐᵉ Marchmont encore plus maigre et plus pâle; à force
de s'exposer à la tempête et à la pluie, elle gagna une
toux sèche et douloureuse qui la tourmenta le jour et
troubla son sommeil agité la nuit. Aucun bien ne parut
résulter de ses efforts, et les démons qui se réjouis-
saient de sa faiblesse et de son insuccès, la réclamè-
rent comme une proie qui leur appartenait. Ils la ré-
clamèrent comme leur appartenant, et il ne manquè-
rent pas d'agents terrestres qui travaillaient patiemment à leur service, et s'empressaient de leur venir en
aide pour assurer la chute de leur victime.

La grande horloge du quadrangle avait sonné trois
heures et midie; l'après-demi de cette journée d'août
était d'une chaleur accablante. Mᵐᵉ Marchmont avait
fermé les yeux après avoir jeté son livre, et elle s'était
assoupie; ses nuits étaient sans sommeil, et la chaleur
du jour avait influé sur elle.

Elle fut tirée de ce demi-sommeil par Barbara qui entra dans la chambre, apportant deux cartes sur un
plateau, le même vieux plateau d'argent armorié sur
lequel la carte de Paul Marchmont avait été apportée à
la veuve trois ans auparavant. L'Abigaïl se tint debout
à moitié chemin, entre la porte et la fenêtre, auprès de
laquelle la veuve était assise, et jeta sur la figure de
sa maîtresse un regard scrutateur.

— Elle avait changé depuis le retour du Capitaine,
et elle a changé encore depuis qu'il est reparti, — se
dit la servante, — ça été comme autrefois au presbytère,
quand il allait et venait. Je me demande comment il
se fait qu'il n'ait rien ressenti pour elle. Il aurait pu
s'apercevoir de l'amour qu'elle a pour lui s'il eût eu
des yeux pour observer sa figure ou des oreilles pour
écouter sa voix. Elle est plus belle que l'autre et plus
savante aussi, mais elle tient les amoureux à l'écart....
elle semble leur avoir toujours fait peur.

Je crois qu'Olivia aurait arraché le cœur à sa ser-

vante si elle avait eu connaissance des pensées qu'elle
se permettait, si elle avait su que la femme qui la servait et recevait d'elle un salaire osait deviner son secret et réfléchir sur sa souffrance.

La veuve s'éveilla tout à coup et releva la tête en
fronçant les sourcils d'un air d'impatience. Elle n'avait
pas été éveillée par le bruit de la porte qui s'ouvrait,
mais par cette sensation désagréable qui annonce
presque toujours la présence d'un étranger à un dor-
meur d'un tempérament nerveux.

— Qu'y a-t-il, Barbara? — demanda-t-elle; puis,
apercevant les cartes, elle ajouta avec colère, — ne
vous ai-je pas dit que je ne voulais pas recevoir de visiteurs aujourd'hui; ma toux m'a épuisée, et je suis
trop malade pour voir n'importe qui.

— Oui, mademoiselle Livy, — répondit la servante
(elle donnait encore de temps en temps ce nom à sa
maîtresse, tant il lui était devenu familier pendant l'enfance et la jeunesse de la fille du recteur), — je n'ai
pas oublié votre recommandation, mademoiselle Livy;
j'ai dit à Richardson que vous ne vouliez pas être dérangée. Mais cette dame et ce gentleman ont déclaré
que si vous voyiez ce qu'il y a d'écrit sur le dos de
l'une des cartes, vous feriez certainement une exception en leur faveur. Je crois que c'est la dame qui a
fait cette remarque. Elle est entre deux âges, très-ba-
varde et a des manières agréables, — ajouta la rigide
Barbara, ne perdant rien de sa rigidité à mesure qu'elle
parlait.

Olivia saisit les cartes sur le plateau.

— Pourquoi ces gens-là m'ennuient-ils de la sorte,
— s'écria-t-elle avec impatience; — n'aurai-je donc
plus le droit de m'endormir même cinq minutes sans
qu'un intrus quelconque vienne troubler mon sommeil?

Barbara regarda la figure de sa maîtresse. L'anxiété
et la tristesse se montrèrent faiblement sur la figure
épaisse de la servante. Un observateur attentif, péné-
trant, sous cet air impassible et solennel, qui était
l'expression habituelle de la physionomie de Barbara,
aurait pu découvrir un secret; la froide servante aimait

sa maîtresse d'une affection jalouse et réfléchie qui s'a-
percevait de chaque changement survenu chez l'objet
aimé.

Mᵐᵉ Marchmont examina les deux cartes qui portaient les noms de M. et Mᵐᵉ Weston, Kemberling. Sur
le dos de la carte de la dame se trouvaient écrits au
crayon les quelques mots suivants :

« *Madame Marchmont voudra-t-elle avoir la bonté de re-*
cevoir Lavinia Weston, sœur cadette de Paul Marchmont et
parente de madame Marchmont?

Olivia haussa les épaules en rejetant la carte.

— Paul Marchmont !.... Lavinia Weston !.... — murmura-t-elle; — oui, je me souviens de lui avoir entendu dire qu'il avait une sœur mariée à un médecin
de Stanfield. Faites entrer ces personnes, Barbara.

La servante regarda sa maîtresse avec un air de
doute.

— Vous lisserez sans doute vos cheveux et vous
vous rafraîchirez la figure avant de voir ces visiteurs, n'est-ce pas, mademoiselle Livy, — dit-elle d'un
ton qui tenait à la fois de celui de la conseillère
et de la suppliante. — Vous avez eu beaucoup d'ennuis
dans ces derniers temps et cela vous a donné une
mine un peu fatiguée; je ne voudrais pas que les gens
de Kemberling disent que vous êtes malade.

Mᵐᵉ Marchmont se retourna avec fureur vers l'Abigaïl.

— Laissez-moi seule, — s'écria-t-elle; — qu'est-ce
que cela peut vous faire à vous et à n'importe qui, la
mine que j'ai? A quoi m'a donc servi ma belle figure
pour que je m'en occupe, ajouta-t-elle à voix basse,
introduisez ces personnes, puisqu'elles désirent me
voir.

— Je les ai introduites dans le salon occidental, madame, Richardson les y a menées.

Barbara tenait bon pour sauver les apparences. Elle
voulait que la fille du recteur reçût ces étrangers, qui
avaient eu l'audace de venir l'importuner, d'une façon
convenable pour la dignité de la veuve de Marchmont.

Elle jeta un regard furtif sur le désordre de la chambre obscure. Des livres et des papiers étaient épars çà et là, le foyer et la traverse disparaissaient sous des monceaux de lettres déchirées, car Olivia n'avait aucune tendresse pour les reliques du passé, et prenait même un certain plaisir à détruire tout ce qui lui rappelait sa vie sans joie et sans amour. Les chaises en chêne à grand dossier avaient été dérangées de leur place, le tapis vert qui recouvrait la table avait été à moitié tiré et traînait par terre. Un livre avait été jeté par-ci, un châle par-là, et un mouchoir ailleurs; le secrétaire était ouvert, les papiers y étaient en désordre et l'encrier découvert : bref, tout dans la chambre attestait la négligence de celle qui l'occupait. Il n'était pas nécessaire d'être un habile psychologue pour conclure de tout cela que son esprit n'était pas dans son assiette et qu'elle avait cherché à secouer son ennui par une douzaine d'occupations différentes sans qu'aucune eût pu la distraire. C'était le vague sentiment de quelque chose de ce genre qui causait l'anxiété de Barbara. Elle voulait tenir les étrangers à l'écart de cette chambre où sa maîtresse pâle, aux traits hagards et fatigués dévoilait son secret par tant de manières. Mais avant qu'Olivia eût pu répondre au conseil de sa servante, la porte que Barbara avait laissée entr'ouverte fut poussée très-doucement par quelqu'un, et une douce voix dit d'un ton gai assez semblable au caquetage des oiseaux :

— Je suis bien sûre que vous me permettrez d'entrer, n'est-ce pas, madame Marchmont? L'impression produite sur moi par la description que mon frère Paul m'a faite de vous est si agréable que je me hasarde à me présenter sans y être invitée, malgré votre défense peut-être.

La voix et les manières de celle qui parlait étaient si légères et si calmes, il y avait tant de gaieté et d'amabilité dans chaque inflexion, qu'Olivia, en se levant de sa chaise, porta la main à son front, comme si elle eût été éblouie et confondue par les roulades bruyantes de quelque oiseau en cage. Que signifiaient ces accents de gaieté, ces sons clairs et francs, qui semblaient

perçants et fort peu harmonieux aux oreilles de la
femme désespérée? Elle se tint debout, pâle et brisée,
et regarda sa visiteuse comme l'eût regardée la statue
de la tristesse et de la souffrance ; elle était encore
beaucoup trop absorbée par la douleur pour songer,
en ce premier moment, aux dures exigences de la
fierté. Elle resta immobile, révélant par son air, son
attitude, son silence, son oubli de toute chose, toute
une longue histoire aux yeux observateurs qui la contemplaient.

Mᵐᵉ Weston demeura sur le seuil de la porte de la
chambre, dans une attitude gracieusement embarrassée, qui exprimait d'une façon charmante la lutte que
soutenait chez elle la défiance d'une pauvre et modeste
parente contre son désir de se précipiter dans les bras
d'Olivia. La femme du médecin était petite et frêle ;
ses traits semblaient la reproduction féminine en mi-
niature de ceux de son frère Paul ; elle avait des cheveux blond cendré, si cendrés que, s'ils étaient en
une seule nuit devenus blancs comme ceux de l'artiste,
très-peu de personnes se fussent probablement aper-
çues de leur changement. Lavinia était éminemment
ce qu'on appelle, en général, une femme qui a du sa-
voir-vivre. Elle savait toujours adopter le système de
conduite qui nécessitait la circonstance. Elle ne se
contentait pas d'un à-peu-près, elle prenait la mesure
complète du ton de la personne à qui elle avait affaire.
Elle s'était, pour ainsi dire, fabriqué un système homéo-
pathique de bonnes manières, et elle mesurait la politesse et la courtoisie par globules sans jamais en ad-
ministrer trop ou trop peu. Pour son mari, elle était
un trésor inappréciable, et si le médecin, qui était un
homme gros, à figure solennelle et à caractère aussi
uni et aussi monotone que les plaines et les marais de
son pays natal, était mené par sa femme, l'autocrate
féminin tenait les rênes du gouvernement avec tant de
légèreté que son sujet obéissant savait à peine combien
peu responsable était devenue l'autorité de sa femme.

Pendant qu'Olivia faisait face à la visiteuse importune, qui hésitait avec timidité et se trouvait séparée
d'elle par toute la largeur de la chambre, Lavinia, avec

sa robe en mousseline bouffante et son écharpe, son joli chapeau, ses beaux rubans et ses gants bien tirés, avait un peu l'air d'un audacieux canari qui se proposerait d'envahir la tanière d'une lionne affamée. La différence physique et morale entre l'oiseau timide et la féroce reine des forêts eût à peine pu être plus grande que celle qui existait entre les deux femmes.

Mais Olivia ne demeura pas éternellement embarrassée et silencieuse en présence de sa visiteuse. Sa fierté vint à son secours. Elle se tourna sèchement vers l'importune.

— Entrez, s'il vous plaît, madame Weston, — dit-elle, — et asseyez-vous. On a refusé de vous introduire tout à l'heure, parce que j'ai été malade et que j'ai donné ordre à mes domestiques de refuser ma porte à tout le monde.

— Mais, ma chère madame Marchmont, — murmura Lavinia d'une voix douce ressemblant presque au roucoulement d'une tourterelle, — si vous avez été malade, votre maladie était une raison de plus pour vous décider à nous voir au lieu de nous éloigner de chez vous. Je ne voudrais pas certainement dire un seul mot qui fût de nature à offenser votre médecin habituel.... vous avez un médecin en titre, sans doute; celui de Swampington, je suppose?... mais la femme d'un médecin peut souvent être utile là où un médecin n'est bon à rien. Il y a de petites maladies nerveuses.... l'abattement d'esprit, le malaise mental.... qui font souffrir beaucoup les femmes, les femmes sensibles surtout, et que la nature plus raffinée de la femme est peût-être seule à même de comprendre parfaitement. Vous n'avez pas bonne mine, chère madame Marchmont. J'ai laissé mon mari au salon, car je tenais beaucoup à ce que notre première entrevue eût lieu sans témoins. Les hommes jugent les femmes sentimentales quand elles ne font que céder à leurs impulsions. Weston est une bonne créature, au cœur simple, mais il ne connaît pas plus l'esprit de la femme qu'il ne connaît les harpes éoliennes. Quand la corde vibre, il entend le son faible et plaintif, mais il n'a aucune idée de ce qui produit la mélodie. Il en est de même à notre

égard, madame Marchmont. Ces médecins nous exa-
minent dans les souffrances de l'hystérie, ils entendent
nos soupirs, ils voient nos larmes, et, dans leur ignorance et leur manque d'instruction, ils prescrivent les
remèdes vulgaires de la pharmacopée. Non, chère madame Marchmont, vous n'avez pas bonne mine. Je crois
que, chez vous, c'est l'esprit qui a été malmené, n'est-
ce pas qu'il en est ainsi ?

Mme Weston pencha sa tête de côté en adressant
cette question, et sourit à Olivia d'un air de douce in-
sinuation. Si la femme du docteur désirait sonder les
profondeurs de l'âme triste de la veuve, elle avait en
ce moment un avantage, car Mme Marchmont avait été
surprise par cette question adressée peut-être au
hasard ou peut-être aussi avec une attention mûrement
réfléchie. Olivia se tourna avec fierté vers la question-
neuse polie.

— Je n'ai pas souffert d'autre chose que d'un rhume
que j'ai gagné l'autre jour, — dit-elle ; — je ne suis pas
sujette à cette hystérie de grande dame dont vous parlez, madame Weston.

La femme du docteur contracta ses lèvres en un sourire sympathique et ne fut pas du tout déconcertée par
cette rebuffade. Elle s'était assise sur l'une des chaises
à dossier élevé et avait étalé autour d'elle sa robe de
mousseline bouffante. Elle ressemblait à une person-
nification vivante de tout ce qui est propre, soigné et
vulgaire, et faisait contraste avec la femme pâle, à figure sévère, qui se tenait debout, rigide et défiante,
sous sa longue robe noire.

— J'en suis charmée! — s'écria Mme Weston, — vous
n'êtes donc réellement pas nerveuse? Et moi qui m'étais
imaginé, d'après ce que m'avait dit mon frère Paul,
qu'une femme aussi richement douée que vous devait
être nerveuse! Mais, en vérité, je crains d'être indiscrète et d'abuser de notre légère parenté. C'est bien
une parenté, n'est-ce pas, quoique très-légère?

— Je n'ai jamais réfléchi sur ce sujet, — répondit
froidement Mme Marchmont, — je suppose cependant
que mon mariage avec le cousin de votre frère....

— Et mon cousin, à moi....

— A établi entre nous une espèce de lien. Mais M. Marchmont m'a donné à entendre que vous habitiez Stanfield, madame Weston ?

— Nous y avons demeuré jusqu'à la semaine dernière, oui, jusqu'à la semaine dernière, positivement, — répondit la femme du médecin; — je vois que vous ne vous intéressez guère aux commérages de village, madame Marchmont, ou sinon, vous auriez appris le changement qui s'est fait à Kemberling.

— Quel changement?

— L'achat fait par mon mari de la clientèle du pauvre vieux M. Dawnfield. Le cher homme est mort il y a un mois.... vous avez appris sa mort, évidemment.... et M. Weston a négocié l'achat avec Mᵐᵉ Dawnfield, en moins d'une quinzaine. Nous sommes arrivés au commencement de la semaine dernière, et nous avons déjà commencé à nous faire des amis dans le voisinage. Comme c'est étrange, que vous n'ayez pas entendu parler de notre arrivée !

— Je ne vois pas beaucoup de monde, — répondit Olivia avec indifférence, — et je ne suis jamais au courant des nouvelles de Kemberling.

— Ah! — s'écria Mᵐᵉ Weston, — ce n'est pas comme nous, qui nous occupons tant à Kemberling de Marchmont Towers.

En parlant elle regarda la veuve bien en face, et son sourire stéréotypé fit place à une expression d'avide curiosité, d'intérêt puissant qu'elle ne put cacher

Cette expression et le ton de sa dernière phrase disaient aussi bien que des paroles : « J'ai entendu parler de la fuite de Mary Marchmont. »

Olivia le comprit, mais sa folie furieuse et absorbante l'empêchait de pénétrer les intentions ou les motifs d'autrui. Elle se révoltait contre cette Mᵐᵉ Weston et la trouvait ennuyeuse, parce qu'elle était venue troubler sa désolation, mais elle n'eut aucune idée de l'intérêt que pouvaient avoir pour Lavinia les actions de Mary, elle ne se rappela pas que la frêle existence de la jeune orpheline était le seul obstacle entre le frère de cette femme et le riche héritage de Marchmont Towers.

Aveugle et oublieuse de tout dans le hideux égoïsme

de son désespoir, qu'était Olivia, sinon un instrument commode, facile à manier et à diriger par des gens peu scrupuleux, dont la dure intelligence n'avait jamais été embrouillée par la passion.

Mme Weston avait appris la fuite de Mary ; mais elle avait entendu raconter cet événement d'une demi-douzaine de manières aussi variées dans leurs détails que si une demi-douzaine d'héritières se fussent enfuies de Marchmont Towers. Chaque commère de l'endroit avait son histoire à elle sur les motifs qui avaient poussé la jeune fille à s'éloigner de sa demeure. Les récits luttaient entre eux de talent de description et de détails minutieux. Les conversations qui avaient eu lieu entre Mary et sa belle-mère, entre Edward et Mme Marchmont, entre le recteur de Swampington et personne en particulier, auraient fourni matière à des volumes s'il avait fallu en croire les commères de Kemberling ; mais, comme chacun assignait une cause différente au terrible malentendu des Towers et une direction différente à la fuite de Mary, et comme l'employé du chemin de fer, qui aurait pu éclairer la question, était un homme raide et bourru, peu affable envers ses pareils et qui avait persisté à se taire, il n'était pas facile d'approcher de la vérité. En pareilles circonstances, Mme Weston avait donc décidé qu'elle irait puiser ses renseignements à la source première et qu'elle ferait une visite à la cruelle belle-mère, qui, d'après quelques-uns des cancans, avait assommé et battu la fille de son défunt mari.

— Oui, chère madame Marchmont, — dit Lavinia, voyant qu'il était nécessaire d'aller droit au but si elle tenait à arracher la vérité à Olivia, — oui, nous savons tout, à Kemberling, et il est à peine nécessaire, je crois, de vous informer que nous avons appris les chagrins que vous avez eus à endurer depuis votre bal.... ce bal dont on parle comme de la plus brillante et la plus agréable soirée qui se soit donnée depuis longtemps dans le voisinage. Nous avons su la triste nouvelle de la fuite de cette jeune fille.

Mme Marchmont releva la tête en fronçant le sourcil, mais elle ne répondit pas.

— Était-elle.... la question est réellement si pénible

que j'ai peur de l'adresser... mais Mlle Marchmont était-
elle tout à fait... excentrique... un peu faible d'esprit?
Pardonnez-moi, je vous en prie, si cette question vous
fait de la peine, mais...

Olivia tressaillit et dévisagea hardiment sa visiteuse.

— Faible d'esprit?... non! — dit-elle.

Mais en parlant ses yeux se dilataient, ses joues
pâles pâlissaient plus encore, sa lèvre supérieure fré-
missait convulsivement. Il semblait que quelque idée
nouvelle venait de s'offrir à elle avec tant de promptitude que la respiration lui manquait.

— *Pas* faible d'esprit, — répéta Lavinia, — ah! c'est consolant d'apprendre cela. Évidemment Paul n'a que fort
peu vu sa cousine et il n'a pas été à même de juger...
quoique ses opinions, quelque promptement formées
qu'elles soient, ne pèchent jamais par l'exactitude....
mais il m'a donné à comprendre qu'il pensait que
Mlle Marchmont semblait un peu... rien qu'un peu....
faible d'esprit. Je suis bien aise de voir qu'il s'était
trompé.

Olivia ne répondit pas à ce discours. Elle s'était ras-
sise dans son fauteuil auprès de la fenêtre, elle regardait droit devant elle dans le quadrangle dallé, et
ses mains reposaient immobiles sur ses genoux. Elle
avait l'air de ne pas avoir conscience de la présence de
sa visiteuse, ou tout au moins d'être pour elle si complétement indifférente, qu'elle ne daignait pas se donner la peine de s'intéresser à sa conversation.

Lavinia revint de nouveau à l'attaque.

— Je vous en prie, madame Marchmont, ne me jugez
pas importune ou indiscrète, — dit-elle d'un ton suppliant, — si je vous demande de vouloir bien me faire
connaître les véritables détails de ce triste événement.
Je suis persuadée que vous serez assez bonne pour
vous souvenir que mon frère Paul, ma sœur et moi nous
sommes les plus proches parents de Mary du côté de
son père, et que nous avons par conséquent quelque
droit de nous intéresser à elle.

Par ce discours très-poli, Lavinia remettait clairement
en mémoire à la veuve l'insignifiance de sa position à elle
à Marchmont Towers. Dans sa situation d'esprit ordinaire,

Olivia aurait ressenti cette offense, mais en ce moment
elle l'entendit à peine et n'y prit pas garde, elle réfléchissait avec une persistance stupide, déraisonnable
sur ces mots : « faible d'esprit. » Ce ne fut qu'à l'aide
d'un effort qu'elle parvint à s'arracher à ses réflexions,
pour répondre à la question de Mme Weston, quand
cette dame la répéta en termes très-clairs.

— Je ne puis rien vous raconter au sujet de la fuite
de Mlle Marchmont, — dit-elle froidement, — si ce n'est
qu'elle a bien voulu s'éloigner de chez elle. Sa conduite dans la nuit du bal m'ayant paru répréhensi-
ble, je lui en fis l'observation et le lendemain matin
elle partit sans assigner aucun motif, à moi du moins,
à sa fuite absurde et peu convenable.

— Elle ne vous a donné aucun motif à vous, chère
madame Marchmont, mais elle en a donné à quelqu'un,
je pense, d'après ce que vous dites.

— Oui, elle a écrit à mon cousin le Capitaine
Arundel.

— Et lui disait-elle le motif de son départ?

— Je ne sais.... je l'ai oublié, la lettre n'avouait rien
clairement, elle était sans suite et incohérente.

Mme Weston soupira; son soupir semblait venir du
fond de sa poitrine.

— Sans suite et incohérente, — murmura-t-elle d'un
ton pensif; — comme Paul sera désolé d'apprendre
tout ceci. Il prenait tant d'intérêt à sa cousine : jeune
et frêle créature, m'a-t-il dit. Oui, il s'intéressait beaucoup à elle, madame Marchmont, quoique vous ayez
peut-être de la peine à me croire en m'entendant parler ainsi. Il s'est tenu à l'écart de Marchmont, avec intention, sa nature délicate l'a poussé à s'abstenir
même de révéler sa sympathie pour Mlle Marchmont.
Sa position, si vous vous en souvenez, est vis-à-vis de
cette pauvre jeune fille excessivement délicate.... je
pourrais même dire pénible.

Olivia ne se souvenait de rien. La valeur du domaine
de Marchmont, la sordide représentation en argent
de ces vastes fermes qui s'étendaient jusque dans le
comté d'York, les revenus bien calculés et insignifiants
pour elle qui faisaient de Mary une riche héritière,

étaient si loin des sombres pensées de cette femme désespérée, qu'elle ne soupçonnait pas plus Mme Weston d'avoir eu des projets intéressés en venant aux Towers, que d'avoir eu l'idée de voler l'argenterie du buffet. Elle songeait seulement que la femme du docteur était ennuyeuse et que sa politesse insidieuse la fatiguait et la révoltait, au point d'avoir presque le désir de la faire mettre à la porte.

Dans cette désagréable situation d'esprit, Mme Marchmont poussa un soupir d'impatience qui était une indication suffisante pour une tacticienne aussi accomplie que sa visiteuse.

— Je sais que je vous ai ennuyée, ma chère madame Marchmont, — dit la femme du médecin, se levant et arrangeant pendant qu'elle parlait son écharpe en mousseline, en signe de départ immédiat. — Je suis réellement désolée de vous voir souffrir de cette affreuse toux, mais vous avez sans doute le meilleur médecin, M. Barlow de Swampington, m'avez-vous dit, je crois (Olivia n'avait nullement parlé de cela)? et j'espère que la chaleur de la saison empêchera votre rhume de dégénérer en catarrhe. Si j'osais vous conseiller la flanelle.... il y a une foule de jeunes femmes qui ridiculisent la flanelle, mais en ma qualité de femme d'un humble praticien de province, j'ai pu apprécier sa valeur. Au revoir, chère madame Marchmont. Je pourrai revenir, n'est-ce pas, maintenant que la glace est rompue, et que nous avons si bien fait connaissance? Au revoir.

Olivia ne put se refuser à prendre au moins une des deux mains potelées et étroitement gantées qui lui furent tendues d'un air de franche cordialité, mais la pression de main de la veuve fut sans vigueur, et comme il faut pour qu'une poignée de main ait de la valeur, de même qu'une querelle, que les deux acteurs prennent la chose au sérieux, on ne peut pas dire que celle-ci fut réellement bonne.

Le poney du médecin devait être depuis longtemps fatigué d'attendre devant l'escalier en pierre qui conduisait au portique occidental, lorsque Mme Weston prit place à côté de son mari dans le gig qui avait été

repeint et verni à neuf à l'occasion du commencement
de la nouvelle hégire de Stanfield.

Le médecin n'était pas un homme ambitieux ni un
homme intéressé ; il était simplement stupide et paresseux, paresseux, quoique malgré lui il menât une
vie très-active et très-laborieuse, mais il y a une foule
d'hommes carrés dont les flancs sont cruellemet tor-
turés par la pression des trous ronds dans lesquels ils
se sont maladroitement glissés, et si nos existences
étaient toujours en rapport parfait avec nos tempéra-
ments, Weston eût été un mangeur de lotus. Quoiqu'il
en fût, il était content de mener une vie monotone et
de se soumettre avec douceur à tous les désirs de sa
femme, faisant ce qu'elle lui disait de faire, parce qu'il
était toujours plus facile de lui obéir que de lui résister. Il a été certainement bien plus facile à Macbeth de
terminer sa vilaine affaire du meurtre de Duncan, que
d'endurer les reproches amers et méprisants de sa
femme concentrés en ces quatre mots : « Donnez-moi
les poignards. »

Weston fit une ou deux questions banales à sa
femme sur son entrevue avec la veuve de Marchmont,
mais s'apercevant que Lavinia ne se souciait guère de
discuter à ce sujet, il retomba dans le silence et consacra toutes les forces de son intelligence à faire éviter
au poney les ornières profondes creusées sur la route
inégale entre Marchmont Towers et la grande rue de
Kemberling.

— Quel est le secret de la vie de cette femme ? — se
demanda Lavinia pendant son retour chez elle, —
a-t-elle maltraité la jeune fille ou bien a-t-elle tramé
quelque complot pour devenir maîtresse de la fortune
de Marchmont ! Bah ! c'est impossible. Et pourtant
elle peut facilement s'amasser de manière ou d'autre
une jolie somme sur les revenus du domaine. Quoi qu'il
en soit, ces deux femmes sont à couteaux tirés.

CHAPITRE XVIII

Une lune de miel en cachette.

Le village où Edward avait conduit sa femme était à quelques milles de Winchester. Le jeune officier était devenu familier avec cette retraite au début de son enfance en venant y passer une partie des vacances du milieu de l'été chez un de ses camarades de pension, et il avait depuis lors conservé un bon souvenir des ruisseaux pleins de truites, de la riche verdure des vallées et des collines qui entouraient le charmant petit noyau de cottages aux toits de chaume, des jolies villas aux murs blancs et de la vieille église grisâtre.

Mais pour Mary, qui ne connaissait de la ville et de la campagne que les environs noirâtres d'Oakley Street et les plaines marécageuses du comté de Lincoln, ce village du comté de Southampton sembla un paradis champêtre où ni chagrins ni malheurs ne devaient jamais pénétrer. Elle avait tremblé à l'idée de voir Olivia arriver dans Oakley Street, mais là elle vit s'envoler toute la terreur que lui inspirait sa rigide belle-mère; protégée, abritée par l'amour de son jeune mari, elle s'imaginait qu'elle pourrait y vivre éternellement heureuse et tranquille.

Elle fit cet aveu à Edward par une matinée de soleil, pendant qu'ils étaient assis sur le bord du ruisseau à truites favori du jeune homme. L'attirail de pêche du Capitaine s'étalait sur le gazon à côté de lui ; car il avait été entraîné à oublier une énorme truite qu'il avait guettée et cherché à prendre par ruse pendant plus d'une heure, et il s'était étendu tout de son long sur le bord de l'eau, appuyant sur les genoux de Mary sa tête sans chapeau.

L'enfantine jeune mariée eût été contente de rester à tout jamais ainsi dans cette solitude champêtre, roulant ses doigts dans les belles boucles brunes de la chevelure de son mari, et fixant timidement ses doux yeux sur sa belle figure, si candide, si rayonnante au milieu de son repos sans soucis. La prairie onduleuse était à moitié cachée par un brouillard doré, interrompu seulement çà et là par l'éclat de quelque rayon plus brillant se jouant sur les eaux murmurantes des ruisseaux qui serpentaient à travers les pâturages de la plaine. Les tours massives de la cathédrale, les murs grisâtres de Sainte-Croix apparaissaient vaguement dans le lointain ; le bruit de la chute d'eau d'un moulin résonnait comme une chanson monotone au milieu de la chaleur assoupissante qui régnait dans l'atmosphère. Mary quitta des yeux la figure qu'elle aimait pour contempler le beau paysage qui l'entourait, et une tendre solennité envahit son esprit ; elle ressentit pour cette belle terre un amour respectueux et une admiration qui approchèrent presque de l'effroi.

— Comme cet endroit est joli, Edward ! — dit-elle. — Je n'avais pas d'idée qu'il y eût d'aussi charmantes retraites sur terre. Savez-vous que je préférerais l'humble position de paysanne ici à celle d'héritière du comté de Lincoln. Edward, si je vous demande une faveur, me l'accorderez-vous ?

Elle parlait sérieusement, regardant la figure de son mari tournée vers le ciel ; mais Arundel se contenta de rire de sa question sans même se donner la peine de relever ses paupières appesanties, qui s'étaient refermées sur ses yeux bleus.

— Oh ! ma bien-aimée, pourvu que vous demandiez autre chose que la lune, il n'est pas probable que votre mari dévoué se refusera à votre prière. Notre lune de miel ne compte pas encore quinze jours, chère Polly, vous ne voudriez pas me voir devenir tyran aussi vite que cela. Parlez, madame Arundel, et affirmez votre dignité de matrone anglaise. Quelle est la faveur que j'ai à vous accorder ?

— Je veux que vous viviez toujours ici, cher Edward, — dit la voix enfantine d'un ton caressant ; — ce n'est pas seulement quinze jours ou un mois que je demande, c'est toujours, toujours. Je n'ai jamais été heureuse à Marchmont Towers. Papa y est mort, vous savez, et je ne puis l'oublier. Peut-être cela aurait-il dû me rendre sacrée la demeure où il avait vécu, et je l'ai envisagée ainsi effectivement; mais elle a été sacrée comme l'est la tombe de papa dans l'église de Kemberling, et je regarde comme une profanation d'y être heureuse ou d'y oublier mon cher père, même un seul instant. Ne retournons pas là-bas, Edward, je vous en prie. Laissons-y vivre en paix ma belle-mère. Je trouverais cruel et égoïste de l'éloigner d'une maison où elle a si longtemps commandé. Gormby continuera à percevoir les revenus, vous savez, et il nous enverra tout l'argent qui nous sera nécessaire. Nous prendrons cette jolie maison que nous avons vue de l'autre côté de Milldale.... la maison à pigeonnier entourée de grands arbres où les grolles font leurs nids, et qui a sur le devant une pelouse allant en pente jusqu'au bord de l'eau. Vous savez que vous n'aimez pas le Lincoln, Edward, pas plus que moi, et il n'y a presque pas de ruisseaux à truites près des Towers.

Arundel ouvrit les yeux et abandonna sa position horizontale avant de répondre à sa femme.

— Ma chère et bien-aimée Polly, — dit-il en souriant à la douce figure tournée vers la sienne d'un air sérieux, — ma chère petite femme enfuie de chez elle! Les gens riches ont des devoirs à remplir aussi bien que les gens pauvres, et je crains bien que cela soit impossible pour vous de vous cacher dans ce village écarté et de déserter à tout jamais Marchmont Towers et ses dépendances. J'aime votre esprit enfantin et si peu mondain, ma chérie, et je souhaite parfois que nous soyons deux grands enfants habitant les bois et errant ensemble à la recherche des fleurs sauvages, des mûres et des noisettes, jusqu'à ce que les ombres du soir nous entourent et que les rouges-gorges viennent s'abriter dans les branchages au-dessus de nos têtes. Ne croyez pas que je sois las de notre lune de miel, Polly, ou que je tienne à Marchmont Towers plus que vous, mais je doute fort que votre projet d'absence soit praticable. Le monde proclamerait ma petite femme excentrique si elle fuyait sa grandeur, et Paul Marchmont l'artiste, dont votre pauvre père avait mauvaise opinion, entre parenthèses, vous ferait interdire comme lunatique.

— Paul Marchmont! — répéta Mary, — papa détestait-il M. Paul Marchmont?

— Oui, le pauvre John avait, je crois, une espèce de prévention contre cet homme; mais ce n'était qu'une prévention, car il m'avoua franchement qu'il ne pouvait l'expliquer par aucune raison. Pourtant, quoi qu'il en soit de M. Paul Marchmont, il vous faut habiter les Towers, Mary, jouer le rôle de la fée Bienfaisante en chef dans tout le voisinage, veiller sur votre propriété, avoir de longues entrevues avec Gormby, et devenir tout à fait une femme d'affaires, afin que lorsque je retournerai dans l'Inde...

Mary l'interrompit en poussant un petit cri.

— Retourner dans l'Inde! — s'écria-t-elle, — que voulez-vous dire, Edward?

— Je veux dire, ma chérie, que mon métier sur terre est de me battre pour ma reine et mon pays et de ne pas vivre aux crochets de ma femme. Vous ne supposerez pas que je vais déposer mon sabre à l'âge de vingt-sept ans et vivre de ma pension. Non, Polly; vous vous rappelez ce que disait lord Nelson sur le pont du *Trafalgar*. Cette parole a beau être répétée, elle ne perdra jamais sa force. Il faut que je fasse mon devoir, Polly, il faut que je fasse mon devoir, quand bien même ce devoir m'entraînerait du côté opposé à l'amour, quand bien même il me faudrait vous quitter, ma chère petite femme, pour aller servir mon pays.

Mary joignit ses mains de désespoir et regarda piteusement son mari, pendant que des larmes roulaient le long de ses joues pâles.

— O Edward, — s'écria-t-elle, — comme vous êtes cruel, comme vous êtes cruel pour moi! A quoi bon ma fortune, si vous refusez de la partager avec moi, si vous ne voulez pas la prendre tout entière, car elle est à vous, mon cher aimé, elle est tout à vous? Je me souviens des paroles de la messe du mariage : « Je te fais

don de tous mes biens. » Je vous ai donné Marchmont
Towers, Edward, personne au monde ne peut vous l'en-
lever. Vous ne serez jamais, jamais assez cruel pour
m'abandonner. Je sais combien vous êtes brave et bon,
et je suis fière de songer à toutes vos belles actions
dans l'Inde, au noble courage que vous y avez déployé.
Mais vous avez combattu pour votre pays, Edward,
vous avez fait votre devoir. Personne ne peut exiger
de vous plus encore, personne ne vous enlèvera à moi.
O mon cher mari, promettez-moi de me protéger et de
me défendre tant que nous vivrons. Vous ne me quitterez pas.... vous ne me quitterez pas, n'est-ce pas?

Edward sécha avec des baisers les larmes qui mouillaient les joues pâles de sa femme et l'attira contre
sa poitrine.

— Ma bien-aimée, — dit-il tendrement, — vous ne
sauriez croire combien cela me chagrine de vous entendre parler ainsi. Que puis-je faire? Renoncer à ma
carrière, ce serait me réduire presque à la pauvreté.
Que dirait le monde en parlant de moi, Mary? Songez-
y. Ce mariage clandestin serait un terrible déshonneur
pour moi, s'il était suivi d'une vie de paresse, si je
profitais des avantages que m'offre votre fortune. Personne n'osera calomnier le soldat qui consacre les plus
belles années de sa vie au service de son pays. Vous
ne voudriez pas me voir insouciant de mon honneur,
ma chère Mary; c'est pour mon honneur qu'il faut que
je vous quitte.

— Oh! non, non, non, — s'écria la jeune femme avec
un faible gémissement.

Dévouée comme elle l'avait été dans toutes les autres
crises de sa jeune existence, elle ne pouvait songer en
ce moment à l'abnégation et être raisonnable; le désespoir s'emparait d'elle à l'idée de se séparer de son
mari. Non, pas même pour son honneur, elle ne pouvait se décider à le laisser partir. Mieux valait pour
elle qu'ils mourussent tous deux maintenant, au milieu
de leur bonheur.

— Edward.... Edward.... — dit-elle en sanglotant
et s'attachant convulsivement au cou du jeune homme,
— ne me quittez pas.... ne me quittez pas.

— Voudrez-vous alors venir avec moi dans l'Inde, Mary?

Elle releva la tête tout à coup et regarda son mari bien en face. La joie brillait dans ses yeux à travers ses larmes comme le soleil d'avril brille à travers un ciel pluvieux.

— J'irai au bout du monde avec vous, cher aimé, — dit-elle; — les sables brûlants et les jungles mortelles ne m'effrayeront pas si je suis près de vous, Edward.

Arundel sourit de son ton sérieux.

— Je ne vous mènerai pas dans les jungles, ma chère petite femme, — répondit-il en plaisantant, — ou si je vous y mène, votre palanquin sera bien gardé, et les bêtes fauves seront soigneusement tenues à l'écart de votre précieuse petite personne. Un grand nombre de dames vont dans l'Inde avec leurs maris, Polly, et reviennent sans avoir par trop souffert du climat ou du voyage. Sauf la question de votre fortune, je ne vois pas pourquoi vous ne viendriez pas avec moi.

— Oh! ne vous inquiétez pas de ma fortune, l'aura qui voudra.

— Polly, — dit le soldat sérieusement, — il nous faut consulter Paulette sur l'avenir. Je ne crois pas que j'aie bien fait de vous épouser en son absence, et j'ai trop tardé à lui écrire, Polly. Ces lettres doivent être écrites cette après-midi.

— La lettre à M. Paulette et celle pour votre père?

— Oui, et celle pour ma cousine Olivia, aussi.

La figure de Mary redevint inquiète en entendant le Capitaine parler de sa belle-mère.

— Faut-il que vous annonciez notre mariage à ma belle-mère? — dit-elle.

— Mais certainement, chère. Pourquoi le lui laisser ignorer? Le testament de votre père lui a donné le droit de vous conseiller, mais non celui de gêner votre choix, quel qu'il fût. Vous étiez votre maîtresse, Mary, quand vous m'avez épousé. Quel motif avez-vous de craindre ma cousine Olivia?

— Aucun, peut-être, — répondit tristement la jeune fille, — mais je la crains. Je sais que je suis bien enfant, Edward, et vous avez tout lieu de me mépriser, vous qui êtes si brave. Mais je ne pourrai jamais vous dire combien je tremble à l'idée de retomber au pouvoir de ma belle-mère. Elle m'a dit des choses cruelles, Edward. Chaque mot qu'elle prononçait me semblait un coup de poignard au cœur; mais ce n'est pas tout. Il y a plus encore. Il y a quelque chose que je ne puis décrire, que je ne puis comprendre, et ce quelque chose me dit qu'elle me hait.

— Qu'elle vous hait, ma chérie!

— Oui, Edward, oui, elle me hait. Ce n'a pas toujours été ainsi, vous savez. Elle n'était jadis que froide et réservée, mais en dernier lieu ses manières ont changé. J'ai pensé qu'elle était peut-être malade et que ma présence la fatiguait. Les gens malades désirent souvent être seuls. Oh! Edward, je l'ai vue reculer devant moi et frissonner si sa robe touchait la mienne, comme si j'avais été quelque horrible créature. Qu'ai-je fait, Edward, pour qu'elle me haïsse ainsi?

Arundel fronça les sourcils et chercha à résoudre ce problème féminin, mais il lui fut impossible d'y rien comprendre. Oui, ce que Mary avait dit était parfaitement vrai : Olivia la haïssait. Le jeune homme s'était aperçu de cela dans la matinée où la jeune fille s'était enfuie de Marchmont Towers. Il avait vu que la fureur vengeresse et l'emportement de la rage contractaient la sombre figure de la veuve de John Marchmont. Mais quelle raison pouvait avoir cette femme pour haïr cette innocente jeune fille? Cent fois le cousin d'Olivia s'adressa cette question et à la centième il se trouva tellement éloigné de la vérité, qu'il ne put y répondre qu'en imputant les motifs les plus vils aux sentiments haineux de la veuve.

— Elle est envieuse de la fortune et de la position de ma chère petite femme, — se dit-il.

— Mais vous ne me laisserez pas seule avec ma belle-mère, n'est-ce pas, Edward, — dit Mary revenant à son ancienne prière; — je n'ai pas peur d'elle, ni de personne, ou de quoi que ce soit au monde tant que vous êtes avec moi, comment aurais-je peur? Mais je crois que si je devais me trouver de nouveau seule avec elle, je mourrais. Elle me parlerait encore comme elle m'a parlé la nuit du bal et ses amers reproches me tueraient. Je ne pourrais supporter de nouveau d'être en son pouvoir, Edward.

— Et vous n'y serez plus jamais, ma chérie, — répondit le jeune homme, serrant dans ses bras nerveux la frêle et tremblante jeune femme, — mon enfant bien-aimée, vous ne serez plus exposée à l'insolence ni à la tyrannie de cette femme. Vous serez abritée, protégée et entourée de soins par l'amour de votre mari. Et quand je m'embarquerai pour l'Inde vous partirez avec moi, ma perle. Mary, relevez la tête et souriez-moi; ne parlons plus des belles-mères cruelles. Comme cela me semble étrange, Polly, que vous qui aviez tout le bon sens d'une femme quand vous étiez enfant, vous soyez si enfant maintenant que vous êtes femme.

La maîtresse de Marchmont Towers regarda son mari avec inquiétude, comme si elle redoutait que son caractère d'enfant ne lui fût désagréable.

— Vous ne m'en aimez pas moins à cause de cela, n'est-ce pas, Edward? — demanda-t-elle timidement.

— A cause de quoi, mon trésor?

— A cause.... de mon enfantillage.

— Polly, — s'écria le jeune homme, — croyez-vous que Jupiter aimât moins Hébé parce qu'elle était aussi fraîche et aussi pure que le nectar qu'elle lui servait? S'il l'eût moins aimée, il eût envoyé chercher Clotho, ou Athropos, ou quelqu'une autre des vieilles filles de l'enfer pour lui verser à boire. Je ne vous veux pas autrement que vous n'êtes, Polly, je ne veux pas que vous changiez du tout.

La jeune femme jeta sur son mari un regard de ravissement où se lisait son innocente affection.

— Je suis trop heureuse, Edward, — dit-elle tout bas et d'un ton à demi effrayé, — je suis trop heureuse. Tant de bonheur ne pourra jamais durer.

Hélas! l'expérience de la vie que la jeune orpheline avait faite de bonne heure lui avait enseigné ce que tant de gens apprennent si tard. Elle avait appris à se méfier du ciel toujours bleu, de la splendeur glorieuse du soleil dans tout son éclat. Elle était habituée au

malheur, mais ces courtes échappées de bonheur parfait jetaient dans son âme une espèce de terreur vague.
Ce qu'elle éprouvait ressemblait aux émotions qui agi-
teraient quelque voyageur terrestre ayant franchi sans
s'en douter le seuil du Paradis. Au milieu de sa joie et
de son admiration elle tremblait que le moment n'arrivât, où les anges sans pitié, armés d'épées flamboyantes,
viendraient la chasser de la céleste demeure.

— Cela ne peut durer, Edward, — murmura-t-elle.

— Ne peut durer, Polly! — s'écria le jeune homme;
— comment, ma colombe se transforme donc tout d'un
coup en une corneille. Nous avons surmonté tous les
obstacles, Polly, comme le héros et l'héroïne de l'un
de vos romans, et qu'est-ce qui peut nous empêcher de
vivre dorénavant comme eux, éternellement heureux?
Si vous vous en souvenez, ma chère, les épreuves ou
les chagrins n'accablent jamais les gens après leur
mariage. Les persécutions, les séparations, les difficultés de se voir, tout cela précède la cérémonie. Lorsqu'une fois votre romancier conduit pour de bon son
héros et son héroïne au pied de l'autel, il empêche parfois la publication des bans, ou il fait apparaître une
première femme ou un mari légitime qui surgit de derrière un pilier pour s'opposer au mariage, et il entraîne
de nouveau le malheureux couple hors de l'église pour
le persécuter, pendant trois cents pages encore, avant
de le faire y revenir; mais lorsqu'une fois les paroles
solennelles sont prononcées et l'anneau de mariage
glissé au doigt, l'histoire est finie et l'heureux couple
a quarante ou cinquante ans de bénédictions devant
lui, en guise de compensation pour toutes les misères
qu'il a endurées en douze mois de cour assidue et
gênée par toute sorte d'entraves. C'est ainsi que cela
se passe, n'est-ce pas, Polly?

L'horloge de Sainte-Croix, sonnant faiblement par delà
les prairies, marqua trois heures au moment où le jeune
homme cessait de parler.

— Trois heures, Polly! — s'écria-t-il, — il nous faut
rentrer, ma chérie. J'ai l'intention de songer aux affaires
aujourd'hui.

Tous les jours depuis le commencement de cette heu-

reuse lune de miel, Arundel avait déclaré à peu près
dans ces termes son intention de songer aux affaires,
c'est-à-dire de se mettre résolûment à l'œuvre pour
écrire les lettres qui devaient annoncer et expliquer
son mariage aux personnes qui avaient le droit d'en
être informées. Mais le soldat éprouvait de la répu-
gnance à écrire et une horreur toute particulière pour
les communications épistolaires connues sous le nom de
lettres d'affaires, de sorte que les charmantes journées
d'été glissaient rapidement, l'après-midi dans un demi-
sommeil délicieux, la soirée dans de doux rêves, et les
nuits au clair de lune, et le Capitaine renvoyait la tâche
pour laquelle il n'avait aucun goût, du déjeuner au dîner
et du dîner au déjeuner, toujours entraîné loin de son
nécessaire de voyage par un mot de Mary qui l'appelait
à la fenêtre pour regarder un joli enfant sur la pelouse
du village, devant l'auberge, ou le chien du forgeron, ou
l'âne du rétameur ambulant, ou un jeune Italien porteur
d'un orgue de Barbarie qui s'était égaré dans ce coin
reculé, ou le fringant boucher de Winchester qui passait
deux fois la semaine avec un char à bancs attelé d'un
poney, faisait grand bruit en venant prendre les com-
mandes de la gentry des environs, et qui insultait et
défiait le boucher de l'endroit dont l'étalage semblait
se composer généralement d'un gigot de mouton et d'un
foie de porc.

Le jeune couple prit lentement le chemin des prairies,
traversant les rustiques ponts en bois jetés sur le courant tortueux, s'arrêtant pour regarder dans l'eau claire
les poissons que le Capitaine montrait du doigt, mais
que Mary ne voyait jamais, attendu que la jeune femme
fixait toujours ses yeux sur quelque herbe flottante au
gré du courant, pendant que la truite mouchetée que
désignait son mari filait sans bruit au fond de l'eau
verdâtre. Ils s'arrêtèrent au moulin à l'ombre duquel
quelques enfants pêchaient à la ligne; ils profitèrent de
tous les prétextes pour allonger leur promenade au
soleil, et ne rentrèrent à l'auberge qu'au moment où
sonnaient quatre heures, juste à l'heure fixée pour le
dîner par le Capitaine Arundel.

Mais après le simple petit repas, doux et sans art,

comme la belle jeune mariée elle-même, après que l'aubergiste sympathique mais respectueux eût servi en personne ses deux voyageurs, après que la jolie petite chambre rustique eût été mise en ordre et débarrassée de tout l'attirail du dîner, Edward commença à réfléchir sérieusement à l'affaire du moment.

— Ces lettres doivent être écrites, Polly, — dit-il en s'asseyant à une table auprès de la fenêtre ouverte.

Des branches grimpantes de jasmin et de chèvrefeuille formaient une espèce d'encadrement à la fenêtre à petits carreaux; les fleurs parfumées pénétraient dans la chambre à chaque souffle de la chaude brise du mois d'août et allaient en voltigeant s'attacher aux rideaux d'indienne. Le regard rêveur d'Arundel plongeait par cette fenêtre ouverte sur le paysage champêtre au dehors, sur les cottages éparpillés de l'autre côté de la pelouse, les troupeaux à l'abreuvoir, les oies qui caquetaient en revenant à la basse-cour à travers la propriété communale, empourprée par les rayons du soleil, les commères du village qui bavardaient au-dessous de l'enseigne effacée, suspendue devant la taverne blanche à toit bas qui se dressait à l'angle de la route. Il regardait tout cela en arrangeant sur la table son pupitre à dessus de cuir et en faisant beaucoup de bruit pour l'ouvrir et le placer commodément.

— Ces lettres doivent être écrites, — répéta-t-il avec un soupir étouffé, — avez-vous jamais remarqué dans la papeterie une propriété particulière, Polly?

Mme Arundel se contenta d'ouvrir dans toute leur grandeur ses beaux yeux bruns et dévisagea son mari.

— Non, je vois que vous n'avez rien remarqué, — dit le jeune homme; — au fait, comment l'auriez-vous pu, heureuse Polly, vous n'avez jamais eu encore à écrire des lettres d'affaires, quoique vous soyez une riche héritière. La propriété particulière de la papeterie, ma chère, c'est qu'elle possède par intuition la certitude du but pour lequel on s'en sert. Si l'on a à écrire une lettre désagréable, Polly, cela vient avec moins de peine, vous savez; on peut arrondir ses périphrases et veiller à l'orthographe des mots difficiles, aux je *crois*, je *reçois*, aux *jusqu'à ce que* et autres mots du même genre, beaucoup mieux avec une bonne plume, douce, allant toute seule, bien taillée et qui semble vous dire : Allons, du courage, mon gaillard, je vous mènerai jusqu'au bout et nous arriverons à « votre obéissant serviteur » avant que vous sachiez où vous en êtes, etc., etc. Mais, Polly, mon cher cœur, dès qu'un pauvre diable qui n'en a pas l'habitude essaye d'écrire une lettre d'affaires tout tourne contre lui. La plume sait à qui elle a affaire, elle crache, elle va de travers, elle rue sur le papier comme un vieux cheval à l'agonie ; l'encre devient épaisse et gluante, le papier est graisseux comme le pavé de Londres après qu'il a tombé de la neige, et le pauvre diable finit par renoncer à la tâche et succombe à la force des circonstances. Vous verrez, Polly, si ma plume ne crache pas dès que j'écrirai le nom de Paulette.

Le Capitaine Arundel arrangea minutieusement sa feuille de papier et commença sa lettre d'un air de résolution.

« *Auberge du Cerf-Blanc, Milldale, près Winchester,*
14 Août.

« MON CHER MONSIEUR. »

Il écrivit tout ceci avec une grande promptitude, puis s'accoudant sur la table, il regarda sa jolie jeune femme et exécuta un roulement sur son menton à lui en le tapotant du bout des doigts. Mary était assise en face de son mari à la fenêtre ouverte et travaillait ou faisait semblant de travailler à quelque impossible fragment de tapisserie en laine de Berlin, pendant qu'elle contemplait Edward.

— Comme vous êtes jolie dans cette robe blanche, Polly, — dit l'officier. — C'est bien une robe, n'est-ce pas, vous avez des noms si bizarres pour les objets de toilette ? Et cette écharpe bleue, comme elle vous va bien aussi.... vous devriez toujours être en blanc, Mary, comme vos homonymes à l'étranger qui sont vouées au blanc par leurs mères ferventes et deviennent une bénédiction pour les blanchisseuses pendant les sept ou quatorze premières années de leur vie. Que vais-je dire à Paulette? Il est si jovial que ce ne doit pas être chose difficile que de lui écrire. « Mon cher monsieur » me paraît un peu cérémonieux, « mon cher Paulette, » cela vaut mieux. Je vous écris la présente pour vous informer que votre cliente, Mlle Mary March.... Qu'y a-t-il, Polly?

C'était le facteur, un jeune garçon monté sur un poney, qui apportait le courrier venu de Londres dans l'après-midi. Arundel jeta sa plume et s'approcha de la fenêtre. Il s'intéressait à l'arrivée du jeune homme, car il avait donné l'ordre que les lettres qu'on apporterait à son hôtel de Covent Garden lui fussent adressées à Milldale.

— Je pense qu'il y aura probablement une lettre d'Allemagne, Polly, — dit-il avec animation. — Ma mère et Letitia aiment à soigner leur correspondance, je parierais n'importe quoi qu'il y a une lettre et j'y répondrai dans celle que je vais écrire ce soir. Je ferai ainsi d'une pierre deux coups. Je descends pour parler au facteur, Polly.

Le capitaine Arundel faisait bien d'aller chercher ses lettres, car il y avait peu de chance qu'on les lui apportât. Le jeune facteur était sous le porche où il buvait de l'ale à même un grand pot de terre cuite et causait avec l'aubergiste, lorsqu'Edward parut.

— Y a-t-il des lettres pour moi, Dick? — demanda le Capitaine.

Il connaissait le prénom de presque tous les visiteurs ou habitués de la petite auberge, quoiqu'il n'y eût pas encore quinze jours qu'il fût arrivé, et il était aussi populaire et admiré que s'il eût été quelque jeune et fier gentilhomme des environs et possesseur de tout le pays autour du village.

— Oui, monsieur, — répondit le jeune homme, ôtant sa casquette, — il y a deux lettres pour vous.

Il tendit les deux missives au Capitaine Arundel qui examina d'un air de doute l'adresse de la lettre du dessus. Cette adresse, ainsi que celle de la seconde lettre, avait été modifiée par les gens de l'hôtel de Londres. La première adresse était d'une écriture qui lui était inconnue, mais la lettre portait le timbre du bureau de poste de Dangerfield.

Sur le derrière de l'auberge se trouvait un verger, et par la porte ouverte en face du porche, Edward voyait les basses branches des arbres et les fruits mûrs que dorait le soleil de l'après-midi. Il entra dans ce verger pour y lire ses lettres. Son esprit était un peu troublé par l'écriture inconnue qui figurait sur l'enveloppe portant le timbre de Dangerfield.

Cette lettre était de la femme de charge de son père qui le suppliait de revenir au Parc sans retard. Le squire Arundel avait été frappé d'une attaque de paralysie, et les médecins disaient que le danger était imminent. Mᵐᵉ et Mˡˡᵉ Arundel ainsi que Reginald étaient en Allemagne. La fidèle vieille servante implorait le fils cadet de ne pas perdre de temps pour accourir s'il voulait retrouver son père vivant.

L'officier s'appuya du dos contre le tronc gris et noueux d'un vieux pommier et il regarda cette lettre avec une figure pâlie par la terrible nouvelle.

Que devait-il faire? Il devait se rendre auprès de son père, évidemment. Il devait partir sans le moindre retard et prendre le premier train qui l'emmènerait vers Southampton. Il n'y avait pas à réfléchir sur ce qui lui était commandé par le devoir. Il fallait s'éloigner, laisser sa jeune femme toute seule.

Il ressentit au cœur une douleur aiguë et il frissonna comme sous l'influence d'une terreur inconnue en songeant à cela.

— C'est heureux que je n'aie pas écrit mes lettres, — se dit-il, — personne ne connaîtra le secret de la retraite de ma bien-aimée. Elle pourra rester ici jusqu'à ce que je revienne. Dieu sait que je m'empresserai d'accourir auprès d'elle dès que mon devoir me le permettra. Ces bonnes gens de l'auberge auront soin d'elle. Personne ne saura où la prendre. Je suis très-content de n'avoir pas écrit à Olivia. Nous étions si heureux ce matin. Qui aurait pu croire qu'un malheur viendrait nous séparer sitôt?

Arundel regarda sa montre. Il était six heures un quart et il savait qu'un express partait de Southampton à huit heures. Il aurait le temps de prendre ce train à l'aide du vigoureux poney de l'aubergiste du *Cerf-Blanc* qui l'entraînerait vers la station en une heure et demie. Oui, il arriverait juste à l'heure de ce train, mais il avait bien peu de temps devant lui pour consoler sa petite femme et pour l'amener à se résigner à cette séparation momentanée.

Il revint vers le porche en toute hâte, expliqua brièvement à l'aubergiste ce qui était arrivé, ordonna qu'on attelât immédiatement le poney au gig et gravit ensuite lentement l'escalier qui menait à la chambre où sa jeune femme, assise auprès de la fenêtre ouverte, attendait son retour.

Mary leva les yeux sur lui dès qu'il entra, et un seul regard lui suffit pour comprendre qu'il était arrivé quelque malheur.

— Edward, — s'écria-t-elle en se levant brusquement de sa chaise avec un air d'épouvante, — ma belle-mère est arrivée!

Même dans son chagrin le jeune homme sourit de la terreur qu'inspirait à sa faible jeune femme le souvenir d'Olivia.

— Non, ma chère, — dit-il, — plût au ciel que nous n'eussions d'autre malheur à redouter que l'apparition de la veuve de votre père. Il est arrivé quelque chose, Mary, quelque chose de très-douloureux, de très-sérieux pour moi. Mon père est malade, Polly, très-dangereusement malade, et il faut que j'aille auprès de lui.

Mary respira à pleins poumons. Sa figure était devenue très-pâle et ses mains qui s'appuyaient fortement sur l'épaule de son mari tremblaient un peu.

— J'essayerai de supporter votre absence, — dit-elle, — j'essayerai de la supporter.

— Dieu vous bénisse, ma bien-aimée, — répondit le militaire avec ferveur en serrant sa jeune femme sur son cœur, — je sais que vous ferez votre possible pour supporter cette séparation. Elle sera très-courte, chère Mary. Je reviendrai dès que j'aurai vu mon père. S'il va plus mal, il sera inutile que je reste à Dangerfield; s'il va mieux, je viendrai vous chercher pour vous conduire auprès de lui. Ma chère petite bien-aimée, une séparation pareille est très-pénible pour nous, mais je sais que vous l'endurerez en héroïne, n'est-ce pas, Polly?

— J'essayerai, cher Edward, j'essayerai.

Elle se contenta de prononcer ces quelques paroles, mais elle se suspendit au bras de son mari, non pas avec la force du désespoir, ni avec l'élan tumultueux et bruyant de la douleur, mais avec l'abattement d'une demi-résignation à peu près semblable à celle de l'homme qui, se noie et qui sentant que ses forces sont presque épuisées, s'attache instinctivement à l'épave flottante qu'il se sait incapable de retenir longtemps.

Mary suivit son mari çà et là pendant qu'il faisait rapidement ses préparatifs pour ce voyage inattendu, mais quoiqu'elle n'eût pas la force de l'aider, car ses mains tremblantes laissaient tomber tous les objets dont elle s'emparait et le brouillard qu'elle avait devant les yeux l'empêchait de bien voir ce qu'elle regardait, elle ne le retarda pas par de bruyantes lamentations, elle ne l'affligea pas par ses larmes. Elle souffrit ainsi qu'elle en avait l'habitude, sans démonstrations extérieures.

Le soleil déclinait à l'horizon quand elle descendit avec Edward sous le porche devant lequel le poney de l'aubergiste et le gig étaient prêts et attendaient sous la garde d'un jeune homme alerte qui devait conduire Arundel à Southampton. Il n'y avait pas de temps à perdre pour des adieux prolongés. Cela valait peut-être mieux ainsi, songea Edward. Il serait sitôt de retour que la douleur causée par son départ, douleur qui chez lui n'était pas moins vive que chez Mary, semblait une douleur inutile qu'il eût été lâche de laisser percer. Mais malgré ce beau raisonnement, le militaire sentit son cœur se briser quand il vit, à la lueur du soir, la figure enfantine de sa femme se tourner piteusement vers lui et lui adresser un appel muet exprimant aussi bien que des paroles échappées de ses lèvres tremblantes combien elle désirait qu'il abandonnât tout et restât auprès d'elle. Il serra dans ses bras ce corps fragile.... hélas! il ne lui avait jamais paru aussi fragile qu'en ce moment...., et couvrit la pâle figure de baisers passionnés et de larmes abondantes.

— Que Dieu vous bénisse et vous défende, Mary!
que Dieu vous garde!...

Il eut honte du tremblement de sa voix, et écartant
tout à coup sa femme, il s'élança dans le gig, saisit
les rênes que tenait le jeune garçon et lança le poney
au galop. Le véhicule, façonné à l'antique, disparut
dans un nuage de poussière, et Mary regardant son
mari avec des yeux que les larmes n'avaient pas
mouillés jusque-là, ne vit qu'une lumière éblouissante
et confuse et un paysage champêtre qui vacillait, montait et s'abaissait comme les vagues agitées par la
tempête.

Il lui sembla, en revenant lentement dans sa chambre, et en s'asseyant au milieu du désordre des portemanteaux ouverts et des cartons à chapeaux renversés,
que le jeune homme avait jetés un peu partout en choi-
sissant à la hâte ce qui lui était nécessaire pour son
voyage précipité; il lui sembla que la plus grande ca-
lamité de sa vie venait de la frapper maintenant. Elle
songea au départ d'Edward avec autant de désespoir
qu'elle avait songé à la mort de son père. Elle ne voyait
pas au delà de l'angoisse de cette séparation. Elle ne
pouvait se prouver à elle-même qu'il n'y avait pas lieu
de se chagriner de la sorte, que la séparation n'était
que momentanée, et que son mari lui reviendrait dans
quelques jours au plus tard. Maintenant qu'elle était
seule, que la nécessité de faire preuve d'héroïsme
n'existait plus, elle s'abandonna complétement au désespoir qui s'était emparé de son âme depuis le moment où Edward lui avait annoncé la maladie de son
père.

Le soleil se coucha derrière les collines empourprées
qui bornaient le petit village à l'ouest. Les cimes des
arbres du verger, au-dessous de la fenêtre ouverte de
la chambre de Mme Arundel, devinrent confuses dans
le crépuscule. Peu à peu, le bruit des voix dans les
salles du rez-de-chaussée fit place à un calme complet
La fraîche campagnarde aux joues roses qui servait
la jeune femme et son mari monta avec deux bougies
dans de vieux chandeliers en argent curieusement tra-
vaillés, et demeura quelques instants dans la chambre,

attendant les ordres de la pauvre délaissée. Mais Mary avait fermé la porte de sa chambre à coucher, et était assise la tête appuyée sur l'allége de la fenêtre ouverte, regardant tristement le verger qu'envahissait l'obscurité. Ce ne fut que lorsque les étoiles brillèrent au ciel que le désespoir de la jeune femme amena un torrent de larmes, et qu'elle se jeta à genoux à côté de son lit à rideaux blancs pour implorer la protection du ciel en faveur de son jeune mari. Elle pria pour lui avec l'extase et la ferveur de l'amour, se laissant entraîner par une espérance nouvelle qu'avaient fait naître ses ardentes supplications, et se représentant Edward au terme de son voyage, auprès de son père hors de danger, rendu à la santé peut-être, et revenant auprès d'elle avant que les étoiles eussent illuminé l'obscurité de la nuit d'été suivante. Elle pria pour lui espérant et croyant en la miséricorde divine bien qu'à l'heure où elle s'était agenouillée à la faible lueur des étoiles, qui se jouait sur sa pâle figure et sur ses mains jointes, Edward Arundel fût étendu meurtri et privé de connaissance dans une misérable salle d'attente d'une petite station du comté de Dorset, et soigné par un obscur médecin de campagne, pendant que les employés effrayés couraient en tous sens pour trouver un véhicule qui transporterait le jeune homme à la ville voisine.

Il était survenu un de ces accidents qui semblent être bien fréquents sur chaque ligne de chemin de fer quelque bien administrée qu'elle soit. L'employé chargé de signaler l'arrivée des trains avait pris l'un pour l'autre, son drapeau s'était abaissé trop vite, et l'express avait rencontré un train de marchandises venant d'Exeter avec un chargement de céréales pour les marchés de Londres. Deux hommes avaient été tués, un grand nombre de voyageurs blessés, et quelques-uns grièvement. Parmi ces derniers figurait Edward, et ses blessures étaient peut-être plus dangereuses que celles de tous les autres.

CHAPITRE XIX

Sondant les profondeurs.

Lavinia passa la soirée qui suivit sa visite à Marchmont Towers à son pupitre, qui, ainsi que tout autre
objet lui appartenant, était un modèle de propreté et
de convenance. Ce pupitre était parfait en son genre,
quoiqu'il ne fût pas un merveilleux spécimen de bois
de noyer et d'or bruni, ni une élégante œuvre en papier mâché et en nacre, mais simplement un pupitre
de pensionnaire en bois de rose, garni de velours, qui
n'avait pas coûté plus de quinze shillings ou d'une
guinée.

Mᵐᵉ Weston avait administré le rafraîchissement
quotidien de thé léger, de pain rassis et de beurre
fort à son obéissant mari, et l'avait renvoyé dans son
laboratoire, espèce d'appartement au rez-de-chaussée
ressemblant à une cave, qui était situé sur le derrière
du second salon d'apparat, et ouvrait sur la rue du village par une petite porte. Le médecin était bien aise
de s'occuper à préparer les drogues et les pilules dont
pouvaient avoir besoin les malades de Kemberling,
pendant que sa femme écrivait dans la chambre au-
dessus de lui. Il quitta ses pots de faïence, son pilon
et son mortier une fois ou deux dans le courant de la
soirée, pour monter lourdement les trois ou quatre
marches menant au salon, et regarder par le trou de
la serrure la figure pensive de Mᵐᵉ Weston, et sa main
agile, qui glissait rapidement sur le papier à lettre.
Cette curiosité n'était pas motivée par le soupçon; c'é-
tait tout simplement l'admiration qu'il éprouvait pour
sa femme qui le faisait agir ainsi.

— Quelle tête elle a, — murmura-t-il avec ravissement en redescendant se mettre à l'œuvre, — quelle tête !

La lettre que Lavinia écrivit ce soir-là fut très-longue. Elle était du nombre de ces femmes qui écrivent de longues lettres chaque fois qu'elles en ont l'occasion. En cette circonstance, elle noircit de sa petite et proprette écriture deux feuilles de papier. Ces deux feuilles contenaient le récit détaillé de l'entrevue qui avait eu lieu dans la journée entre la femme du médecin et Olivia, et la lettre était adressée à l'artiste, à Paul Marchmont.

Peut-être fut-ce par suite des renseignements renfermés dans cette lettre que Paul arriva chez sa sœur à Kemberling deux jours après la visite de mistress Weston à Marchmont Towers. Il dit au médecin qu'il venait passer quelques jours dans le Lincolnshire pour changer d'air et se refaire des fatigues d'un travail pénible, et Weston, qui regardait son beau-frère comme un demi-dieu pour l'intelligence, se contenta très-bien de cette explication de la visite de Marchmont.

— Kemberling n'est pas un endroit bien gai pour vous, monsieur Paul, — dit-il d'un ton d'excuse (il appelait toujours le frère de sa femme M. Paul), — mais je suis sûr que Lavinia s'arrangera de manière à vous mettre à votre aise. C'est elle qui m'a décidé à venir ici lors de la mort du vieux Dawnfield ; mais je ne crois pas qu'en ceci elle ait agi avec son tact habituel, car je ne fais pas ici d'aussi bonnes affaires qu'à Stanfield. Je n'en dis cependant rien à Lavinia.

Paul sourit.

— Les affaires grandiront petit à petit, je présume, — dit-il ; — vous aurez probablement la famille de Marchmont Towers à soigner à l'avenir.

— C'est ce que prétend Lavinia, — répondit le médecin ; — Mᵐᵉ John Marchmont ne peut refuser d'employer un parent, dit-elle, et en qualité de cousine germaine du père de Mary, je dois, elle et non pas moi, vous savez, je dois avoir quelque influence de ce côté-là. Mais le malheur a voulu que dans la semaine même de notre arrivée ici, la jeune fille disparût, et ceci met, comme on pourrait le dire, des bâtons dans nos roues, vous savez.

Weston se frotta le menton d'un air pensif après avoir parlé de la sorte. Ce n'était pas un homme qui eût l'habitude de passer ses heures de loisir, quand il en avait, ce qui était rare, dans la salle commune des tavernes où les affaires de la nation étaient arrangées et dérangées chaque soir par les habitants pendant qu'ils consommaient leur verre d'eau-de-vie mélangée d'eau, et il regrettait de s'être éloigné de Stanfield, où il avait laissé ses plus vieilles connaissances. C'était un homme solennel qui ne hasardait jamais une opinion à la légère, peut-être parce qu'il n'avait jamais d'opinion à hasarder, et son air sérieux lui gagnait le respect des étrangers; mais entre les mains de sa femme, il était plus doux que les pigeons du colombier situé derrière sa maison, et plus malléable que la boule de cire blanche sur laquelle l'industrieuse Mme Weston avait l'habitude de frotter son fil quand elle s'engageait dans les mystères de cette science ardue et terrible que les femmes désignent, par paradoxe, sous le simple nom de travail de couture.

Paul se présenta aux Towers le lendemain de son arrivée à Kemberling. Son entrevue avec la veuve dura très-longtemps. Il avait étudié chaque ligne de la lettre de sa sœur; il avait pesé chaque mot échappé des lèvres d'Olivia et rapporté par Lavinia; et, prenant pour point de départ l'opinion qu'il s'était formée làdessus, il avait, le scalpel en main, procédé à une autopsie intellectuelle. Il anatomisa l'âme de la malheureuse femme. Il lui fit avouer son secret et la força à mettre son cœur à nu devant lui en arrachant tantôt un mot à son impatience, et tantôt l'amenant à admettre une supposition, ne fût-ce que par un regard de défi, un froncement soudain de ses noirs sourcils, une compression involontaire de ses lèvres. Il l'obligea à se révéler à lui. Les pauvres Rosencrantz et Guildenstern n'étaient pas très-habiles dans cet art qui consiste, comme on dit vulgairement, à tirer les vers du nez, et furent facilement déjoués par quelques répliques adroites du prince danois; mais Paul aurait manié Hamlet avec plus de dextérité qu'un bon musicien ne manie son instrument, et aurait sondé les profondeurs les plus cachées de cette âme maladive et lunatique. Olivia se tordit sous la torture de cette inquisition polie, car elle savait que ses secrets lui étaient arrachés, que sa misérable folie.... cette folie qu'elle aurait voulu se nier à elle-même, si la chose eût été possible.... était dévoilée dans toute la nudité de sa faiblesse. Elle savait cela, mais elle était forcée de sourire en présence de son inquisiteur aux douces manières, de répondre à ses banales expressions d'intérêt à propos de l'absence prolongée de la jeune héritière, et de recevoir humblement des conseils sur la manière d'agir qu'elle devait adopter. Il avait l'air de répondre à ses suggestions à elle plutôt que de dresser lui-même un plan quelconque. Il affectait de croire qu'il ne faisait qu'abonder dans les idées préconçues de la veuve, tout en lui imposant ses vues particulières.

— Nous sommes donc tout à fait du même avis sur ce point, chère madame Marchmont, — dit-il enfin. — Cette malheureuse jeune fille ne doit pas rester absente de sa demeure légitime plus longtemps qu'il nous sera possible de l'éviter. Il est de notre devoir de la trouver et de la ramener ici. J'ai à peine besoin de vous dire que vous, qui êtes liée à elle par tous les liens de l'affection, et qui de plus avez les plus grands droits à sa reconnaissance, parce que vous avez accompli avec zèle et dévouement la mission qui vous était confiée.... on apprend tout cela, madame Marchmont, dans un village comme Kemberling.... j'ai à peine besoin de vous dire que vous êtes la personne la plus à même de rappeler l'orpheline au sentiment du devoir, si tant est qu'on puisse l'y rappeler, — ajouta Paul après une pause soudaine et un soupir gros de pensées. — Je crains parfois....

Il s'arrêta brusquement, attendant qu'Olivia le questionnât.

— Vous craignez parfois?...

— Que.... que l'erreur dans laquelle est tombée Mlle Marchmont ne soit le résultat d'une faiblesse mentale plutôt que d'une faiblesse morale.

— Que voulez-vous dire?

— Je veux dire ceci, chère madame Marchmont, —

répondit l'artiste gravement : — l'une des plus grandes
preuves que puisse fournir un homme de l'état parfait
de son cerveau, c'est la puissance qu'il a d'assigner un
motif raisonnable à chaque action de sa vie. Peu importe que l'action en elle-même soit des plus déraison-
nables, si le motif de cette action peut être démontré.
Mais du moment qu'un homme agit *sans* motif, nous
commençons à prendre l'alarme et à le surveiller. Il
est excentrique; sa conduite n'est pas dictée par les
règles ordinaires, et nous commençons à attribuer ses
excentricités à quelque faiblesse de jugement ou d'intelligence. Et maintenant, je vous le demande, quel
motif peut avoir eu Mary pour s'enfuir de cette maison?

Olivia baissa les yeux sous le regard froid et perçant
de l'artiste, mais elle n'essaya pas de répondre à sa
question.

— La réponse est très-simple, — continua-t-il après
cette longue observation de la figure de la veuve; —
la jeune fille ne pouvait avoir aucun motif pour s'enfuir, et, d'autre part, tous les motifs raisonnables qui
guident les actions d'une femme parlent bien haut
contre elle. Elle avait un intérieur heureux, une belle-
mère très-bonne. Elle allait en quelques années devenir incontestablement la maîtresse d'un très-beau
domaine. Et pourtant, aussitôt après avoir assisté à un
bal, selon toutes les apparences, aussi gaie et heureuse que les autres danseuses, cette jeune fille s'é-
loigne au milieu de la nuit, abandonnant la maison qui
lui appartient, et n'assignant aucune raison à tout ce
qu'elle fait. Y a-t-il lieu de vous étonner dès lors que
je regarde comme confirmée l'opinion que je me for-
mai sur elle le jour de la lecture du testament de mon
cou sin?

— Quelle opinion?

— Que Mary est aussi faible d'esprit qu'elle est frêle
de corps.

Il lança cette phrase hardiment et attendit la réponse
d'Olivia. Il avait découvert le secret de la veuve. Il
avait deviné la cause de sa haine jalouse contre Mary,
mais il ne soupçonnait pourtant pas encore la nature
de la lutte terrible que soutenait intérieurement cette

femme désespérée. Elle ne pouvait devenir perverse tout d'un coup. A chaque nouvelle faute, elle opposait une nouvelle résistance, et elle ne voulait pas accepter le mensonge que l'artiste désirait lui imposer.

— Je ne crois pas qu'il y ait aucune faiblesse d'esprit chez ma belle-fille, — dit-elle résolûment.

Elle commençait à comprendre que Paul voulait se liguer avec elle contre l'héritière orpheline, mais elle ne devinait pas encore quel était son motif pour agir ainsi. Elle était lente à comprendre des sentiments qui étaient complétement étrangers à sa nature. Il y avait si peu de bassesse et de cupidité dans l'âme de cette étrange femme, que si la lumière d'une bougie eût été le seul obstacle qui l'empêchât de devenir maîtresse de Marchmont Towers, je doute qu'elle eût jugé convenable de se donner la peine de souffler pour l'éteindre. Elle avait vécu loin du monde et hors du monde, et il lui était difficile de s'imaginer les vilenies et les indignités qu'engendre le culte du veau d'or.

Paul recula un peu devant la réponse directe que la veuve lui avait faite.

— Vous croyez peut-être que Mlle Marchmont est un esprit fort? — dit-il.

— Non, pas esprit fort....

— Ma chère madame Marchmont, vous êtes paradoxale, — s'écria l'artiste ; — vous dites que votre belle-fille n'est ni esprit faible, ni esprit fort.

— Elle est assez faible peut-être pour se laisser influencer par d'autres personnes, elle est assez faible pour croire tout ce qu'il plaira à mon cousin Edward Arundel de lui dire, mais elle n'est pas ce qu'on appelle généralement faible d'esprit.

— Vous la croyez parfaitement en état de veiller sur elle-même.

— Oui, je la crois en état....

— Et pourtant cette fuite m'a presque l'air de.... mais je ne veux pas vous imposer une conviction désagréable, ma chère madame. Je pense.... ainsi que vous semblez le suggérer vous-même.... que ce que nous avons de mieux à faire, c'est de ramener cette pauvre jeune fille ici le plus promptement possible. Cela n'est pas convenable pour la maîtresse de Marchmont Towers d'errer dans le monde avec M. Edward Arundel. Je vous en prie, excusez-moi, madame Marchmont, si je parle un peu irrespectueusement de votre cousin ; mais réellement, je ne crois pas que ce gentleman ait agi très-honorablement dans cette affaire.

Olivia garda le silence. Elle se souvenait de l'indignation et de la colère du jeune officier, du défi qu'il lui avait lancé au moment où il s'était éloigné au galop de la lugubre façade occidentale. Elle se souvenait de tout cela, et malgré elle, elle établissait un parallèle entre la conduite d'Edward et la causerie caressante de Paul, sous laquelle se cachait un sombre projet.... sombre projet qu'elle commençait à voir poindre vaguement dans son esprit.

Si elle avait pu croire que Mary était folle.... si elle avait pu croire qu'Edward était vil.... elle aurait été contente, car alors sa méchanceté aurait eu son excuse. Mais elle ne pouvait avoir de semblables pensées. Elle glissa peu à peu dans le sombre gouffre, entraînée tantôt par sa folle passion, et tantôt par les arguments capricieux de Paul.

Entre cet homme et onze mille livres sterling de rentes se dressait un seul obstacle : la frêle existence d'une pauvre jeune fille. Pendant trois ans cela avait été ainsi, et pendant trois ans Paul avait attendu.... patiemment, comme c'était son habitude d'attendre, l'heure et le moment favorables pour agir. L'heure et le moment étaient venus, et cette femme, Olivia, était seule à lui barrer le chemin. Elle devait devenir, ou son ennemie, ou son instrument ; elle devait être déjouée ou servir ses projets. Il avait maintenant sondé les profondeurs de sa nature, et il était décidé à faire d'elle un instrument.

— Ce sera mon affaire de découvrir l'endroit où se cache cette pauvre enfant, — dit-il ; — quand sa cachette sera trouvée, je me mettrai en communication avec vous, et je sais que vous ne refuserez pas d'accomplir la mission qui vous a été confiée par votre défunt mari. Vous ramènerez votre belle-fille dans cette maison, et vous la protégerez dorénavant contre la dangereuse influence d'Edward.

Olivia jeta sur son interlocuteur un regard où se peignait quelque chose de semblable à la terreur. C'était comme si elle eût dit :

— Êtes-vous le diable pour venir me tenter ainsi, et faire servir mes passions à votre projet.

Puis elle fit un compromis avec sa conscience.

— Croyez-vous que ce soit mon devoir d'agir ainsi? — demanda-t-elle.

— Mais sans doute, chère madame Marchmont.

— Alors, je le ferai. Je.... je.... veux faire mon devoir

— Et vous ne pouvez accomplir un plus grand acte de charité qu'en ramenant cette malheureuse jeune folle au sentiment de *son* devoir. Souvenez-vous que sa réputation, son bonheur futur peuvent être perdus par cette imprudente conduite, qui, je regrette de le dire, est généralement connue dans le voisinage. Pardonnez-moi si j'exprime mon opinion trop librement, mais je ne puis m'empêcher de songer que si les intentions de M. Arundel avaient été strictement honorables, il vous aurait déjà écrit pour vous dire que ses recherches de la jeune fille absente n'ont eu aucun résultat; ou bien, s'il l'a trouvée, qu'il profiterait de la première occasion favorable pour la ramener aux Towers. La position de ma pauvre cousine, qui est sans protecteurs, sa fortune, et son inexpérience du monde la mettent à la merci d'un coureur de fortune, et M. Arundel n'a que ce qu'il mérite, si sa conduite donne lieu de croire qu'il cherche à compromettre cette jeune fille aux yeux du monde pour s'assurer ainsi de votre consentement à un mariage qui lui abandonnerait la haute main sur les biens de ma cousine.

Le sein d'Olivia se soulevait sous la violence des battements de son cœur. Devait-elle rester là calme et silencieuse pendant que cet homme calomniait le brave jeune soldat, le hardi, insouciant et généreux enfant qui avait illuminé les ténèbres de sa vie à elle, et lui était apparu comme l'incarnation de tout ce qui est noble et admirable sur terre? Devait-elle rester tranquillement assise et écouter un étranger qui insultai à l'honneur, à la franchise et à la noblesse de son cousin?

Oui, il le fallait; cet homme lui avait offert un prix en échange de son âme et de la vérité. Il était tout prêt à lui prêter main-forte pour la vengeance qu'elle désirait. Il était tout prêt à lui venir en aide pour séparer les innocents jeunes amants dont la pure affection avait empoisonné sa vie, dont le bonheur était pour elle pire que la mort. Elle garda donc le silence, et attendit que Paul reprit la parole.

— J'irai à Londres demain, et je me mettrai sur-le-champ à l'œuvre pour découvrir l'orpheline, — dit l'artiste en se levant pour prendre congé de Mᵐᵉ Marchmont, — je ne pense pas qu'il me soit bien difficile de trouver la retraite de cette jeune fille. Mon premier devoir, ce sera de découvrir M. Arundel. Vous pouvez peut-être me donner l'adresse de quelque endroit à Londres où votre cousin a l'habitude de descendre.

— Oui....

— Merci, cela simplifiera la question. Je vous écrirai le résultat de mes recherches, et je vous laisserai ensuite le soin de compléter la tâche. Mon influence sur Mary en ma qualité d'étranger serait nulle. La vôtre, au contraire, doit être sans bornes. Ce sera à vous d'agir d'après ma lettre.

Olivia attendit deux jours et deux nuits la lettre promise. Elle arriva dans la matinée du troisième jour. L'épître de l'artiste était très-courte.

« Ma chère madame Marchmont,

« J'ai fait la découverte nécessaire. Vous trouverez Mˡˡᵉ Mar-
« chmont à l'auberge du *Cerf Blanc*, à Milldale, près de
« Winchester. Puis-je me permettre de vous engager à vous
« rendre sans retard auprès d'elle?

« Votre très-dévoué,

« Paul Marchmont. »

« *Charlotte Street, Fitzroy Square*,
« *15 Août.* »

CHAPITRE XX

Sorti de la tombe.

La pluie tombait sans relâche sur la terre inondée, par une sombre journée de novembre. Le ciel gris et noir semblait s'être abaissé et peser sur ce bas monde de tout son poids, comme s'il avait eu l'intention menaçante de le réduire à néant. Le train express qui parcourait les plaines humides du comté de Lincoln étincelait comme un météore au milieu du brouillard grisâtre; le cri étrange et saccadé de la machine avait quelque ressemblance avec le cri d'un oiseau de proie. Les quelques voyageurs qui avaient choisi pour voyager cette triste journée d'hiver contemplaient avec abattement le paysage monotone, et y cherchaient en vain quelque coin un peu gai, ou bien ils essayaient, sans y parvenir, de lire leurs journaux à la faible lueur de la lampe de leur compartiment. Ceux qui étaient bourrus frissonnaient d'un air rébarbatif en s'enveloppant de leurs grosses couvertures en laine ou d'énormes fourrures en peaux de bête fauve. Ceux qui étaient mélancoliques enfonçaient jusqu'à leurs sourcils de grotesques et hideux bonnets de nuit; et se pelotonnant dans leur coin, essayaient de tuer le temps en dormant. Tout sur terre semblait humide et triste, froid et désolé, aride et manquant de confortable.

Mais il y avait un voyageur dans les wagons de première classe de ce train qui se rendait particulièrement désagréable à ses compagnons de route par son impatience nerveuse et sa surabondance d'énergie tout à fait en désaccord avec la calme tristesse de ceux qui l'environnaient.

C'était un jeune homme avec une longue barbe jaune et une figure pâle.... une très-belle figure, quoiqu'elle fût amaigrie et exténuée comme par quelque terrible

maladie, et tant soit peu gâtée par certains banda-
ges fixés autour du crâne, un peu au-dessus de la
tempe gauche. Ce jeune homme avait, pour lui tout
un côté du compartiment, et on lui avait arrangé une
espèce de lit avec des coussins sur lesquels il s'étendait tout de son long quand il était calme, ce qui ne
durait jamais longtemps. Il était roulé presque jusqu'au menton dans une grande couverture de voyage;
mais malgré cette précaution, il frissonnait de temps
en temps comme s'il avait eu froid. Il avait dans son
attirail de voyage une petite fiole qu'il appliquait
constamment à ses lèvres enfiévrées. Quelquefois des
gouttes de sueur perlaient tout à coup sur son front,
et étaient essuyées par une main tremblante qui avait
à peine la force de tenir un mouchoir de batiste. Bref,
il était suffisamment clair pour tout le monde que ce
jeune homme relevait à peine de maladie, et qu'il avait
quitté son lit bien avant l'époque où il aurait dû le faire
d'après les avis d'un médecin un peu expérimenté.

Il était évident qu'il était malade, très-malade, mais
que l'esprit, si la chose était possible, était encore
moins à l'aise chez lui que le corps, et que quelque terrible anxiété, quelque préoccupation incessante, quelque horrible incertitude, ou quelque sombre pressentiment de malheur ne lui permettait pas de rester tranquille. Les trois voyageurs assis en face de lui eurent
de la peine à endurer son impatience, son agitation, ses
gémissements à demi étouffés, ses longs soupirs d'ennui, le frémissement de ses pieds sur les coussins,
les soubresauts convulsifs à l'aide desquels il se soulevait sur son coude pour jeter un regard furieux sur
le brouillard, les plaintes qui lui échappaient quand il
retombait dans une position douloureuse, l'air de souffrance effrayante qui se lisait sur sa figure quand il regardait sa montre, ce qui lui arrivait en moyenne à
chaque quart d'heure, l'impatience avec laquelle il
froissait les feuilles d'un Bradshaw tout neuf qu'il tournait et retournait sans cesse, comme si en recourant
perpétuellement à cet indicateur mystérieux il avait pu
accélérer la marche du temps qui devait s'écouler avant
d'atteindre sa destination. Il était, en somme, un com-

pagnon de voyage agaçant et insupportable, et ce n'était que par pitié chrétienne pour sa faiblesse physique que les autres voyageurs irrités n'osaient pas se liguer contre lui et le jeter tout bonnement par la fenêtre du wagon, comme un Clown jette parfois sans qu'on y songe un vénérable, mais ennuyeux Pantalon, par une trappe carrée restée béante, devant la façade de la maison d'un honnête commerçant.

Les trois voyageurs avaient de différentes manières exprimé leur sympathie à leur compagnon de route malade, mais leurs courtoisies n'avaient pas été accueillies avec beaucoup de reconnaissance et de cordialité. Le jeune homme leur avait répondu d'une façon distraite, daignant à peine les regarder en leur parlant et causant, comme marche un somnambule qui erre çà et là au milieu d'un rêve affreux se crée un monde à lui, et le peuple d'images inconnues à ceux qui l'entourent.

Avait-il été malade? Oui, très-malade. Il avait subi un accident en chemin de fer, puis une fièvre cérébrale. Sa maladie avait duré très-longtemps.

Quelqu'un lui demanda combien de temps.

Il bondit sur les coussins, et gémit tout haut a cette question, à la grande épouvante de l'homme qui la lui avait adressée.

— Combien de temps? — s'écria-t-il dans l'angoisse de la souffrance physique et morale ; — combien de temps? deux mois.... trois mois.... toujours depuis le 14 août.

Alors un autre voyageur, envisageant les souffrances du jeune homme à un point de vue commercial, lui demanda s'il avait obtenu des dommages-intérêts.

— Des dommages-intérêts ! — s'écria le malade, — quels dommages-intérêts ?

— Mais de la compagnie du chemin de fer. J'espère que vous n'avez pas eu de peine à prouver qu'elle vous en devait, car vous avez évidemment beaucoup souffert.

Ce fut terrible de voir la douleur que cette question causa au jeune homme.

— Des dommages-intérêts! — s'écria-t-il; — que vou-

lez-vous que la compagnie me donne pour un accident
qui m'a couché tout vivant dans une tombe pendant
trois mois, et m'a séparé de.... Vous ne savez pas ce que
vous dites, monsieur, — ajouta-t-il tout à coup, — je
ne puis songer à cette affaire avec patience, je ne puis
être raisonnable. S'ils m'avaient mis en pièces, cela
m'eût été égal. J'ai affronté le soleil brûlant de l'Inde;
je me suis trouvé dans la mêlée alors que la fumée des
canons était tellement épaisse, que nous ne voyions
pas le ciel au-dessus de nos têtes ; j'ai entendu le cli-
quetis des sabres de tous côtés autour de moi, et je
n'ai pas peur d'une déchirure de plus ou de moins;
mais quand je songe à ce que d'autres ont pu souffrir à
cause.... je deviens presque fou, et je....

Il ne put en dire plus longtemps, car la violence de
sa colère le faisait trembler comme une feuille au vent
d'orage, et il retomba sur les coussins en se tordant et
en gémissant tout haut. Ses compagnons de voyage se
regardèrent avec inquiétude, et deux des trois songè-
rent sérieusement à changer de compartiment quand
le train s'arrêterait à la station qui se trouve à mi-che-
min entre Londres et Lincoln.

Mais ils se rassurèrent peu à peu, car le malade qui
était le Capitaine Edward Arundel, ou plutôt l'ombre
pâle du brillant officier de cavalerie, relevant à peine
de maladie, retomba dans le silence, et ne déploya plus
comme symptômes alarmants que cette agitation perpétuelle et ces mouvements continuels qui sont si fati-
gants, même pour les nerfs les moins sensibles. Il
n'ouvrit plus la bouche qu'une fois, et ce fut au moment où la courte journée, qui par le fait avait été sans
lumière, arriva à son déclin. Le voyage était presque
fini, et le malade fit tressaillir ses compagnons en s'é-
criant tout à coup :

— O mon Dieu! n'arriverai-je donc jamais au terme
de ma course? Ne sortirai-je pas de cette horrible incertitude ?

Le voyage, ou du moins le trajet qu'avait à parcourir
le Capitaine Arundel, se termina presque aussitôt après,
car le train s'arrêta à Swampington, et pendant que le
malade se remettait péniblement sur ses pieds dans

son empressement de quitter le wagon, son domestique
vint à la porte pour l'aider et le soutenir.

— Vous me paraissez avoir supporté le voyage à
merveille, monsieur, — dit l'homme avec respect, en
essayant d'arranger l'attirail de son maître, et de faire
pour lui ce que les circonstances et l'impatience fiévreuse du jeune homme lui permettaient de faire.

— J'ai souffert les tortures de l'enfer, Morrison, —
s'écria le Capitaine Arundel, en réponse aux félicita-
tions de son domestique; — trouvez-moi une voiture
tout de suite. Je veux me rendre aux Towers immédiatement.

— Pas ce soir, à coup sûr, — observa le domestique
d'un ton alarmé; — votre mère et les docteurs ont dit
qu'il vous *fallait* vous reposer une nuit à Swampington.

— Je ne me reposerai que lorsque je serai allé à
Marchmont Towers, — répondit le jeune soldat avec
animation : — s'il faut que j'y aille à pied, j'irai, dussé-
je tomber mort en route. Si les champs de blé qui se
trouvent entre Swampington et les Towers étaient des
prairies en flammes ou une mer en fureur, j'irais quand
même. Trouvez-moi une voiture, Morrison, et ne me
parlez pas de ma mère et des médecins. Je vais
à la recherche de ma femme. Cherchez-moi une voiture.

Cette demande d'un véhicule ordinaire faisait dispa-
rate après ce qu'avait dit le jeune homme sur les prairies en flammes et la mer en fureur, mais la terrible
réalité n'a pas de côté ridicule, et les paroles les plus
folles d'Edward étaient sublimes, tant elles étaient sérieuses.

— Cherchez-moi une voiture, Morrison, — dit-il en
frappant du pied sur la plate-forme, tant son impatience était vive; — ou plutôt, attendez; nous gagne-
rions du temps si vous alliez à l'*Hôtel George*.....ce n'est
qu'à dix minutes d'ici, et un des facteurs vous y
conduira.... les gens de l'hôtel me connaissent, et on
vous fournira une voiture à deux chevaux, avec un bon
cocher. Dites-leur qu'il y va de la vie, et que le Capitaine Arundel leur payera trois fois le prix ordinaire,
six fois même s'ils veulent. Dites-leur tout ce que vous

voudrez, pourvu que vous obteniez ce qu'il me faut.

Le valet, vieux serviteur du père d'Edward, subissait l'influence de la folle impétuosité du jeune homme. La vitalité de ce malade exténué, dont la faiblesse physique contrastait étrangement avec son énergie morale, tombait comme une avalanche sur le grave vieux domestique, et l'entraînait où il ne voulait pas aller. Il fut bien obligé de renoncer à l'espoir de tenir fidèlement les promesses qu'il avait faites à Mme Arundel et aux decins, et de se soumettre à la volonté de l'entêté jeune soldat.

Il laissa Edward assis sur une chaise, dans la salle d'attente déserte, et suivit le facteur qui s'était volontairement offert pour le conduire à l'*Hôtel George* qui était le plus fréquenté de Swampington.

Le valet avait de bonnes raisons pour être tout étonné de l'énergie et de la détermination de son jeune maître, car le mari de Mary venait à peine d'échapper à une mort imminente. Pendant douze semaines après le terrible choc des deux convois sur la ligne du South Western Railway, Edward avait été étendu sur un lit de douleur, dans un état d'égarement complet. Toute l'histoire de sa vie s'était effacée dans son esprit, et son cerveau était devenu une page aussi blanche que s'il eût été un enfant au maillot, sur les genoux de sa mère. Le jeune Capitaine avait eu le crâne fracturé dans l'accident qui maltraita bon nombre des voyageurs de l'express d'Exeter du 14 août, et on l'avait emporté inanimé à Dangerfield Park, où il était entré, n'ayant presque pas plus de vie que le corps de son père placé sur un lit de parade dans l'un des grands salons.

Les chagrins étaient venus pour Mme Arundel comme ils viennent souvent pour les gens riches et heureux, en se succédant rapidement, et ils menaçaient de briser le cœur de cette excellente femme. On l'avait appelée d'Allemagne auprès du lit de mort de son mari, où elle s'installa en garde-malade fidèle, et elle ne s'en éloigna que pour apprendre la nouvelle du terrible accident dont son fils cadet était la victime.

Ni le médecin du comté de Dorset qui accompagna le voyageur blessé jusque chez lui, et amena l'homme fort aussi faible qu'un enfant, pour le confier aux tendres soins de celle qui avait veillé sur lui alors qu'il était tout jeune, ni les médecins du comté de Devon qui furent mandés à Dangerfield ne purent promettre que le malade guérirait. Il traînera pendant des années peut-être, disaient-ils, mais son existence ne vaudra guère mieux que la mort ; l'esprit sera absent, et ce serait une cruauté que de lui souhaiter de vivre. Mais lorsqu'un célèbre médecin de Londres apparut sur la scène, une nouvelle lueur, un merveilleux rayon d'espoir brilla dans les ténèbres du désespoir de la mère.

Ce grand médecin de Londres qui était un petit homme pratique et sans prétentions, et qui avait l'air très-pressé de gagner ses honoraires et de retourner à Saville Row par le premier train, examina rapidement le malade, adressa quelques questions décisives aux praticiens de province, pleins de respect pour lui, et déclara ensuite que l'état d'Edward provenait principalement de ce qu'une portion du crâne était déprimée : une esquille comprimait le cerveau.

Ces praticiens de province ouvrirent de grands yeux, et l'un d'eux se hasarda à dire qu'il avait supposé pareille chose depuis longtemps. Le médecin de Londres ajouta encore que tant que l'esquille comprimerait le cerveau du malade, le capitaine Edward serait toujours dans le même état que depuis l'accident. Une opération très-délicate pouvait seule permettre de dégager le cerveau, et cette opération devait être retardée jusqu'au moment où la force physique du malade serait revenue en partie.

Le médecin donna à ses collègues de province des conseils brefs mais décisifs sur le traitement à faire suivre au malade dans l'intervalle, et il partit ensuite après avoir promis de revenir dès que le Capitaine serait en état de supporter l'opération. Ce moment n'arriva que dans la première semaine de novembre, époque à laquelle les médecins du comté de Devon se hasardèrent à déclarer que la constitution de leur malade s'était améliorée, grâce à leur zèle et aux tendres soins de la meilleure des mères.

Le grand médecin revint. L'opération critique fut

faite, et avec tant de succès, que la description en parut plus tard tout au long dans *la Lancette*. Petit à petit, et avec la lenteur mesurée qui préside au lever d'un rideau, les ombres noires disparurent de l'esprit d'Edward, et la mémoire du passé lui revint.

Ce fut alors qu'il délira comme un fou à propos de sa jeune femme, et demanda perpétuellement qu'on l'appelât auprès de lui, en déclarant que quelque grand malheur lui arriverait si on ne la faisait pas venir immédiatement à Dangerfield, où tout faible qu'il était il pourrait la défendre et la protéger. Sa mère se figura que cette véhémence était du délire. Les médecins tombèrent dans la même erreur, et le traitèrent comme s'il avait eu la fièvre cérébrale. Ce ne fut que lorsque le jeune soldat leur eût démontré qu'il pouvait, en faisant un effort sur lui-même, être aussi raisonnable qu'eux qu'ils furent convaincus de leur méprise. Alors il pria qu'on le laissât seul avec sa mère, et, prenant dans ses mains fiévreuses celles de sa dévouée garde-malade, il lui demanda ce que signifiait son vêtement noir, et pour quel motif on n'avait pas fait venir sa femme auprès de lui. Il apprit que sa mère portait le deuil en souvenir de son père qui n'était plus. Il apprit aussi, après bien des questions et beaucoup d'étonnement, qu'on n'avait jamais reçu à Dangerfield des nouvelles de Mary.

Le jeune homme raconta alors l'histoire de son mariage ; comment ce mariage avait été célébré à la hâte, mais sans aucun désir qu'il fût secret ; comment il avait, par pure négligence, retardé d'écrire à ses amis jusqu'à cette soirée fatale, et comment, alors qu'il tenait la plume en main et que le papier était étalé devant lui, le devoir était venu le forcer à partir et à quitter sa jeune épouse pour accourir au lit de mort de son père.

Mme Arundel essaya vainement de calmer l'inquiétude que causait à son fils le silence de sa femme.

— Non, ma mère ! — s'écria-t-il ; — il est inutile de me parler. Vous ne connaissez pas ma pauvre petite femme. Elle a le courage d'une héroïne aussi bien que la simplicité d'une enfant. Il y a au fond de tout ceci quelque vilaine trame; c'est la trahison qui a retenu ma femme loin de moi. Elle serait venue à pied si elle avait été libre de venir. Je sais quelle est la main qui tient les fils de cette affaire. Olivia a retenu prisonnière ma chère petite femme. Olivia s'est interposée entre Mary et moi.

— Mais vous n'êtes pas sûr de tout cela, Edward. Je vais écrire à M. Paulette, il nous dira tout ce qui s'est passé.

Le jeune homme se tordit de douleur. L'angoisse mentale était arrivée chez lui à son paroxysme.

— Écrire à Paulette! — s'écria-t-il! — non, ma mère; je ne veux pas de retard, je ne veux pas attendre le retour du courrier. Cette espèce de torture me tuerait en quelques heures. Non, ma mère, j'irai vers ma femme par le premier train qui me mènera dans le Lincoln.

— Vous irez!... vous!... Edward!... dans l'état où vous êtes!

La pauvre mère eut recours aux observations, aux prières et aux larmes. Elle se jeta aux genoux de son fils, et le supplia de ne pas quitter Dangerfield jusqu'à ce qu'il eût repris ses forces; elle lui demanda en grâce de la laisser prévenir Paulette par une dépêche télégraphique, de lui confier à elle-même le soin d'aller chercher Mary à Marchmont Towers, de tout faire plutôt que de mettre à exécution l'imprudent projet de courir lui-même à la recherche de sa femme.

Les larmes et les prières de la mère furent inutiles, le jeune soldat se montra inébranlable comme une tour en diamant.

— Elle est ma femme, ma mère, — dit-il, — j'ai juré de la protéger et de veiller sur elle, et j'ai tout lieu de croire qu'elle est tombée dans des mains impitoyables. Quand bien même je devrais mourir en chemin, il faut que j'aille à elle. En pareille circonstance, il est impossible que je fasse mon devoir par procuration. Chaque moment de retard est un tort de plus envers ma pauvre Mary sans défense. Soyez raisonnable, ma mère, je vous en prie. En restant ici, l'incertitude me fera souffrir cinquante fois plus que je ne souffrirai cer-

tainement dans le train, qui me conduira vers ma
femme. »

La ferme volonté du soldat triompha de toute oppo-
sition. Les médecins levèrent les mains au ciel, et pro-
testèrent contre la folie de leur malade, mais ce fut en
vain. Tout ce que Mme Arundel ou les médecins purent
faire fut de veiller aux préparatifs et aux arrangements
qui devaient faciliter le voyage, et ç'avait été sous la
surveillance de la mère que les coussins, les fioles de
brandy, la corne de cerf, les sels volatiles, et les couvertures avaient été transportés à la gare pour le bien-
être du Capitaine.

Ce fut ainsi, qu'après un intervalle de trois mois,
Edward, comme quelqu'un qui vient d'échapper à la
tombe, revint à Swampington pour se rendre de là à
Marchmont Towers.

Le retard parut sans fin à ce voyageur impatient,
assis dans la salle d'attente déserte de la paisible station, et pourtant l'hôtelier et les garçons d'écurie dé-
ployaient toute leur bonne volonté en considération de
la promesse d'une bonne récompense que leur avait
faite Morrison; et l'homme qui devait servir de cocher
ne perdit pas de temps à s'équiper pour le voyage. Le
Capitaine Arundel regarda sa montre trois fois pendant
qu'il attendait dans la triste salle d'attente de Swampington. Il y avait une pendule sur la cheminée, mais il ne
voulait pas s'y fier.

— Huit heures ! — murmura-t-il, — il sera dix heures avant que j'arrive aux Towers, si la voiture n'est
pas attelée sur-le-champ.

Il se leva et se dirigea de la salle d'attente vers la
plate-forme, puis de la plate-forme à la porte de la station. Il était si faible, qu'il était obligé de s'appuyer sur
sa canne, et même avec ce point d'appui il chancelait et
trébuchait comme un homme ivre. Mais dans son impatience fiévreuse, il ne songeait ni à sa faiblesse ni à
n'importe quoi, excepté à la lenteur de la marche du
temps.

— Cette voiture ne viendra-t-elle jamais ! — se dit-il,
— ne viendra-t-elle jamais !...

Mais ce délai presque insupportable toucha cependant à son terme. La voiture à deux chevaux de l'*Hôtel George* arriva à la porte de la station avec Morrison sur le siége, et un postillon qui se balançait sur l'un des chevaux gris à longues jambes et à haute échine osseuse. Edward monta dans le véhicule avant que son valet eût mis pied à terre pour venir l'aider.

— Marchmont Towers! — cria-t-il au postillon, — et un billet de cinq livres si vous y arrivez en moins d'une heure.

Il jeta quelque argent aux employés en sous-ordre, qui s'étaient groupés autour de la porte pour assister à son départ, et qui s'étaient empressés de lui offrir des secours qu'il avait dédaignés malgré sa faiblesse.

Ces hommes se regardèrent gravement quand la voiture eut disparu dans le brouillard, en dansant sur ses ressorts et en cahotant rudement le long de la route étroite et à moitié tracée, qui menait de l'emplacement désert où s'élevait la gare dans la grande rue de Swampington.

— Marchmont Towers, — dit l'un des hommes d'un ton qui semblait annoncer qu'il y avait quelque chose de mauvais augure dans le nom de la grande maison; — que diable peut-il avoir àf aire à Marchmont Towers?

— Mais, l'ami, ne savez-vous pas qui il est? — répondit un autre homme avec mépris.

— Non.

— C'est le neveu du recteur Arundel.... ce jeune officier qui, au dire de quelques personnes, a enlevé la pauvre jeune demoiselle des Towers.

— Croyez-vous que ce soit bien lui? Moi, je ne l'aurais pas reconnu.

— Non, il n'est plus que l'ombre de ce qu'il était, le pauvre diable. J'ai entendu dire qu'il était dans le train express lors de l'accident arrivé au South Western au mois d'août dernier.

L'employé du chemin de fer haussa les épaules.

— C'est une étrange histoire, — dit-il, — et je n'y comprends rien du tout; mais je sais bien que je ne me soucierais pas du tout d'aller à Marchmont Towers après la tombée de la nuit.

Marchmont Towers commençait évidemment à avoir

mauvaise réputation parmi ces simples habitants du comté de Lincoln.

La voiture qui transportait Edward était un vieux char à bancs passé de mode, dont les ressorts mal graissés secouaient violemment le malade. Il gémissait tout haut de temps, en temps, tant sa douleur physique était vive, mais je doute qu'il songeât beaucoup à la torture physique qu'il endurait à force de concentrer toutes ses pensées sur sa souffrance morale. Quelle que fût l'intensité de la douleur qu'il éprouvait dans ses membres meurtris et cahotés, cette douleur n'était rien en comparaison de l'angoisse, de l'incertitude, de l'intolérable anxiété qui semblaient augmenter à chaque instant. Il était assis, la figure tournée vers la portière de la voiture, et ses regards se perdaient dans les ténèbres au dehors. Il ne voyait devant lui que l'obscurité, un épais brouillard, et un pays plat que noyait la pluie continuelle, mais il se fatiguait les yeux et dilatait ses pupilles dans son désir de reconnaître quelque objet dans la perspective qui lui était cachée.

— Quand donc arriverai-je là-bas? — s'écria-t-il tout haut dans son paroxysme de rage et de douleur; — ma chère et bien-aimée femme, quand donc arriverai-je auprès de toi?

Il serra les poings avec tant de force que ses ongles pénétrèrent dans sa chair. Il frappa du pied sur le fond de la voiture. Il maudit les ressorts rouillés qui criaient, les chevaux à l'allure lente, et les mares d'eau à travers lesquelles les pauvres animaux barbotaient jusqu'à mi-jambes. Il maudit les ténèbres de la nuit, la stupidité du postillon, la longeur de la route; bref, tout ce qui le retenait loin du but qu'il voulait atteindre.

Il l'atteignit enfin ce but. La voiture s'arrêta devant les grandes grilles de fer, derrière lesquelles s'étendait, sombre et désolé comme un terrain communal, ce mélancolique coin de terre qu'on appelait le parc.

Une faible lumière brillait à la fenêtre basse de la loge, et sa lueur rouge vacillait au milieu des ténèbres et de la pluie, mais les grilles étaient aussi soigneuse-

ment fermées que si Marchmont Towers eût été une
prison. Edward n'était pas d'humeur à attendre patiemment l'ouverture de ces grilles. Il s'élança hors
de la voiture sans songer à la faiblesse de ses membres meurtris, avant que le valet eût pu descendre du
siége, et le postillon sauter à bas de son cheval, et il
secoua de ses faibles mains les barreaux humides et
rouillés de la grille. La porte gémit, mais elle résista à
la secousse. Elle avait été évidemment fermée pour la
nuit. Le jeune homme saisit un anneau en fer, sus-
pendu au bout d'une chaîne visible à l'un des piliers en
pierre, et la tira avec tant de force, que son coup de
sonnette retentit comme un signal d'alarme au milieu
de la nuit. Un chien de garde aboya furieusement dans
le lointain en entendant cet avertissement, et le cri
discordant d'un paon résonna dans la plaine.

La porte de la loge s'ouvrit cinq minutes après ce
violent coup de sonnette, et un vieillard parut sur le
seuil, tenant une chandelle qu'il abritait de sa main
tremblante, et regardant la porte d'un air inquiet.

— Qui est là? — dit-il.

— C'est moi, le capitaine Arundel. Ouvrez la porte,
s'il vous plaît.

L'homme qui était très-vieux, et dont l'intelligence
semblait être devenue avec l'âge aussi obscure que la
nuit elle-même, réfléchit quelques instants, et puis il
marmotta :

— Le capitaine Arundel! ah! oui, oui, sans doute.
Le neveu du recteur Arundel, c'est cela même.

Il rentra dans la loge au grand mécontentement du
jeune officier qui ébranla de nouveau la porte dans
son impatience. Mais le vieillard reparut aussitôt avec
autant de tranquillité que si la sombre nuit de novembre eût été quelque belle nuit de juillet. Il portait
une lanterne et un trousseau de clefs, et il en introdui-
sit une sans se presser dans la grande serrure de la
porte.

— Faites-moi donc entrer, — s'écria Edward, —
croyez-vous que je sois venu ici pour rester toute la
nuit à regarder à travers ces barres de fer? Marchmont
Towers est-il donc une prison, que vous fermez vos

18

portes comme si on ne devait plus les rouvrir qu'au jour du Jugement dernier?

Le vieillard fit entendre un faible éclat de rire à la fois moqueur et grimaçant.

— Nous n'avons pas besoin de laisser les portes ouvertes après la tombée de la nuit, —dit-il, — personne ne vient aux Towers quand il fait noir.

Il était en ce moment parvenu à faire tourner la clef dans la serrure; l'un des battants roula lentement sur ses gonds rouillés, et grinça comme s'il protestait contre toute visite aux Towers. Edward entra dans le triste domaine qui avait été laissé à Marchmont par son parent.

Le postillon fit quitter à ses chevaux la grande route en avant des portes, et les conduisit dans la grande allée carrossable qui menait à la maison. Au loin, par delà la plaine humide, la façade lugubre de la sombre maison en pierres se dressait menaçante, et son triste aspect n'était égayé que par quelques lumières disséminées, annonçant qu'elle était habitée. Il était un peu difficile d'avoir de bonnes pensées sur Marchmont Towers par cette noire nuit de novembre. Le voyageur nerveux aurait compté y trouver bien plutôt des hôtes diaboliques que des amis errant dans ces murs noirs et massifs, de hideux enchanteurs préparant leurs maléfices pendant que la pluie tombait, des sorcières horribles assises au coin du feu, et des âmes en peine gémissant affreusement et troublant le silence de la nuit.

Edward ne songea à rien de tout cela. Il savait que la maison était sombre et triste, et que malgré lui il en avait subi l'impression désagréable, mais c'était là tout ce qu'il savait. Il ne demandait qu'à arriver sans retard dans cette demeure, et à demander la jeune femme dont il s'était séparé par une soirée embaumée du mois d'août, trois mois auparavant. Ce désir était chez lui d'une violence folle, et à chaque instant son impatience devenait plus terrible, son anxiété plus vive. Il lui semblait que le voyage de Dangerfield Park vers le comté de Lincoln n'était rien en comparaison de l'espace qui lui restait à franchir avant d'arriver à Marchmont Towers.

— Nous avons fait le trajet deux fois plus vite que
d'habitude, Monsieur, — dit le postillon, montrant les
flancs fumants des chevaux; — mon maître me lancera
d'importance pour avoir ainsi surmené ses bêtes.

Edward regarda les animaux essoufflés. C'était donc
vrai qu'ils l'avaient amené vite, quoique la route lui eût
paru si longue.

— Vous aurez un billet de cinq livres, mon garçon
— dit-il, — si vous me menez en cinq minutes à cette
maison là-bas.

Il avait la main sur la portière de la voiture, et il s'y
appuyait pour ne pas tomber, en attendant qu'il eût
la force de grimper dans le véhicule, lorsque ses yeux
furent attirés par quelque chose de blanc qui voltigeait
à la pluie, contre un des piliers de la porte en fer, et que
la lanterne du gardien permettait d'apercevoir vaguement.

— Qu'est-ce que c'est que cela ? — cria-t-il en
montrant l'objet blanc sur le pilier recouvert de
mousse.

Le vieillard dirigea lentement ses regards vers l'endroit que désignait le doigt du soldat.

— Cela! — murmura-t-il, — ah! oui, j'y suis, j'y suis;
pauvre jeune fille! c'est l'affiche imprimée qu'on a fait
placarder. Ma foi oui, c'est l'affiche imprimée. Je l'avais
presque oubliée, elle n'a pas servi à grand'chose, et je
ne m'en souvenais plus.

— L'affiche imprimée!... la jeune fille! — s'écria
Edward d'une voix rauque, étouffée.

Il arracha la lanterne des mains du gardien avec tant
de force, que le faible vieillard recula de quelques pas
en chancelant, puis, courant vers le pilier, il releva la
lumière au-dessus de sa tête pour qu'elle fût à hauteur du placard blanc qui avait attiré son attention.
L'affiche était mouillée et déchirée sur les bords, mais
ce qu'il y avait d'imprimé fut aussi visible pour le
jeune officier que si chacun des caractères communs
eût été inscrit en grandes lettres noires sur un parchemin enflammé.

Voici quelle fut l'annonce qu'Edward lut sur le pilier
de Marchmont Towers :

« CENT LIVRES DE RÉCOMPENSE.

« Mlle *Mary Marchmont ayant quitté sa maison mercredi*
« *dernier 17 octobre, et n'ayant pas donné signe de vie depuis,*
« *ceci est pour faire savoir que la récompense ci-dessus sera*
« *accordée à quiconque fournira les renseignements qui amè-*
« *neront sa découverte si elle est vivante, ou celle de son ca-*
« *davre si elle est morte. La jeune fille absente est âgée de*
« *dix-huit ans et un peu au-dessous de la taille moyenne;*
« *son teint est clair, sa chevelure châtain et ses yeux bruns.*
« *Quand elle est partie de chez elle, elle portait une robe de*
« *soie grise, un châle gris et un chapeau de paille. Elle*
« *a été vue pour la dernière fois sur les bords de la rivière*
« *dans l'après-midi du mercredi 17 octobre.*

« *Marchmont Towers, 28 octobre 1848.* »

FIN **DU** PREMIER VOLUME

TABLE DES MATIÈRES

DU PREMIER VOLUME

CHAP. I.	L'homme à la bannière	3
CHAP. II.	La petite Mary	17
CHAP. III.	Au sujet de la propriété du comté de Lincoln	27
CHAP. IV.	Le départ	39
CHAP. V.	Marchmont Towers	46
CHAP. VI.	Le retour du jeune soldat	59
CHAP. VII.	Olivia	73
CHAP. VIII.	Tentation	86
CHAP. IX.	« Quand cesserai-je d'être seule ? »	99
CHAP. X.	La belle-mère de Mary	105
CHAP. XI.	Le jour de la désolation	123
CHAP. XII.	Paul	128
CHAP. XIII.	Le désespoir d'Olivia	146
CHAP. XIV.	Bannie	170
CHAP. XV.	La lettre de Mary	192
CHAP. XVI.	Un nouveau protecteur	202
CHAP. XVII.	La sœur de Paul	247
CHAP. XVIII.	Une lune de miel en cachette	234
CHAP. XIX.	Sondant les profondeurs	252
CHAP. XX.	Sorti de la tombe	261

FIN DE TABLE DU PREMIER VOLUME.

COULOMMIERS. — TYPOGRAPHIE A. MOUSSIN.

Librairie de L. HACHETTE et Cᵉ, boulevard Saint-Germain, nᵒ 79, à Paris.

ÉDITIONS A 1 FRANC LE VOLUME

FORMAT IN-18 JÉSUS

BIBLIOTHÈQUE DES MEILLEURS ROMANS ÉTRANGERS

Ainsworth (W. Harrison). Amber [...] — [...] (Mrs). Œuvres. 8 vol. — Auteur [...]
Crichton. 2 vol. — La [...] vol. — Marie Barton. 1 vol. —
Anonymes. César Borgia [...] du. — Marguerite Hale (Nord et
8 vol. — Les Pilotes [...] Ruth. 1 vol. — Les Amoureux
Ferroll. 1 vol. — N [...] vol. — Cousine Phillis. 1 vol.
2 vol. — Whitefriars [...] Les deux Couviets. 1 vol.
Beecher-Stowe (Mrs) [...] Missisipi. 1 vol. — A [...]
4 vol. — La Fiancée [...] nie d'émigrants en Amérique
Bersezio (V.). Nouvelles [...] arther. 1 vol.
Braddon (miss M. C.). Œu [...] Les âmes mortes. 2 vol.
nora Floyd. 2 vol. — Au [...] Les Mousquetaires écossais. 2
Lady Lisle. 1 vol. — La [...] Boutique et Comptoir. 1 vol.
2 vol. — Le Capitaine de Va [...] du bonheur. 1 vol. — La vie
Le Secret de lady Audle [...] russe. 4 séries.
ment de John Marchmont [...] vend séparément
phe d'Eléonor. 2 vol. — Belp [...] Nary. 1 vol. — Lichtenstein.
1 vol. — La Femme maudite [...] (N). La Lettre rouge. 1 vol.
Le Locataire de sir Gas [...] sept pigeons. 1 vol.
sœurs Danes. 2 vol. — Run [...] Nouvelles danoises. 1 vol.
— Le Brasseur du Houtmai [...] Esclave blanc. 1 vol.
Bulwer-Lytton (Sir Edward). Ou [...] Les Paysans de Westph
— Devreux. 2 vol. — Ernest Maltra [...] nora d'Orco. 1 vol.
— Le Dernier des Barons [...] — Intérêt et Pupille. 1 vol.
avoué. 2 vol. — Le [...] a deux ans. 2 vol.
pii. 1 vol. — Mémoir [...] Xor. La Rose de Decam
2 vol. — Mon roman [...] noires de Ferdinand Huyck. 2
2 vol. — Qu'en fera-t-il ? — Rienzi [...] Harry Lorrequer. 2 vol
— Zanoni. 1 vol. un jour. 1 vol.
Caballero (F.). Nouve [...] Entre ciel et terre. 1 vol.
Cervantes. Nouvelle [...] Mémoires d'un gentilhomme
Cherbuliez (A.). Contes gene [...] vol.
Cummins (miss). L'Allu [...] Le Rêve de la vie. 1 vol.
1 vol. — Mabel Vaugh [...] légendes indiennes. 1 vol.
Gul Liban. 1 vol. [...] La Piste de guerre. 1 vol.
Currer-Bell (miss Brontë) [...] nab. 1 vol.
Le Professeur. 1 vol. — Shir [...] Ataja. 2 vol.
Dickens (Charles). Olivier [...] nx. La Fille du capitaine. 1 vol.
ffaires de M. Pickwi [...] — La Femme et son maître.
Rudge. 2 vol. — Bleal Ho [...] Ostlejag (Dick Tarleton). 2 vol.
de Noël. 1 vol. — David [...] re (comte). Nouvelles Choses. 1 vol.
Dombey et fils. 3 [...] (miss S.). Ordence et Misère.
2 vol. — Le magasin [...] l'Ourse. 1 vol. — Henry Esmo
Les Temps difficiles [...] Histoire de Pendennis. 3 vol.
zleby. 2 vol. — Onvier [...] 2 vol. — Le Livre
vol. Londres en 1 [...] vol. — Mémoires de Barry Lyn
tures de Martin Chuzzlew [...]
grandes Espérances. 2 vol. — L'Am [...] [...]uénett. Scènes de la vie russe. 2 vol.
Disraeli. Sybil. 1 vol. Mémoires d'un seigneur russe. 1 vol.
Douglas Jerrold. Sous les rideaux. 1 vol. Trollope (Mrs). La Pupille. 1 vol.
Forgues (E.-D.). Sandra Belloni. 1 vol. Wieland (C. M.). Oberon, poème hist. 1 vol.
Freytag (G.). Doit et Avoir. 3 vol. Wilkie Collins. Le Secret. 1 vol.
Fullerton (lady). L'Oiseau du bon Dieu [...] Aldrich des Mousses. 1 vol.
Fullon (S. W.). La comtesse de Mirandole. [...]leau d'Aaran. 1 vol.

Coulommiers. — Typog. A. MOUSSIN.

www.ingramcontent.com/pod-product-compliance
Lightning Source LLC
Chambersburg PA
CBHW071808020726
47502CB00004B/1032